一线生机

THE LAST CHANCE

石章鱼 著

贵州大学出版社
Guizhou University Press

图书在版编目（CIP）数据

一线生机 / 石章鱼著 . -- 贵阳：贵州大学出版社，2016.10

ISBN 978-7-81126-938-3

Ⅰ . ①一… Ⅱ . ①石… Ⅲ . ①长篇小说－中国－当代 Ⅳ . ① I247.5

中国版本图书馆 CIP 数据核字（2016）第 255877 号

一线生机

作　　者：石章鱼
责任编辑：冯　林
出版发行：贵州大学出版社
印　　刷：北京联兴盛业印刷股份有限公司
开　　本：710 毫米 × 1020 毫米　1/16
印　　张：22
字　　数：290 千字
版　　次：2017 年 1 月第 1 版
印　　次：2017 年 1 月第 1 次印刷
书　　号：ISBN 978-7-81126-938-3
定　　价：39.80 元

版权所有　翻版必究
本书若出现印刷质量问题，请与出版社联系调换
电话：010-82470297

目 录

01　改变命运的遗嘱／001

这个冬夜异常寂静,人们早已随着纷飞的雪花进入了梦乡。萧宇却始终无法入睡,他的目光紧锁窗外,脑海里浮想联翩。他从来没有想到过自己的生活会出现如此巨大的变化,他对这片"生于斯,长于斯"的土地并非没有留恋。随着年龄的增长,他越发想摆脱现在的生活,也许短暂的离开真的能够改变他的命运。

02　任何人都必须从底层做起／035

萧宇并不是傻豹带的第一个小弟,却是他手下唯一的小弟,因为跟他的小弟都逃不过中途改投老大的命运,干这行也有饿肚子的,傻豹就是其中一个。

03　冲冠一怒为红颜 / 079

萧宇加快了脚步，他左手拥住林诗诗的肩头，右手紧紧握住球棒。冷风夹杂着冰凉的雨丝吹打在他们的脸上、身上，身边是一双双充满仇恨的眼睛。林诗诗紧紧把脸贴在萧宇的胸前，她听到了萧宇有力而平稳的心跳。

04　不是你死，就是我亡 / 115

萧宇抬腿向疯子的下身踢去，危急关头根本没有什么规则可讲，必须采用最为直接有效的方式。疯子右膝迅速侧摆，挡住了萧宇踢来的一脚，两肘全力向萧宇砸去。萧宇只能用双臂护住身体，两人的胳膊撞到一起，萧宇仿佛撞到了铁棍上面，痛得几乎叫出声来。

05　江湖不只是讲资历的地方 / 149

谭自在对于双方的提议并没有立刻表态，萧宇无论从能力还是其他方面都要超出钢炮很多，可是他欠缺的恰恰是钢炮所拥有的——资历！这如同横亘于萧宇面前的大山，并不是他轻易就能越过去的。

06　极速追杀／187

萧宇加快了速度，那辆五十铃皮卡的司机显然从观后镜中看到了萧宇，他减缓了车速，妄想用车身将摩托车顶出去。萧宇抓住了车厢的后缘，身子猛然提起，抛下摩托车，攀爬到皮卡的货箱中，砰的一声巨响，后窗的玻璃被子弹击穿，萧宇的身躯以最快的速度趴倒在车厢的底部，子弹呼啸着从他身上飞过。

07　退缩是致命的错误／234

朱侯微笑着做了一个请的手势，胡忠武冷哼一声，右刺拳闪电般击向朱侯的下颌。萧宇从胡忠武的第一次出手就看出他绝对是个高手，他进攻速度奇快，但是脚下的步伐丝毫不乱，左手随时准备防守对方的进击。萧宇虽然经过了不少场打斗，可是像胡忠武这种能够做到攻守平衡的人却是第一次遇见。

08　群雄逐鹿，斗智斗勇／258

方天源的目光平静地注视着这个强劲的对手，他也没有想到李继祖会出此奇招，无论是自己还是其他帮会都在纷纷借助外力的时候，李继祖居然能利用香江人维护自身利益的心理成功反击，此人的心机远比自己想象的还要高深莫测。

01　改变命运的遗嘱

这个冬夜异常寂静,人们早已随着纷飞的雪花进入了梦乡。萧宇却始终无法入睡,他的目光紧锁窗外,脑海里浮想联翩。他从来没有想到过自己的生活会出现如此巨大的变化,他对这片"生于斯,长于斯"的土地并非没有留恋。随着年龄的增长,他越发想摆脱现在的生活,也许短暂的离开真的能够改变他的命运。

年少轻狂

"大宇!齐三和铁蛋在捷捷出事了!"唐亮扯着他那副破锣嗓子在门口没命地喊。

"干吗!还让不让哥们儿睡觉?"萧宇揉了揉惺忪的睡眼,以最快的速度穿上衣服,冲出门去。

唐亮早就发动了他那辆川崎500摩托车,尾气在寒冷的空气中喷出一道长长的白烟。萧宇刚在他身后坐下,摩托车便风驰电掣般冲了出去。

"亮子,怎么回事?"萧宇一边裹紧身上的军大衣,一边大声地问。

"本来哥几个喝完酒回家就算了,齐三非要去蹦迪,蹦就蹦吧,还去招惹人家小姑娘,谁承想这下捅了马蜂窝,一下涌出二三十个小喽啰将他们团团围住,要是我跟他们一起去,这会儿肯定也被揍了!"唐亮显得心有余悸,"俩小子打电话让我们去救命!你也是,没事关什么机啊?兄弟最需要你的时候都找不到。"

萧宇忍不住骂了一句:"你除了逃跑快,没别的本事,有种先去跟齐三他们一起撑着!"唐亮缩了缩脖子:"我这叫识时务,就是先去那儿也没什么用,再说你不是内家拳高手吗,喊你来给你个表现机会,不然怎么显得你大宇本事啊!"

"希望我们还来得及救这俩小子的命!"萧宇懒得跟唐亮理论,知道他也没有跟兄弟们共患难的勇气,能来报信已经很不容易了。

捷捷迪厅依旧是灯火辉煌,红男绿女进出如常。两人看到周围没有警车,心情多少放松了一些,看来并没有惹出什么大事。

唐亮停好摩托车,从车后抽出一根铁棍藏进上衣中。萧宇拍了拍他的肩膀:"亮子,你小子别进去了,喊一出租,老老实实在门口等着,待会儿好离开这儿。"唐亮想了想萧宇说得也有道理,便将那根铁棍递给萧宇:"带着防身!"

萧宇笑了笑:"那帮小子找我们去谈判,又不是拼命,我要这玩意儿干吗?"唐亮晃了晃脑袋:"得!算我多余,你有种,他们在湾仔厅等着!"

萧宇将军大衣脱下扔给唐亮:"你小子给我看好喽,这可是我外公传下来的。"唐亮忍不住笑:"放一万个心,我就当是照顾你爷爷一样照顾它……"

迪厅内的灯光忽明忽暗,男男女女在舞池中疯狂地扭动着肢体,表面上看并没有任何的异常。萧宇眯起眼睛四处搜寻着包间的位置,他并不喜欢这里的环境,以前曾经被齐三硬拉着来过一次,不过那次是酒后,根本记不清这里的模样,这样的音乐,这样的灯光,让人打心底躁得慌。

正中高台上,两个穿着短裙的女郎正围绕着光滑冰冷的钢管,极尽妖娆地热舞着。萧宇饶有兴致地看了两眼,马上想起自己真正的目的,他拉住身边的一名服务生,问明了湾仔厅的位置。

萧宇推开门，一股刺鼻的烟酒气息扑面而来，这间不足四十平方米的小舞厅内竟然围坐了二十多个人。齐三和铁蛋都被打得像猪头，下身仅穿着三角裤头，随着音乐笨拙地摇摆着。一帮人围着指指点点，哈哈大笑。两人看到萧宇进来，停下了舞动。

"谁让你们停了！"一个酒瓶砰地砸在他们身边的地板上，摔得粉碎，玻璃碎屑将两人身上的皮肤划出好几道血痕。

萧宇向声音的源头望去，说话的人叫尚武，是游荡在这一带的喽啰，以打架斗狠闻名，别人都喊他武哥，看来今晚这一关没有这么容易对付过去。

尚武斜眼望着萧宇："你小子就是他们老大？"萧宇笑了笑："我们是发小儿，又不是混社会的，哪有什么老大。"

"还挺贫，混哪儿的？"尚武习惯性地撸起袖子，露出左臂上一条盘旋飞舞的长龙。

"武哥，我们是学生，没混社会！"萧宇的脸上堆着笑，嘴上透着客气。

尚武上下打量了一下萧宇，有些奇怪地说："你认识我？"萧宇点点头："这片儿玩的谁不知道您啊，您武哥在这一带可是威名远播。"尚武笑了起来："还有那么点意思，懂事！我就喜欢懂事的人。"他挥了挥手，手下人关上了音乐，将房间的灯光打开。齐三和铁蛋两个仍旧不敢停下来，继续扭动着，脚板都被地上的玻璃碎屑划破了。

尚武指了指身边，示意萧宇坐下。萧宇说："武哥，我两个哥们儿不懂事得罪了您，我替他们赔个不是……"尚武制止住萧宇接下来的话，从身后掏出一瓶红星二锅头，重重地顿在茶几上："他俩小子没长眼睛，居然敢调戏我妹妹，这事情要传出去，我尚武以后还怎么在社会上混？"

萧宇心中暗暗骂俩小子有眼无珠，不过看到两人那副惨样，尚武这帮人下手也太心狠手辣了。现在的情形，只能低头认错，谁让他们理亏来着。

尚武将二锅头推到萧宇面前："你既然代表他们认错，我也不想为难你，把这瓶酒给我干了，我就放他们走。"萧宇咬了咬嘴唇，一把将那瓶白酒抓了过来，仰头大口大口喝了下去。尚武也没想到这小子居然真的有胆一口气干了下去，眼睛瞪得老大。

萧宇将空酒瓶放在茶几上，小腹中火辣辣的感觉迅速传遍全身，他的酒量虽然不错，可是这一斤二锅头下肚，也有些撑不住，萧宇明白要趁着自己没晕倒之前赶快离开："武哥，可以放我们走了吗？"

尚武忽然大笑了起来："得！是个爷们儿，给他们衣服！"萧宇没想到尚武答应得这么痛快，他站起身来："谢谢武哥，我们不耽误您玩了！"尚武却拉住他重新坐下："兄弟，别着急呀，陪哥哥聊两句再走。"萧宇感到肚子里如同翻江倒海一般难受，他强忍着阵阵恶心："武哥……我们……就不耽误您了……"

尚武面色一变："怎么？不给我面子？"

"不是……"

"这才是好兄弟！"尚武又变成一脸笑容，他从身后又掏出一瓶二锅头，"刚才那是为你兄弟，这瓶是我敬你的！"他用牙齿开启瓶盖，率先喝下半斤，又将剩下半斤递给萧宇，"兄弟，当我是朋友就干了它……"萧宇虽然已经是昏昏沉沉，但也能明白尚武是存心出自己的洋相，他知道自己是无论如何都喝不下去了。

"我替他喝！"齐三和铁蛋大声叫了起来。

"你们也配！"尚武杀气腾腾地望向两人，他随即拍了拍萧宇的肩膀，"算了！今天就当给你个面子！"萧宇点点头，他连忙站起身来，踉跄着向门口走去。

"兄弟！"尚武在身后喊，萧宇回过头来。

"带上它！"玻璃瓶重重砸落在萧宇的头顶，鲜血哗地顺着萧宇的额角流了下来。烈酒渗入伤口，刀割一般疼痛。萧宇几乎是同时一脚踹在尚武的下身，齐三眼明手快，一把按下了灯光的开关，房间内一片黑暗。

三人向着门外没命地冲了出去，尚武捂着伤大叫着："给我追！"

震耳欲聋的音乐仍在疯狂地演奏着，舞池中的人们仍旧沉醉在各自的世界中，外面的任何混乱仿佛都跟他们无关。

酒劲已经上头，萧宇晕得几乎挪不开腿，齐三和铁蛋架着他拼命往门口挤。迷迷糊糊间听到齐三说："尚武的妹妹尚小悦，那穿红衣服的……"萧宇抬起头，看到前方一个长发女孩正往人群中躲，铁蛋大声叫："快走，来不及了！"

身后尚武带着他的二十多个弟兄，向他们追了过来。萧宇大声说："抓住那姑娘……"齐三和铁蛋冲了上去，抓住那女孩的两个胳膊将她拖了过来。萧宇摇摇晃晃地从身边桌子上拿起一瓶啤酒，用力砸在桌缘上，他将那半截酒瓶抵在尚小悦的颈前。

"快放开我妹妹，不然有你们好受的！"尚武被突然的变化弄慌了阵脚。

萧宇满头满脸的鲜血，他指着尚武大声喊："你只要别跟来，万事好商量！"萧宇豁出去了，一副鱼死网破的架势。铁蛋一看事情闹大了，不由得有点心虚，小声说："大宇……小心把警察招来……"萧宇恶狠狠瞪了他一眼："闭嘴！"

尚武投鼠忌器，果然不敢再上前，萧宇三人押着尚小悦退出捷捷的大门。早就等待在那里的唐亮连忙下车来接应，谁承想那司机看到这样的场面，慌忙发动汽车一溜烟跑了。

萧宇气得直骂唐亮，尚武一帮人又重新围了上来。萧宇抓住尚小悦："亮子！把车钥匙给我，你们先跑……"

唐亮三人对望了一眼："可……"

"少啰唆！"萧宇大吼了起来，唐亮这几个人向来唯萧宇马首是瞻，连忙将车钥匙递给萧宇，向大路跑去。

萧宇紧抓着尚小悦对尚武吼叫着："让你的人全部进舞厅！"尚武气得浑身都在哆嗦："你小子不想活了，单凭你劫持人质，就够入狱的了！"

"你刚才不是挺厉害吗？怎么也想找警察叔叔帮忙？我不管这么多，大不了一起被抓！"也许是酒精的缘故，萧宇一副将生死置之度外的模样。

"你有种……别怪我没警告你，我妹妹少了一根汗毛，我让你吃不了兜着走！"尚武气得几乎发狂。萧宇踉踉跄跄地押着尚小悦来到车前，逼着她坐在自己身前。

他好不容易发动了引擎，摩托车摇摇晃晃地向远方冲了出去。

车子开启的刹那，他的脑海忽然一片空白，与其说是在驾驶，不如说是摩托车在惯性下随意地移动。

迷迷糊糊间他听到尚小悦在哭，萧宇刚想说些什么，前方两道强烈的光线向自己投射过来。他本能地将车偏向一旁，摩托车顿时失去平衡，伴随着一声金属与地面的刺耳摩擦声，两人的身子摔倒在水泥路面上。萧宇的腿上擦破了一大块皮，剧烈的疼痛让他清醒过来，尚小悦比他幸运得多，整个身子都压在萧宇胸前。

"你没事吧？"萧宇忍着痛问。那女孩用力推开萧宇："流氓！"

萧宇笑了起来："你赶快走吧，趁着我现在受了伤……"他说话的时候忽然感到一阵恶心，哇地吐了一大口，尚小悦离他太近，根本来不及闪避，刺鼻的秽物吐了她一身。

萧宇的头脑慢慢清楚起来，他听到尚小悦开始大声地哭，想起自己刚才的所作所为，心中不免有点惭愧："丫头，今儿对不住了，你哥灌了我一整瓶二锅头，我真不是存心……"

"你就是存心……"尚小悦哭哭啼啼地站了起来，一瘸一拐地向远处走去，刚走两步又停了下来，看来她刚才从车上摔下来的时候扭伤了脚踝。

萧宇的手机响了起来，是唐亮他们几个，萧宇好不容易才弄清位置，好在几人距离这里并不算远，不一会儿就坐着出租车赶了过来。

唐亮看到自己的爱车变成了这副模样，心疼得差点没哭出来。萧宇把车钥匙交到他手中："哥们儿，完璧归赵了啊。"唐亮哭丧着脸只能点头:"哥,我这是新车,自己都没舍得!"

尚小悦仍旧蹲在前面,掏出手机像是要拨打电话,唐亮连忙冲了过去,从她手里夺下手机:"丫头,这么快就喊人,够绝的啊!"尚小悦恶狠狠盯住萧宇:"一群无赖!"

萧宇无可奈何地摇了摇头,从唐亮手中接过军大衣,从身后为她披上。尚小悦怒气冲冲地瞪了萧宇一眼:"滚开!"萧宇嘿嘿笑了起来,转身来到出租车前敲了敲窗子,又指了指尚小悦:"三儿,铁蛋,你们跟唐亮的摩托车走,她八成走不动了,我把她送回去。"

齐三压低声音说:"大宇,你小子胆大包天,要是让尚武撞上……""你别诅咒我!知不知道什么叫人道主义?知不知道什么叫怜香惜玉?"齐三吐了吐舌头,乖乖地跟铁蛋两个下了车,临走还没忘嘱咐萧宇一句:"她倔得很,你小心点!"

尚小悦将萧宇的大衣扔在了地上,抱着肩膀不住地发抖。萧宇拾起大衣,故意叹了口气:"同是天涯沦落人,得!今儿,哥们儿出于人道主义精神送你回去。"尚小悦恶狠狠地瞪着萧宇。

"再不走,保不齐待会儿再来几个坏人,到时候你哭都没用,走吧,这儿很难叫到车!"

"你这人怎么这么贫?"尚小悦一瘸一拐地上了出租车。

"去哪儿?"司机等得有些不耐烦。

"仁济医院!"萧宇大声说。尚小悦不解地盯了萧宇一眼。

"到医院给你哥打电话,我好有足够的时间闪人。"萧宇回答得十分坦白。要是真让尚武一伙遇上,肯定不会轻易放过自己。

尚小悦不屑地撇了撇嘴:"懦夫!"萧宇不以为意地笑了笑:"要骂就骂你大哥,以多欺少算什么好汉?"

萧宇带着尚小悦到医院照了个X光,好在她没有伤到骨头,只是轻微的扭伤,相比之下倒是萧宇惨上许多,整个右半身擦破了五六处,头上被酒瓶划开了一个半寸长的口子,等到做完清创缝合已经是凌晨三点了。酒精的麻醉作用已经全部过去，身上一阵阵火辣辣的疼痛。萧宇将手机还给尚小悦，忍着痛叫辆出租离开了医院，他可不想再与尚武那帮人发生什么冲突。

萧宇足足在家躺了一个星期，一来的确是伤得不轻，二来他也怕尚武的人再找麻烦，想着躲上几天等风头过去，忍过这道坎儿，也不失为一个好主意。

齐三几个小子也不敢露头，毕竟那天的教训对他们来说算得上十分深刻，相互间只是通通电话，好在尚武那边没有什么动静。慢慢的，几个人觉着事情已经过去，又开始重新活跃了起来。

他们都是燕京电大的学生，这所学校并不是什么正式大学，没课的时候他们最常待的地儿就是电信大楼门口，哥几个的经济状况都不是太好，萧宇脑筋比较灵活，看中了收售二手手机的买卖。这年头换手机比换衣服都快，他们低买高卖，每月收入不低于小五千，足够兄弟几个的开销了。

唐亮和齐三一大早就带着二手机子蹲在电信大楼门口开始练摊，今天周六，生意格外兴隆，短短两个小时就出了六部机子，粗略一算已经有了三百多元的利润，俩小子乐得嘴始终大张着，怎么看都跟俩大写的傻瓜似的。

快到吃中午饭的时候，萧宇才不紧不慢地晃了过来。唐亮冲过来朝萧宇胸口捶了一拳，笑着说："你小子忒不够意思，出力的时候找不着你，吃饭的时候就跑来了！"萧宇指着头顶："你看清楚喽，六针啊！哥们儿拆线去了，这次怎么也算是'因公负伤'。"

齐三呵呵傻笑："'因公负伤'，将来等你挂了，哥们儿把你埋在八宝山，再追认你一'烈士'称号！每年清明组织一帮红领巾给你献花扫墓。"

萧宇手指头几乎戳上了齐三的脑壳："还好意思说啊你！瞧你干的那叫什么事！"一提起那事儿，齐三脑袋顿时耷拉了下去："得！那天哥们儿酒喝多了……"唐亮连忙过来打圆场，故意岔开话题说："铁蛋在家陪老爷子'修长城'，今儿不来了。"

萧宇眯着眼睛望向唐亮的腰包："挣多少了？"唐亮伸出三个手指头晃了晃，然后说："事先声明啊，我修车用了二百五，是不是给报了？""报你个头，二百五，我看你就是一活生生的二百五，今天所有收入给哥们儿营养营养，修车的钱改天再算！"

三人正想收摊去吃饭，一个外号叫"瘦皮猴"的小子溜了过来，萧宇几个对他都十分熟悉，这小子就是一倒卖手机的。

萧宇笑眯眯地问："猴子，今儿又收了什么好货？"瘦皮猴掏出一女式三星："新款，彩屏摄像，高端智能，想要的话给我三千！"

"你想钱想疯了？新机才三千！"

"那是水货，行货五千多呢！"

"哟！两天不见，你小子长本事了，得！哥们儿咬牙给你一整数，想出就给我，不然就走人，少在这儿晃眼！"

瘦皮猴犹豫了一下，咬了咬嘴唇，还是把机子递了过来。萧宇接过来翻来覆去看了看成色，又从手机上调出了内存的照片，照片全是同一个女孩的，萧宇总觉着这女孩在哪里见过，可一时间又想不起来。

齐三凑了过来："咦！这不是尚武的妹妹吗？"萧宇一愣，这才想起来果然不错。瘦皮猴正等着拿钱，听齐三这么一说慌了："哥们儿，跟我设套儿，我不卖了！"

萧宇严肃了起来："猴子，你这手机来路不正啊！我们没有闲工夫跟你玩，我明白告诉你，就是你想卖我还真不敢收呢！凭尚武的能耐，没准下午就能找到这儿来，他那人你应该听说过，我劝你还是赶快闪人的好！"萧宇把机子递给瘦皮猴，瘦皮猴一双眼睛啪嗒啪嗒地闪，却迟迟不敢把机子接回去。

萧宇又把机子往前递了递："拿着机子离我远点，我这人天生怕见血！"瘦皮猴听他这么一说，更加心虚："哥们儿，听你口气，你跟尚武有交情？"萧宇笑道："我跟他没什么，不过跟他妹妹还成！"瘦皮猴赔着笑脸："哥们儿，要不这样，你帮我把这机子还给……"萧宇连忙摆手："猴子，不是我不帮你，这姑娘脾气犟得很，这手机无缘无故到了你手里……她肯定让尚武找你麻烦。"

瘦皮猴咬咬牙，从口袋里掏出两张百元钞票："哥们儿，中午去喝点，我请客。"萧宇接过钱，这才把手机收了回来："好，看在我们交情的分儿上，我只好勉为其难了！"瘦皮猴连声道谢，这才离开。

等到瘦皮猴走远，唐亮和齐三差点没笑破肚子。唐亮上气不接下气地说："萧宇你小子……也忒损了……哄了猴子的手机，还……还让人搭上二百块钱……"萧宇把手机打开："谁说我哄他来着？我是真心想还那姑娘手机的，尚武跟我们的事情还没完呢，这次是个机会，看看能不能解决！"冤家宜解不宜结，他们平日都在这一带活动，跟尚武低头不见抬头见，树立这样一个强敌对他们可没有好处。

吃饭的时候，手机终于响了，萧宇接通了电话，电话那端传来一个悦耳的女声："你好！"萧宇向唐亮他们做了个噤声的手势："你好！"

"先生，我刚刚丢了一部手机！"

萧宇强忍着笑："哦！能说一下你手机丢失的大概位置吗？"

"我可能是在新华书店门口丢的机子！"

"嗯！这样啊！我就是在那里拣到的，我现在正在东林饭庄吃饭，你过来拿吧。哦对了，你最好把身份证带上，我想核对一下你的身份。"

"没问题，谢谢你先生！"

萧宇合上电话，差点没把饭喷出来。唐亮和齐三有些奇怪地看着他："你小子小心吃不完兜着走！"萧宇扬扬得意："你们管好自己就成，还不赶快吃饭，走人先！"

二十分钟后，尚小悦来到了东林饭庄，萧宇老远就向她挥手，她压根没想到会在这里碰到萧宇。

她先是愣了愣，还是向萧宇走了过来，从她轻盈的步伐可以看出她的扭伤已经完全好了。萧宇今天才算是清醒地看到了她的模样，尚小悦属于那种让人眼前一亮的女孩，身高在一米七〇左右，褐红色的长发随意地披散在肩头，绿色亚麻上衣搭配红黑方格短裙，两种视觉冲击极为强烈的色彩，在她牛乳般肤色的衬托下变得异常和谐。她的双腿修长而纤美，膝部以下恰到好处地藏在白色长靴中。

从尚小悦敌视的眼神可以看出她对萧宇并没有什么好感，萧宇始终在笑："怎么样，脚好了没有？"不知为什么，尚小悦看到萧宇就一肚子的火气："这跟你有什么关系？"

"关心一下不行吗？"

"不行！"尚小悦硬邦邦顶了回去。

"来找人？"萧宇笑眯眯地问。

"哪这么多废话！"尚小悦瞪了萧宇一眼，开始东张西望。

萧宇又凑了上来："要不你坐下等？"

"你这人怎么这么讨厌？"尚小悦的声音忽然大了起来，引得周围用餐的人都好奇地向这边张望。

萧宇扮了个鬼脸："得！不识好人心，就当我什么都没说！"

尚小悦打开皮包，拿出电话拨通了自己的手机号码。电话铃一响，她马上意识到发生了什么。萧宇笑呵呵地摆弄着她的手机，尚小悦瞪着眼睛来到他对面坐下："你是不是很得意？"萧宇点点头，一副有恃无恐的模样。

"无聊！你这人怎么这么没劲！"尚小悦显得有些激动。

萧宇笑了起来："看来我们俩还真是有缘……"

"你少跟我瞎套近乎！"尚小悦怒道，"把手机还给我！"

萧宇故意摆出一副无赖的模样："我怎么知道这手机一定是你的？"

"上面有我的照片！"

"我怎么看照片不像是你的？"

"你……"

萧宇得意扬扬地喝了杯啤酒，尚小悦虎视眈眈地瞪着他。

"别这么深情地看着我,不然我可能误会你对我有意思!"萧宇大言不惭地说。

"自作多情!"尚小悦气不打一处来。

"呵呵!"萧宇有些放肆地笑,尚小悦恨不能抓起桌上的杯子丢到他脸上去。

总算等萧宇吃完了饭,他慢条斯理地擦了擦嘴角:"实话告诉你,这手机我是在收二手机子的时候碰上的,为了买下它,我一共花了一千。"尚小悦立刻听出了萧宇的意思,她打开手袋,开始拿钱。

"见外了不是?怎么着我们都算是相识一场,你对我仇深似海,我从来都是以德报怨,拿去吧!"萧宇把手机推到尚小悦的面前,尚小悦没想到萧宇居然这么痛快就把手机还给了自己,微微怔了怔才说:"你别以为这样,我就会对你有什么好感!"

萧宇皱了皱眉头:"小同志,拜托!你别老把我往坏处想成不成?"这时电话铃声又响了,尚小悦接通了电话:"喂!哥!手机找到了……说起来那人你认识,就是那天在酒吧跟你打架的那个!"

萧宇几乎气得吐血,真是好心没好报,这翻脸不认人的。尚小悦眉开眼笑地说着什么,过了一会儿又把手机递向萧宇:"我哥找你!"

萧宇心中骂了一句,嘴里却说:"我跟他好像没什么交情!"

"你是不是怕他?"终于轮到尚小悦得意起来。

"我会怕他?"萧宇一把将手机拿了过来。

电话那头传来尚武恶狠狠的声音:"萧宇!你小子能耐啊!当这么多人的面毁我的面子!"萧宇一副死猪不怕开水烫的样子:"尚武,你既然爱面子就别做得那么过分!"

"行啊!小子!看不出你整一个刺儿头,你不是想单练吗?我刚巧想抽你一顿,今天下午四点,德义搏击俱乐部,我候着你!"

萧宇向来不是个服人的主儿:"有种一人来!"

尚武不屑地笑了起来:"我还没这么跌份儿,对付你这种乳臭未干的毛孩子,我还不至于吆五喝六喊帮手。"

萧宇有些不忿地把手机还给尚小悦,他还从未见过尚小悦笑得这么甜:"别这么看着我,你和我哥的事情跟我无关!"尚小悦起身离开,走到门口的时候又回过头来,"对了,我还真忘了提醒你,我哥学过散打,曾经是区比赛冠军,你最好还是别去挨揍了!"

萧宇知道自己这次是非去不可,不仅仅是因为所谓的尊严,他明白上次和尚武的事情并没完,总有一天要摆到桌面上,既然这场风波注定不能避免,那干脆就让它来得更快些。

他来到德义搏击俱乐部的时候,尚武已经等在那里,出乎意料的是尚小悦居然也前来助阵。萧宇朝尚武笑着点点头:"厉害,上阵兄妹兵,不是说好了单练吗?"尚小悦白了萧宇一眼:"我是来帮忙喊救护车的。"

萧宇故意叹了口气:"这样可不好,我们还没交手呢,你就咒自己哥哥受伤,大义灭亲早了点吧?"

尚武瞪圆了眼珠子:"你小子哪这么多废话,还不赶快换衣服。"

萧宇笑了笑,磨磨蹭蹭地走向更衣室,他足足在里面待了十五分钟才走出来。尚武早就等得有些不耐烦,在场中走来走去。

看到萧宇,他冲了过来:"小子,怕了?"

"我读的书少,'怕'字怎么写?"

"有种!我先声明,今天我们不讲什么规则,谁先趴下算谁输!"尚武一副志在必得的模样,萧宇早就猜到他会这么说,点了点头:"来吧!"

记忆

尚武不等萧宇说完,一拳已经向萧宇下颌钩了过去,他出拳速度极快,一看就知道训练有素。萧宇上身一个后仰,躲开他这一拳,右脚向后退了一步,跟尚武拉开了距离。尚武的身高比萧宇稍矮,距离越近对他越为有利。尚武连续挥出五拳,萧宇凭借灵活的步伐全部躲过。尚武这才开始重新审视眼前的对手，萧宇利用场地不断躲闪，他在等待机会。

连续几次的进攻落空，让尚武损失了不少体力，他识破了萧宇的意图。尚武进攻的节奏开始放慢，多次试探以后，两人的距离开始接近。

萧宇率先发难，他抬腿踢向尚武裆部，尚武居然没有闪避的意思，他的身体向右侧方前冲一步，萧宇攻击的方位变成了他的臀部，同时他的左拳闪电般向萧宇肋下击去。

尚武被萧宇踢得踉跄了两步，相较而言，萧宇受的伤害更大。人的肋下是最为娇弱的部位之一，萧宇痛得身躯弯了下去。尚武不给他任何喘息的机会，又重新冲了上来。在这种不利的情况下，萧宇没有别的选择，他忍痛向前冲了上去，双手架开尚武的来拳，一头重重撞在尚武胸口。

尚武痛得叫了一声，抓住萧宇的两臂，膝盖向他小腹顶来。萧宇也是一样的动作，两人膝盖撞到一起，都痛得龇牙咧嘴。萧宇右腿绞入尚武两腿之间，不让他再做下一个动作，两人顿时失去平衡，咚的一声摔倒在地板上。萧宇用力挣脱出右手，一拳击打在尚武的脸上，尚武抬起手肘捣在萧宇的心口窝。两人在地上翻来滚去，缠斗了足足有十来分钟，都弄得鼻青脸肿，体力也消耗得差不多，大口大口喘着粗气。

"喂！你们打累了就站起来歇歇！"尚小悦不知从哪儿弄了两瓶矿泉水，笑吟吟地站在他们身前。萧宇首先放开了尚武的衣襟，尚武无力地滚到一边，上气不接下气地说："等会儿老子捶死你……"萧宇气喘吁吁地坐了起来："干吗还要等会儿……有种这就来……"两人嘴上虽然都很强硬，却没有主动出击的意思，都坐在那里呼哧呼哧地喘着粗气。

不知为什么尚武忽然笑了起来，萧宇先是愣了愣，随后也跟着大笑起来……

尚武居然请萧宇吃了顿饭，萧宇一看到桌上的红星二锅头，忍不住头皮发麻，虽然上次的事情过去了好些天，他想起酒还是打心眼想吐。

尚武诡秘地笑了笑："你小子别怕，今儿我是谢你帮我妹妹找回手机，没打算灌你酒喝！"萧宇被他猜中了心事，多少显得有些不好意思："不是我怕，只不过我那天的酒劲还没过去。"尚武晃着脑袋："得！那天的事情以后就别提了，我们也算是不打不相识。"

尚小悦看来心情不错，一直陪着两人，直到尚武提醒她："小悦，要不你先回去，省得妈又惦记。"尚小悦噘起嘴唇："凭什么我先回去？妈发起牢骚没完没了，我实在是受不了！"

萧宇看了看时间已经是晚上九点，他起身告辞："武哥，我今晚还有点事情，要先走一步！"尚武点点头："成！改天再喊你一起玩。"萧宇一边点头，眼光却望向尚小悦："想起我时，直接给我打电话！不管上刀山下火海，我勇往直前！"尚小悦的面孔微微有些发红，她狠狠盯了萧宇一眼，连忙逃开他的目光。

萧宇和尚武兄妹俩分手后径直去了学校，谁承想整个校园里空空荡荡的，萧宇这才想起今天是周末，电大的学生多数来自本市，每到这个时候多数都回家去了。萧宇四处转了转，他那帮好哥们一个也没留下，一种难以名状的孤独感充满了他的内心。他忽然想起上次回家还是六十天以前，尽管从家到学校仅仅有十二公里的距离，可他仍旧感觉到这距离显得如此遥远与漫长，也许是该往家里打个电话了。

萧宇已经在公共电话前徘徊了整整二十分钟，手心的磁卡已经被他握得发热，这几乎已经成了他生活中不可或缺的部分，每到周末他总是在留校和返家之间犹豫。自从上了电大，他就很少和母亲交流，自己的手机号码、租住的地址，都从未告诉过她。

校园已经快到熄灯的时候，留校的同学开始三三两两地向宿舍走去，萧宇连忙拿起了电话，用话筒掩住他的半边面庞。

他终于拨通了家里的电话，电话的那端先是传来断断续续的娇笑，然后他听到了熟悉的声音："谁啊？"

萧宇的眼神因为这句提问而变得有些黯淡，他险些冲动地挂了电话，沉默好半天他才说了句："芸姐……是我！"

芸姐并不是他的姐姐，萧宇记得自己小时候也曾经喊过她妈妈，可是随着年龄变大，她开始逃避萧宇的这个称谓，好像生怕这个称谓给她的生活带来不便，尽管所有人都知道她是他的母亲。萧宇看出了她的不安，从十二岁时便开始叫她芸姐，那一天刚好是她三十岁的生日，而她仿佛也找到了一个留住青春的诀窍。

"小宇啊！你怎么还不回来！你庞叔叔还等着我们一起出去吃饭呢！"

萧宇的目光中流露出一丝厌恶，他的脑海中浮现出那个矮矮胖胖、有些谢顶的形象。那人一看到萧宇总是堆起满脸的肥肉，两颗小眼珠子立刻挤入肉堆里，萧宇和他仅有的三次见面中，居然没能看清他的眼睛。

"同学约我今晚去玩，我不回去了！"萧宇的语气变得生硬起来。

"小宇，今晚你一定要回来，今天对妈来说很重要……你庞叔叔向我求婚了……"她的声音居然变得有些羞涩。

萧宇敏锐地觉察到了什么，他的眼神中充满了愤怒，看来母亲等待的那一天终于到来，他近乎恶狠狠地咆哮起来："他求婚干我什么事？我不是他老子，他又不是我儿子，想庆贺你们自己去吧，我不妨碍你们！"他重重地将电话摔在机座上，一转身却看到两名女生望着自己的方向窃窃私语。

"没见过男人！"萧宇握紧了拳头，他的眼睛因为愤怒变得有些发红，两名女生连忙垂下头匆匆向餐厅走去，萧宇的心中感到一丝发泄后的快意。

一片洁白的雪花从天上飘然而落，揭开燕京十二月第一个周末的序幕。萧宇仰起头，深深地吸了一口气，吐出一团浓浓的白雾，仿佛要将肺腑中所有的不快和愤怒全部驱赶出去。

然后他开始围绕着校园的四百米跑道疯狂地奔跑起来，雪越来越大，他奔跑的速度却越来越快，终于，他脚下一滑，重重地摔倒在雪地上面。雪层很薄，地面却被冻得很硬，身体被撞击的地方有种痛彻心扉的疼。萧宇却感到心里舒服了许多，他呈"大"字形躺在跑道上面，望着空中不断飘扬洒落的雪花，唇角终于露出了一丝笑容……

方晓芸也看到了这冬季的第一场雪，不过刚刚看了一眼天空，庞贵山就为她细心地撑起了一把大伞，然后他把伞柄塞入方晓芸的手中。方晓芸看都不用看就知道他的下一个动作，肯定是脱去他的风衣为自己披上。

方晓芸的眼睛忽闪了一下，她的内心感到一阵温暖，眼前的这个男人无疑是一个好人，他对自己的一切都是出自真心，绝无任何虚伪，她已经决定选他成为自己后半生的依靠。

庞贵山用力裹紧了方晓芸的身子，忽然说："我们不如去学校找他，天这么冷……小宇也该加两件衣服了……"

方晓芸默默点了点头，随即又摇了摇头，庞贵山好像看出了她的犹豫："你放心，我开车送你去，我在校门口等你！"他很会体谅别人，正是这一点感动了方晓芸。

方晓芸心中一阵激动，又向庞贵山的身边偎近了一些，庞贵山有些笨拙地搂住她纤细的腰肢。

两人重新回到家中为萧宇找出衣服和日用品，回到车内，庞贵山还没来得及启动引擎，两辆黑色奔驰缓缓向车的前方驶来，恰好堵住了庞贵山那辆桑塔纳的去路。

庞贵山有些恼火地摁了摁喇叭，对方却没有什么反应。他回身向方晓芸笑了笑："我下去看看！"

"小心点！"

第一辆奔驰车的门打开了，两名黑色风衣的魁梧大汉陪着一个四十多岁的中年人走下了汽车。那中年人身材不高，穿着一身剪裁得体的蓝色西装，他的头发胡须都有些发黄，瘦削的面孔始终流露着笑容。

庞贵山指了指他身后的汽车，那中年人笑了笑，并没有理会，径自走到方晓芸的车窗前，手掌轻轻拍了拍车窗，从指缝间晃动着一个闪亮的挂件，随即又将那个挂件握在手中。

方晓芸的眼睛猛然睁大了，她的胸膛剧烈地起伏了起来。

庞贵山感到有些不对，想挤上前去，却被两个大汉夹在中间动弹不得。

"方小姐！我想跟您谈谈！"中年人的声音显得十分礼貌，方晓芸缓缓摇下了车窗："对不起，我根本不认识你，我想我们没有任何交谈的必要！"

中年人笑了笑，他的手指轻轻弹了两下车窗的边缘，语速始终如一地说："您的确不认得我，可是我马上要告诉您的一切会关系到您的命运和您儿子的未来！"方晓芸的嘴唇开始微微颤抖，一种难以名状的痛苦出现在她的眼眸中，那些不愿回忆的往事宛如潮水决堤般疯狂涌向她的心头，她痛苦地闭上了眼睛。

庞贵山在远处不停地叫喊着，看得出方晓芸对他异常重要。

方晓芸终于推开了车门，她整理了一下情绪来到庞贵山身边："贵山……他是我过去的一位朋友，我想和他单独谈谈！"庞贵山似乎感觉到了某种异常，大声说："晓芸，你不用怕，大不了我去报警！"方晓芸还未来得及回答，中年人已经来到庞贵山面前："庞先生放心，敝人姓庄名孝远，是位律师，我对法律的认识比大多数人都要深刻，我保证绝不会对方小姐造成任何伤害。"

他伸手做了个邀请的动作，示意方晓芸走入他的那辆奔驰中，又回过身对庞贵山说："庞先生，我借用方小姐十分钟时间，一定不会让您等得太久。"

车内只剩下庄孝远和方晓芸两人，方晓芸不安地交缠着手指。庄孝远打开了随身携带的手提电脑，不多时液晶屏幕上显示出一个清瘦的男人的影像，方晓芸手指的动作忽然停顿了，身体也变得有些僵硬。

"晓芸，你好……我是萧鼎汉……"他开始剧烈地咳嗽，好半天才平息下来，手中轻轻摇晃着一个幸运星的挂件，"还记得……它吗？"方晓芸开始无声地哭泣，庄孝远默默观察着方晓芸每一个细微的表情变化。

"你看到这段 VCR 的时候,我可能已经不在人世了。我越来越感觉到,自己是这么孤单……多年以来我一直都不敢去打听你的消息,因为我……对不住你们母子,我并不奢求你们的谅解……我只希望……你能够忘记我,开始自己的生活……"

画面突然中断,庄孝远静静地看着满面泪痕的方晓芸:"这段视频是一周前拍的,萧董事长已经于昨天凌晨辞世。"方晓芸捂住面孔点了点头,泪水从她的指缝中无声涌了出来。

庄孝远从电脑中调出一份文本的拷贝:"董事长临死前召集五名大律师确定了遗嘱。"方晓芸抬起头来,她摆了摆手说:"谢谢你……专程赶来告诉我……这个消息,他的遗嘱我不感任何兴趣!"

庄孝远叹了口气:"董事长的遗嘱中的确没有提到您,不过我还是要通知您,董事长名下财产,包括不动产、债券、股票、各类投资等总计达几百亿离岛币,而这所有资产的唯一继承人恰恰是您的儿子——萧宇!"

方晓芸睁大了眼睛,她一字一句地说道:"不!小宇和萧鼎汉没有任何关系,他不会去继承任何遗产。"

庄孝远笑了起来:"对不起,恐怕这件事情我们说的都不算,萧宇已经快二十岁了,作为一个成年人,他应该能自己作出决断。"他停顿了一下又说,"为了儿子的前途,您还是多替他想想!"

方晓芸忽然抓住庄孝远的臂膀:"庄律师……我求求你,你就当一切都没有发生过,不要去骚扰我的儿子,不要破坏我们的安宁……"庄孝远轻轻挣脱了方晓芸的手,他凑到方晓芸的耳边轻声说了些什么,方晓芸的面孔登时变得毫无血色,庄孝远拍了拍方晓芸的肩膀:"路是自己选的,您千万要谨慎一些……"

方晓芸见到萧宇时,他仍旧在体育场上跑着圈儿,从他蹒跚的脚步就能看出他的体力已经到了透支的边缘。庄孝远饶有兴趣地看着远方的年轻人,意味深长地说:"疲惫对他是最好的放松!"

萧宇早就留意到了母亲的出现,他仍旧坚持沿着跑道来到她的面前,母亲身边的人他并不熟悉，也根本没有去接触的必要，他也不知道从何时开始，自己已经不再关心母亲周围的一切，而且在尽量选择远离。

方晓芸的内心忽然感到一种说不出的悲痛，如果不是亲眼看到儿子用这种方式发泄，她会以为萧宇正在宿舍中和同学聊天玩闹，也许自己真的太不了解儿子了，他内心潜在的痛也许比自己能够想到的要深刻许多。

"芸姐，您怎么来了？"萧宇竭力从脸上挤出一丝笑容。方晓芸的眼眶有些湿润，多年以来她一直在逃避过去的种种，甚至于逃避"母亲"这个称谓，可今天她忽然发现自己是那样的愚蠢与无知。

"小宇……我有很重要的事情……对你说……"方晓芸的声音无力而嘶哑。

"我知道了，其实你没必要亲自来告诉我！"萧宇的口气充满了抵触。

庄孝远的眼睛转了转，他瞬间已经把握到了母子之间的隔阂，他除下手套，伸出手去："我叫庄孝远，是你父亲的律师！"他的开场白很短暂，却极为有效地击中了萧宇的内心。

萧宇的全部注意力立刻被他吸引了过去。萧宇是第一次听别人提起父亲的消息，在他以前的生命中，父亲这两个字始终是一片空白。他也曾经无数次问过母亲这个问题，可每次母亲不是选择回避就是坚决果断地告诉他，他的父亲已经死了。

方晓芸用力地点着头，她的眼泪终于止不住滑落下来，不知为什么，她忽然感觉到儿子恐怕再也不属于自己了……

咖啡厅内并没有多少顾客，室内十分温暖，橘红色的灯光让一切的轮廓变得柔和起来，萧宇双手捧着滚烫的咖啡杯，目光却始终盯在庄孝远的脸上。

庄孝远微微笑了笑，他抿了口咖啡，开始讲述一切的由来："你的父亲叫萧鼎汉，是离岛的一位商人，这一切你的母亲可以证实……"他转向方晓芸，方晓芸合作地点点头。

"我从未见过他！"萧宇的声音很大，目光中充满了不满与敌对。方晓芸的眼睛已经发红，她咬了咬下唇："因为他……根本不知道有你的存在……我怀孕两个月时就已经失去了他的音讯……"这是她最不愿回忆的过去，萧鼎汉的离去和出现一样突然，他毅然决然地离去，抛下已经怀孕两个月的她，没有留下任何讯息，应该说他离去的时候，她甚至没有来得及告诉他自己怀孕的消息。

"既然这样，他现在又为什么回头来找我？"

庄孝远适时地加入："萧先生昨天凌晨已经辞世，他开始知道你的存在也是半个月前的事情！"

萧宇并没有表现出太大的悲哀，的确，对他来说这个素未谋面的父亲实在是太过陌生了。庄孝远继续说道："萧先生曾经有过两次婚姻，可是却一直没有子女，所以你是他唯一的合法继承人！"

萧宇摇了摇头，他的神情显得十分淡漠："对不起！我对你所说的一切并不感兴趣！"庄孝远笑出声来，他把笔记本的屏幕转向萧宇："你知道自己将要继承多少遗产吗？"

萧宇的目光被屏幕上的数字吸引了过去，当他数清楚究竟有多少位数的时候，有些不能置信地望向庄孝远："别告诉我是日元！"

庄孝远笑了起来："美元！"然后他点了点头，"你放心……我不会顶着寒冷中途转机从嘉北飞到燕京这么无聊！"

他随后又补充说："如果你愿意接受这个父亲，两天以内我们就可以出发前往嘉北，萧先生最大的遗愿就是能有个亲生儿子在身边为他送终！"萧宇看了看方晓芸，他的嘴角又倔强地抿了起来："我现在就可以答复你，我会准时和你一起登上班机！"

方晓芸仿佛被一股无形的力量重重击倒了，她的身子靠在沙发的靠垫上，这是一种难以名状的虚脱，她从未想到过儿子对自己竟然没有任何留恋，他甚至没有表现出一丝一毫的犹豫，更谈不上顾及自己的感受。

这个冬夜异常寂静，人们早已随着纷飞的雪花进入了梦乡。萧宇却始终无法入睡，他的目光紧锁窗外，脑海里浮想联翩。他从来没有想到过自己的生活会出现如此巨大的变化，他对这片"生于斯，长于斯"的土地并非没有留恋。随着年龄的增长，他越发想摆脱现在的生活，也许短暂的离开真的能够改变他的命运。

他隐隐约约听到隔壁房间里低声的啜泣，那是他母亲的声音，他的内心有些发酸，正想过去劝慰两句，又听到一个男人的声音响起。萧宇厌恶地皱了皱眉头，看来庞贵山出于所谓的关心，并没有离开。

一切又重新归于平静，不久响起一串脚步声，萧宇的房门被礼貌地敲响。庞贵山胖胖的脑袋从门缝中塞了进来："小宇……我能进来吗？""门没有锁！"萧宇连头也没有回。

庞贵山听得出萧宇语气中充满了不友善，他慢慢地走到萧宇的身边，萧宇下意识地向一边让了让，刻意拉开两人之间的距离。

庞贵山将手中一个衣袋放下，然后点燃了一根香烟，他并不善于言辞，每次说话总要依靠香烟的帮助："你妈妈很伤心，她不舍得你……"萧宇轻轻咳嗽了一声，庞贵山连忙又把香烟掐灭，不知为何，他居然对这个小辈从心底存在一丝敬畏。

"准备什么时候回来？"庞贵山小声说。

"我一定会回来！"萧宇像是回答却又像是搪塞，其实他也不知道答案。

"昨天我陪你妈妈给你买了身衣服，明天走的时候换上……"庞贵山的声音居然有些哽咽，他揉搓着手中的香烟。萧宇点了点头。

"你妈妈其实很疼你，不过她并不善于表达，她始终想逃避过去的事情……"

"我并不想听你谈我们母子的事情！"萧宇粗暴地打断了庞贵山的话。庞贵山有些尴尬地摸了摸额头，开始告辞："我也该走了，明天一早我过来帮你收拾东西！"

萧宇没有说话，直到房门关闭的声音响起，他才长长舒了口气。

萧宇、唐亮、齐三、铁蛋围坐在水库的岸边，每个人的面孔都被冷风吹得通红，两瓶二锅头已经见了底。一阵寒风吹过，唐亮忍不住打了个喷嚏，他用力揉了揉鼻子："萧宇你有病是不是，大冷天的把哥们儿几个招到这来，发什么神经？"

萧宇拿起一块酱牛肉塞入嘴里："我明天要去离岛了！"几个人的目光同时望向萧宇，然后齐声大笑了起来，齐三一边乐一边揉着肚子："你去离岛？我还要去美国呢！"

"你有没有正行？老子是说真的！"萧宇大吼了起来。三人都是一愣，看萧宇的神情并不像说谎的样子，互相对视了一眼，铁蛋小心翼翼地问："大宇，说清楚，到底怎么回事儿？"

萧宇抓了抓头发："别说是你们，我也犯糊涂，凭空多出了一个老爹，说让我去那边继承遗产！"

唐亮两眼放光："好事啊！天降横财，恭喜恭喜……"齐三连忙捣了捣他，唐亮忽然想起死的是萧宇的父亲，连忙闭上嘴巴，沉默了一会儿方才憋出了一句话，"节哀顺变……"

萧宇拿着喝空的酒瓶站起身来，将酒瓶向远方的水面用力掷了出去，玻璃在冬日的阳光下划出一道亮亮的银线。酒瓶砸在冰面上，并没有摔碎，而是在冰面上蹦跶了一下，然后沿着光滑如镜的冰面滑向远方。

萧宇回过头来："我根本不知道他是一个怎样的人！"唐亮忽然发现萧宇的眼中有两点晶莹闪烁，他们一个一个站了起来，将萧宇搂在了中间："保重！"萧宇鼻子有些酸酸的，他把目光重新投向远方："又不是生离死别，干吗搞得这么沉重！哥们儿这次打算去好好打拼一番事业，把我们的大旗插遍离岛的每一个角落。"

唐亮羡慕得两眼发亮："哥们儿！我支持你，到时候你万一忙不过来，别忘了把我喊上！"

"还有我！"铁蛋生怕把他落下。

萧宇笑着拍了拍他的肩头："小鬼！抱负远大嘛！"

"对！反正你过不多久就能回来，今天哥儿几个陪你玩个痛快！"齐三大声说。

萧宇用力抿了抿嘴唇，什么时候回来？他不知道答案，正如他不知自己为何选择要去，也许他对现在的一切已经感到厌倦，这时他的电话忽然响了。

"喂！萧宇吗？"电话中传来一个女孩子的声音，萧宇马上分辨出这是尚小悦，他清了清嗓子才回答说："是我！有事吗？"

尚小悦的声音多少显得有些犹豫，大概是萧宇的回答让她有些无所适从，好半天才开口说："我……车子熄火了……给大哥打电话又打不通……"萧宇的唇角浮起一丝微笑，他听得出尚小悦分明在找借口。遇到麻烦不去找警察叔叔，第一时间找到了他，证明自己在她心中已经有了位置。

"你在哪里？我马上就到！"

"新西伯利亚冰场！"

"好的，你在门口等我，我半小时准到！"萧宇挂了电话，一回头看到哥几个都向自己扮着鬼脸。

"一脸肤浅！"

"哪儿比得上你！"几人异口同声地回答说。

告别

萧宇一眼就从人群中找到了尚小悦，这姑娘无论在哪里都是吸引众人目光的焦点，今天她穿了一身黑色皮衣，多了几分野性，更让人心动。

萧宇咧着嘴向她走了过去："丫头，这么快就想我了？"

大概是在冷空气中站久了，尚小悦的脸蛋红扑扑的，显得益发可人："少贫了你，我是给你一个将功赎罪的机会！"她忽然发现跟萧宇斗嘴其乐无穷。

"车呢?"

"停在车场了!"尚小悦指了指正东方的停车场,萧宇顺着她手指的方向找到了一辆红色本田50踏板摩托车:"行啊!挺威风啊!"尚小悦得意地抬了抬头:"那是!我哥的兄弟还在后头跟着呢!"

"那你去找他们啊,干吗喊我来呢?"萧宇故意抢白了她一句。

尚小悦的脸变得更红:"算了,你不想帮忙就赶快走人,别觉得自个儿跟个人物似的!我还懒得搭理你呢。"

萧宇见她真有点生气,呵呵干笑了两声:"来滑冰的?"尚小悦白了他一眼没有理他。

萧宇凑了过来:"滑过了?不像……要不你请我?"

"谁跟你嬉皮笑脸的!"尚小悦甩了甩头发向远处走去。

萧宇笑了起来,他双手在嘴唇前围拢着大声喊:"尚小悦,我开玩笑的,你哭什么啊!"周围人的目光都向两人这边望来,尚小悦怒气冲冲转过脸来,挥动手袋重重抽在萧宇的身上:"萧宇!你不要脸!谁哭了?"

萧宇拽住她的手袋:"我一直都不要脸,你不是爱上我了吧?"

"你也配!"尚小悦一脸的不屑。

"那你生什么气啊?"萧宇笑眯眯地问。

"我……"尚小悦气得眼圈有点发红,萧宇口气马上变得温柔起来:"丫头,真对不住,我这人天生有一毛病,一见到漂亮女孩子就想找碴儿,曾经有一算命先生给我算了一卦,说我是前世被漂亮女人欺负惯了,今生想加倍讨还回来。你想想,你长得不是一般的漂亮,属于倾国倾城祸国殃民那一级别,在古代你不是杨玉环就得是董小宛。我这人一见到美女,前世轮回的仇恨一股脑都上来了,实在是控制不住,我恨呢,恨得牙根痒痒,恨不能一口咬下去……"

尚小悦忍不住笑了起来:"你少胡说八道。"

"不生气了?"

"哪这么容易生气,除非……你请我滑冰当作赔罪!"尚小悦的气已经完全消了。

萧宇忙不迭地点头，坏笑着说："你不怕我趁机报复你，把你摔个鼻青脸肿，跟猪八戒他媳妇似的？"

"你敢！"尚小悦顿了顿又说，"还不知道谁摔谁呢！"

一到了冰场，萧宇才知道尚小悦这句话的真正含义，他本来以为自己滑冰的技巧应该称得上不错，可和尚小悦在一起，他只有观赏的份了。

尚小悦居然能完成跳起转体360度的动作，惊得萧宇嘴巴张得老大："丫头，行啊，预谋已久请我看表演的吧？"尚小悦得意地笑了笑，一个原地急停来到萧宇的面前。萧宇趁机牵住尚小悦的手："我怕摔，你拉好我！"尚小悦的脸红了起来："你占我便宜！"

"你思想真复杂，我这么纯洁，怎么可能有那种想法？"

"你是什么人我还不清楚？"

"我什么人？我自己都不清楚！"

"总之不是好人！"

"呵呵！丫头挺了解我，这是男女间产生感情的先决条件！"

"呸！"尚小悦作势要甩开萧宇的手，萧宇反而抓得更紧了。

两人开始围着冰场溜圈，萧宇大言不惭地说："其实我水平跟你挺接近，换旁人肯定追不上你。"

"谁让你追了……"话一出口，尚小悦忽然觉着有些不对，心中一慌，脚下不由得一滑，险些摔倒在地上。萧宇趁机搂住尚小悦的肩膀："小心！"

尚小悦红着脸挣脱开萧宇的胳膊，萧宇笑眯眯地说："你擦的什么香水，这么好闻？"

"你这人脸皮怎么这么厚？"尚小悦长长的睫毛垂了下去。

"怎么说话来着？有这么对待自己救命恩人的吗？"

"你这么伟大？要不要小女子以身相许啊？"尚小悦反唇相讥。

萧宇忙不迭地点头："我这人有一毛病，凡事都很认真，你要是真有这想法，我也只能接着了。"尚小悦气得挥手想打他，萧宇刷地窜了出去，尚小悦笑着追了上来。

两人围着冰场追打了两圈，萧宇转身一个急停，尚小悦来不及减速，一下扑到萧宇怀里，她知道萧宇故意使坏，挥起拳头在萧宇胸口轻轻擂了两拳，萧宇装模作样地捂着胸口："丫头下手够毒的！"

"谁叫你使坏的！"

"你自己主动投怀送抱，干吗怨我？"

尚小悦知道说不过萧宇，又向他扬了扬拳头，笑着向前方滑去。两人在冰场玩了两个多小时，离开的时候已经是下午四点多钟。

尚小悦的机车没有什么大毛病，萧宇多少懂点修理，三两下就将火打着。尚小悦在一旁说："看不出你这人居然还有点长处！"萧宇一边擦手一边说："我这人长处多了，相处越久你就会发现自己越离不开我！"

"自我感觉这么良好？"

萧宇转过头来，拉住尚小悦的胳膊指向来来往往的路人："你看，但凡是十六岁以上六十岁以下的女性，只要经过这里无不对我投上深情的一眼，你猜她们心中会怎么想？"

尚小悦一副不屑一顾的模样。

"她们一定在想，这世上怎么会有如此高大威猛、玉树临风、风流倜傥的美男子，谁要是能让他爱上，肯定是这世上最幸福的女人！"

尚小悦装成一副要呕吐的样子，萧宇笑着说："哥们儿往你身边这么一站给足了你面子，不过你以后一个人走路要当心……"

"当心什么？"

"当心暗恋我的女性一拥而上，把你打个鼻青脸肿！"

"臭美吧你！"尚小悦被萧宇逗得始终在笑，她忽然发现和萧宇在一起的时候，时间过得特别快。

萧宇指了指尚小悦的50机车："你打算用它带我一程？"

"谁愿意带你！"尚小悦戴上头盔，坐上了机车。

"丫头，说实话，我刚才请你滑冰钱花得精光，要不你给我十块钱打的！"萧宇故意哭穷。尚小悦抿嘴笑了笑，她才不信萧宇胡扯呢，她启动机车一溜烟向前方驶去。

萧宇这下傻了眼："喂！丫头，没义气！"尚小悦抛下一串银铃般的笑声，她的身影消失在前方拐弯处。

一辆出租车停在萧宇的身边，一胖小子露出头来："哥们儿，让人给算计了？我拉你一段！"

萧宇气不打一处来："没钱你拉吗？"

那胖小子脸登时拉长了："我有病啊？"

"找抽啊！"萧宇一副凶神恶煞的模样，那司机吓得连忙把车开走了。萧宇一边哼着小曲，一边向前溜达，好在从这儿到前面的公交站台并没有多远。

拐过街角，萧宇看到尚小悦居然停在前方等着自己，他呵呵地笑了起来，一边吹着口哨一边得意地插着兜晃了过去："怎么着？舍不得我？"

"我这叫可怜你！"

"你既然心地这么善良，干脆把自个儿施舍给我吧！"萧宇一脸坏笑。

"我发现你的思想是彻彻底底的肮脏！"尚小悦已经习惯了萧宇的调侃。

"少给我扣大帽子！"萧宇大模大样地坐在尚小悦的身后，两手还是没从兜里拿出来。

"坐好！"尚小悦提醒萧宇。

"我怕不小心碰着你，你又该说我占你便宜了。"

"懒得理你！"尚小悦开动了车子，萧宇趁机把两只手放在尚小悦的腰上，尚小悦从反光镜里看了看后面，咬着嘴唇微笑起来。

萧宇继续哼着他的小曲："就这样被你征服……"手臂一点一点环围住了尚小悦的纤腰，"尚小悦同志！有件事我必须向你坦白！"萧宇用极真诚的语调说。

"说吧,老萧同志!"尚小悦忍不住想笑。

"我其实带钱了,不过我这人生就自私,能省一分是一分,我妈交代过我,存多点钱好娶媳妇,况且我想蹭你的车还有一个用心……"萧宇故意停顿了一下,"我想主动向组织靠拢!"尚小悦脸红扑扑的,轻声说:"讨厌!"却没有任何生气的意思。萧宇心中一乐,两条胳膊都搂了上去。

有道是乐极生悲,萧宇正在陶醉的时候,尚小悦忽然惊慌地说:"坏了!"连忙踩下了刹车。

"下来!"一个威严的声音向他们说。

萧宇抬起头,正看到一个黑脸警察向他们走了过来。萧宇装出不知怎么回事的样子:"哥们儿,说我的?"

"不说你说谁?"那警察看起来非常严肃。尚小悦低声说:"别找碴儿,跟人说两句好话!"

"把车靠边停,驾照、行驶证拿出来!"警察挺认真。

萧宇笑了起来:"哥们儿,何必这么严肃,吓着人小姑娘!她今儿没带……"

"你小子挺油条啊,一大老爷们,躲在女孩后面,你就少那点车钱?"

萧宇一听他说这话,火就上来了:"你怎么说话的!"

"我怎么说话?我让你们遵守交通规则。"警察义正词严道。尚小悦连忙走上前去:"对不起,我们以后不会了!"

眼见尚小悦态度诚恳,警察向尚小悦挥了挥手:"算了,你们走吧,开慢点儿,下不为例啊!"尚小悦连连道谢,两人这下学乖了,萧宇推着车子走了很远才重新发动起来,这次轮到他驾驶了,尚小悦吐了吐舌头:"今天不顺啊!"萧宇装出一副恶狠狠的样子:"刚才要不是你拦着我,我非得……"尚小悦在萧宇头上轻轻敲了一记:"还牛呢,今天要不是你方我,根本不会让那警察抓到!"萧宇笑了起来:"都是我方的!要不今晚我请你吃饭,为你压压惊?"

"压惊倒不至于,不过吃饭可以考虑。"尚小悦把手搭在萧宇肩膀上。

萧宇笑着说:"你揩我油。"尚小悦轻轻打了他后背一下。

萧宇带着尚小悦来到东来顺涮羊肉,尚小悦打趣说:"今天怎么舍得这么出血?"萧宇笑着说:"哟,这都让你看出来了!"

尚小悦笑道:"狗嘴里吐不出象牙,整日没个正行的!"

萧宇笑了起来:"丫头点我是不是?涮羊肉还没吃,第一次约会就找我要象牙,挺好看一小姑娘怎么这么拜金呢?"

尚小悦夹起两卷羊肉塞到萧宇的嘴里:"看我填不填得住你的嘴巴?"

萧宇边嚼边乐:"丫头,你用什么牌子的牙膏,这薄荷味也忒浓了点。"尚小悦瞪起眼睛说:"毒死你才好呢!"

看着尚小悦双目流光溢彩,萧宇又说道:"你最好多吃青菜,我一人两份羊肉就成,不是哥们儿疼银子,我是心疼你!你现在往这一站,真可谓亭亭玉立、婀娜多姿,要是因为贪吃,吃成了一小胖子,你想想这不是把咱四九城第一大美女给毁容了吗?"

尚小悦忍不住笑了起来,她盯住萧宇的目光变得温柔了起来:"萧宇……我今天过得很开心!"

萧宇笑了笑:"这可以理解为对我的称赞吗?"

"可以这么说。"

"也可以理解为欣赏喽?"萧宇望着尚小悦的眼睛,从第一次见到她,尚小悦就悄然触动了他的心弦,可是对他来说,这段感情来得并不是时候,他忽然有些后悔,却又说不出后悔什么。

尚小悦正想回答,萧宇的电话忽然响了,是母亲打来的,她的声音显得十分忧郁:"小宇……你不回来吃饭了?"

"我……和朋友一起……"

"那你少喝酒,晚上早点回来……"方晓芸掩饰不住心中的失落。

萧宇答应了一声,挂了电话,他整个人变得沉默了起来。尚小悦觉察到了他的变化,善解人意地岔开了话题:"明天,我要回学校了!"

萧宇忽然想起自己认识尚小悦已经有一段时间,可是仍然不知道她在哪所学校读书:"哪所学校?"

"北影!"

"天哪,丫头,敢情你是一未来明星啊?哥们儿我算看走了眼,你快给我多签俩名,将来等你成名了,我拿去换钱。"萧宇故意逗她。

尚小悦噘起小嘴:"我学的是摄影,跟明星差老鼻子去了。"

"摄影更厉害,咱张大导不就是摄影起家的吗,将来没准出个尚大师呢!"

尚小悦笑着说:"冲你这句话,我肯定会加倍努力!"

萧宇凑了过来神神秘秘地说:"不过你要小心啊,要是有人敢骚扰你,你告诉我,我替你出气!"

"你还别说真有人骚扰我!"

萧宇一副怒发冲冠的模样:"告诉哥哥我,这我就把他给切成薄片拿来涮了!"

尚小悦笑吟吟地指着萧宇:"远在天边,近在眼前!"

萧宇倒吸了一口冷气:"还是别吃涮羊肉了,改吃烤全羊,至少能给我留个全尸!"

"恶心!"

回去的路上两人却都沉默了起来,快到尚小悦家门口的时候,萧宇停了下来。

"你好像并不开心啊!"尚小悦停好车,来到萧宇面前。

"没有,我今儿挺高兴的!"萧宇挤出一个笑容,尚小悦点点头:"那……我回去了……"她的脚步却没有移动。

"回去吧,天凉!"萧宇小声说。

尚小悦终于转过了身子,没走两步,忽然听到萧宇叫她:"小悦!"尚小悦还是头一次听萧宇这么亲热地叫自己,脸红红的,转过身来。

萧宇鼓足了勇气,走到尚小悦身前,猛地把她柔软的身子拥抱在自己的怀中。尚小悦羞得垂下头去,萧宇努力地抬起尚小悦的下颌,用力吻在尚小悦湿润而柔软的双唇上,两人的脸都烫得吓人。

尚小悦受惊般逃开了萧宇的热吻,小声说:"你又欺负我……"萧宇压低声音说:"我是初吻,你没吃亏!"

"坏蛋!骗人!人家才是……"尚小悦把头埋在萧宇的胸前,女孩就是这样,明知是甜言蜜语的谎言,可仍然选择去相信。

"明天……"

"明天我要上课了,恐怕不方便出来。"

"不是……我是说,明天我要去离岛。"萧宇解释说。

尚小悦的目光有些吃惊,她轻轻挣脱萧宇的怀抱,脸上的表情将信将疑,毕竟萧宇开惯了玩笑,谁知道他这句话是不是真的。

"我父亲去世了,我要去那里继承遗产!"萧宇静静地说。

"你什么时候回来?"尚小悦的声音有些颤抖。

"不知道……"

"你会不会不回来?"

"我真的不清楚!"

"混蛋!"尚小悦用尽全身的力量大喊起来,然后她给了萧宇一个响亮的耳光。萧宇让她打得有点发蒙:"过分了啊!打人不打脸啊!"

尚小悦眼睛里满是泪水:"萧宇,你不是人,你好好去你的离岛就是了,干吗招我?"她转身向家中跑去,中途停下脚步狠狠地说了一句,"我恨你!"

萧宇无可奈何地摇了摇头:"麻烦……"他的内心深处忽然有些悔意,自己刚才的确过分了一些,看这小妮子的模样肯定是爱上了自己,也许自己真的不该向她表露感情。天空又飘起了雪花,也许这是他今年能够看到的最后一场雪了,他看着漫天飞舞的雪花忽然笑了起来,直到尚小悦家中的灯光亮起,他才一步一步向家中走去。

机场的航班并没有因为落雪而延误,萧宇和母亲一行来到机场的时候距离登机还有一段时间,他开始发现庄孝远的确有着非同一般的能力。

短短两天，他能够将自己赴离岛的手续全部搞定，这绝对不是一个普通律师能够办到的。

庄孝远永远都是那副微笑的模样："其实我来燕京之前，就已经让这里的朋友办理萧宇的手续了，不然也不会这么顺利！"

萧宇反问说："你怎么知道我一定会跟你走？"

庄孝远意味深长地说："我只相信一点——父子连心！"

萧宇的心中一震，父子连心？母子呢？他的目光第一次和母亲接触。

方晓芸的眼中布满了血丝，看得出她一夜都没有睡过，苍白的面孔让人感觉她随时都可能倒下。庞贵山一手拎着行李箱，一手支撑着她的身体。

萧宇终于向母亲走了过去，方晓芸一句话也说不出，只是流泪，看到儿子即将离自己远去，她仿佛失去了整个世界。

"芸姐，我走了！"从萧宇的声音听不出太多的离愁。方晓芸一边擦去泪水，一边点头，好不容易说出一句话："多……照顾自己……处理完事情赶快回来……"她的声音已经完全嘶哑。

萧宇点点头，他的目光又转向庞贵山。

庞贵山将行李箱交到他的手中："需要用的东西，你妈妈都为你准备好了，到那边别忘了打电话！"萧宇这次看清了庞贵山的眼睛，却发现他的目光并不是那么讨厌，伸出手去拍了拍庞贵山的肩膀："帮忙照顾好她！"

唐亮、齐三和铁蛋凑了上来，每人拥抱了萧宇一下："哥们儿，发财后别忘了回家！"萧宇感动地点点头，他的眼睛在搜寻尚小悦的身影。

"各位旅客请注意！飞往香江的班机将在……"机场播音员悦耳的声音响起，所有人都明白这意味着什么。

萧宇从庞贵山的手中接过行李，率先向安检口走去。萧宇又看了一眼母亲，心头有些酸楚，他想说什么，却又咽了回去，转身向前方走去。

"儿子！"

萧宇忽然听到一声近乎歇斯底里的呼喊,他猛然转过头去,看到母亲的身体已经跪倒身后的过道上,萧宇再也无法控制住自己的眼泪,全速冲到母亲的身边,紧紧拥住了她发抖的身躯。

然后,他抬起头向着同样热泪盈眶的庞贵山说:"帮我……照顾好我妈,我会尽快回来……"

萧宇走入闸口的时候又一次回过头来,人群中依旧没有尚小悦的身影,他多少有些失落,可是转念一想,如果和尚小悦的关系就此画上一个句号,也未尝不算一件好事。这段称不上开始的感情如果继续下去,对尚小悦是极不公平的,他有什么资格让一个还未尝到爱情滋味的女孩从开头就等待下去?

萧宇却不知道,尚小悦正躲在远处偷偷注视着他,当萧宇的身影消失在前方,尚小悦开始哭泣,她哭得如此伤心又如此大声,把周围人的眼光都吸引了过去,她有些后悔自己没有出现在萧宇面前。

一块洁白的手帕递了过来,尚小悦抬起头,正看到方晓芸红着眼睛望着自己。唐亮小声说:"这是大宇的妈妈,这是大宇的……女朋友!"尚小悦脸红了红,却没有否认。方晓芸轻轻搂住尚小悦的肩膀:"燕京有这么好的女孩等着他,萧宇一定会回来……"

02　任何人都必须从底层做起

萧宇并不是傻豹带的第一个小弟，却是他手下唯一的小弟，因为跟他的小弟都逃不过中途改投老大的命运，干这行也有饿肚子的，傻豹就是其中一个。

致命陷阱

飞机行驶在三万英尺的高空上，萧宇从舷窗遥望着远方的云层。他的情绪已经完全恢复了平静，刚才临行时的那点离愁早就被他抛到九霄云外，取而代之的是对未来新奇生活的向往和渴望。庄孝远向空姐要来饮品，他将一杯橙汁递给萧宇："之前有没有坐过飞机？"萧宇摇了摇头："我打小就是一穷二白的苦孩子，脚踏实地惯了！"他咕嘟灌了口橙汁，要说第一次飞行的体验，还真有点不踏实。

庄孝远笑了笑又说："我像你这么大的时候也没有坐过，我的家住在机场旁边，每天看着飞机在我的头顶起起落落，那时候我最大的愿望就是有朝一日能够坐在飞机里面观看云海。"

他咽了口咖啡："为了这个目标，我每天开始在街口擦鞋、卖报，几乎所有能够挣钱的事情我都尝试过，可还是凑不够一张机票的钱。我甚至想偷偷爬到飞机的起落架上坐一次免费航班……"

过去的回忆，让他的声音变得有些感伤："后来我还没有靠近飞机，就被机场的地勤人员发现了，我的梦想就此结束！"

"看不出你也是苦孩子，后来呢？"萧宇显然对庄孝远的故事很感兴趣。

"后来我就用我挣的钱进了学校，当我第一次拿到律师证时，我知道我之前所有努力终于得到了回报！"庄孝远放下手中的杯子，舒服地靠在机座上，"从看飞机到坐飞机，从经济舱到商务舱，我终于完成了儿时的愿望。"

"很少有人像你这样能够始终如一地向着自己的目标努力！"

"可是有人天生就不需要付出努力！"庄孝远停顿了一下，"比如说……你今天第一次坐飞机，明天就能够拥有一架属于自己的飞机，想去哪里就去哪里……"

萧宇不置可否地笑了笑，他的目光重新望向窗外，一切对他来说得还是那么遥不可及，他已经分不清自己究竟生活在现实还是梦幻之中。

经过香江机场的短暂停歇，萧宇一行继续从香江到嘉北的飞行。经过了初次乘坐飞机的新奇，萧宇感到有些疲倦，向空姐要来毯子靠在座椅上睡去，在沉沉的睡意中他被广播惊醒，知道飞机马上就要着陆。从座位旁的小圆窗往外看，天色已经有些变暗，远处的云在夕阳中翻滚着一片柔和的金色，仔细看去却又宁静不动，使人很难想象飞机在那样快地飞行。机翼下的云层呈现出青白色，一团团轻柔如梦向后移去，下午五点飞机准时降落在嘉北的土地上。

庄孝远的神情从这一刻起变得异常凝重，招牌似的微笑早已不知所踪。嘉北的天气并没有萧宇想象中那样温暖，冰冷的小雨夹杂着冬日的凄风，无孔不入地钻入他衣领的缝隙，让他感到清冷——来自心底的清冷。

出口处挤满了等候接机的人们，从他们身上萧宇看不出和自己有任何的不同。广播中传出播音小姐柔和的声音，总觉着比燕京机场的字正腔圆要差上许多，不过这种软糯糯的慵懒却透着一种柔情似水的女人味儿。

十几名身穿黑色西服的壮汉簇拥着两个老人站在闸口的正中，两人一胖一瘦，胖的那个出奇的矮，最多能有一米六，瘦的那个却有一米八〇以上，两人都是六十多岁的年纪，身上穿着质地柔软、做工精细的长衫。

如果在燕京遇到这样的老人，萧宇一定会认为他们是在拍戏。随着时代的变迁，除了在影视剧中，已经很难见到这样的装扮了。庄孝远已经率先向两位老者走去，他的目光中充满了敬畏。

"左老先生好！郭老先生好！"他的腰足足躬了九十度。

从萧宇出现在闸口，矮胖老人的目光就没有离开过他："他就是鼎汉的儿子？"

"是！左老先生好眼力！"庄孝远的声音中充满了献媚。

左老先生点点头："家里让我和老郭陪你们先去仁爱医院……"

萧宇缓步走下候机厅的台阶，下到最后一级，他停了一下，带着一种期待，郑重地把腿迈了下去。这就是嘉北的土地了，它就在自己脚下，也并没有什么特别的感觉。萧宇在心里嘲讽地"哼"了一声，这片土地被很多人想得太神奇了。空气纯净如水洗过一般，应该比燕京纯净许多，但他又怀疑这种感觉多少是出于自己的心理暗示。

机场前面一片平展的开阔地绿草如茵，平旷而生机勃勃，一直伸展到远处小山脚下。许多奶牛星星点点在草地上从容徜徉，数不清的白鸽来往翔掠，在远山的背景前点缀出些许移动的白影，有几只停在他脚边，萧宇抬脚吓一吓，却并不飞走，只是跳开一点。天宇清澄，蓝得透明，他记忆中很少见过这么纯洁的天幕。眼前的景象与他想象中那么吻合，这使他对未来将要发生的一切多少产生了些期盼。

机场外五辆黑色宾利一字排开，身穿藏蓝色制服的五位司机几乎同时将车门打开。左老先生转身对庄孝远说："萧宇和我们同车，你先行到医院和其他四位律师会合！"庄孝远慌忙上了第一辆车，左老先生的话对他来说就是圣旨，无论对与不对，他永远也不敢去追问原因。

萧宇坐在两位老人中间，率先发话的仍旧是左老先生："萧宇，你读的什么专业？""我在燕京电视大学修电子商务……""哦。"左老先生的神态多少显得有些不以为然，纵然分处两岸，他也知道电视大学不入流的地位。

一直沉默的郭老先生开口说："你继承家业以后也许应该转学经济！"

萧宇没有说话，他的目光在两位老人的脸上来回徘徊，却没有找到任何能让人亲近的成分，他的目光最终还是投向了窗外，三人在沉默中到达了仁爱医院。

萧宇没有想到自己来这里的第一站就是医院，左老先生对此却给出了极为合理的解释："我们必须确定你是鼎汉的亲生儿子……"萧宇有点嘲讽地说："看来啥时候都脱不了滴血认亲这一程序！"

殷红色的鲜血从萧宇的体内缓缓流入无菌针管中，五名律师围拢在两位老人身边关注着发生的一切。萧宇有些想笑，自己从来没有想过会有这样的一天，居然被拉来和一个死去的人去做亲子鉴定。

所有一切都在七人的共同监督下进行，萧宇用药棉按住针眼："什么时候能够出结果？"

郭老先生伸出五根手指，然后补充说："在这五小时中，我们七个人谁都不能离开这里。"萧宇看着他们严肃的样子忍不住想笑，他忽然问道："请问两位老爷子和我这位……突然出现的父亲究竟是什么关系？"在他了解到的情况中，萧家没多少亲戚，否则也不会轮到自己这个私生子过来继承遗产。

"兄弟！"左老先生将头倚在墙上，然后慢慢地说，"我们是一个家族的兄弟，鼎汉虽然去世了，可是我们必须维护他的利益！"

萧宇笑了笑："我怎么听着有点像电影！"所有人的目光全部转向了萧宇，郭老先生忽然笑了起来："真是个孩子……"所有人都跟着笑了起来，萧宇也是其中之一。

等待的时间显得十分漫长，萧宇无聊地在座椅上打起了盹，不知过了多久，听到耳边一个悦耳的声音传来："先生，您喝点什么？"

萧宇睁开眼睛，看到两个身穿护士服的女孩站在自己身前，萧宇的目光首先被左边的高个女孩吸引了过去，那女孩皮肤异常白皙，微微泛出红晕，眉毛很长，眼睛很大，笑起来唇角微微翘起，显得十分可爱。萧宇观察她胸卡上的名字，那个女孩看到萧宇的目光始终打量着自己，脸不由得更红了，黑长的睫毛害羞地垂了下去，显然误会了萧宇的意思。

萧宇心中暗想，这姑娘的确水灵。

"先生，您要不要喝点什么？"一旁那个胖胖的小护士忍不住又问了一遍。萧宇回过神来，这才注意到两人推着一辆堆满食品的小车，他拿起一听可乐和一个汉堡，向那高个儿女孩笑了笑："谢谢！"

"喂！我也有份！你怎么不谢我？"胖胖的小护士多少有些愤愤不平。萧宇连忙又补充了一句："你的声音极富有诱惑力，长得又如此丰满性感，我不好意思跟你说话！"那小护士被萧宇逗得呵呵笑了起来，笑了两声又戛然而止，突然回过味来，这坏小子分明是在说自己胖。

萧宇刚想打开可乐，又想起一件事情："对了，护士小姐，这些东西要钱吗？"

身材高挑的护士甜甜一笑："不用，萧先生在世的时候每年都会给医院捐一大笔款项，这些都是院长特地安排的！"萧宇点点头，别有一番心思，嘴里却说："你们真是不错，改天我绣一锦旗给你们送来！"

那位身材高挑的护士叫安雯，她有些不懂萧宇的意思："先生的意思是……"萧宇笑眯眯地说："在对岸医院遇到你们这种为人民服务、不图回报的好同志，人们往往都会送面锦旗或者写封感谢信，表示敬意！"

那个胖胖的小护士被萧宇说话的语气逗乐了："原来先生不是本地人，怪不得说话跟我们有些不同！"

萧宇呵呵笑了两声："小姐，你觉得是我说话好听呢，还是他们说话好听？"他偷偷伸手指了指左老先生。

胖护士笑了笑小声说："你说话跟他们不同，显得很有磁性，富有男性魅力！"

"捧我！"萧宇乐了。

他小声对安雯说："我就闹不明白，这里的水土难道是专养女孩子，很多男同志看着跟个爷们儿似的，一说话就哆得让我浑身不自在！"

两位小护士同时笑了起来："这可能是地方口音的不同，我们的口音有些接近吴侬软语，女生说话比较好听，男生相对就显得温柔一些！"

那胖胖的小护士忽然说："时间到了，再不走护士长又要罚我们了！"她们推起食品车连忙告辞，萧宇笑着说："改天我来找你们玩儿，还没告诉你我的名字，我叫萧宇……"

萧宇又重新回到那无聊的等待中去，鉴定结果直到晚上十点三十分才出来，通过DNA认证，萧宇和萧鼎汉是亲生父子无疑。每个人都像松一口气似的站起身来。

萧宇仍旧没能够休息，他必须完成孝子守夜的责任，他对这个父亲虽然没有太多的认识，可是冥冥之中必定有着某种难以言明的感情，一进入灵堂，他的心情开始变得压抑而感伤。

萧宇换上了孝袍，他还是头一次看到自己父亲的形象。遗像上的他显得异常冷酷，萧宇有种似曾相识的感觉，他发现自己的眼睛和鼻子都很像父亲，不过少了些冷酷，多了点随和。

守灵的并不只萧宇自己，还有萧鼎汉的三个义子。瞧他们痛哭流涕的模样，仿佛死去的是他们的亲生父亲，萧宇却像一个局外人。

萧宇从庄孝远的口中知道，父亲的三个义子分别叫萧国泰、肇勤、薛纪纲。

萧宇从进入灵堂的那一刻起几乎就没有休息过，他像个木偶似的磕头谢礼，谢礼磕头，膝盖已经跪肿了，四肢变得僵硬。在那三名义子哭得没有眼泪的时候，他居然能顺畅地流出眼泪来了。

流泪的时候已经到了出殡的日子，萧宇在殡仪馆中见到父亲遗体的时候才想起一件事情，他悄悄地问庄孝远："我父亲是怎么死的？""肺癌！"庄孝远的回答简单明了。

萧宇没有多问，麻木地随着流程一一去完成。每件事情都有人替他安排妥当，他根本不用操太多的心，看来父亲的朋友很多，萧宇已经记不清跟多少人握过手。除了他以外，父亲没有任何亲人，萧宇也曾经偷偷问过庄孝远，庄孝远的回答很干脆："都死了！"自从飞机一落地，他开始变得惜字如金。

葬礼过后，雨还没有停歇，萧宇坐在劳斯莱斯里望着窗外朦胧的景色，忽然想起一首耳熟能详的歌曲。自己这几天除了忙于父亲的丧事，其他的事情完全没有时间去留意，他开始意识到自己来了这么多天始终没有融入这些人的生活，一层无形的隔阂将他隔离在外。

庄孝远自从萧宇来到这里，就很少和他分开过，他几乎成了萧宇的贴身秘书兼导游。"你的公寓在信义区，对了，前面就是淡水大桥！"

烟雨朦胧中，萧宇几乎看不清大桥的护栏，庄孝远笑着说："改天我陪你来到这里玩玩，当务之急是处理完遗嘱的事情！"萧宇笑了笑："无所谓，长江黄河我都见过，这个什么淡江可能连海河都比不上！"庄孝远也笑了起来："你想错了，黄河雄壮，淡江秀美，好比男人跟女人没有什么可比性！"

又过了很久，庄孝远才开口说："你母亲那里我已经通过话了，今晚她会等你电话。"萧宇点点头，自从来到这里他还没有给母亲打过电话，几次都有拿起电话的念头，可是每到最后他总是放弃。看来空间距离并没有消除他与母亲之间的隔阂，一切只有等时间慢慢地淡化了。

汽车从南港区穿过，驶入山道，萧宇没有想到父亲会选择一个如此幽静的居处。庄孝远的声音重新响起："萧先生六年前开始信佛，所以在山后的月芒湖盖了一栋寓所，其他的房产全都被他变现了！"

汽车拐过两个弯道，顺着山势下行，又行进了大约十五分钟，向左拐入了一条小路。路旁种满了高高的椰子树，路的尽头出现了一片庄园。

两扇铁门自动打开，首先映入眼帘的是一栋庞然矗立的双层欧式建筑，红色的砖墙和白色的木板相陪衬，若换作在月芒湖以外的地方，或许能称得上是一栋"可爱"的房子。可是这一栋豪华大宅坐落在月芒湖岸边上，看起来比来自另一银河系的太空船更令人感到突兀。这座宅院需要的是榆树而不是松树，是阴沉的苍穹而非万里晴空，是时而飘落的冰冷雨丝而非温暖的倾盆大雨。

萧宇忽然觉得父亲在世时一定非常孤独，而父亲的形象这时在他的心中慢慢变得清晰起来。

客厅内坐满了形形色色的人们，有几人他认识，多半都是素未谋面的，郭、左两位老先生也在其中，庄孝远第一时间找到了属于他的位置，和另外四位律师走到了一起。萧宇发现父亲留下的遗产牵动了很多人的心思，他隐约觉着所谓的继承并不像庄孝远说得那么轻松，内心蒙上了一层浓重的阴云。

左老先生轻轻咳了一声："家族中的七位家长和遗嘱中提到的相关人等全部到书房中去！"所有人的目光都盯着萧宇，他是萧鼎汉唯一的合法继承人，今晚无论他想与不想，都已经被推到舞台的中央，他必然成为众人瞩目的焦点。

书房很大，除了正中的一张长桌，四壁摆满了高大的书架，尽管窗口很大，可是因为朝向北方的缘故，阳光很难投射进来。即使是在白天仍旧开着灯，银色的灯光照射在每个人的面孔上，那些僵硬的表情加重了压抑的气氛。

所有相关的人都围坐在长桌旁，左老先生和郭老先生坐在上首，萧宇坐在长桌的另一端。他忽然有种被众人审判的感觉，心中越发迫切地等待宣读遗嘱，希望早点结束这一切。

庄孝远和其他四位律师小声商议了一下，最后决定由庄孝远宣读这份遗嘱："萧鼎汉先生将社团中所占的股份留给养子萧国泰，中华街的茂祥物流留给肇勤和薛纪纲，银行存款和债券计二百三十三亿离岛币留给他的法定继承人萧宇。私人房产共有七栋，信义区的房产留给萧宇，其余六栋由三位养子均分。萧先生立遗嘱时曾经附加条款，如果出于其他原因萧宇不能来嘉北或不愿继承遗产，所有财产便捐给慈善机构；萧宇若是出现任何意外，这笔遗产也捐给慈善机构！"

他停顿了一下，目光落在萧宇身上，又从公文包中拿出一份鉴定书："这是证明萧先生与萧宇为亲父子的亲子鉴定书，萧宇的身份绝无可疑。"他又将影印本分发给众人，最后来到萧宇身边，将遗嘱放在萧宇的面前："萧宇如果你同意继承遗产的话，就在上面签字！"萧宇仔细看了看遗嘱的条款，确信没有任何漏洞，这才小心地在上面签下自己的名字。他的心中激动万分，二百三十三亿，这意味着他以后再也不用为生活奔波，意味着他在国内财富排行榜上也能够榜上有名。

庄孝远轻轻拍了拍他的肩头，和其他四名律师率先走出门去，一切看起来顺利得让人不敢相信。萧宇看了看其他人，任何人好像都没有起身的意思，他忽然想起从这刻起，自己已经是这栋豪宅的主人，也许是时候说一切都结束了。

可没等他开口，不太爱说话的郭老先生开始发言："萧宇……你知不知道，你父亲生前的身份？"萧宇摇了摇头。

左老先生微笑着插口说："鼎汉是社团的老大，我们的社团叫三连帮！"

萧宇睁大了眼睛，即便是在燕京他也对三连帮早有所闻，三连帮是离岛最大的地下社团组织，自己早就觉着这帮人不是那么对头，现在看来他们真的有问题。萧宇隐隐觉着有一种危机从四周向自己压迫而来，这帮人告诉自己父亲的身份，肯定另有所图，怎么突然有种小绵羊掉到狼群里面的感觉？

左老先生仍然在笑："鼎汉是社团的精英，十几年来他将社团打理得井井有条，社团的生意也可谓是蒸蒸日上，他的成绩我们有目共睹！"

萧宇感到自己的喉头有些发干，刚才的兴奋在顷刻间变成了一种莫名的恐惧。他不知道自己究竟在害怕些什么，可是左老先生每说一句话就好像将自己向深渊中推下一步。

"鼎汉太聪明！在他死前，社团中的大部分财产已经被转到了他个人的名下，地下资产变成了合法的当然是好事，可是坏就坏在这笔合法的资产已经完全私有，而就在他迫于压力答应将资产合理分配给家族成员的时候……"说到这里，左老先生叹了口气，"他却被人枪击！"

萧宇的手心全是冷汗："父亲并不是病死，他是被人暗杀的？"他的目光带着愤怒望向左老先生。

老先生又笑了起来："你不用这样看着我！我可以发誓你父亲并不是我让人杀死的，虽然我们在场的每一个家族成员都想杀他，可是那也要等到他将这笔资产吐出来以后……"

"这笔资产合法以后，我们所有人必须要继续维持它的合法性，我们必须找到你，不然这笔庞大的资产就会落到政府手中。你很幸运，如果亲子鉴定表明你不是萧鼎汉的亲生仔，你绝对活不到今天！"左先生手指轻轻敲了敲桌子，身边的萧国泰将一份文件抛到萧宇的面前。

左先生说："你只有一条路可以选择，签了这份财产转让书，将本属于我们的东西还给我们！"

萧宇终于冷静了下来，他根本没向财产转让书看一眼："我不会签！"左先生大声笑了起来："年轻人不要意气用事，如果我没记错的话，你今年才二十岁吧，为什么不好好珍惜生命呢？看来你果然是鼎汉的儿子，金钱在你眼中比性命更加重要。"

萧宇摇了摇头："我如果签了这份转让书，恐怕你们更加不会放过我！"左先生也摇了摇头："年轻人，你把你自己想得太过重要了，我可以保证，只要你签了这份转让书，我可以保证你在离岛的人身安全！"

"你当我傻啊？你拿什么保证？现在你们动手的话就什么都得不到，可是我如果签了这份转让书，我就没有任何可以利用的价值了！"萧宇的态度异常强硬，初生牛犊不怕虎，至少这一刻他还是这笔庞大资产的主人，这帮人应该不敢拿他怎样，报警！对！这里也是有法律的。

左先生挥了挥手，萧国泰将一个厚厚的信封扔到萧宇身前。

"这里面有你母亲过去的一些照片和光碟，如果你不签，我敢保证明天一早所有的报纸头条都会刊登出她的奇闻逸事！我还会让人将这些东西传遍世界的网络。"萧国泰恶狠狠地说。

萧宇的面孔涨红了，他虽然不知道母亲有什么样的过去，可是从他们的表情上已经能猜出里面是什么样的东西。

"用你的财产买母亲的名誉外加你家人的生命，这笔交易应该划得来！"左先生威胁说。

萧宇被重重击中了要害，他颤巍巍地拿起了钢笔，迅速在转让书上签下自己的名字。

庄孝远和其他几名律师适时出现在萧宇的身边，见证着刚刚发生的一切。左先生笑眯眯地问："几位大律师，这份文件是不是真实有效？"几人同时点了点头。

萧国泰歪着嘴角来到萧宇身边，一把将那个信封抓了回去。

"还给我！"萧宇愤怒到了极点，萧国泰笑了起来，他将信封中的东西倾倒在了桌面上，萧宇的目光定格在了桌面上，里面哪里有什么照片和光碟，仅仅是几本护照和身份证明。

左老先生又叹了口气："兵不厌诈！没想到萧鼎汉的儿子这么不中用，这里面是你在这里生活的身份证明，既然我答应保证你的人身安全，我就会把你永远留在这里。"他从口袋中掏出一枚硬币掷到萧宇的面前，"好好拿着它！知不知道我代表社团找你那该死的父亲要回财产时他怎么说？"

"他居然扔给我这枚硬币，让我拿着它去度晚年！可惜……嘿嘿，我并没有他想象的那么老，这枚硬币才是属于你的东西，是你父亲留给你的唯一财产！"

狂奔在午夜

萧宇带着左老先生给他的那枚硬币头也不回地离开了风雨园，刚刚离开那里的时候他的确感到愤怒与失落，可是当他走出风雨园的大门，他的心情开始释然了，也许他真的不属于这个地方，他想起了燕京，想起了母亲，想起了小悦，想起了那帮患难与共的兄弟。

天色渐渐暗了下来，萧宇漫无目的地沿着山间公路向城市的方向走去，一辆小车开过来，在萧宇的影子上碾过，那强烈的光一晃就消逝了。又一辆小车开过去，尾灯在他影子上映出两个小红点，渐渐远去。

忽然萧宇发现两个小红点灼灼地注视着他，终于消失。路灯不锈钢柱子那种坚硬而冰凉的感觉给了他一种提醒，他想到生存的现实也许对自己，对每一个人，都是这样的坚硬而冰凉，带着一种不动声色的残忍，他无法回避也无法突破。那些闪着诱惑光彩的温情怀想，无论自己多么执着，也只能放弃。那种不动声色、不可捉摸的力量，总是在迫使人们就范。

那笔所谓的巨额遗产萧宇其实压根就没有得到过，他这次来这儿的唯一收获，可能就是手中这枚冰冷的硬币。

终于有辆汽车在他面前停下，缓缓摇开的车窗里露出了庄孝远那张伪善的面孔，萧宇又觉得伪善不足以形容庄孝远的模样，脑海中继续搜寻着更加恶毒的词汇。如果没有他的出现，此时自己应该还在校园中，和自己的那帮"狐朋狗友"过着没心没肺的日子，也许已经和尚小悦有机会更加深入地交流，而自从这个人出现，自己的一切都脱离了原有的轨道。

"上车！"庄孝远的声音中没有流露出任何歉疚。萧宇犹豫了一下，还是走了过去，毕竟他从路牌标志上认识到从这里到市区还有四十公里。

汽车缓缓驶动，庄孝远的面孔在路灯的光影下显得阴晴不定："萧宇，你是不是很恨我?"萧宇没有说话,他的态度十分明了。

"其实有些事情并不是我们能够左右,如果我选择对抗,我的家人,我现在拥有的一切,立刻就会变成泡影……"庄孝远显得有些激动。

萧宇看了他一眼:"别跟我在这儿装好人,我没工夫恨你,其实对我来说这笔遗产并不像你们想象的这么重要!"他在心中提醒自己,本来自己就一无所有,就当是一个梦,至少免费来这里见识了一下此地的风土人情,可心中的失落感却在短时间内很难恢复,两百多亿的遗产说没就没,甚至都没来得及挥霍一下。

庄孝远点点头:"我倒是真的希望你能够做到这样潇洒,毕竟是我一手将你引入了这个泥潭……"

萧宇的身子用力向后靠了靠,庄孝远继续说:"忘了这件事,离开嘉北,回到你原来的生活中去!"他将一个皮包递给萧宇,"机票和护照都在里面,我也只能帮你这么多了。"萧宇忽然笑了起来,庄孝远显然搞不懂他为什么发笑,许久萧宇才停住大笑,将那个皮包抓在手中:"告诉我,那笔遗产到底是不是左老头所说的是什么组织的资产?"庄孝远的唇角动了一下,仿佛在下定什么决心:"不是!"

萧宇的目光冷得就像要结冰,他明白庄孝远所说的两个字意味着什么,他应该拥有的一切被这帮人卑鄙无耻地霸占了。

两人都沉默了下来,市区的灯火已然在望。

"停车!"萧宇大声说。

庄孝远紧急刹车,不解地望向萧宇,萧宇推开车门走下车去,他向庄孝远挥了挥手。庄孝远留意到他指缝间闪过一道冰冷的光,那是左老先生给他的硬币,庄孝远忽然明白,眼前的年轻人绝不会这样轻易离开,那枚硬币也许已经成为他留下的理由……

雨后的路上积了不少水洼,踩上去发出清脆的声响。上弦月像被冻住一样弯在无云的天幕,星星隐隐约约地闪闪烁烁。一阵寒风吹来,几片落叶擦着萧宇的脸掉下去,带来一点微痛的感觉。长街上霓虹灯的招牌和广告还亮着，街上没有几个人，有一两家小酒家还在营业，里面的人映在窗帘上影影绰绰的，又不知从哪个角落传来几声骂人声。永远游荡的流浪汉在黑暗的街角晃动着身影，他们无家可归也不想归家。

萧宇在通往桃源路街角的时候停住了，看了一会儿银行橱窗里的利率表，又漠然向前走。这座巨大的城市离他非常遥远，让他从心底感到疏远，他有种漂泊旅人的感觉。所有的人对他来说都是路人，钱可能是他与这个社会的唯一联系。这个社会并不需要自己，他被遗弃了……

萧宇看见一些浓妆艳抹的女郎穿着短裙，在公用电话的玻璃亭中避风，又有几个穿着长袜毛大衣在冷风中徘徊，向偶尔驶过的小车招手。一直走到街尾，萧宇才看到一个空闲的电话亭，他刚刚走进去，外面又开始下起雨来，这里并不是想象中那样美丽。

借着对面高楼灯光的投射，萧宇打开了庄孝远给他的皮包，里面有一张在香江中转飞往燕京的机票，一本护照，还有一万离岛币的现钞。萧宇不屑地笑了笑，将皮包拉好。他忽然想起了母亲，想起临行前母亲在机场送别的情形，他的眼眶开始热了起来，泪水响应着外面的雨声，无法抑制地流了下来。

直到玻璃亭被重重敲响，他才回过神儿来，一位穿着红色短裙的女郎站在外面，看来她已经冻得不行，眼眶上不知道是眼影还是冻出来的乌青色，修长的双腿也微微发颤，即使是这副狼狈模样，她仍旧露出献媚的微笑。

萧宇猜测着她的身份，然后鄙夷地看了她一眼，推开了玻璃门，他并不是可怜这个女人，只不过想赶在飞机起飞以前赶到机场，将机票退了。萧宇还没有出去，那女郎已经挤了进来，紧贴在萧宇的胸前："帅哥！要不要取暖？"

萧宇逃也似的挤了出去，身后留下那女郎一串放肆的大笑。当他走出二百多米，才想起手上的皮包，垂头一看，包上已经多出一道深深的划痕，包里的东西全都不翼而飞。萧宇大惊失色，转头去看，那女郎的身影刚刚消失在街角的转弯处,萧宇不顾一切地追了上去。

他转过街角时,才发现那女郎并没有跑远,不过她的身边多出了三名手持球棒的彪形大汉。那女郎靠在中间那名络腮胡子的怀里得意地向萧宇大笑着,萧宇愤怒地咬着牙根,终于还是停下了脚步。

"算你聪明!"大胡子鄙夷地说。

"你大爷!"萧宇几乎是在怒吼。

这声怒吼同时宣告着战斗的开始,大胡子和两名手下挥舞着球棒从三个不同的角度冲向萧宇。萧宇的速度更快,对手行动之前他已经先行向大胡子冲去,没等棒球棒落在他的头顶,他右脚一个侧踢重重踹在大胡子的小腹上,左手已经顺势将球棒夺了过来,反手抽在大胡子的肩膀上。大胡子被这下重击打得跌倒在地上,其他两人没有想到萧宇的动作如此敏捷,手上稍微犹豫了一下。

萧宇已经躲开两人的攻击,球棒左右开弓分别砸落在两人的小腿处,两人痛得大叫起来。萧宇趁机冲到那女郎的身边,挥动球棒做出要打的架势,那女郎吓得哇的一声蹲在了地上:"别打我……我……把钱全还给……你……"

萧宇从她的手中拿过自己的东西,转身看到大胡子和两名同伴相互搀扶着从地上哼哼唧唧地爬起来。三人显然都被萧宇表现出的强悍吓破了胆,大胡子不住地赔礼说:"大哥……弟兄几个有眼不识泰山……对不住了……"萧宇指了指皮包的裂口,大胡子慌忙从口袋中又掏出一沓钞票:"大哥……这点钱就当赔偿你货物的损失……"

萧宇从大胡子手中接过钱,飞快离开了现场,直到确信没有人跟上来,他才将那个破损的皮包扔进了垃圾筒中。

雨依然淅淅沥沥地下着,一种从未感到过的孤独充满了萧宇的全身。

前方灯火闪亮的地方,传出阵阵的喧嚣声,萧宇大步向前方走去。走近了才发现那是一个夜市,遍布着小吃店和酒馆。他这才想起自己已经整整一天没有进食了,他走入一家名为唐矮子牛肉面的馆子,店内的生意十分火爆，空气中弥漫着葱香与肉酱的味道，更加重了萧宇的饥饿感。

这里的牛肉面与燕京并没有任何不同，随着热腾腾的面条下肚，萧宇的心情终于轻松了一些。可没等多久，他听到外面一阵骚乱，转过头去，看到刚才遇到的大胡子领着十几个人手持砍刀向这里冲来，这帮人一定悄悄在尾随着自己。

萧宇顾不上结账，转身向厨房跑去，慌乱间将一个送面的伙计撞倒在地，滚烫的面汤泼了他一身，火辣辣的痛，面馆内乱成一团。萧宇好不容易分开人群，冲入厨房。

他一眼就瞧见了厨房角落的小门，全速冲到门前，踹开了小门，从地上捡起一根木棍别在门把上面。

门外是一片荒废的土地，四周有围墙包绕，萧宇选择了一处最易攀登的地方，迅速爬了上去。他刚刚跃下围墙，就听到小门发出咣的一声，那帮人撞开了小门。

萧宇暗暗松了口气，飞快地隐入了前方的小巷，他在街口拦下一辆的士。"先生要去哪里？"司机是位和善的中年人。"嘉北哪里的小旅馆多？""当然是武昌街。""就去那里。"

汽车驶出两公里以后，萧宇才渐渐放下心来。这一天发生的事情对他来说实在太多太多，他需要好好冷静一下，整理自己的思绪。萧宇在街角找了个便宜的旅馆住下，旅馆虽然设施简陋，好在还有免费的热水可以使用，这对身心已经极度疲惫的萧宇来说简直是一种享受。萧宇草草洗了个澡便爬上床去，他现在什么也不去想，只想好好睡一觉，也许明天醒来的时候一切都会变得好起来。

这个夜晚，萧宇反复做着同样一个梦，每个梦中都梦到父亲血淋淋地向他走来，他想叫却叫不出来，父亲满是鲜血的大手拼命撕扯着他的衣襟，好像在对自己说着什么，可是自己一个字也听不清楚。

萧宇醒来的时候还是凌晨，他的身上都已经被冷汗湿透。他向来认为自己不是一个迷信的人，可这次却相信父亲冥冥之中一定是在给他托梦，试图想告诉他什么。来嘉北之前他曾经无数次想过，这个素未谋面的父亲不会在自己的心中占有重要的位置，可当他踏上这片土地，才发现有些感情并不是自己能够左右，他毕竟是父亲生命的延续。他对左老先生等人的仇恨，不仅仅出于他们夺去自己财产的愤恨，更多的是因为父亲。在弄清父亲的死因之前，他绝不会就这样不明不白地离开。

因为庄孝远回到嘉北后态度的大逆转，萧宇对庄孝远给他的钞票也留了个心眼，他首先拿了一张到银行去鉴定一下真伪，果然不出他所料，庄孝远给他的全是伪钞，这些伪钞足以为他引来牢狱之灾。

反倒是大胡子的三千离岛币救了萧宇的一时之急，说起来萧宇真应该感激他。萧宇退了房，漫无目的地游荡在街头，机械地看着过往的人群与车流，不知道为什么他忽然有一种强烈的愿望，想再去父亲的坟前看看。

萧宇蹲在父亲的墓前，用袖口轻轻擦拭了一下墓碑上的照片，感觉仿佛又和父亲靠近了一些。"爸！可能您还从来没听我叫过您，我是您儿子萧宇，咱俩做过亲子鉴定！绝对是亲生的！"萧宇自言自语地说，相片上的父亲仍旧是那副一成不变的笑容。

"我现在很矛盾，是继续留在这里还是回去？您要是在天有灵，干脆再给我托一梦，给您儿子指条路……"这时萧宇忽然听到身后响起优雅的脚步声，他缓缓回过身去。

这是他第一次见到苏玉琴，她属于那种风姿绰约的女性，一身黑色长裙衬托出她保养极佳的皮肤，姣好的容颜修饰得十分得当，然而最让萧宇印象深刻的是她看着父亲遗像时所表现出的悲伤。萧宇马上猜到，她和父亲之间一定有着非同一般的关系。

苏玉琴将手中的一束百合花轻轻放在墓前，她的神情中流露出一种近乎于绝望的悲伤，可她却没有流泪。萧宇好奇地观察着眼前的女人，他猜测到她肯定知道父亲不少故事。

"你就是鼎汉的儿子？"苏玉琴的声音有些沙哑，萧宇点点头："我叫萧宇，来自燕京！"

"我叫苏玉琴，和你父亲是……很好的朋友……"

"我没在葬礼上见到你！"萧宇显得有些不解。其实他根本记不清葬礼上见过的人们，虽然来这里的时间不长，却经历了太多的尔虞我诈、阴谋算计，这让他开始怀疑周围的一切，对任何陌生人都充满了戒备。

苏玉琴淡然地笑了笑："我不喜欢人多的场合，再说追忆故人还是清静些好。"她说话的时候开始打量萧宇，很快就从萧宇身上找到了他父亲的影子。

"三连帮不会放过你！"她的一句话让萧宇的表情凝重了起来。

萧宇不置可否地笑了笑："我知道！"

"那你为什么还要来这里？"苏玉琴轻声问。

"就算我想离开，至少也要跟老爷子道个别，表表我的孝心！"

"江湖是一个无边无际的泥潭，一旦你落下去，就永远也上不了岸！"苏玉琴的目光重新转向墓碑，"你的父亲就是一个先例……"萧宇点点头："看来我最好的选择，就是尽快离开！"

苏玉琴摇了摇头："这是最蠢的想法！就算你回到燕京，他们也会尾随而去，况且还可能会连累你的家人。"

"那我总不至于活活困死在这个鬼岛上？"萧宇大声说。

苏玉琴打开了手袋，拿出香烟点燃，她的目光极其富有理性。萧宇静静等待着她的下文，他有种预感，苏玉琴应该可以帮助自己。

"三连帮的几个老头子恨死了鼎汉，他们的目的不仅仅是霸占你父亲的财产，他们还要让你生不如死，让鼎汉无法瞑目于九泉之下。左老爷子放出话来，他要让你终老在这里的监狱中！"

愤怒充满了萧宇的内心，他紧紧攥起了双拳。

苏玉琴意味深长地说："三连帮在此地就如同黑龙会在东瀛，他们想要去做的事情，很少有人能够阻止！"

萧宇不屑地笑了起来，可阴影却笼罩了他的内心，昨天庄孝远的所作所为已经证明了这一切，三连帮绝不会让自己轻松地离开。

苏玉琴看了看萧宇："此地敢于跟三连帮作对的只有嘉南的谭自在，如果他愿意收你，你的性命就算保住了！"

"我并不认识他！"

"可是他认识你的父亲……他曾经欠你父亲一个很大的人情！"

萧宇的目光中充满了疑问，苏玉琴仿佛看穿了他的内心："嘉北对于你来说，处处充满了危机，处处布满了陷阱，稍有不慎你将永世不得翻身。"

"我凭什么要相信你？"

"你可以不信，可是以你目前的状况，我想你根本没有其他选择。"苏玉琴每一句话都直指问题的实质。

萧宇开始认识到眼前这个女性有着非同一般的智慧，他笑了笑，目光转向父亲的墓碑："这么说，你会帮助我这样一个走投无路的陌生人？"

"不遗余力！"苏玉琴的口气是如此坚定，甚至近似乎一种承诺。萧宇留意到她的目光也在注视着父亲的遗像，刚才的承诺肯定是为了父亲。

萧宇忽然跪下，恭恭敬敬地向着父亲的墓磕了三个响头，然后转身向山下走去。

苏玉琴的眼光变得迷惘了起来，她真的不明白这个年轻人做出这种举动的目的何在。

"萧宇！"苏玉琴大声喊了起来，萧宇迅速感受到她声音中的关切与焦急。他慢慢转过身来，露出一个灿烂的微笑："我从不接受别人的馈赠！"

苏玉琴忽然失去了刚才的镇静，她迅速来到萧宇的身边，紧紧拉住萧宇的臂膀："我之所以帮你是因为你的父亲，我绝不会让鼎汉的儿子不明不白地曝尸街头！"

萧宇的眼神变得清晰而犀利，他看着苏玉琴一字一句地说："给我一个相信的理由！"苏玉琴的眼眶忽然湿润了，她的嘴唇在微微颤抖："鼎汉就是我的生命，我的全部……这够了吗？"如果不是迫于无奈，她才不会在一个晚辈面前暴露自己的感情，尤其是当着萧鼎汉儿子的面。

萧宇轻轻点了点头："我相信你，无论我父亲和你之间有着怎样一段过去，我都深信你爱他。"

苏玉琴再也抑制不住眼眶中的泪水，低声哭泣起来，她刻意经营的坚强被眼前的年轻人轻易摧垮。萧宇回身望了一眼父亲的坟墓，心中感觉和他更加接近了一些。

他并不相信苏玉琴帮助他仅仅是出于对萧鼎汉儿子的关心，她一定还有另外的目的，那就是报仇！萧宇感觉得到苏玉琴对三连帮的仇恨绝对不次于自己，她和自己谈话的真正目的就是为了证实自己会不会为素未谋面的父亲复仇。

苏玉琴启动了她的那辆黑色的玛莎拉蒂，她习惯性地点燃了香烟。萧宇拿起车载电话："我可以借用一下吗？"苏玉琴吐了口烟雾，点了点头。

萧宇迅速拨通了家里的电话，电话铃刚响，那边就已经拿起。"小宇……"方晓芸不等对方开口就激动地喊了起来，萧宇第一次感到母亲的声音听起来竟然是如此亲切。

"是我！"萧宇的声音变得有些哽咽。

方晓芸在电话那端哭了起来，她有很多话想说，可是忽然间又什么也说不出来。萧宇稳定了一下情绪，开始向母亲诉说自己的现况："妈！您哭什么？我现在好歹也是亿万富翁了，有钱人！看着儿子这么大成就，您该高兴才对！"

"嗯！妈……高兴！你……爸爸的事情……忙完了吗？"方晓芸对儿子继承了多少遗产没有任何兴趣，她关心的只是自己的儿子，确信他平安就好。

"刚刚忙完，累死我了，您还别说，我爷俩长得还真是一个模样。"

方晓芸边哭边答应。

其实萧宇心中比方晓芸更加难受，明明自个儿现在是镚子儿没有，还要在母亲面前打肿脸充胖子，要不是怕母亲担心，他连哭的心都有。

"你什么时候回来，我去机场接你！"方晓芸的话题终于转到了关键之处。

萧宇咬了咬嘴唇："没这么快！你想想几百亿离岛币的财产，外加老爷子留下的各处实体产业，单是办接收手续就得半年，这还是少说的，况且我还要把资产全部转移出去，我要是现在就回去，不等于把钱给捐了吗？绝对不成，咱打小就是一毛不拔的铁公鸡，到嘴的肥肉哪有乖乖送人的道理！"

方晓芸被儿子逗得忍不住笑，一旁的苏玉琴也不禁莞尔，这孩子说起谎话跟真的似的。

萧宇说："妈！有一事儿我得说！"

方晓芸心情好了起来："你说！"

"要是你和老庞真等不及，就赶快把婚结了，等将来我把资产交接好了，一准给你们封份厚礼！"

"浑小子，连你妈的玩笑也敢开！"方晓芸笑骂。她和儿子之间的关系还从来没有像现在这样融洽，说来真的奇怪，空间的距离非但没有增加他们的隔阂，反而让母子间更加靠近了，过去一年他们娘俩说过的话加起来还不如现在多。

"得！我这两天太忙，没顾上买手机，等我手机买好再跟你联络。"萧宇估摸着差不多了想放下电话。

方晓芸这时又想起了一件事情："小宇，那天我在机场碰到你女朋友了！"

"谁？"萧宇以为自己听错了。

"尚小悦，那女孩真不错，我在机场遇到她时，她哭得好可怜，看得出她很喜欢你……"

萧宇没有说话，眼前却浮现出尚小悦在机场目送自己离去伤心欲绝的样子。

"你怎么不说话，人家还是北影的学生！儿子，多给人挂几个电话，这么好的媳妇我可不想让人家跑喽！"

萧宇轻轻嗯了一声，开始告别。

他一挂电话整个人立刻沉默了下去。

苏玉琴将烟盒递给了他："你有很多牵挂！"萧宇笑了起来："没！我这次挥师南下，打算把你们这儿的美女一网打尽，让你们这座小岛成为孤身男人的天下！"苏玉琴的眼睛充满了笑意，她忽然发现自己从心底欣赏眼前的年轻人，从他身上，她仿佛重新找到了萧鼎汉的影子。不仅仅是相貌上的相似，而是一种豪气干云的痛快，逆境之中不屈不挠的精神。

苏玉琴将汽车驶向高速，在中山高速公路的入口前将车停下。从车后的座椅中拿出一个旅行包，交到萧宇的手中："里面有你需要的一切，我不能继续送你了，你在前面的路口乘坐出租前往新店，从那里再坐火车去嘉南。包里有我给谭自在写好的信，你记住直接赶往嘉南，中途绝不能耽搁，如果让三连帮的人发现你的行踪，你就麻烦了！"

萧宇笑了笑，看来今天在父亲的坟前碰上苏玉琴并不是偶然，她可能从自己来到这里那天起就开始寻找和自己单独对话的机会。

萧宇推开车门走了出去，苏玉琴又摇下车窗："对了，除了谭自在以外，任何人都不可以让他们知道我们单独见过面！"萧宇潇洒地向苏玉琴行了个军礼："放心吧您！打今儿起我就不认识您了。"他转身大步向前方走去，苏玉琴直到看不见他的背影才调转车头。

萧宇在路边拦了辆出租，经过中山高速直接开往新店。应该说他根本不了解苏玉琴，可是凭他的直觉他感到，这个女人应该不会害自己。嘉北遍布三连帮的势力，他如果继续留在这里，早晚都会遭到他们的暗算。

司机拧开了收音机，一则新闻引起了萧宇的注意："昨晚信义区一所别墅突然燃起大火,警方从别墅内发现了两具烧焦的尸体,身份证实为茂祥物流的肇勤和薛纪纲,这两人生前均为三连帮骨干分子。据悉别墅原是三连帮社团老大萧鼎汉拥有的物业,后由其子萧宇继承……"冷汗沿着萧宇的脊背缓缓流下,三连帮已经开始行动了。他虽然不知道这件事是否和自己有关,唯一可以肯定的是,二人的死一定和父亲留下的那笔巨额遗产有关,和他们相比自己还算幸运的。

傍晚的时候,萧宇到达了新店火车站,苏玉琴在包中为他准备了十万离岛币,萧宇先到车站的洗手间内,确认所有的钱绝非假钞,才放心地到售票处购买了一张前往嘉南的火车票,这也算得上是吃一堑长一智。上车前他从报亭中又买来一沓报纸,在出租车上的广播已经让他感到某种危机的来临,他希望能从报纸中找到事情的一些蛛丝马迹。

萧宇选了一个临窗的位置,一来可以看看夜景,二来他并不想引起别人太多的注意。列车上的人很少,跟燕京火车上的人满为患截然不同。萧宇翻开报纸忽然发现今天是十二月三十一日,已经是一年中的最后一天。这里的报纸关于政治的报道比任何地方都多,萧宇粗粗浏览了一下,迅速找到了他所关心的信息。

信义区别墅的大火至今没有找到真正的原因,报纸的最后得出两个结论:一是有可能跟帮派内部火并有关,二是别墅的电路自燃。报道中并没有提到自己的名字。

萧宇这才放下心来,刚才他还在担心三连帮将这笔账算到自己头上,看来他们并不想让太多人知道帮派的内幕和他们所做过的丑事。

新的落脚之地

萧宇突然感到有些内急,他拎起旅行包匆匆向洗手间跑去,没想到一连两个车厢洗手间都被别人占用了,气得萧宇想骂人。放眼车上根本没有几个人,没想到厕所的利用率还挺高。他无可奈何地向下一节车厢走去，现在已经是晚上十点，许多乘客都疲惫地睡了过去，整个车厢显得十分安静，偶尔有人发出轻微的鼾声。萧宇的眼睛忽然瞪大了，他的目光定格在前方。

距离他两米多的地方，一个小伙子坐在那里正打着瞌睡，一只长满汗毛的大手正从他的怀中掏皮夹，那皮夹已经有半截露在外面。萧宇皱了皱眉头，大步走了过去，右手重重在那小伙子肩上拍了拍："阿星！这么巧！在这儿也遇到你！"

那小伙子猛然从睡梦中醒来，他揉了揉眼睛，一脸的迷惑。萧宇这才看清他身边人的全貌，那小偷三十多岁的样子，面孔窄瘦，他见无法得逞，恨恨地向萧宇瞪了一眼，显然怨恨他搅了自己的好事，然后迅速把头扭转向窗外，装作若无其事的样子。

萧宇也不点破，向那小伙子胸前瞧了瞧，那傻小子这才意识到发生了什么事情，连忙把露出半截的钱包掖了回去，向萧宇投以感激的目光。萧宇这会儿肚子又疼了起来，慌忙向洗手间跑去。

等到萧宇回来的时候，小偷早就不知溜到哪里去了，那小伙子老远就微笑着朝萧宇招手，萧宇笑了笑向他走了过去，在他对面坐下。

小伙子向他伸出手来："我叫马国豪，刚才的事情真要谢谢你了，这样吧，我请你去餐车吃饭！"萧宇伸手和他握了握："小事一桩，哪用得上这么隆重，我叫萧宇！"马国豪笑了笑："萧先生的国语很标准！"

"我家传的，爷爷那辈都是燕京军官！"萧宇说着有些想笑，他爷爷是谁，连他自己都没见过，不过外公倒是土生土长的老燕京，说是当过军官，可最大的官也就是在部队当了个炊事班的班长！

马国豪显然听不懂萧宇的意思："我家住在嘉南，我在尊儒大学读书。"原来这小子和自己是同路，这下方便了，正愁没向导呢！

"尊儒大学？"萧宇没听说过。

"哦，就是嘉南地区最大的学府，在孔庙附近。"马国豪说道，随后他向餐车服务要来几个小菜和两瓶啤酒，两人对着喝了起来。餐车上的东西贵得吓人，马国豪掏钱的时候，萧宇留意到他的钱包有些开裂，里面的钞票也没有几张，这帮小偷真不长眼睛，挑了个穷学生下手，不过马国豪的大方和直爽给萧宇留下了良好的印象。

聊天中萧宇知道马国豪今年已经二十五岁，尊儒大学计算机系博士生在读，主修网络，学历要比自己高出一大截。萧宇不无羡慕地说："哥们儿，跟你比起来我整一个文盲！"他一不留神满口的京片子又说了出来。

"你说话挺有意思，就像一个真正的燕京人！"马国豪说。

"你听过燕京人说话？"萧宇饶有兴趣地问。

"电视上经常看到！"马国豪神神秘秘地向前倾了倾身子，"我经常收看你们那儿的节目。"萧宇笑了起来，看来在哪儿都一个样，咱国人的好奇心绝对称得上世界第一。

两人谈得颇为投缘，萧宇本身就是一侃爷，古今中外的奇闻逸事无所不谈，马国豪听得两眼发亮，不知不觉已经到达了目的地。临下车前，马国豪已经把自己的通讯地址和电话全部留给了萧宇。萧宇并不想让马国豪知道自己的真正目的，可是马国豪坚持要把萧宇送到巴士站，又拿出钢笔把萧宇要去的地方画了一个详细的地图，一方面是他本性热情，还有一方面是他出于对萧宇火车上帮忙的感谢。

一辆双层大巴从远处开来，马国豪大声说："你坐这辆车在广州街下车，然后按我画的方向准能找到那个地方！"萧宇连连道谢。

马国豪又恐怕萧宇没有零钱，拿出硬币塞到他手里："我走了，安顿下来马上给我打电话，我请你尝尝当地的特色小吃。"萧宇和他握了握手，转身上了大巴。萧宇找了位置坐下，大巴刚刚要开始行进时，两个男人抢在大门没关之前冲了上来。

萧宇认得其中的一个，就是刚才在火车上想偷马国豪钱包的那个，另外一个身材很高大，一副气势汹汹的模样，萧宇明白小偷这是找到帮手报复自己来了。两人在萧宇对面的座椅坐下，两双眼睛虎视眈眈地看着萧宇，萧宇不屑地笑了笑，大巴上人多，估计这俩小子不敢动手。

萧宇借着车窗的反光，仔细地观察了对手的模样，交手之前他必须要对他们有个大概的了解，这就叫"知己知彼，百战不殆"。老祖宗总结出的东西，句句是真理。

汽车刚一靠站，萧宇一个箭步就冲了下去，那两人没有想到萧宇的行动这么快，连忙也跟了下去，萧宇一边微笑一边往前面跑，老子心情正不好呢，跑两步我会一会你们这帮小瘪三。

两人跟在萧宇后面已经跑得气喘吁吁，心中叫苦不迭，正打算放弃追赶时，萧宇却突然停下了脚步，转身向他们走了过来。"怎么着哥们儿？想修理修理我是不是？"萧宇笑眯眯地问。

那小偷气喘吁吁地说："今天我非做了你不可！"他从腰间抽出一把匕首。萧宇冷笑着说："我最恨别人拿刀！"说话的时候将旅行包重重地向那小偷摔去，那小子下意识地举起手来挡，萧宇趁着这个机会已经冲到他的面前，一把抓住他的手腕拧到了背后，那小子痛得顿时把匕首扔在了地上。萧宇向后一脚踹在小偷同伙的肚子上："今儿让你们见识一下博大精深的功夫！"一会儿工夫，俩小子都被他拿住。

萧宇稍微一用力，那小偷痛得大声惨叫了起来。萧宇笑着骂："孙子唉，你怎么思想这么肮脏，有手有脚，干什么不好，偏偏喜欢掏包！"

"大……哥，我……有眼不识……泰山……"

"你们这帮瘪三怎么都一个腔调！"萧宇又在他屁股上踹了一脚，"滚！"

空中忽然升起一朵漂亮的礼花，新的一年已经来临了，萧宇想起此时此刻燕京一定是灯火辉煌，溢彩流光，他的眼睛微微有些湿润。他忽然大声唱起了歌，全然不顾路人投来惊异的眼神……

萧宇从苏玉琴那里知道，谭自在有个雷打不动的习惯，每天清晨六点会准时在广州街的玉府茶楼喝茶。萧宇五点半的时候就来到了茶楼，选了个正对着门口的位置坐下，他清楚得很，除了在门口截住对方，自己根本没有和他交谈的机会。

距离六点钟还差两分钟的时候，茶楼的张老板已经恭恭敬敬地站在门口。这是他多年以来养成的习惯，迎接他最尊贵的客人谭自在，他永远都是茶楼中第一个跟谭爷打招呼的人。

黑色宾利停靠在茶楼门前，一个穿着灰色唐装的老人在两名中年人的陪同下准时走入了茶楼。张老板恭敬地鞠了个躬："谭先生早！"那老人和蔼地点点头，他中等身材，略微有些发福，慈眉善目，嘴唇上留着一撮修剪整齐的胡须。

如果不是听到张老板这么叫他，萧宇根本想不到这样一位老人就是叱咤嘉南的巨擘。

他还是站起身来，恭恭敬敬地喊了一声："谭老先生！"

谭自在花白的眉毛微微动了动，却根本没向萧宇看一眼，继续向茶楼上走去。萧宇大声喊道："谭老先生！"谭自在左侧的那个中年人愤怒地转过脸来，他的手伸向了怀中。

"我这儿有一封给您老的信！"萧宇连忙从包中取出了苏玉琴的信。谭自在已经走上了楼梯，那中年人向萧宇走了过来，从他手中接过信，转身上楼去了。

萧宇看了看墙上的挂钟，已经是八点钟了，谭自在还没有从楼上下来，看来苏玉琴的信并没有起到太大的作用。古人道"人走茶凉"，父亲已经死了，这谭老头不知道还记不记得他欠过的人情。萧宇的心里直犯嘀咕，如果谭老头不肯出手相助，自己只能另作打算了。

服务生已经为他添了五次热水，萧宇面前的茶点也早已吃光，正在他的希望一点点被磨灭的时候，谭自在包厢的门终于开了，他走过萧宇的身边仍然没有看一眼。萧宇刚想开口，那中年人走了过来递给他一个字条："下午三点，你拿着字条去长盛货栈找我！"萧宇惊喜地点点头。

等到谭自在走远，萧宇喊老板结账，那老板满脸堆笑地说："谭老先生已经把你的账结过了！"萧宇浮起了一丝笑容，谭自在无疑给了他一个讯号，过去的事情他并没有忘记，看来这次没有白来。

萧宇准时到达了长盛货栈，既然对方给他约定了时间，过早过晚都是不礼貌的事情。门口的警卫看到字条，在例行检查完萧宇随身携带的物品以后，亲自开着电瓶车把他送到了三号仓库的大门外，路途中用对讲机通告了里面。

仓库的大门缓缓开启，萧宇背着他的旅行包慢慢走入了这间巨大而空旷的仓库。他一眼就看到了坐在尽头的谭自在，他的两旁站立着许多西装革履的人。

萧宇粗略地算了一下，一共二十四个，不知道谭自在搞这么大的场面究竟是什么目的，他来此之前本以为谭自在会私下跟自己谈话，看来谭自在做事的方法的确让人琢磨不透。

谭自在示意萧宇站在原地，仓库的大门在萧宇的身后缓缓关闭。除了他和萧宇头顶的那两盏灯光以外，其余所有的灯光全部熄灭。

谭自在点燃了一根雪茄，吐出一口浓重的烟雾："今天我把二十四堂所有的堂主召集到这里，是有件重要的事情跟你们商量！"

所有人都屏住了呼吸，谭自在用手指点着萧宇的方向："这个年轻人叫萧宇，他是三连帮老大萧鼎汉的亲生儿子！他今天是来投奔我的！"

所有人都被谭自在的这番话震惊了，互相交头接耳地说了起来。谭自在笑了起来，他开始笑的时候，所有人立刻沉默了下去。

"三连帮的左厚义和郭中堂放出话来，他们要萧鼎汉的儿子死！"谭自在顿了顿，又说，"你们怎么看这件事情？"

一个嘶哑的声音说："谭先生，我觉着我们不应该蹚这趟浑水，三连帮虽然跟我们向来没有什么交往，可是也一直都相安无事，要是因为这个小子搞得两帮不和，是不是有点得不偿失？"

"是啊，谭先生，从江湖道义上说，我们毕竟是同道，于情于理我们都不该妨碍别人清理门户！"

"不就是收个小弟，有什么好怕的，三连帮？老子还从没放在眼里！我们要是不收，人家还以为我们怕了三连帮！"

一时间众说纷纭争论不休。

谭自在大声笑了起来："萧宇，你为什么来投奔我？"

萧宇显得异常镇静："说实话，是别人介绍我来的，我从燕京来没几天，对你们的帮会也没什么了解，甚至可以说昨天之前，我还不知道嘉南有您这么一位谭老爷子！"所有人都静了下去，他们的目光聚集到萧宇的身上。

"三连帮之所以这么恨我，也是因为我爸，我来投奔您，多少因为我现在已经走投无路，如果继续留在嘉北，恐怕不死也要被他们弄到监狱里去。"

"你很坦诚！"

"对于我目前的处境来说，撒谎已经没有任何意义！"萧宇笑着说。

谭自在欣赏地点点头："诸位兄弟，我已经和左厚义通过话了！"

仓库内一片哗然，谭自在用力摁灭了雪茄："我已经把萧宇收为门下，左厚义也答应了我，只要萧宇在我青龙帮一天，他就不会找萧宇的麻烦。"他的话表明，萧宇的加入已经成为事实，绝没有回旋的余地。

谭自在指着面前的土地："萧宇！只要你能走到这里，你就是我青龙帮的人！"

萧宇慢慢放下旅行包，缓缓向谭自在的面前走去，黑暗中一拳重重打在他的小腹上，萧宇险些摔倒在地上。"帮会第一条：入我帮会，忠我青龙！"他又向前迈了一步，一脚重重踹在他的腿上，他的身体又是一个趔趄。"帮会第二条：不得出卖兄弟！"

黑暗中他的面颊上又挨了一拳，帮会第三条……

从萧宇到谭自在不过五十米的距离，他仿佛走了半个世纪。距离谭自在身前还有三米不到的时候，萧宇终于重重地摔倒在地上，一脚重重地踢在他的小腹上。"第二十二条，不得勾引二嫂！"萧宇痛得几乎要晕了过去，他心中暗骂："老子连你老婆是谁都不知道，今天我算记住你了，改天我跟你们一个个单挑！"

他爬行着向前挪动了一步，有人拽着他的衣领把他拉了起来，当头一个耳光。"第二十三条：不得和兄弟内斗！"萧宇哭不得笑不得，报仇的机会都给我剥夺了，老子自认倒霉！

他终于来到了谭自在的身前，谭自在一脚踹在他的胸口，看似用力，落在他身上的时候却不怎么疼，萧宇知道他一定是对自己手下留情，心中十分感激。

"去给关二爷磕头上香！"谭自在静静地说。

灯光全部打开，所有人的目光都盯住萧宇，萧宇现在的模样可谓是狼狈到了极点，身上的创痛姑且不说，脸上青一块紫一块，就快赶上京剧脸谱了。萧宇用衣袖擦去了唇角的血丝，咧开嘴笑了笑。

"傻豹！"谭自在微笑着说。

人群中站出一个肤色黝黑的愣小子。

"萧宇，你既然入了我们的帮会，一切就得按帮会的规矩走，以后你就跟着傻豹！"萧宇点了点头，走到傻豹身边："大哥！"傻豹乐得呵呵傻笑："谢谢……谭先生……"

傻豹虽然是二十四个堂主之一，却是最没有势力的一个，谭自在之所以让他当堂主，主要是看在傻豹的父亲曾经救过自己性命的分儿上。

傻豹的势力范围就是凤仙街，这是一条流莺遍布的街道，他的责任就是到街上的小旅馆中定时收取保护费。

萧宇并不是傻豹带的第一个小弟，却是他手下唯一的小弟，因为跟他的小弟都逃不过中途改投老大的命运，干这行也有饿肚子的，傻豹就是其中一个。

"老板！为什么让萧宇跟傻豹？"萧宇和傻豹刚刚离开，谭自在最得力的助手龙三凑上来问。

谭自在笑了笑："任何人都必须从小弟做起，萧宇的骨子里流淌着萧鼎汉的血，我相信他天生就是吃这碗饭的材料，傻豹管的那条街已经乱得不成样子，萧宇去那里不正是大有可为吗？况且，傻豹为人忠厚仗义，手下就这么一个小弟，萧宇肯定不会受他的排挤！"龙三也笑了起来。谭自在忽然想起一件事："对了,我听忠伯说凤仙街的会费拖欠得很厉害,你给傻豹他们点压力!"

"是,老板!"

傻豹开着他那辆破破烂烂的丰田车带着萧宇来到敬德诊所,这个诊所位于凤仙街的路口,老板是一个四十多岁的男人,他叫阿旺,唯一的一个护士就是他的女儿秀雯。

傻豹将车子停在诊所门口,对着后视镜整理了一下衣服,然后笑着对萧宇说:"到……到……里面,不……不要乱说话,我让……旺叔,帮你包扎一下伤口!"

萧宇没想到傻豹结巴得这么厉害,他点了点头:"豹哥放心,我知道该怎么做!"

两人走入敬德诊所,这诊所条件十分简陋,只有里外两间房,外面应该是候诊的地方,条椅上坐着三个打扮妖艳的女郎。她们见傻豹进来全部都围了上来:"豹哥!"傻豹结结巴巴地说:"你们……欠的保护费……都……都……半年了……"

"啐!"几个女郎把傻豹推来拉去,"豹哥,你又不是不知道现在世道艰难,我们半个月也难得有一个客人,哪里还有钱交啊。"傻豹傻傻地笑。一个名叫小翠的来到萧宇面前:"哟!这位靓仔是谁啊?我怎么从来都没见过?"

"他……叫……阿宇……是我……我新收的小弟!"傻豹连忙为她们介绍。另外两名女郎笑了起来:"小翠,既然是豹哥的小弟,你就为宇哥接接风呗,宇哥一高兴免了你的保护费也说不定哦!"小翠的一双眼睛,向萧宇直抛媚眼。

"想找男人出去找,这里是看病的地方!"一个生气的女声喊了起来,萧宇抬起头,一个穿着粉红色护士服的女孩走了过来。她的皮肤牛奶般细腻而柔嫩,长发编成两束麻花辫子垂在肩头,眼睛很大,却明澈异常。这女孩身高在一米六五左右,身材发育得很好,年纪估计不会超过十九岁。萧宇立刻猜测到这女孩就是旺叔的女儿秀雯。

傻豹自从看到秀雯,脸上的笑容就没有消失过,萧宇从他的双目中找到了一种痴恋。不知怎么,傻豹结巴得更加厉害:"秀……秀雯……雯……"萧宇忍不住想笑,秀雯的名字在他口中居然成了"秀秀雯雯"。

"你又来干什么,好像我们才交过钱!"秀雯的眉毛挑了起来。

傻豹的面孔憋得通红,他一时间不知道怎么开口,一直沉默的萧宇说:"护士小姐,我受了点伤,能不能帮我处理一下?"

秀雯看了看萧宇受伤的面孔指了指前面的椅子,口气冷淡地说:"坐下!"萧宇按照她的吩咐坐下,秀雯拿来消毒棉球和药水,帮萧宇把面部的伤痕处理了一下。

萧宇又解开上衣,露出青紫的上身,虽然伤痕累累却仍旧掩饰不住他健美的体魄。秀雯拿来化瘀的药酒,帮他在伤处揉搓擦拭。她的手很软,萧宇感到异常舒服,甚至想让她多揉一会儿不要停下。傻豹羡慕地看着萧宇,他宁愿受伤的是自己,这样就能感觉一下那双小手的温柔了。

秀雯帮萧宇处理完身上的外伤,转身向傻豹说:"治疗费一共是二百。"傻豹连忙拿出钱来,他刚想说什么,秀雯已经接过钱向里面的房间走去。

这时旺叔正巧从门外进来,连忙喊住秀雯:"女儿!怎么这么不懂事?豹哥的钱哪能收啊?"秀雯转过脸来,一脸的愤怒:"为什么不能收,我们每个月什么时候少给他们一分钱了?难道他们看病不给钱是天经地义?我们这儿又不是慈善机构。"

旺叔赔着笑走了过来:"豹哥,这丫头不懂事,你别怪她!"傻豹连忙摆手:"旺叔,大家都是街坊,我……我……"他一着急,怎么也说不出下面的话。

萧宇替他解释说:"旺叔!你放心吧,豹哥不会介意的!"傻豹高兴地拍了拍萧宇的肩膀。离开诊所,傻豹的面色慢慢恢复了正常,他向萧宇说:"街尾有……有……家夜巴黎,已经两年没……没交钱了,今天是我最后的期限,我们去找他们……老……老板!"

因为街道很窄,加上许多人在路两旁摆起了摊子,汽车很难开到那里,萧宇跟着傻豹向夜巴黎走去,傻豹一路上结结巴巴地向萧宇介绍这条街的情况,萧宇费了很大的劲儿,才听了个八成。

夜巴黎是凤仙街规模最大的歌厅,说是规模最大,总共的面积也不过是二百来平方米,里面设有三个包房,这里的小姐却有十五六个,歌厅的灯光很暗,萧宇透过微弱的灯光,看到前来的客人并不少。

老板外号叫龅牙陈,看到傻豹老远就迎了过来:"豹哥,今天哪阵风把你吹来了?"傻豹笑着说:"老陈……你……你两年的费……费用都没交了,今天……都过年了,你看是不是……"

龅牙陈笑了起来:"豹哥!你也看到了,我今年一年就今天生意最好,你来收账是不是有点不够意思?再说了,我表哥怎么也是你一个帮会的兄弟,有道是不看僧面看佛面,你是不是宽限宽限?"

傻豹有些急了:"可……可是……你已经欠了两年了,十六万……我怎么跟上面交代?"龅牙陈一脸的笑容:"豹哥,要不你先从我这拿一万花着,其他的钱我们以后再说?"这小子整一个无赖。傻豹较起真来了:"不……行!你今天……最少给我八万,不然我……没法交代……"

龅牙陈登时把脸绷了起来:"傻豹!你少跟我摆谱,你是什么货色我还不清楚!"傻豹的脸红了起来:"你……你不给我面……子!"龅牙陈狂笑了起来:"你也要面子?要不是谭爷罩着你,你傻豹现在还不知在哪儿要饭呢!"傻豹一把抓起吧台上的酒瓶,却不敢砸下去。

龅牙陈越发猖狂起来,指着头顶:"有种你照我脑门上砸!"傻豹一双眼睛气得血红,他肯定是顾忌龅牙陈的表哥,夜巴黎的两名护场气势汹汹地走了过来。

龅牙陈的笑声突然中断,取而代之的是玻璃碎裂的声音,鲜血顺着他的额头哗地一下流了出来。傻豹连忙看看自己手中的酒瓶,还完好无损地在那里,原来是萧宇拿起酒瓶用力砸了下去。

萧宇一把将龅牙陈的脑袋摁在了吧台上，随手又操起一个酒瓶："你就是龅牙陈？有这么跟我大哥说话的吗？你用嘴巴上厕所的？"萧宇抡起酒瓶砸在酒柜上，玻璃酒柜被他砸得四分五裂，架上的酒水全部摔落在地上。

龅牙陈疯狂地喊起来："你有种，要是让我表哥知道，你一定活不过今晚！"萧宇笑了起来："大哥！这小子真是又臭又硬。"他把龅牙陈的右手压在桌面上："他不是喜欢数钱吗？大哥你把他数钱的手指头，一根根给敲断了！"傻豹鼓足了勇气，拿起酒瓶就要敲落，龅牙陈吓得大叫起来。

萧宇不屑地问："你现在有钱交了吗？"

"有……我马上去拿给……你！"龅牙陈已经丧失了发狠的勇气。

傻豹点完十六万的现钞，笑眯眯地向萧宇点了点头，萧宇拍了拍龅牙陈的脑袋，龅牙陈痛得又大喊起来。

萧宇临走不忘骂他两句："我说你小子也是，十八般兵器你什么不好练，专挑'剑'练！别怪我没提醒你，以后见到我大哥要规规矩矩地喊'豹哥'，还有你的保护费打今儿起涨了，没办法啊，谁叫你小子生意好呢？每月一号准备一万，只要你还在这条街上干，少一分，我废了你！"

龅牙陈连个愣都不敢打，连连点头。

傻豹从来没有这么扬眉吐气过，拎钱的手都激动得有些发抖。两人走到诊所门口时刚巧碰到秀雯从里面出来，看到两人身上都是血迹斑斑，料想他们又没做什么好事，狠狠瞪了两人一眼。

傻豹开车时有些担心地说："就怕……龅牙陈告诉他……表哥！"萧宇笑了起来："放心吧老大，这小子根本就不占理，我估计他也就是抬出他表哥狐假虎威，这事儿就是闹到谭先生那里，我们也占理儿！"傻豹想想果然有道理，心情也变得开朗起来。

萧宇没有住处，傻豹也是独身，他虽然脑子有些笨，可是为人却十分厚道，自从萧宇成功从夜巴黎收来保护费，他对萧宇是打心眼里佩服，硬拉着萧宇跟他一块住。

傻豹现在住的房子是他父亲留下的，大约一百二十平方米，三室两厅，两个人住也是宽敞得很。他专门为萧宇腾出了一个房间，萧宇本来就没有什么行李，好在傻豹的住处虽然简陋，床铺被褥却是一样不少，萧宇总算是有了一个栖身之所。

越陷越深

萧宇和傻豹没有想到的是，接下来的一周中，凤仙街主动上缴的保护费总额居然有一百五十多万离岛币，看来夜巴黎的事真的起到了杀鸡给猴看的效果。傻豹也因此而得到了帮会的奖励，破例从保护费中抽取了近三成的利润。

"阿宇，这次全……亏了你！"傻豹数着眼前的四十五万，乐得心里开了花。萧宇淡淡笑了笑："行了，还是你豹哥够威风，不然我哪有这么大能力！"

傻豹查好钱，将其中的一沓推到萧宇的面前："咱们兄弟两个有福同享，有难同当，这里是二十二万五！"

萧宇心中多少有些感动，傻豹对自己的确没有任何私心。萧宇也不跟他客气，把钱收了："谢谢豹哥，今晚兄弟请你吃饭，地方你选！"

傻豹笑了起来："说起来，我……是地主，应该我请！"萧宇拍了拍他的肩膀："得！看不起我是不是？你都连请我半个月了，今晚说什么都是我的！"傻豹只好点头。

两人开车去了东城区的风味小吃城，萧宇趁着路上车稀人少，趁机练练驾驶。谁承想半路上，这老爷车又抛锚了，气得两人直跳脚。

萧宇趁着傻豹修车的工夫，点燃了一根长寿烟："豹哥，跟你商量个事儿！"

傻豹一边检查着线路一边说："说……"

"咱俩是不是也该换辆新车了？好歹我们也是出来混的，总得要个脸面，开着这辆破车出去，人家背后肯定笑话咱！"

傻豹停下来，抬起头满脸的笑："对……啊，哥们儿，是该换辆车了！"他把萧宇的这句哥们儿已经学了个八成。

"行啊，你京片子说得倍儿棒啊！"萧宇笑着说。

"那是，没吃过猪肉……还没见过猪跑……跑吗？"傻豹偶尔幽默一次也把萧宇给噎得不轻。

"明天我们各出二十万，要买就买辆拉风的车！"萧宇把烟头弹了出去。

"好！就这么定了！"傻豹一百个愿意。

两人到达风味小吃城的时候，已经是晚上八点，萧宇权且过过大款的瘾，奢侈地点了十二道菜，好在这里价格便宜，加上酒水，总共算起来也不到一千。

啤酒才刚刚喝了三瓶，傻豹的手机响了，他接通了电话："喂！哪位？"萧宇惬意地喝着啤酒，他忽然看到傻豹的脸色变了。

"怎么回事？"

"小翠……死了……"傻豹的脸色很难看。

萧宇有些奇怪地看着傻豹，他好不容易才想起小翠就是那天诊所里的女人。

"她是吸毒过量……"傻豹怕萧宇不明白，又补充了一句，"有人在我们的地盘卖货！"

萧宇也意识到了问题的严重性，两人顾不上吃完，连忙开车返回了凤仙街。等他们到达敬德诊所的时候，小翠的尸体已经被人运走，她的同胞姐姐小红正在诊所的门口哭，看到傻豹，她就冲了上去抓住傻豹的衣襟："傻豹，我们交了保护费了……你说过要保护我们的……为什么让小翠死……为什么……"她的情绪十分激动，傻豹傻愣愣地站在那里任凭她推搡。

萧宇冲了过去拉开了她："你妹妹死跟豹哥有什么关系？别在这里发

疯了好不好？"小红大哭着骂了起来："混蛋，你们都是一伙的，你们逼我妹妹吸毒，是你们逼死她的……"萧宇见她实在是不可理喻，把她推到一旁，不承想小红没有站稳，向后面倒去。

幸亏站在身后的一个女孩及时扶住了她，萧宇这才看清那女孩是秀雯，她一双眼睛充满了愤怒："你还有没有人性，除了打女人，你们还会干些什么？有本事，你去把害死小翠的人找出来！"

萧宇的脸一阵发热，他匆匆拉起傻豹离开了这里。两人的心情变得都很差，闷了很久傻豹才说："一定是金毛干的……他一直……在我们这里……偷偷卖货！"

萧宇皱了皱眉头："他是混哪里的，怎么敢跟青龙帮作对？"傻豹叹了口气："谭爷……从不让弟兄们……沾毒，嘉南和光雄一带，除了谭爷……还有一个人物就是……章肃风。他是谭爷的同门师兄弟，原来在青龙……帮的地位和谭爷平级。后来，谭爷当了青龙帮的老大，章肃风一向自认为……比谭爷更有能力。他表面上对谭爷恭恭敬敬，背地里却偷偷发展……自己的势力，跟谭爷对着干……"

萧宇还是第一次听说这段江湖往事。

傻豹说："谭爷对他的所……做所为，一直都是睁一只眼，闭一只眼，直到……十五年前，谭爷让人截了他的货，全部丢到海里。章肃风跟谭爷……反目成仇，他设计刺杀谭爷不成……被谭爷抓住，谭爷……放……放了他……"傻豹的目光中忽然流露出痛苦的神情。

萧宇忽然想起傻豹的父亲就是为了救谭爷而送了命，难道就是被章肃风所杀？

傻豹接下来的话果然证实了萧宇的猜测。

"我……我爸爸就是死在他……他的手上……我查到是他让金毛下的手。"

萧宇拍了拍傻豹的肩膀表示安慰。

"谭爷虽放了他……但也没轻饶他，后来他成立了一个灭龙社的组织。

这几年他的……生意越做越火……势力也越来越大……"萧宇点了点头，他可以想象得到。

傻豹揉了揉眼睛："金毛只是一个……不起眼的小角色……可是他做事向来不择手段……凤仙街的女人很多都是他派手下强行给她们……打针……"

"杂碎！"萧宇恨恨地骂了一句，这种死有余辜的恶棍难道没人管？

傻豹的电话忽然响了，他连忙按下接听键，接电话的手忽然颤抖了起来。

放下电话好半天才对萧宇说："龙三爷……让……让我们自己解决……"傻豹显得忧心忡忡。

萧宇比傻豹想得更多，现在必须有所行动，说起来容易，可真要是把他怎么样了，势必引起两帮之间的冲突，事情闹大了，到最后该如何收场？青龙帮会不会让他们出来扛这件事情？

傻豹开口说："不瞒你说，我……我还从来没有砍过人呢……"

"这次我们不但要去，而且必须要成功！"萧宇毅然做出了决断。

傻豹不解地望向他，萧宇在内心中已经剖析了整件事情的利害，如果这次他们不去，刚刚在帮会中做出的一点成绩就会被全部抹杀，今后想要再获得帮会的信任恐怕会难上加难，也许从此会永远沉沦在社团的底层。他没有时间等下去，他必须要把握住这次机会："带我去找金毛！"萧宇用力握住傻豹的臂膀，傻豹咬了咬嘴唇："刀在后备箱里……"

"未必要用刀！"萧宇并没有想杀人，他只是想给金毛一个狠狠的教训。

"那个黄头发……的大个儿就是金毛！"傻豹从车窗内指着东面的方向，萧宇顺着他手指的方向望去，看到一个身穿蓝色休闲装的长发太保，正搂着两个女郎从酒吧里出来。他的身后还跟着四个十八九岁的青年，从他们走路的姿势和手臂摆放的位置，可以看出他们的上衣中都揣着刀具。

萧宇点燃了一根香烟，手指轻轻敲打着车窗，看来金毛已经有了警惕。

傻豹叹了口气："这小子人多……"

萧宇不屑地笑了笑："我就不信那四个小子能始终跟着他！"

傻豹和萧宇悄悄尾随在金毛后面，一直跟着他们进了一间KTV，萧宇和傻豹看准了金毛进的包间，然后到服务台包下他们对面的房间。傻豹不明白萧宇脑子里究竟打的什么算盘。

萧宇扬了扬自己的手机："我去外面等他，你留在这里盯着他，只要他一出包间的门，你就给我打电话！"傻豹点点头。萧宇又嘱咐他说："你的任务就是从门缝里盯紧这小子！"傻豹神情郑重地点了点头。

萧宇离开包间径直去了洗手间，他看到服务小姐送了十几瓶啤酒进了金毛的包房，这小子只要是肾功能正常，待会儿肯定要到这里来放松。

萧宇把手机调成振动，躲在洗手间中。二十分钟以后他收到了傻豹的电话，也就是说金毛不出两分钟就会到达这里。

洗手间的门打开了，好像有人伸头进来看了看，然后听到一个女人的娇笑声，紧接着"砰"的一声被人从里面反锁住了，萧宇心中一怔，透过门缝望去，却见金毛和一个女人在门口疯狂地吻了起来。

萧宇趁着那女人背对着自己的时候，冲了出去，左掌重重切在那女人的后颈上，右手闪电般卡住了金毛粗壮的脖子。金毛一把将那女人推开，从腰间抽出匕首向萧宇捅去，萧宇眼明手快，死死将他的手腕握住。

两人在狭窄的空间内开始了贴身肉搏，混战之中金毛趴倒在了地上，手中的匕首不慎从肋下斜行穿入了他的胸膛。金毛的身子不住地抽动，他根本没想到自己会稀里糊涂地伤了自己。他的血并没有沾到萧宇身上。萧宇本想给金毛一个狠狠的教训，却并没有料到金毛会错手重伤了他自己，望着金毛抽搐的身躯，他的脑海一片空白，好一会儿方才恢复清醒。

他整了整衣服，对着镜子观察了一下自己的确没有异样，才走出了洗手间的大门，他关上房门然后拨打傻豹的电话："我在外面等你！"他感到自己的声音微微有些颤抖。

傻豹溜进汽车的时候，整个脸都变白了，萧宇心中的紧张并不在他之下。两人将汽车一直开到居住的楼下，萧宇终于打破了沉默："豹哥！今晚的事情不要告诉任何人，即便是谭爷也不例外！"傻豹点了点头，他明白萧宇此时内心的感受。萧宇的手用力砸了砸座椅："我忽然很想喝酒……"

谭自在听完龙三的叙述，眉头紧锁："这么说是傻豹他们重伤了金毛？"龙三说："具体的情形我也不太清楚，而且现场的情况根本没人看到，那个女人当时是背对凶手，她甚至连到底是几个人下的手都不清楚！"

谭自在忽然笑了起来："不管是谁下的手，我都不得不承认，这次干的实在是很漂亮！"龙三不解地看了看谭自在："谭爷的意思是……"

"这事情我们咬住不认，老章也只能吃这个哑巴亏，毕竟是他们先踩过界来，错的本来就是他们。"龙三连连点头。谭自在轻轻敲了敲桌子："不过老章肯定不会就此罢休，以后我们的麻烦一定会不少！"

夜深人静，萧宇在床上辗转难眠，他的内心忽然想起了尚小悦，那个自从离开燕京后再也没有联系过的女孩。

萧宇拿起手机拨通了尚小悦的电话，当她熟悉的声音在那端响起时，萧宇的眼睛忽然湿润了。

"喂！谁啊？"

萧宇没有说话……

尚小悦似乎感觉到了什么，她也沉默了下去，许久才试探着喊出他的名字："萧宇！"

萧宇咬了咬嘴唇，竭力扯出了一个笑容："是我……"

尚小悦忽然又沉默了下去，萧宇猜测她也许在无声地哭泣。

"怎么着？哭了？"

"对不起，我困了，明天还要上课，再见！"尚小悦冷淡的反应多少出乎萧宇的意料。

萧宇正想说些什么，又听到尚小悦说："还有，你以后最好不要再打电话过来！"说完就挂了电话，萧宇傻了似的坐在黑暗中，好半天才从床头摸索出香烟点燃。他忽然发现，他已经注定无法回到原来的生活中去了，他可能再也无法成为那个毫无牵挂、意气风发的萧宇，而他的改变，已经让他和过去的一切在不知不觉间产生了隔阂……这一夜萧宇无法入睡，往事在他的脑海中一幕幕浮现，他这才发现尚小悦在他的心中竟然有着如此重要的地位。正因为如此，他更应该远离尚小悦，让自己没落的命运永远不要伤害到那个善良的女孩……

想要更好地生活下去，就必须学会忘记过去。萧宇比任何人都够明白这个道理，他要想在这里立足就必须要适应这里的一切。

龙三一早就给傻豹打了个电话，让萧宇和傻豹一起到茶楼来见谭爷。傻豹乐得有些合不拢嘴，要知道谭爷还很少在喝早茶的时候见帮里的弟兄。萧宇却明白，谭自在之所以见他们，肯定是想问昨晚金毛的事情。

傻豹特地穿上了他唯一的一套黑色西装，在镜子前面反反复复检查了五六遍，这才放心地跟萧宇出门。

"你……你……怎么不换……西服？"傻豹看到萧宇仍旧是一身运动装打扮，忍不住发问。

"我穿这身怎么了？"

"可……可……这是去见谭爷……"

萧宇笑了起来："得！你别逼我，我这人就这毛病，穿上西装是满身不自在。再说了，咱俩你是大哥，今儿我是陪你去的，待会儿我在门口坐着喝茶就成，谭爷那里哪有我说话的份？"

傻豹一听就急了："不……行，你……你要一起进去……"萧宇搂住他肩膀："去就去，只要你别逼我换衣服就成！"

两人来到茶楼，龙三早就在那里等着，两人连忙过去打了个招呼。龙三始终是那副不冷不热的样子："谭爷在里面等了很久了！"

"路……路上……塞车……"傻豹结结巴巴地解释，其实这会儿的交通流畅得很，只不过是他们的座驾太差，短短的五公里连续抛了两次锚。

"好了，你们进去跟谭爷解释吧！"龙三显得有些不耐烦，他向谭自在所在的包厢指了指。萧宇拉了拉傻豹，两人向包厢走去。

谭自在一边抽着雪茄，一边摆着棋谱，四周的窗户全部大开着，尽管如此，房间里仍旧是烟雾缭绕。萧宇偷偷向他身前的烟灰缸看了看，里面已经有五个烟蒂。

"谭爷！"两人齐声喊。

谭自在似乎没有听到，仍旧摆弄着眼前的围棋。

傻豹心虚地看了看萧宇，萧宇轻轻咳嗽了一声："吸烟有害健康！"

谭自在饶有兴趣地转过脸来："据我所知，你好像也是抽烟的？"萧宇笑了笑："您老人家是龙体，俺是草民一个，不能比，不能比啊！"

谭自在哈哈笑了起来："小子，你好厉害的一张嘴！"

"全靠谭爷指点有方！"萧宇深谙千穿万穿马屁不穿的道理。谭自在果然高兴了起来："孺子可教，孺子可教……"傻豹虽然不明白两人到底说了什么，也跟着哈哈笑了起来。

谭自在指了指对面的座椅示意两人坐下，亲自拿起茶壶为两人添了两杯乌龙茶，萧宇和傻豹慌忙又站了起来。

"不必这么拘束，这里是茶馆，又不是在社团，你们把我当成自己的伯伯看就行。"谭自在永远显得那么平易近人。

萧宇喝不惯这种茶，微微皱了皱眉头，谭自在观察入微，笑着说："你不习惯？"萧宇点了点头："我还是喜欢龙井！"谭自在摇了摇头："阿宇，茶如人生，有些时候是不能凭着自己的喜好来的，很多东西你可以不喜欢，可是你必须学会接受它。当你真正能接受它的时候，你就会发现，你已经喜欢上它了，所以说一个人的直觉往往都是错的。"

萧宇又轻轻抿了一口乌龙茶，慢慢回味着谭自在的话。

谭自在的目光转向了傻豹："阿豹，你的进步很快啊，听说金毛也被你伤了？"傻豹吃了一惊，吓得连茶杯都掉到了桌子上。

"谭爷，金……金毛的事……不是……我干的……"他的眼睛却望向了萧宇。

谭自在大声笑了起来："阿豹，我只是听说，又没说一定是你干的！"

"跟豹哥无关！"一旁的萧宇忽然打破了沉默，谭自在显然已经了解了整件事情，现在继续隐瞒没有任何必要。

谭自在和傻豹同时望向了他，傻豹吓得脸都白了。

"为什么？"谭自在脸上的笑容忽然消失了。萧宇把面前的那杯茶一饮而尽："谭爷既然把凤仙街交给了豹哥和我，我们就有责任维护这条街道上所有人的利益，维护他们的利益就是维护谭爷的利益。"萧宇说话的时候目光始终注视着谭自在的眼睛，谭自在的双目深邃得看不到底。

"昨天凤仙街的一个女人死了，她的死因是吸毒过量，如果她是在别的地方买来的，我和傻豹大可以袖手旁观，可是这是金毛送到凤仙街的，这并不是他的第一次！"萧宇说得慷慨激昂。

傻豹也鼓足了勇气："不单是小翠，凤仙街最少有十几个女人都在用金毛的货，而且她们之所以吸毒都是金毛带人逼她们打针！"他说这句话的时候居然没有结巴。

萧宇站起身来："凤仙街的女人吸毒我们可以不管，可是只要有人到凤仙街来逼迫她们吸毒，我们绝对不会放过他！"

谭自在的表情冷得吓人，傻豹忽然跪了下去："谭爷，这件事是我带头干的，你要罚就……罚……我吧……要是非要有人来顶……我去！"萧宇的心中一阵激动，他也跪倒在傻豹旁边："谭爷，这事儿跟豹哥没有关系，人是我伤的！"

谭自在猛地重重拍了一下桌子："好！痛快！对待这帮混蛋本来就该这样。"两人听清谭自在的话都惊喜地抬起头来。

谭自在抽了一大口雪茄，吐出一团浓浓的烟雾："起来吧，这件事我会让龙三处理，你们大可放心！"两人连忙站起来，萧宇殷勤地为谭自在续上了热茶。

"我在光复路刚刚接下了一间夜总会,现在还缺一个经理,你们两个如果有兴趣就去做吧!"谭自在漫不经心地说。

傻豹几乎不能相信自己的耳朵,萧宇连忙感谢说:"谢谢谭爷给我们机会!"傻豹还没转过弯来:"可是……凤仙街……那边怎么办?"

萧宇忍不住想揍他一顿,谭自在笑了起来:"你要是觉着两边照顾不过来,那就交一个上来……"

"为了谭爷,再累我们也心甘情愿!"萧宇连忙接过话来,傻豹总算反应过来了,傻笑着说:"谢谢谭爷……谢谢谭爷……"

两人出门的时候,谭自在又喊住萧宇:"对了,下次你换身体面点儿的衣服……"傻豹一听就乐了,萧宇偷偷扮了个鬼脸跑了出去。

离开茶楼两人兴奋地互相打了对方一拳,傻豹结结巴巴地说:"哥们儿……咱们……发……发达了……"萧宇乐呵呵地说:"你知道我现在最想干什么吗?"傻豹呆呆地看着萧宇,萧宇指了指停靠在门前的破车,"我最想的就是把这辆破车推到河里!"

03　冲冠一怒为红颜

萧宇加快了脚步,他左手拥住林诗诗的肩头,右手紧紧握住球棒。冷风夹杂着冰凉的雨丝吹打在他们的脸上、身上,身边是一双双充满仇恨的眼睛。林诗诗紧紧把脸贴在萧宇的胸前,她听到了萧宇有力而平稳的心跳。

好兄弟

两人揣着所有的财产来到汽车城,转了一圈才发现,但凡看上的汽车都实在太贵,萧宇忍不住骂:"怎么觉着一到这儿,咱们就跟个乞丐似的?"傻豹也有一样的感觉:"要……不咱还用……原来那车……凑合着?"

"来了就买,别忘了咱哥俩马上就是香榭丽舍的经理,开这辆破车,会被人瞧不起!"傻豹连连点头,认为萧宇说得很有道理。

这时一位售车小姐微笑着向两人走了过来,傻豹一看到漂亮姑娘就发傻,两只眼睛瞪得老大。

"两位先生想什么样的车?我可以为你们详细介绍一下!"售车小姐显得热情好客。萧宇还没说话,傻豹抢着说:"六……六……七……"他早不结巴晚不结巴,偏偏这个时候结巴。萧宇替他干急,他还是说不出来。

"六七百万左右,先生我推荐您看这一款今年刚刚推出的保时捷911型跑车!"那售车小姐带着两人向展台正中的一辆红色跑车走去。萧宇看着傻呆呆的傻豹忍不住笑,他捣了捣傻豹跟了上去,就当听了回免费宣传,反正她也不会强迫人买。

萧宇漫不经心地听着介绍,装作煞有其事地四处观察,又弯下身去看了看底盘:"这车底盘忒低,上个路崖石都能碰着。"闲着也是闲着,萧宇故意挑毛病,反正也买不起。

"先生,我们这辆车加速性能相当出色,而且外形经典……"售车小姐忙着解释,萧宇直起腰来,正看到一双修长而圆润的秀腿。萧宇抬起头来,一个浓妆艳抹的女人不知什么时候来到车前,一看她那身打扮,萧宇忍不住想笑。看腿以为是倾国倾城的大美女,可一看这脸面,整一个妖精现世。

头发染得五颜六色,还在头上竖起一个足有二十公分的冲天辫,鼻梁上卡的墨镜几乎把她的脸都盖上了,口红用的是一种近乎于黑的紫红色,让人以为她处于严重缺氧的状态。身上的衣服也是五颜六色,脚上穿了一双红色的磨砂短靴,活脱脱像只山鸡。

她身材倒是不错,身高三围绝对都称得上标准的魔鬼身材,可惜穿衣服的品位是真差。

"看什么看!"那女人朝着萧宇喊了起来。哟!还挺凶。

萧宇笑眯眯地说:"眼睛长我脸上,我爱看什么就看什么!"

"流氓!"

萧宇还从来没碰上这么拽的女人,他佯装一本正经道:"对不起,丫头,你说我什么?"

"流氓!"

她居然又重复了一句!萧宇腾地火上来了,却仍然笑眯眯地说:"这么说,咱俩到挺配,流氓配妖精,谁都不吃亏,这也算门当户对吧?"

那女人伸手就想抽萧宇,萧宇哪能让她碰到,一把就把她手腕给抓住了："想打我？你还是回去把你家里的男人都喊来，哥们儿从来没有打女人的习惯！"

傻豹忽然指了指前面，萧宇这才留意到四个身材魁梧的黑衣男子向这边靠拢了过来，看架势八成是和这女人一伙的，萧宇放下了她的手："得！我不跟你一般见识！"那售车小姐看到这边剑拔弩张的情形，连忙把话抛了过来："大家都是来买车的顾客，还请相互包涵。"

那女人有气没处撒，向着身后那几个人喊："谁让你们跟来的？滚！"那四名男子果然不敢再走过来，唯唯诺诺地退了下去，却仍然不敢离去，远远地盯着这边的展台。

售车小姐已经介绍完整车的情况，向傻豹说："先生对这辆车还满意吗？"傻豹结结巴巴地说："满……意……"自从刚才发生冲突，那女人一直虎视眈眈地盯着萧宇，恨不能把他给吃了。

"这辆车的售价是六百八十万，先生如果决定要买的话，最多可以打九五折！"傻豹没了主意，眼巴巴看着萧宇，他是真发愁了，就算把他们两人卖了也不值这辆车钱。

萧宇笑着说："车真的不错，不过这个价钱是不是可以商量一下……"

"六百八十万就六百八十万，我买下！"他的话语还没落，那女人已经张口要买。萧宇看了看她，摆明了跟自己过不去。

萧宇笑了一声："丫头，你知不知道什么叫先来后到？这车是我们先订的，你添什么乱呢？"傻豹正庆幸有人帮他们下台，可想不到萧宇居然又跟人呛上了，吓得他拼命使眼色。

那女人狠狠瞪了萧宇一眼："我只知道价高者得，我愿意买，想要？没门！这辆车我要定了！"那售车小姐苦着脸说："对不起两位，我们这款车型只有一辆，你们中哪位愿意等一段时间？"心中却乐开了花，今儿什么日子，两位大款登门，财运亨通。

"不行！"萧宇和那女人几乎同时喊了起来。傻豹心虚地看着两人，他摸着包里的钱，搞不明白萧宇跟人家较什么劲，把信用卡刷爆了他们也买不起。

售车小姐也没了辙，求助似的看了看傻豹，傻豹拉了拉萧宇："阿宇，人家毕竟是……女孩子……要不我们……"萧宇摇了摇头："豹哥，今儿，我是说什么都不让！这车我要定了。"

那女人咬了咬嘴唇，转身向后走去，萧宇本来只想气气她，没想到她真走了，也有点傻眼，卖了自己也买不起这辆车啊！大不了装孙子，反正没给钱。

却见那女人搬起旁边摆的一盆花，又走了回来，举起花盆咣的一声砸在保时捷911的挡风玻璃上，玻璃虽然没碎，却裂开了许多裂纹。那售车小姐吓得脸色煞白。

那女人掏出支票本："你别怕！这车我买，现在它是我的，我乐意怎么着就怎么着！"萧宇哈哈笑了起来，那女人得意地扬扬头："笑什么？我觉着你该哭啊！跟我争！"萧宇笑着拍了拍傻豹："豹哥，咱俩一共带了多少钱出来？"

"四……十……万！"傻豹诚实地说。

"今儿咱俩算开了眼了，免费看人砸车，爽啊！"萧宇幸灾乐祸到了极点，那女人气得浑身发颤。萧宇和傻豹大摇大摆地向前面的展厅走去，临走没忘损上一句："对了丫头，下次砸车喊上我一起啊！"

"混蛋——"两人走了好远才听到那女孩竭尽全力的叫喊。

萧宇和傻豹挑了整整一个上午，本来傻豹看上了一辆马自达，可萧宇说什么也不愿意买，两人最后选定了一辆雪铁龙，主要是因为价钱便宜。

萧宇虽然没有驾照，可是车取出来后还是抢着坐到了驾驶员的位置："让我先爽爽，等上了路再给你！"

刚刚开到展厅前面的停车场，一辆黑色路虎猛然冲了出来。萧宇一个急刹车，由于事发突然，两人的脑袋都几乎撞在挡风玻璃上。

萧宇气得直想骂人，从那辆车上走下了四名彪形大汉，萧宇一看就明白了，这四个人就是刚才那女孩的保镖，肯定是来替主子出头来了。

萧宇打开车门走了下去，傻豹连忙跟了过去。

"怎么着？是打算单练呢，还是群殴？"萧宇一副目空一切的样子，可是说实话，他的心里也没底，从这四个人走路的步法和移动的角度可以看出，他们全部都是训练有素。

先下手为强，萧宇大喊了一声，一脚向中间身材最高的保镖踹去，按照他的经验，身材越高移动越慢。他没想到的是，那保镖居然灵巧得很，向左一个侧移躲过了萧宇的攻击，一拳向萧宇肋下捣来。萧宇被他逼得退了一步，左腿向他的下盘横扫出去，那保镖慌忙跳了起来，谁知道萧宇这一招本来就是幌子，攻击到中途猛然变线，一脚踹在他的小腹上，那保镖被踹得一下跪倒在地上。

其他三个保镖本来都在微笑着旁观，没想到对方三两下就把自己的同伴打倒在地，这才知道对手不是这么容易对付，三个人同时冲了上来。

傻豹挡住其中一个人，萧宇空中一个分腿踢踩在两个人的肩头，这些保镖的身体都特别能挨，没事似的向萧宇夹击过来。萧宇让过其中一人的刺拳，身体微微一侧，右肘重重捣在他的软肋，这小子身体再棒也禁不住这下重击，痛得倒在地上翻滚起来。

场上的局势立马变成了二对二，傻豹一身蛮力，狂挥乱舞之下，那名保镖一时间也无法靠近，萧宇瞅准机会一拳把身边的最后一个保镖放倒。

跟傻豹对打的那名保镖看到形势不妙，也停了下来。

萧宇咧着嘴笑："想欺负人你们也掂掂自个儿的分量！"

一辆黄色跑车飞快地从远处驶来，行驶到他们面前时一个漂亮的转弯，擦着萧宇他们刚买的那辆雪铁龙开了过去，一阵刺耳的金属摩擦声响起，萧宇这才看清车内坐着的就是刚才在展厅跟自己过不去的女人。那女人得意地向萧宇挥了挥手，驾驶着她那辆满是划痕的保时捷跑车向远处驶去。

萧宇再看他们刚买的车子,气得肺几乎都要炸了,整个左侧的车身被蹭了两道醒目的划痕,后视镜也被撞断了。

萧宇气得拔腿就想追,没跑两步就意识到人家开的是跑车,自己凭着两条腿无论如何也是追不上的。傻豹也是苦着一张脸,两人对望了一眼,都显得垂头丧气。萧宇叹了口气:"看来咱哥俩下午就要在修车场过了……不过凡事都得有第一次,对不对?"

光复街和凤仙街离得很近,可要是把两者相比,凤仙街充其量只能算是一条小巷。也许是因为谭爷的那句话,萧宇特地买了一件黑色的休闲西服,不但比那身运动装正式了许多,而且不用打领带。傻豹把头梳得油光锃亮,就是苍蝇落到上面都要打滑,一副土财主的模样。

香榭丽舍夜总会是光复街最大的两家夜总会之一,谭自在也是刚刚花了五千万从别人手上接过来的。因为更换东家的缘故,原来的工作人员和小姐多数都已经走了,萧宇和傻豹首先面临的事情就是人员问题。

距离谭爷定下的开业日期仅仅剩下五天,服务生虽然已经招齐,可是陪酒的到目前才招了七个,距离预定的最低目标还差十三人。

"不如……我……我去凤仙街招几个……"傻豹想出了一个主意,萧宇摇了摇头马上给否决了。

"那……你……你说该怎么办?"傻豹急得直挠头。

这时想起敲门声。

"进来!"

从门外进来了一个扎着小辫的青年,他叫黎兆祥,外号尾巴,是刚刚加入的小弟,不过混社会已经有很多年,对江湖中的规矩知道不少。尾巴恭恭敬敬地向萧宇和傻豹打了个招呼:"两位大哥,我带来一个妞!"萧宇高兴地说:"让她进来!"尾巴连忙出门把女孩喊了进来。

"快叫大哥!"

那女孩嗲声嗲气地喊了一声,她二十左右,长相还不错,身材虽然稍胖,可是走起路来却别有一种风情。萧宇满意地点点头:"行啊,你叫什么？"

"我叫丽娜……"她说起话来甜得腻人。

尾巴补充了一句："她是我女友！"

傻豹乐呵呵地说："尾巴……你……你小子……假公济私……"尾巴不好意思地抓了抓脑袋，然后说："对了，宇哥，丽娜还有不少相熟的姐妹听说我们这里马上开业，都想过来！"

萧宇问："她们以前在夜总会工作过没有？"

尾巴点点头凑了过来："不瞒您说，都是漂亮姑娘。"

"有几个？"

"总共算起来，大概有近二十人吧！"尾巴的回答让萧宇的心情立刻好了起来，傻豹兴奋地拍了拍尾巴的肩膀。

萧宇从抽屉中拿出一万块钱："尾巴，你把钱收了，让丽娜把姐妹们都喊来，你请她们吃顿饭，顺便把事情订下来。"尾巴高兴得连连点头。

开业前一天，丽娜已经喊来了二十一人，加上原有的七人，已经整整二十八人。萧宇和傻豹心中的石头总算落在了地上。

萧宇提前和丽娜带来的姑娘都见了个面，真别说，整体的水准还不错，萧宇又奖励了尾巴两万块钱。

傻豹负责夜总会的治安和后勤，尾巴和这帮姑娘都比较熟，萧宇让他协助丽娜负责带班和协调，其他的外事和管理由萧宇承担。夜总会向来是个是非之地，安全工作尤为重要。萧宇和傻豹又招来八个能打能拼的小弟，每人都给弄了一身离岛安保制服似的工作服，这是萧宇跟燕京保安的着装学来的。统一着装，规范管理，生意想要做大做强就得从根本抓起。

萧宇跟物业谈完停车场的事情，回到夜总会已经是凌晨一点钟，傻豹和尾巴刚刚忙完了夜总会的最后布置，正和几人在那里吃夜宵，看到萧宇进来，连忙给他让了一个位置。

萧宇的确有些饿了，拿起一个鸡腿啃了起来。这时候丽娜从外面走了进来，尾巴连忙迎了上去。萧宇端着一杯酒刚想喝，不曾想傻豹拉了拉他，酒一下呛到气管里，险些没把他呛死。

萧宇边咳嗽，边指着傻豹："哥们儿……咳……你害我……"傻豹一个劲向他使眼色，手指激动地指向他身后。萧宇转过身去，这才留意到丽娜的身边还跟着一个女孩。那女孩最多也就是十八九岁的样子，穿着一件白色的亚麻长裙，头发很长，瀑布般披散在身后，她曲线优美的颈部藏在一条红色狐裘围巾内，这鲜艳的红越发衬托出她凝脂般白嫩的肤色。

萧宇这些日子虽然见惯了美女，也不由得呆了呆，他吃惊的是这女孩外表纯洁得像一张白纸，根本不像是风尘中的女子。

丽娜拖着那女孩笑着走了过来："宇哥，这是我朋友的妹妹林诗诗，怎么样，漂亮吧？"萧宇由衷地点了点头，林诗诗怯怯地叫了一声："宇哥……"她的声音很好听。尾巴凑了过来搂住丽娜的肩膀："有这么好的妹妹也不介绍给我！"

丽娜用力打了一下他的手，说："你别想歪了啊，诗诗的歌唱得绝对专业，我带她来是应聘歌手的！"

萧宇指了指舞台："你去点首歌，唱给大家听听！"林诗诗缓缓走上舞台，她点的是一首《冬季到嘉北来看雨》，这首歌恰恰是萧宇最喜欢听的。当林诗诗轻柔而缥缈的声音响彻在夜总会时，萧宇陶醉地闭上了眼睛，他忽然想起了燕京，想起了尚小悦逐渐变淡的身影……

第二天上午十一点整，香榭丽舍在一片火热的气氛中准时开业了，谭自在虽然没有亲自出席开业典礼，但是派了龙三过来。二十四堂的堂主只来了两个，其余的都是派小弟前来祝贺，萧宇明白，毕竟他和傻豹的地位太低，人家送上贺礼已经是看在谭自在的面子上了。

萧宇和傻豹站在龙三的两侧一起剪断了红绸，热热闹闹的舞狮表演宣告开始。龙三向萧宇简单交代了两句，连饭都没吃就离开了。

傻豹和尾巴两个忙着招呼其他宾客去隔壁的狮王府吃饭，因为龙三和其他堂主的冷淡，萧宇也觉着有些索然无味，看来他们蹿升的速度太快，已经遭到了不少人的忌妒。在帮中的地位，并不是一天两天就可以提升的。木秀于林，风必摧之，虽然现在帮内没有人给他们使坏，但疏远也是表现不满的一种方式。

由于中午陪客人喝了太多酒，傻豹从酒楼出来就吐个不停，尾巴更惨，喝得连路都走不动了，嘴里还一个劲地嚷嚷着高兴。萧宇让人把他们扶到办公室里休息，安置好他们已经到了晚上七点，夜总会正式营业的时间到了。

虽然开业典礼时略显冷清，可是晚上客人却来了很多，萧宇也是第一次应付这么忙的场面，加上傻豹和尾巴全部喝得烂醉如泥，人手明显短缺，丽娜带着一帮姐妹忙个不停。

生意的高峰期是在晚上十一点左右，萧宇经过初始时的忙乱，现在已经渐渐找到了头绪，他的主要任务就是协调夜总会各个部门之间的工作。

正当萧宇以为一切都已经运作正常的时候，丽娜脸色苍白地走了过来："宇哥……五包有人闹事……"萧宇担心的事情终于发生了，他拍了拍丽娜的肩膀："你带我去看看！"

推开包间的房门，只见一个胖乎乎的中年人正抓住一个叫蒂蒂的女孩灌酒，那女孩拼命躲闪，可是她的头发被房间内的另外两个男人抓住，动弹不得，那胖子一边灌酒一边发出猖狂的大笑。

还在房间里的另外两个女孩吓得脸色苍白，却不敢离开。

萧宇走了过去一把抓住那胖子的手："先生！我是这里的经理，有什么不满意，你跟我说！"

那胖子气势汹汹地转过脸来："我管你是谁！老子花钱享受，愿意怎么着就怎么着！"其余两个人也放下蒂蒂向萧宇走了过来。

萧宇想到今天是开业第一天，不想多生事端，强忍着怒火，笑了笑："给兄弟个面子，今晚这事儿就这么算了，好吗？"

那胖子冷笑了一声："你一个三流小混混儿跟我谈面子，我告诉你，这妞原来是跟我的,你凭什么不声不响给挖过来!"萧宇这才明白眼前几个人真正的目的。蒂蒂原来是他们那边的,丽娜把她撬了过来,现在人家趁着开业找碴儿来了!

萧宇仍旧赔着笑:"得!我真的不知道蒂蒂原来在你们那里做,既然这样,今晚你们随便吃喝,全部算我的账上!"撬人墙脚本来就是理亏在先,萧宇也不得不礼让三分。

那胖子不依不饶地说:"蒂蒂是我们花钱捧出来的,要她在这儿干也成,你拿出二十万来,我就给你这个面子!"蒂蒂大声地哭,萧宇挥了挥手,示意丽娜把她扶出去。

"这样吧,我们店是刚刚开业,过些日子蒂蒂的那二十万我会派人给送过去!"萧宇想尽量把事情平息下来。那胖子发泄了一通,看到对方已经答应了他的条件,事情也不想做绝了:"行!今天我就当给谭爷一个面子,你记着啊!我就在这条街上的银座夜总会,三天以内,如果见不到钱,那就走着瞧了!"说完带着手下扬长而去。

那帮人刚走,傻豹和尾巴听到消息连忙赶了过来。"我去砍了他!"尾巴怒气冲天。萧宇面孔一板:"行了!你少给我添乱!动不动就砍人,真把自己当成流氓了?别忘了我们都是守法公民!"傻豹结结巴巴地说:"可是要是……开了这个头,其他……跳槽过来的……怎么……办?"萧宇笑了起来:"明天我亲自去趟银座!"尾巴不服气地说:"真要把钱给他们?"

萧宇没有回答:"你待会儿去给我查查那几个小子的底,还有今后凡是从这条街区跳槽来的,我们一概不收,忒麻烦!"

尾巴走后,傻豹小声说:"你真打算把二十万给他?"

"咱哥俩在这里开店,早晚都要去拜会拜会邻居!"萧宇答非所问。

银座夜总会和萧宇他们的香榭丽舍在一条街上,而且两者之间的距离不到三百米,尾巴托人打听了一下,原来银座夜总会是个叫马心怡的女人开的。据听说她是宋老黑的情人,宋老黑偏偏又是青龙帮二十四堂堂主之一,他在帮中的地位很高,和龙三、瘸五、老安并称青龙帮的四大天王。这件事的确有点棘手,帮内的关系千丝万缕,总不能贸然得罪自己人。

傻豹建议直接去找宋老黑解释一下,却被萧宇否决了,理由是宋老黑虽然是马心怡的情人,可这些都是背地里的事情,就算他真的是银座的后台老板,他也不会认账。

萧宇决定亲自去会会这个女人。他在花店订了一束黄玫瑰,亲自送到了银座。现在正是中午,对夜总会来说还是休息整顿的时候,值班服务生告诉萧宇,老板正在整理账目,让他在门口稍等。

萧宇足足等了一个小时,正在不耐烦的时候,服务生走了过来:"萧先生,我们老板在办公室等您!"

萧宇礼貌地敲了敲房门。"请进!"一个悦耳的女声响起,萧宇推开房门,看到一个身穿灰色套装的女性正在聚精会神地看着电脑。她大约三十岁左右,由于保养得很好,显得十分年轻,她的五官十分秀丽,并不像萧宇想象中那样性感,反倒文雅端庄。

萧宇把玫瑰花插到她面前的花瓶中:"送给你!"马心怡这才抬起头来,她压根没想到萧宇这么年轻:"你就是……"

萧宇礼貌性地伸出手来:"我叫萧宇!"马心怡点了点头,目光上下打量了一下萧宇,挪动了一下转椅,把身体正对萧宇:"请坐!"她待人接物十分客气。

萧宇笑了笑坐下:"马经理一定知道我此次来的目的吧?"马心怡笑了笑,两臂交叉抱在怀中:"萧先生看来是个爽快人,我也不跟你兜圈子,自从你们香榭丽舍传出开业的消息,我这里的姑娘已经走了五个,你觉得这样做合乎行业里的规矩吗?"

"不瞒您说,我的确不知道你的人去了我那儿,如果不是昨晚发生蒂蒂的事情,我到现在还是一无所知,我已经吩咐过下面的人,以后凡是这条街区跳槽的,我们一概不收!"萧宇解释说。

"照你这么说，我们平白无故蒙受的损失就这么算了？"马心怡显得有些生气，她显然没有把这个新近冒起的年轻人放在眼里。

萧宇笑了起来："我这次来，一是为了跟您解释一下，二就是为了和马经理商量一下这件事情的处理办法！"

马心怡看了看桌上的玫瑰花："难道胖子没跟你们说清楚，其他人我可以不追究，可是蒂蒂是我一手捧起来的，要么你让她回来，要么你就得赔偿我的损失！"

"马经理，蒂蒂既然去了我们香榭丽舍，我如果再让她回来，那以后哪里还会有人去我们那里工作？您也体谅一下我的难处。"

"那你就拿出二十万来！"马心怡有些不耐烦了。

萧宇哈哈笑了两声："马经理，看年纪咱俩差不多大吧？"

马心怡啐了一声："我至少比你大十岁！"

"不像，真的不像，那我应该尊您一声马姐。我说马姐，您别蒙我，您今年有二十四岁吗？"马心怡最喜欢别人夸她年轻，虽然知道萧宇在吹捧她，可听得心里十分舒服："我二十九岁了，你少给我戴高帽！"萧宇故意装出一副着急的样子："哎！我说马姐，您这人怎么不喜欢听真话？"马心怡笑了起来。

萧宇又说："马姐，我也是刚刚接管这家夜总会，来之前，谭爷是千叮咛万嘱咐，有机会一定要跟银座的马经理好好学习一下管理，他说您的管理能力出众，是不可多得的商业精英。"他故意把谭自在抬了出来。

马心怡的眉毛动了动，萧宇看出她对谭自在还是十分顾忌的。

"其实银座跟青龙帮的关系一直都很融洽，我刚来就捅了这么大的娄子，谭先生知道一定会狠狠地骂我一顿！"萧宇并不点明马心怡和宋老黑的关系。马心怡却听明白了萧宇的意思，其实这间银座是宋老黑的私人物业，跟青龙帮并没有什么关系，要是真的把事情闹大了，宋老黑这个真正的老板就会浮出水面，这当然是他们最不愿意看到的结果。

马心怡站起身来走了两步："萧先生……"

"我都喊你马姐了,您还这么见外,叫我阿宇!"萧宇厚着脸皮跟她套瓷。

"阿宇啊!不是我一定要你拿出那二十万,只是蒂蒂的事情搞得我太没有面子。"马心怡的口气终于软了下来。

萧宇知道她已经开始让步:"这样吧!我再给银座介绍几个漂亮的,蒂蒂那里我让她过来跟您道个歉,您大人不记小人过,总之我保证以后不会再出现同样的事情。"

马心怡本身也不想把事情做绝,萧宇既然给足了她面子,她也借机下台:"好吧,这次的事情我看在你的面子上就这么算了。"萧宇笑了起来:"马姐你真疼我!"马心怡居然让他给闹了个脸通红:"阿宇,你这人挺能说啊!"

"要不今晚我请马姐吃饭,当作赔罪!"

"免了吧!"马心怡笑着说。

"姐!我的亲姐姐,看不起我是不是?今晚你说什么都得去!"萧宇的脸皮功是越发的炉火纯青,虽然是初次接触,他也看出马心怡并不难相处。

马心怡终于点了点头:"好吧!小心我一顿把你吃穷了!"

"求之不得!"

萧宇就近在狮王府订了位置,狮王府的老板李水原知道萧宇打理的是青龙帮的产业,对他也是相当客气,特地为他安排了一个最好的雅间。

因为和马心怡约的时间是晚上六点半,萧宇交代完夜总会的事情,就直接去了饭店,他比约定的时间早到了二十分钟,既然请人家吃饭,总要表现出点诚意。

马心怡准时到达,从她的衣着和外表,可以看出她经过了一番刻意的打扮和修饰。她看到萧宇手中的花,微笑了起来:"你是不是给女人送花成瘾?"萧宇先把花递给了她,然后很绅士地为她拉开了座椅:"更正一下,是给漂亮女人送花成瘾!"马心怡笑得眼睛都眯了起来。萧宇把菜单递给她:"马姐!你尽管点,千万别手下留情!"

马心怡随意点了几个菜,萧宇要了一瓶红酒。

马心怡笑着说:"有道是吃人家的嘴软,看来这次的事情我只好就此作罢了!"

萧宇笑呵呵地为她斟满了酒:"马姐,咱俩也算是不打不相识,今后我就把你当自己亲姐姐待,以后只要是有人惹你生气,兄弟我是勇往直前!"也算是为马心怡圆足了面子。

马心怡和他碰了一下酒杯,将杯中酒一饮而尽:"说实话,光复街就这么大点地方,我们的距离又这么近,以后恐怕我们之间……"

萧宇接过她的话:"马姐,你是担心香榭丽舍和银座之间以后会抢生意?"马心怡点点头。萧宇笑了起来:"问句我不该问的话,在我们接手之前,银座和香榭丽舍的生意哪家要好一些?"

马心怡想了想才回答说:"银座要好一些!"

"现在你是不是担心我们把香榭丽舍的生意做大做火,抢了银座的客人?"

"原来我并不担心,可是自从我今天见到你,我真的开始担心了!"马心怡说,眼前的这个年轻人透着超越同龄人的成熟和精明,而且他识大体懂进退,这样的人若是成为竞争对手,任何人都会重视起来。

萧宇笑了起来:"马姐,其实这条街上大小夜总会加起来一共二十三家,你想没想过我们两家的收入加起来能够占到总收入的几成?"马心怡实话实说:"最多也就是三成左右!"

"马姐,你想没想过,如果我们两家联手,能够起到什么效果?"萧宇不失时机地提出建议。

马心怡有些迷惑地望着萧宇,萧宇向她坐近了一些:"我说的联手,并不是资产的联手,我指的是无形资产,比如,娱乐创意资源共享。"

马心怡的眼睛变得发亮。

"银座和香榭丽舍是整条光复街最有实力的两家夜总会,如果我们联手，可以保证人员的质量，而且如果其他夜总会跟我们竞争，我们可以进行联合打压。况且咱们两家的人员可以定期互换，又保持新鲜又不失去老客户，肥水不流外人田嘛！"

马心怡欣赏地看了看萧宇："行啊！你的主意真的很不错。"

"这么说你同意了？"

马心怡笑了起来："何止同意，我是举双手赞成。"

萧宇又跟她干了一杯，然后笑着说："其实跟你联合，我占了大便宜！"

马心怡饶有兴趣地问："何以见得？"

"我是刚刚接手这行，不懂的事情实在太多，以后有你马姐的指点，很多事情我处理起来都要轻松很多。"

马心怡发自内心地说："想不想听听我对你的评价？"萧宇连连点头。

"你是个很聪明的人，对于一个你这样的人，我宁愿做你的朋友，永远都不想做你的敌人……"

英雄救美

通过这次和银座纠纷的处理，萧宇明白了一个道理，有些时候仅仅依靠武力并不能解决问题，只有找到相互间共同的利益，才能化干戈为玉帛。

香榭丽舍刚刚开业，谭自在对他和傻豹还处在观察的阶段，任何层面上的纠纷对他们来说都是不必要的，谭自在虽然是个江湖人物，可归根结底还是求财，这些已经有了一定身份的人物，如无必要，谁也不会轻易挑起事端。

香榭丽舍的营业额在不断上升，这和马心怡对他们的帮助是分不开的，当然她也从中得到了不少利益。两家暗地联合，让银座夜总会的收入在月末时，上升了五个百分点。

已经快到春节，在马心怡的倡议下，香榭丽舍和银座准备在春节期间联合举行一个大型慈善募捐抽奖活动，萧宇在马心怡的办公室里谈完具体的细节，已经是夜晚十一点。对夜总会来说，这是最为繁忙的时候，萧宇本来想直接回家休息，可是想起进货的事情还没有跟尾巴落实，只好再回夜总会交代一声。

来到夜总会门前，他才发现门口灯箱里面的巨幅照片看着有些眼熟，想了很久才想起照片上的女孩好像是那个林诗诗，是丽娜介绍过来唱歌的。

萧宇盯着照片看了一会儿，这女孩其实真人比照片还要漂亮，门口的保安看到萧宇的样子，咧着嘴乐了："萧经理，林诗诗正在里面演唱呢！"萧宇点点头，走进门去，一进大厅，就听到林诗诗缥缈而伤感的声音："明月几时有，把酒问青天，不知天上宫阙，今昔是何年……"萧宇在黑暗中找了张椅子坐下，默默倾听着她美丽的歌声，林诗诗的歌声是少有地能让萧宇静下来的声音。

水银灯下林诗诗原本雪白的皮肤，显出一种半透明的颜色，她的神情哀伤而婉约，仿佛沉醉于歌词的意境中。

夜总会开业这么长时间，萧宇还是第一次看到林诗诗的演出，他不由自主地沉浸在林诗诗唯美的歌声中。

这时一个醉醺醺的男人忽然冲上了舞台，一把抓住了林诗诗的胳膊，想强行把她拉入怀中。林诗诗吓得尖叫起来，甩手用力给了那人一个耳光。萧宇没想到会忽然发生这样的变化，两名保安连忙冲上舞台分开那名男子和林诗诗，场面登时混乱了起来，那名男子大声叫嚣了起来："干什么！老子又不是不给钱！"

萧宇正想上前去看看情况，却见傻豹慌慌张张地走上前去，赔着笑和那个男子说着些什么，那人忽然推了傻豹一把，台下又有五六个人同时站了起来。

萧宇看到尾巴站在距离自己不远的地方，把他喊了过来。尾巴一直没有留意到萧宇也在这里，连忙跑了过来："宇哥！"

"那小子是谁啊？这么嚣张？"萧宇指了指台上。

"谭爷的小舅子梁百臣！"尾巴一脸的无奈，"这两天他天天都来捧诗诗的场，今天放出话来非要诗诗出台不可！"

萧宇心中一怔，事情的确有些棘手，以他现在的地位，梁百臣那里他根本说不上话。梁百臣的几名手下都走上舞台，开始和保安推推搡搡。傻豹显然认识梁百臣已经有一段时间，一味地说着好话，台下的客人开始起哄，有些趁机开始摔砸酒瓶和茶杯。

萧宇皱了皱眉头走了过去："哟！这不是梁哥吗？"梁百臣满嘴的酒气，斜眼看着萧宇。萧宇笑着说："这是怎么了？大家都自己人，进包间再说！"

梁百臣看着萧宇冷笑："小子，你想糊弄我？"

"梁哥！我哪敢呢！这里是谭爷的生意，在外面说话不方便，影响其他客人多划不来啊！"萧宇向尾巴眨了眨眼睛："尾巴，去把我们最好的包房给梁哥准备好喽！"尾巴答应一声连忙去了，梁百臣两眼死死盯住萧宇："小子，你给我听着，让林诗诗给我端酒赔罪！"萧宇笑着说："这孩子小不懂事，梁哥还请多多担待！犯不上跟她一般见识！"

梁百臣大叫了起来："你当我说话是放屁？我让她陪酒，她今晚就得陪酒，不然我让她活不到明天！"他转身指了指林诗诗："我在包间等你，五分钟之内见不到你，后果你自己承担！"

林诗诗眼里全是泪水，丽娜连忙过来安慰她。萧宇把傻豹拉到一边，悄悄说："梁百臣这小子那么嚣张，实在不行的话，你就给谭爷打个电话！"傻豹一脸无奈："我刚才就打过了，谭爷已经睡了，谁的电话都不接！"

萧宇恨恨地骂了一句。丽娜气呼呼地走了过来："梁百臣让二十多号人围在门口，放话出来，今晚一定要把诗诗带走！"

萧宇想了想才走到林诗诗的面前："诗诗！我问你一句话，你要如实回答我!"林诗诗含着眼泪点了点头。

"你相不相信我?"

林诗诗没有想到萧宇会问出这句话来,她看了看萧宇,然后重重点了点头。

萧宇一字一句地说:"梁百臣今晚分明是冲你来的,我不想在夜总会里发生械斗,更不想你受到伤害,我答应你今晚一定让你完好无损地离开这里,如果你相信我,就跟在我身边!"

"我相信你!"林诗诗哭着说,可是她也不知道自己究竟相信萧宇什么,但是她已经没有了其他的选择,除了相信萧宇她又能怎么办?

萧宇对傻豹说:"今晚无论我和梁百臣之间发生任何事情,都是私人恩怨,你们全都不要插手,我不想把夜总会也卷进来!"傻豹重重地点点头。

萧宇把手伸向林诗诗:"人活在世界上,很多事情需要自己去面对!"林诗诗擦净了眼泪,紧紧握住了萧宇的手。她忽然觉着自己已经没有这么害怕,萧宇说得对,逃避并不是办法。

梁百臣狞笑着看着萧宇身边的林诗诗:"整个嘉南还没有哪个妞敢不给我梁百臣面子!"他指了指面前满满的三杯酒,"你把这三杯酒给我喝干了,我就把刚才的事情一笔勾销!"萧宇没有说话,林诗诗忽然拿起桌上的酒杯仰头喝了下去,萧宇默默看着林诗诗,他并没有阻拦,毕竟林诗诗在众目睽睽之下打了梁百臣一耳光。

林诗诗喝到第二杯时,可能是她喝得太急,呛了一下,几乎要吐了出来。梁百臣得意地笑,他开口说:"算了!我不跟你计较!"他掏出一沓钞票甩落在林诗诗面前,"十万,我带你出台!只要你今晚让我高兴,我非但不会计较,还会花钱把你捧红!"林诗诗的脸变得煞白,她求助似的看了看萧宇。

萧宇笑了笑:"梁哥,我想你误会了,林诗诗只是夜总会的普通歌手!"

"你算那根葱,普通歌手她到这里来干什么?笑话,老子花钱就是来玩的，你当我是来看表演的？"

萧宇盯住梁百臣："梁哥，林诗诗是不是已经向你道过歉了？"梁百臣冷笑了起来："少给我兜圈子，老子现在说的是让她陪我过夜！你听不懂？"

萧宇笑了笑伸手搂住林诗诗的纤腰："梁哥，难道没有人告诉你，诗诗是我的女朋友？我们都是青龙帮的兄弟，帮会的规矩你不会不知道！"梁百臣盯住萧宇，一双眼睛就要喷出火来。林诗诗不知是因为害怕还是激动，身体在萧宇的怀中不停地颤抖，宛如一只受惊的羔羊。

"小子你有种！今天只要你踏出这扇门，我保证你活不到明天！"

萧宇不屑地笑了起来，梁百臣的嚣张激起了他内心潜在的狂傲："梁百臣，这里是谭爷的场子，有种的话你就砸，话我给你先撂在这里，我这就带着诗诗从这里走出去，你有种就尽管拦我！"

萧宇拉起林诗诗走出了房门，傻豹和尾巴全都在门口等着他，看到他们出来慌忙迎了上去，萧宇大声说："全都给我待在夜总会里，谁都不准动！"

走过吧台，他从丽娜手中接过自己的球棒，大步向门口走去。林诗诗用力攥紧了他的手，萧宇的手掌有力而温暖，她忘记了害怕，紧紧贴在萧宇的身上向门口走去。

外面下起了小雨，二十多个身披雨衣的人迅速向他们跑来，手中全部都握着棍棒，萧宇拉起林诗诗向汽车的方向跑去。

萧宇加快了脚步，他左手拥住林诗诗的肩头，右手紧紧握住球棒。冷风夹杂着冰凉的雨丝吹打在他们的脸上、身上，身边是一双双充满仇恨的眼睛。林诗诗紧紧把脸贴在萧宇的胸前，她听到了萧宇有力而平稳的心跳。

人群向他们全力追赶过来，萧宇用力搂住林诗诗向左旋转，把她推向身后的墙角处，手中的球棒架住了突然袭来的棍棒之上，黑暗中迸射出无数点灿烂的火星。

萧宇大吼一声，猛然一侧，沿着对方的武器顺势滑下，随着一声极其惨痛的呼喊，对手被球棒击中。两根粗棍同时向萧宇的身上砸来。"快跑！"萧宇大声地吼叫起来，林诗诗边哭边向着汽车的方向跑去，萧宇一个后撤躲过两人的袭击，跟在林诗诗的身后。

尾巴大声对傻豹说："豹哥，外面有二十多个人在打宇哥！"傻豹瞪大了两只眼睛："兄弟们……操家伙！"

尾巴和八名兄弟全部来到门前，看到梁百臣带着手下堵在门口，梁百臣的手放在怀中："我事先声明，今晚是我和萧宇的私人恩怨，任何人只要插手，我绝不放过他！"傻豹急得双目通红："梁哥，大……大家……都是一个帮会的弟兄，何……何必做得这么绝？""你给我看清楚，这次是他先不给我面子！"梁百臣穷凶极恶地大喊。

梁百臣命令身边的手下："给我看牢了，我看今天谁敢出去！"他冷笑着走出门去，他要亲眼看着萧宇被打死在街头。

萧宇反手一棒击中身后对手的小腹，几乎在同一时间，两棒狠狠地砸在他的后背上，地上也已经倒下了六个被他击倒的对手。林诗诗呆呆地站在原地，她已经被眼前疯狂的情形吓呆了。

傻豹忽然举起了砍刀："有种你……你就动手，老子一命抵一命，值了！"他大踏步向门前走去，尾巴也不顾一切地跟了上去，他们一步一步向梁百臣的三名手下逼去。

梁百臣的手下脸色全都变了，不住地向后退去，虽然梁百臣事前交代过，可是面对一个帮会的同仁，他们仍然不敢轻易动手。

梁百臣从身后抽出了一尺六寸长的砍刀，狞笑着向萧宇追去，他看出萧宇现在已经是强弩之末，他要亲手结果这个不知天高地厚的小子。

萧宇的大腿上又挨了两下，疼痛让他的身体痉挛起来。萧宇一个踉跄险些摔倒在地上，林诗诗忽然冲了过来紧紧拥抱住他的身躯，支撑着没有让他倒下。

"滚开！"萧宇推开了林诗诗，他倔强地站立起来，梁百臣已经冲到他的身边。身后传来一阵骚乱，傻豹和尾巴他们加入了战局。

萧宇和梁百臣充满仇恨的双眼彼此对视着，梁百臣大叫了一声，一刀全力向萧宇劈过去。萧宇球棒平伸架住他全力攻下的一刀，刀身传来的巨大力量让他不由自主地向后退了两步。梁百臣膂力过人，挥刀的速度虽然不快，可是每一刀都震得萧宇手臂发麻。两人一个错身，梁百臣一脚踢在萧宇的膝弯，萧宇的一条腿跪在了地上，失血让他的反应变得有些迟钝，林诗诗惊恐地闭上了眼睛。

梁百臣全力挥刀向萧宇的肩头砍去，就在一瞬间，萧宇的眼睛猛然睁大，他的身上重新充满了昂扬的斗志，他从下至上一跃而起，击中了梁百臣的手腕，这一击非常重，梁百臣这只手算是废了。梁百臣不知是因为恐惧还是疼痛，身体开始一阵阵的战栗。

梁百臣的手下和傻豹他们也停止了打斗，呆呆地看着这边。

萧宇的脸上露出嘲讽的神情，他清楚地看到了梁百臣此时的恐惧，刚才的嚣张跋扈早已不见，此时剩下的只是一个惶恐的懦夫。

"阿宇！"傻豹他们已经冲到萧宇身前，任何人都知道萧宇这一棒击下去的后果。午夜的街头显得格外寂静，萧宇用球棒轻轻拍了拍梁百臣的脸，梁百臣忍不住又打了个冷战。

萧宇随手将球棒远远地掷了出去，一瘸一拐地向汽车走去，林诗诗连忙扶住了他伤痕累累的身躯。在场的每一个人都没有说话，直到萧宇和林诗诗的背影消失在风雨之中，傻豹才一字一句地说："今晚的事情到此为止，我会尽快给谭爷一个交代……"

这注定是一个不平静的夜晚，萧宇开动了汽车："你住在哪里……我送你……"鲜血已经浸透了他的上衣，林诗诗的手紧紧捂住萧宇腿上的创口颤声说："不！我陪你去医院！"

萧宇笑了笑，疼痛让他英俊的面孔有些扭曲："你……打算让……被抓？"

"那怎么办？"林诗诗看着满身是血的萧宇，急得快要哭了出来。

"你……会不会开车？"

林诗诗点了点头，萧宇的意识渐渐开始变得迷糊起来："凤仙街的阿旺……诊所……"

当秀雯看到林诗诗扶着满身是伤的萧宇走入诊所时，她几乎没能认出眼前的人是谁。林诗诗抓住她的手，哭着哀求说："我求求你……一定要帮他……"

萧宇暂时清醒过来，咧着嘴向秀雯笑了笑："不好……意思，又来麻烦你……"秀雯没好气地瞪了他一眼，旺叔听到动静慌忙从里面出来。

"是萧宇！"秀雯说完就去准备缝合用的器械去了，可不巧的是诊所中的麻药已经用完了。旺叔无可奈何地挠挠头，萧宇知道情况以后，淡淡地笑了笑："没事儿，我打小就意志如钢心如铁……您把我当衣服缝就成……"他的嘴唇因为失血过多而干裂，秀雯倒了杯水递到林诗诗的手中。旺叔先给萧宇输液，然后开始缝合，萧宇因为疼痛身体猛然抽动了一下，林诗诗犹豫了一下，坐在萧宇身旁，双手紧紧握住了萧宇的大手。

每一针都是对萧宇意志的一种考验，他身体上下共有十二处伤口，好在没有伤到要害。旺叔缝合的同时，萧宇的嘴也没闲着："你们肯定不知道……邱少云，我给你们讲讲……"

萧宇不知从什么时候昏了过去，醒来的时候他发现林诗诗仍然握着他的手坐在床边，傻豹一帮人不知什么时候也来到了诊所里，看到他醒来，一个个都露出欣慰的笑容。

萧宇挣扎着想从床上坐起，伤口的剧痛让他不得不重新躺了回去。傻豹乐呵呵地说："我……还真担心……你……你醒不过来呢……"萧宇笑了起来："你咒我是不是？"傻豹跟萧宇在一起时间长了，多少也学会了调侃："我……我是怕你……死在车上……不……不吉利……"

萧宇忍不住骂了一句，忽然想到林诗诗还在身边，又把粗话咽了回去，林诗诗还是听出了他要说什么，脸红红的，慢慢把手缩了回去。

秀雯走了过来，她显得有些疲惫，单单处理萧宇的伤口就足足花了两个多小时："算你命大，全是皮肉伤，不过没有一个星期恐怕你下不了床！"

"谢谢你了，关键时刻还是你够意思，拯救哥哥我于水深火热之中。"萧宇嬉皮笑脸地说。

"你少来那套，今天你手术费外加医药费一共三千，少一分都不行！"秀雯瞪起了眼睛。傻豹连忙凑了过来，掏出五千："这些……够不够？"秀雯拿了三千，把剩下的又甩给了傻豹："钱多了烧得慌是不是？拿去捐给孤儿院啊！"傻豹被噎得满脸通红，一时不知说什么好。

在场的人看到傻豹吃了瘪，忍不住偷笑，萧宇刚想笑，一下又牵动了伤口，疼得他满头大汗。这时傻豹的手机响了，傻豹看了看来电："是龙三爷……"

萧宇向他点了点头，示意他接听电话。

傻豹接通了电话，还没等他说话对方已经冲他发起了火，等到对方发完火，他正想解释，龙三已经挂了电话。

傻豹一脸都是心事，萧宇看了看傻豹："怎么？谭爷怪罪下来了？"傻豹叹了口气："谭爷要我去当面给他一个解释……"萧宇点点头。傻豹又补充说："他要你一起去！"萧宇淡淡笑了笑："是福不是祸，是祸躲不过！"每个人的内心都变得异常沉重，梁百臣身份特殊，这次谭爷肯定不会这么容易放过他。

"我和你一起去！"很长时间没有说话的林诗诗忽然开口说，萧宇看了看她。"这件事因我而起，谭爷如果真的要罚，就让他罚我！"此时林诗诗再也不是原来那个楚楚可怜的模样，变得异常坚强。

萧宇板起脸来："林诗诗，当我求你，你就别跟着添乱了，再说谭爷让我们去只是问话，也没说一定要罚我们。"林诗诗垂下头去，萧宇以为她不再坚持，对傻豹说："去是得去，话我可要说前头，我走不动，你得背我！"傻豹拍了拍胸脯："都是……好……好哥们儿……"萧宇的话他真的偷学了不少。

雪铁龙车上的血迹已经被尾巴和那帮手下擦得干干净净，萧宇好不容易才爬上了座椅，想起昨天晚上发生的一切，仿佛做了一场噩梦。

正在驾驶的傻豹忽然说:"阿宇……我……对不起你……"他的眼中含着热泪,"要是我早一点带兄弟们冲出来,你就不会伤成……这……这个样子……"

萧宇轻轻拍了拍他的胳膊:"知不知道我为什么不让你们出来?"

傻豹摇了摇头。

萧宇费力地拿起一支香烟,傻豹帮他点燃。萧宇用力地吸了一口,吐出一团烟雾:"我一个人出去,这场械斗仅仅限于我和梁百臣之间。从你们出去的那一刻起,性质已经完全转变,这场争斗变成了内讧,无论你想与不想,香榭丽舍已经被牵入其中……"

傻豹没有说话,他虽然没有想到这些,可是也知道眼前的情况不容乐观。萧宇弹了弹烟灰接着说:"其实我过高地估计了自己的能力,如果不是有你们帮我,现在恐怕我已经死在了光复街头……"他的眼中透出无比真挚的光芒,"豹哥,谢谢。"

傻豹用力咬了咬自己的嘴唇,让眼泪没有掉下来:"阿宇……我傻豹……今生今世……永远记得你……这个好兄弟……"

谭自在的面孔冰冷得吓人,他的眼睛中布满了血丝,青龙帮的内部已经很久没有发生过这样手足相残的事情。梁百臣带去的二十六名兄弟,七个重伤,六个轻伤,还有两名仍旧躺在医院里昏迷着。

傻豹搀扶着萧宇走入会所的时候,其余二十三堂的堂主已经全部到达,会所的气氛已经压抑到了极点。

谭自在的目光冷冷审视着萧宇,他曾经以为自己已经正确估计了萧宇的能力,可是没有想到这个年轻人潜在的能量比他所能想到的还要强大许多,更让他感到震惊的是萧宇的胆色,在知道自己和梁百臣的关系之后,竟然还敢做出这样的举动。

龙三指了指地面,傻豹立刻明白了他的意思,他扶着萧宇艰难地跪在地上,然后听到龙三开始宣读帮会的第二十三条帮规,萧宇忽然笑了起来。

龙三愤怒地盯住萧宇："你笑什么？"

萧宇看了看谭自在，又环顾了一下周围的堂主："谭爷！今天让我们来，好像不是听龙三爷念帮规的吧？"

谭自在点了点头："我给你一个机会解释！"

萧宇首先问的却是梁百臣："梁百臣现在的情况怎么样？"谭自在冷冷哼了一声："托你的福！他还躺在医院里！"

萧宇又问："听说梁百臣是谭爷的内弟！"谭自在的面孔变得铁青："家有家法，帮有帮规，我不会因为他是我的亲戚就故意偏袒他！"其余的堂主也因为萧宇的这句话变得愤愤不平，纷纷训斥指责萧宇。

谭自在挥了挥手，示意大家静下来，然后又问："梁百臣在帮会里是你的前辈，他去夜总会也是为了照顾帮会的生意，你为什么要这样做？"

萧宇示意傻豹将他扶了起来，然后开始脱掉身上的衣服，所有人都被他的举动惊呆了，萧宇仅仅留下了一条底裤，然后指着自己的身上的伤口："各位前辈请你们仔细看清楚，我的身上一共有十二处伤口，我今天之所以要坚持来到这里，是为了把昨天的事情说个明白！"

傻豹为萧宇披上外衣，萧宇大声说："我和梁百臣之间昨晚的冲突跟夜总会无关，说穿了我们之间是私人恩怨！豹哥跟弟兄们之所以牵涉进来，是因为他们不能看着我被梁百臣的手下打死，这件事情说到底和他们无关。"

谭自在没有说话，龙三开口说："我怎么没有听说你跟梁哥之间有什么恩怨？"

萧宇笑了笑，他反问说："大家知不知道梁百臣昨晚去夜总会干了些什么，他有没有告诉你们他调戏我女朋友的事情？"所有人都没有说话，他们对梁百臣的人品都很清楚，他干出这种事情并不奇怪。

谭自在忽然开口说："傻豹，你说！"

傻豹呆了呆，开口诉说昨天发生的事情："昨晚阿宇的女朋友……林诗诗在……演出时，梁哥突然冲上台去，当着这么多客人的面，公然调戏她，林诗诗给……给了他一个耳光，梁哥要求她道歉……"傻豹老老实实交代了一遍。

所有人从傻豹的讲述中已经了解了事情的原委，不知不觉间心中的天平已经倒向萧宇一方，可是碍于谭自在和梁百臣的特殊关系，没有一个愿意表明支持萧宇。

龙三忽然笑了笑："帮规里说得清清楚楚，调戏二嫂必然受到家法的严惩，可是据我所知，那个林诗诗根本不是萧宇的女朋友，你为了区区一个歌女，伤了这么多的帮会弟兄，好像手段有些毒辣了吧！"他一句话顿时把形势逆转过来。

傻豹结结巴巴地解释说："我……我可以作证……林诗诗……的确……是……是萧宇的女朋友！"龙三一边笑着一边走到傻豹的身前："好！我问你，你刚才说梁百臣让林诗诗端酒赔罪，是不是你亲眼所见？"

傻豹瞪大了眼睛，龙三又补充了一句："谭爷一向都很信任你，你可千万不要说谎话！"傻豹摇了摇头："林诗诗赔礼的时候我……不在场……"龙三冷笑了起来："既然你不在场，也就是说萧宇究竟和梁百臣为什么起争执你根本不知道！"傻豹被问得张口结舌。

龙三轻轻拍了拍傻豹的肩膀："我知道你和萧宇是好兄弟，可是有些事情你亲眼看到的可以说，自己没有看到可不能胡说！"

萧宇冷冷地看着龙三，从一进门他就开始针对自己，看来他和梁百臣之间的关系不同寻常。龙三又问傻豹："你再对大家说一遍，林诗诗究竟是不是萧宇的女朋友？"傻豹急得一头汗，他从来都没有说过谎话，眼睛求助似的望向萧宇。

谭自在轻轻咳嗽了一声："傻豹！当着众位兄弟你把实情说出来！"

萧宇慢慢走上前去："这件事，跟傻豹没有关系，你们不要逼他，林诗诗的确……"

"萧宇！"萧宇身躯一震，他回过头去，听到门外一个女孩在拼命地喊，林诗诗！萧宇怎么也想不通，林诗诗怎么会出现在会所之中。

谭自在皱了皱眉头，龙三出去看了看，不一会儿又回来了，附在谭自在的耳边说了些什么，谭自在点了点头："让林诗诗和尾巴进来！"

林诗诗含着泪水冲了进来，看到萧宇她就扑了上去，紧紧搂住萧宇的身躯："阿宇……就是死我也要和你死在一起……你为什么要丢下我……"

萧宇脸上的表情极其复杂，牙缝里丝丝吸着冷气，不是感动是疼，林诗诗演得太投入，抱得太紧，伤口都被挤疼了。

龙三脸色一变，显然萧宇和林诗诗的关系瞎子都能看得出来。

谭自在叹了口气，他看了看所有的堂主慢慢说："这是我们内部的事情，无论事情的处理结果如何，我希望以后任何人都不要再谈论它。"

他看了看萧宇："梁百臣调戏林诗诗在先，不顾帮中兄弟情谊，有违帮规第二十二条，从今天起梁百臣不得参与青龙帮任何事务！"他停顿了一下又说，"萧宇因为一时气愤反击，情有可原，可是出手仍有过重之嫌，况且在和帮内前辈争执之中不分长幼尊卑，有违帮规二十三条，念在萧宇刚刚加入本帮，况且现在身受重伤，从轻处罚，今后如果再犯帮规，将从重处罚！"

林诗诗气愤地喊了起来："为什么要处罚阿宇！"谭自在冷冷看了林诗诗一眼："即刻执行帮规，把不相干的人等带出去！"林诗诗还要争辩，萧宇拉住她的手，低声说："你跟尾巴先回去……"他向尾巴挤了挤眼睛，尾巴连忙带着林诗诗出去了。

傻豹凑到萧宇身边，小声提醒他："待会儿执行家法……的是……龙三，他出手……相当……狠，你……先有个准备……"萧宇点点头。

会场正中已经摆好了一个香案，龙三示意萧宇趴到上面，他已经脱去了上衣，手臂上缠绕着一条拇指粗细的皮鞭。萧宇的目光无畏地和他对视着，傻豹想搀扶着萧宇跪下，却被龙三挡住："自己做错的事，自己偿还！"

萧宇慢慢趴伏在香案之上，脱下了上衣。龙三一步一步走到萧宇身后，手中的皮鞭微微一抖，闪电般抽在萧宇的肩背上，萧宇痛得额头上的青筋都鼓了出来。皮鞭抽落的地方，萧宇刚刚缝合不久的伤口再度开裂，鲜血沿着创口流淌下来。

所有人都看出龙三这次下手没留任何情面，龙三的第二鞭抽下的速度很慢，可是接近萧宇皮肤的时候手腕微微一提，一种近似于烧灼般的疼痛立刻传遍了萧宇的全身，他的肌肉在这难挨的疼痛下抽搐了起来。

萧宇的下唇已经咬出了血，他双手用力抠在香案上，指甲因为巨大的压力而变得有些发白。

第三鞭和第四鞭龙三抽打的是同一个地方，萧宇强忍着没有昏迷过去，只要挨过最后一鞭，这件事情就算有个了结，萧宇的视野已经开始模糊。

谭自在的眼神忽然变了，他看到龙三拿鞭子的方式发生了改变，鞭子在龙三的身上绕了四圈，剩在外面的有八十公分，龙三却转到了萧宇身体的左侧，这一鞭看来他要横向抽出。傻豹的脸色也变了，他也知道这一鞭的名称——截龙髓。龙三这一鞭是想抽断萧宇的腰椎，只要让他抽下这一鞭，萧宇以后再也别想站起来。

"龙三！"傻豹不顾一切地冲了上去，却被另外两个堂主牢牢拉住。

谭自在满脸怒气地走了过来，照着傻豹就是一记响亮的耳光："你还懂不懂规矩？"

"他……他……"傻豹指着龙三，越急越是说不出话来。

谭自在冷笑着说："本来我不想动手，可是你们这帮后辈真是越来越没有规矩！龙三，把鞭子给我！"龙三一怔，他马上明白了谭自在的真正目的，恨恨地看了萧宇一眼，把皮鞭交到了谭自在的手中。谭自在冷哼一声，皮鞭闪电般抽落在萧宇的后背上，他这一鞭抽下的速度和力量都远远超过了龙三的任何一次出手，萧宇闷哼了一声，昏迷了过去。谭自在把皮鞭扔到地上，头也不回地离开了会所。

最难消受美人恩

萧宇再次醒来的时候，发现自己已经躺在医院的病床上，病房很宽敞也很安静，粉白屋顶，淡青墙壁，床头柜上插满一瓶鲜花，窗幔是天蓝色的，显得格外雅致。

林诗诗趴在他的身边已经睡着了，腮边还挂着一颗晶莹的泪珠，萧宇这细微的举动惊醒了林诗诗，她下意识地擦了擦眼泪，看到萧宇已经醒来，露出一个无比欣慰的笑容。

"你醒了，我去通知护士！"

萧宇连忙喊住她："我没事，只是有点累，你帮我把床升高一点！"

林诗诗把床略微摇起了一些，又拿来一个松软的靠垫让萧宇枕着。萧宇发现傻豹他们都不在这里，有些奇怪地问："豹哥他们呢？"林诗诗为萧宇倒来一杯水："他们去看梁百臣了！"萧宇皱了皱眉头。

林诗诗解释说："是谭先生的意思！"萧宇点点头，他看了看窗外，下面是一片茵茵的绿草地，许多病人在护士的陪同下在上面漫步。

"这是哪里？"

"这间就是嘉南最大的私立医院济慈医院，听说谭先生在这里占有很多股份。"萧宇放下心来。

林诗诗试了试水温，把水杯递到萧宇的嘴边，萧宇坏坏地笑了笑："干吗对我这么好？"林诗诗的脸被他问红了："谢谢你救了我……"萧宇嘴沾到杯缘，又缩了回去，故意说："够不着！"林诗诗红着脸从床边拿起汤匙，小心地把水喂到萧宇嘴里。

门忽然开了，傻豹和尾巴、丽娜一大群人，拎着一大堆礼盒挤了进来。丽娜一进门就嚷嚷了起来："我早就说过，宇哥是把三分病装足了十分，你们还说他伤得有多厉害，原来偷偷躲在这里过二人世界呢！"一句话把林诗诗说得脸红到了耳根，汤匙里的水一下喂到了萧宇鼻子里，萧宇呛了一脸一身，在场的人全部哄笑了起来。

傻豹把一个多层饭盒放到床头柜上："狮王府的金……大厨特地为你煲……煲的燕窝粥，外加四个……精……品小炒！"萧宇笑得合不拢嘴："替我谢谢他！"

尾巴把那打礼盒放在旁边的空床上："这些都是弟兄们送的，名字我都写好了，待会儿宇哥你自己打开看吧！"

丽娜拎着一个漂亮的果篮放在萧宇身边："宇哥，这是香榭丽舍所有的姐妹送给你的，虽然它不值钱，可这是我们所有的姐妹亲手做的！"萧宇感动地点点头。

等他们离开的时候，萧宇把尾巴单独留了下来，有个问题他一直都很想问尾巴。林诗诗看到他们有话要说，借口出去问问萧宇的病情，出去回避了一下。

"尾巴，你给我说实话，你怎么带着林诗诗找到会所去的？"

尾巴笑了笑："宇哥，说实话，像那种级别的会议，我压根摸不到地方，林诗诗说什么都让我带她去找你，她哭得那个惨啊，幸亏这时来了一个电话，你能猜出来是谁打的吗？"

萧宇眉头动了动："谭爷！"

尾巴瞪大了眼睛："宇哥，我可是真服了你了，你怎么能猜到打电话的是谭爷？"萧宇笑了起来，其实从龙三的鞭子被谭爷夺下起，他就猜出一定是谭爷安排林诗诗赶到了会场。作为青龙帮的老大，他必须要让萧宇对社团有个交代，而作为梁百臣的表哥，他又要必须面对自己的妻子和家庭，谭爷肯定已经了解了全部的情况。这次看似对他严厉的惩罚其实是暗地偏袒了他，萧宇的内心十分感动。

尾巴凑到他耳边，低声说："宇哥！林诗诗这女孩真的很不错，你昏睡了两天，人家就在床边陪了你两天，不管谁要替她她都不愿意，为了你，她连眼睛都哭肿了……"萧宇瞪了他一眼："你犯贫啊，是不是丽娜让你说的？"

尾巴吐了吐舌头："我对宇哥您是佩服得五体投地啊，我肚子里那点货，让您看得清清楚楚，我不耽误您休息，我走了。"

推开门，正巧林诗诗从外面回来，尾巴向着她神秘地笑了笑，匆匆离开。

林诗诗莫名其妙地来到床前："怎么尾巴哥笑得这么怪？"萧宇乐了起来："他说自己爱上你了！"林诗诗红着脸啐了一声："你胡说，他跟丽娜姐好着呢！"

"哟！脸红了，不是你爱上尾巴了吧？"萧宇一脸的坏笑。

"不理你了！"林诗诗气得走到一边。

"那你一定爱上了别人？"萧宇笑眯眯地问，"告诉我那小子是谁，哥哥为你做主！"林诗诗这才知道萧宇是故意调侃自己，气得向他瞪大了眼睛。

萧宇留意到林诗诗的眼圈微微有些浮肿，心中不由得一动："诗诗，你也累了，不如你就在我旁边的床上睡一会儿吧！"

林诗诗听到萧宇这样亲切地喊自己，长长的睫毛害羞地垂了下去，她轻轻嗯了一声，抬起头来："不过要……等我喂你吃完燕窝……"

下午的时候马心怡过来看他，林诗诗看来是真的累了，仍然躺在床上熟睡。马心怡看到床上的林诗诗，诡秘地向萧宇笑了笑，蹑手蹑脚地走了过来，她把一束康乃馨放在床前，小心地拉了一个板凳在萧宇面前坐下小声说："阿宇！艳福不浅啊！"萧宇故意作出一副无可奈何的样子："男人有魅力，真烦！"

马心怡差点笑出声来，萧宇躺了两天，早就有些不耐烦了，指了指房间里的轮椅，示意马心怡扶着他坐过去。

萧宇好不容易才在马心怡的帮助下上了轮椅，马心怡悄悄推着他出了门，来到楼前的草地上。萧宇经过这番折腾，也是一头一脸的汗，他用毛巾擦了擦汗，长长舒了一口气："可憋死我了。"马心怡笑了起来："阿宇！你虽然躺在医院，身边仍旧有美人相伴，可以说是福气之人，还发什么牢骚！"

萧宇笑了笑："得了，马姐，你可别糟践我，兄弟让人给砍得跟个烂梨似的，就差身上没拱出虫来了！"

"浑小子，你少恶心我！"马心怡笑骂。

萧宇回头看了看马心怡："怡姐，看来这次我最少要躺上一个星期，新年慈善募捐的事情，你要多费心了！"

"你是不是想趁机给自己放个大假啊！"

"怡姐就是怡姐，我萧宇一撅屁股，您就知道我拉几颗驴屎蛋儿！"萧宇使劲给马心怡戴高帽，马心怡忍不住笑了起来："阿宇，你少跟我胡说八道，还不是想哄我给你当免费义工，跟你合作我可真是上了贼船了……呵呵……"

马心怡忽然想起一件事情："阿宇，你和梁百臣这次的事情，已经引起了很多人的注意。有句话我必须提醒你，有时候做人还是低调一些好！"萧宇点点头，他知道马心怡说这句话不仅仅代表她个人的意思，有可能也是宋老黑的意思。自己加入青龙帮后锋芒毕露的表现，肯定已经引起了很多人的警觉。

马心怡的提醒让萧宇从刚刚加入社团的狂热中慢慢冷静了下来，在这次和梁百臣的争斗中，他更多的是凭借着个人的勇气和目空一切的傲气，可是如果那天傻豹和尾巴没有及时出手，恐怕倒在地上的只能是自己。也许他是时候考虑一下，是不是可以用更好的方式来处理这类危机。

"萧宇！"林诗诗焦急地呼喊着他的名字，马心怡和萧宇同时向病房的方向看去，林诗诗醒来没有发现萧宇的身影，急得就快哭出来了。

马心怡轻轻拍了拍萧宇的肩头："阿宇，那女孩看来很紧张你。"萧宇向林诗诗的方向挥了挥手。

林诗诗看到萧宇，慌忙向这边跑了过来，美目中泪光盈盈。

"萧宇……我……醒来，看不到你，以为你又出了什么事……我好怕……"林诗诗的泪水忍不住流了下来。这时她才注意到旁边的马心怡，不由得脸红了起来。马心怡看出了她的尴尬："阿宇，我也该走了，不耽误你们聊天,新年慈善募捐的事情你尽管放心,我会全部办妥,你好好过你的节吧!"

萧宇爱怜地看了看林诗诗:"为什么这么紧张我?"

林诗诗小声说:"因为你是我的救命恩人!"

"这么简单?"

"当然……"林诗诗逃过萧宇的目光,来到了他的身后。萧宇发现林诗诗是个特别容易害羞的女孩,可是这样一个女孩为什么会选择夜总会这种场所来工作?萧宇想了想终究还是没有问出口,毕竟每人都有自己不愿让别人知道的事情,如果她不想说,自己问了反而会引起她的戒备和反感。

自从萧宇能够下床活动,林诗诗来得次数渐渐少了,每次来也只是匆匆和萧宇说几句话,便离开医院,萧宇和她之间仿佛又回到原来那种老板与雇员的关系之中,萧宇能够感觉到她对自己的刻意疏远。

在医院闷了整整七天,萧宇总算等到了拆线的日子,好在他年轻力壮,恢复得很快,除了背上的两处刀伤比较深,可能留下疤痕以外,其他的地方已经基本恢复正常。傻豹本来说好要来接他,可是临时有事,让尾巴开车过来。

萧宇走路还是没那么利索,尾巴想扶他,却被他拒绝了。萧宇一瘸一拐地拉开车门,坐在主驾的位置上。

"宇哥!您能行吗?"尾巴满脸的怀疑。

"怎么不行?马拉松都能跑,别说是开车了。快上车,我先送你回香榭丽舍,然后自己回家!"

尾巴笑了起来:"宇哥!您是送我呢还是去看人呢?"

萧宇瞪了他一眼:"你小子哪这么多废话?"

"林诗诗辞职了!"尾巴鼓足了勇气说。

萧宇瞪大了眼睛:"什么?你说什么?"

"林诗诗辞职了!"尾巴又重复了一遍。

"那不早告诉我？"萧宇一听就急了，两只眼睛像要冒出火来，尾巴还嬉皮笑脸地想往车上坐。

"滚蛋！"萧宇没好气地说。

尾巴一脸的委屈。

萧宇关上了车门："你自个儿打车回去，我烦着呢！"尾巴使劲敲着车门。

萧宇扬了扬拳头："你小子欠揍是不是？"尾巴递过来一张字条："林诗诗的电话和住址！"萧宇立刻换了张脸，笑眯眯地说："你小子故意玩我是不是？"

"我哪敢？本来想在车上告诉你，谁知道你宇哥这么重色轻友！这下您得把我送回去了！"萧宇笑了起来向尾巴挥了挥手："对不起了兄弟，哥哥赶时间！"一踩油门，雪铁龙绝尘而去，气得尾巴在后面干跺脚。

萧宇一边开车一边拨打林诗诗的电话，可是对方的手机始终处于关机状态。林诗诗的家住在嘉南市的郊区，位于大学城的附近，萧宇从市区开到那里花去了将近四十分钟的时间。

萧宇按照字条上的地址来到那个名叫流云巷的地方，这是一条颇具江南水乡风韵的小街，两旁是古朴而优雅的骑楼，弯弯曲曲的石子路面，经夜露洒过、细雨洗过，光滑而闪亮。空气透出一种洗涤过的清新，萧宇把车子泊在半山茶楼门前开阔的空地上，向林诗诗的家中走去。

毕竟身体还没有完全恢复，萧宇每走两步就要停下来喘口气，歇一歇，当他偶然抬起头时，忽然看到前方一个清纯的女孩向自己走来。

林诗诗！她上身穿着一件白色纯棉立领衬衫，下身穿着一条天蓝色牛仔背带裤，足蹬褐色牛皮磨砂鞋，朴素而不失可爱。她拿着一束刚刚采撷回来的野花，背着阳光走来，正午的阳光恰到好处的勾勒出她美好无瑕的轮廓。

萧宇眯着眼睛大声地喊："美女！"

林诗诗这才看到萧宇，她的眼睛露出惊喜的神情，随即又迅速隐去。

"你怎么来了？"林诗诗竭力放慢了脚步，萧宇仍旧从她突然改变的节奏看出了她内心的慌乱。

萧宇一边喘着粗气一边笑着说："我大老远地跑过来，怎么着也得请我到家里坐坐吧！"林诗诗的脸红了红："我家就在街尾，可是……我刚巧有事情要出去……"

"我送你！"萧宇指了指远处的车。

林诗诗点了点头，和萧宇一起走上了汽车。

林诗诗要去的地方并不远，是距离这里不到五分钟车程的安和医院，萧宇通过医院的介绍知道这是一所临终关怀医院，不知道林诗诗为什么要来这里。

林诗诗转身看了看萧宇："你……能不能在这里等我？"萧宇听出了她话后的意思，他点了点头："好的，说实话，我现在听到医院两个字都有点过敏，还是在外面等你的好！"

林诗诗向他笑了笑，然后走了进去，萧宇无聊地打开收音机搜索着有兴趣的节目。这时电话忽然响了，他看了看号码，原来是他母亲方晓芸打来的。

"小宇！"

"妈！"自从到了这边，萧宇和母亲之间的感情忽然变得融洽了许多。

"今天都已经年二十七了，你还打算回燕京过年吗？"方晓芸关切地问。

萧宇看了看车上的日历，这些日子他一直躺在医院里，真的没有注意日期："估计是回不去了，我这边忙得很，对了，我给你寄去的礼物收到了没有？"

"收到了，如果你人能回来比寄什么礼物都让我高兴！"方晓芸说着说着又有点想哭。

萧宇笑了起来："大过年的，您老少在这儿煽情了，我是真有事儿。这样吧，你和庞叔去买台电脑，让唐亮那小子去把摄像头给你装上，年初一我一准给你拜年！"

"我就是想见你!"

"告诉你一事儿,我刚认识一女孩对我真不错,我这次之所以不走就是为了她……"

"呸!你为了她连老妈都不认了?"方晓芸显得心理不平衡,然后又笑了起来,过了一会儿她又问,"那……你和小悦……"

"早吹了,我俩没戏!"萧宇说得豁达,可心中却隐隐有那么些不是滋味儿。

方晓芸叹了口气:"其实,小悦那女孩不错……"萧宇沉默了下来,他忽然看到林诗诗不知什么时候来到身边,连忙说:"得!今儿就说到这吧,再打会儿,您老这月的菜钱就没了!"他挂了电话。

林诗诗的眼圈有些红,她并没有坐在萧宇身边,拉开后门坐在了后座上,看得出她的情绪十分低落,萧宇启动了车子,有些时候还是保持沉默的好。

他透过反光镜看到林诗诗的面孔转向窗外,她不时的用纸巾擦拭着眼角,看来哭得非常伤心。

萧宇打开了音响,正巧播放的是王菲的CD,萧宇适时岔开话题:"我觉着你的歌唱得比她棒!"林诗诗没有说话。

"怎么着?心情不好?我中午请你吃饭,顺便陪你好好聊聊!"

"对不起,我中午还有事情,你在路口停车就行了,我自己走回去!"林诗诗有些冷淡地拒绝了萧宇的好意。

萧宇并没有坚持,把汽车停在路口:"那……今儿我就不送你了!"林诗诗点点头,向萧宇挥了挥手,转身朝家中走去。

目送林诗诗的身影消失在小街深处,萧宇忍不住骂了自己一句:"我有病,大老远跑来,看人一张冷脸!"

04　不是你死，就是我亡

萧宇抬腿向疯子的下身踢去，危急关头根本没有什么规则可讲，必须采用最为直接有效的方式。疯子右膝迅速侧摆，挡住了萧宇踢来的一脚，两肘全力向萧宇砸去。萧宇只能用双臂护住身体，两人的胳膊撞到一起，萧宇仿佛撞到了铁棍上面，痛得几乎叫出声来。

不是冤家不聚头

回到市区已经是中午，傻豹回家后没看到他，打电话过来："阿宇！你……你……跑哪儿去了？"萧宇正赶上红灯，今儿气出奇的不顺："豹哥，你别跟我妈似的行不行？我出来透透气总成吧？"

傻豹听出他心情不好："阿宇……我……我就是想跟你说一声，今晚弟兄们在狮王府给你……压惊，七点啊，你别……别晚喽！"

"好！我一准到！"

萧宇挂了电话。

"喂！"萧宇忽然听到有人冲他喊，转过脸去，看到左边并行车道上停着一辆黑色野马，一个穿着红色紧身皮衣、满头红发的女人正向他喊。萧宇愣了愣，好不容易才想起来她就是那天在汽车城刮花自己车的女人。

"小子，你还没死啊！"那女人嚣张地向萧宇喊了起来。这女人品位真差，染了个满头红毛不说，嘴唇和指甲全部都涂成了绿色，幸亏这是白天，要是晚上出来，非吓死人不可。

萧宇向她笑了笑，绿灯一亮，他便加大油门嗖地窜了出去，那女人虎视眈眈地瞪大了眼睛，发动引擎不依不饶地跟了上来。她那辆野马的性能不知要超过萧宇这辆车多少档次，稍一提速就已经超过了萧宇。

"有毛病！"萧宇恨恨地骂。那女人好像故意要跟萧宇作对，驾驶着野马在萧宇的车前晃来晃去。萧宇气得俩眼珠子都绿了，今天好像什么事情都不顺心，先是在林诗诗那里遭到冷遇，这会儿又碰上个精神病。萧宇学会开车的时间还短，加上本身车子的性能就比人家差一大截，干着急也超不过去。

萧宇放慢了车速，老子惹不起，还躲不起吗？那女人竟然也把车速慢了下来。萧宇心里暗暗地骂，他干脆把车停在路边，想着对方还有什么招。

谁想到那女人一个急转弯拐到了萧宇的车后，也把车停了下来。萧宇气得把车门推开，向她走去："你有病是不是？"

那女人猛然踩上了油门，野马贴着萧宇那辆雪铁龙开了出去，萧宇听到那声刺耳的摩擦声，差点没气得吐出血来。雪铁龙被划出了长长的一道深痕，刚刚配好的反光镜又被撞得粉碎。

萧宇这下是新仇旧恨齐上心头，开动汽车就向那女人的车追了过去，他还从来没遇到过这号角色，损人不利己的功夫练到了极点。那女人的车技十分娴熟，在车流中穿梭自如。萧宇这次是真的火了，车速瞬间已经飙升到了一百一。

那女人压根就没想甩开萧宇，车速始终和萧宇保持一致，萧宇咬牙切齿地说："今天哥们儿破回例，抓住你非狠揍你一顿不可……"

路面渐渐变窄，从路牌的标志可以看出前面就是圣人山隧道，行驶的车辆大多已经放慢了速度，萧宇和那女人的距离已经很近，两辆车相距不到五米。萧宇看到野马距离路边的隔离带还有一段空隙，刚巧能容下一辆车开过，心里一横，车身向那缝隙塞去。

那女人显然看出萧宇想干什么，车头突然一偏，想挡住萧宇的去路，萧宇连忙去踩刹车，慌乱之间一下踩到油门上面，咣的一声，车头舔在那辆野马的屁股上，由于冲劲太猛，两辆车同时滑出了车道沿着路边的隔离带冲了下去。萧宇吓得大叫起来，拼命踩刹车，汽车仿佛脱缰的野马，根本不听他的控制，连续撞断了好几棵树才停了下来，这辆雪铁龙的挡风玻璃被震得粉碎，萧宇的脑袋登时晕乎乎的，不知东西。

萧宇晕乎乎地解开安全带，推开车门爬了下来，揉了揉眼睛，好不容易才辨明太阳的方向，他看了看前面那辆黑色野马，整个车身都翻了过来，安全气囊也弹了出来，把那女人夹在座椅上，露出了她那满是红发的脑袋。她探出一只手臂用力去推车门，可是车门已经被挤压变形，她那点力气根本没办法推开。

萧宇冷笑了一声："活该！"他忽然闻到了一股浓重的汽油味，脸色不由得一变，那辆野马的油箱被折断的树枝戳穿，汽油沿着车体缓缓流了出来。那女人好像也意识到危机的来临，拼命拍打着车门。

萧宇迅速冲到野马车的面前，用力去拉那扇变形的车门，车门挤压得过于厉害，他用尽全身的力气都没有拉开。萧宇向四周看了看，拾起一段树枝别在车门上，把整扇车门都撬了下来，然后双手拎住那女人的衣领用力向外拖。

那女人看来已经吓得魂都没了，使劲抓着萧宇的手牢牢不放，好在她的身体并没有卡在里面，萧宇没费多大力气就把她的身子从里面拖了出来。

萧宇拉着她不顾一切地向远处跑，没等他们跑远，身后发出一声巨响，那辆野马在一片火光中炸得四分五裂，萧宇的雪铁龙也没能幸免，爆炸马上就波及了沾满汽油的雪铁龙，雪铁龙的车身在爆炸中整个翻腾起来，翻滚着向两人的头顶砸了过来。

萧宇抱住那女人的身子沿着斜坡滚了下去，车身砸在距离两人的身体不到一米的地方,萧宇清楚地感到了地面的震动,无数玻璃碎屑呼啸着从他们的身边飞过,萧宇压在那女人身上,压低了头,尽量减少碎屑对身体的伤害。

当一切都结束时,萧宇惊魂未定地从那女人的身上爬了起来,看到自己身上的衣服已经烂了好几处,有些地方又开始流出血来。

萧宇活动了一下四肢关节,又检查了一下身上,除了两处轻微的划伤,并没有伤到筋骨,不由得暗自庆幸。

转身看了看那女人,仍旧傻呆呆地躺在那里,萧宇走过去把她扶了起来:"你没事吧?"那女人呆呆地看了看萧宇,忽然搂住了他的脖子大声哭了起来,萧宇又是好气又是好笑,早知如此何必当初呢!

远方传来急促的警笛声,看来这边的爆炸已经把警察惊动,那女人这会儿才反过劲来,放开了萧宇的脖子,忽然照着萧宇脸上就是一个耳光。

这一巴掌打了萧宇一个猝不及防,萧宇登时火就上来了,这什么人呢!他一把就把她满脑袋的红头发给揪住了:"今天,我要不狠揍你一顿,我跟你姓!"那妞痛得叫了起来:"流氓!"

"我就流氓,你也不看看自己,长得跟个小鸡仔似的,老子流氓也不流你这样的!"那女人抬腿想踢他,萧宇用膝盖把她的大腿压住。右手又把她的两只胳膊给拧到后面,对付这种小太妹,最好的方法就是以暴制暴,以牙还牙。

那女人动弹不得,大概是萧宇出手太重,她疼得哭了起来,

"你还好意思哭!"

"你是不是……男人……你欺负女孩子……"那女人边哭边委屈地说。

"到底是谁欺负谁啊,就是哭也该轮到我哭!"萧宇还从来没遇到这么能颠倒黑白的角色。

可是一听她哭得那么惨,萧宇心立刻软了下来:"我告诉你,我是好男不跟女斗,我放了你,你可不能跟我撒泼啊!"那女人点了点头。

萧宇放开她让到一边,她果然不再哭了,揉了揉被萧宇拧红的手腕,

眼睛狠狠瞪着萧宇，这时事故警察已经来到了现场。

一个胖胖的警司走了过来，看到两人都没受什么重伤，开始问话："怎么回事啊？马路上开不下你们？非要往路边钻？"萧宇没说话，那女人倒不乐意了："你什么态度？小心我投诉你啊！"

胖警司一副公事公办的样子："把你们的身份证明和驾驶执照都拿出来！"萧宇的驾照是随身携带，他从裤兜里掏出来递了过去。那人看了看又还给了萧宇："刚拿驾照两个星期就捅这么大娄子，你以后还想不想开车了？"萧宇见惯了这副嘴脸，没理他。

胖警司又向那女人伸出手去："你的呢？"

"在车里，你自己找去！"这女人真拽。

胖警司皮笑肉不笑地咧开嘴："火这么大，我哪儿给你找去？你是不是无照驾驶啊？"那女人看了看胖警司的警号："说风凉话是不是很过瘾？"胖警司不置可否地笑了笑。

"你明天等着受处罚吧！"那女人指着胖警司的鼻子，一如既往的嚣张。

胖警司嘲讽地笑了起来，那女人却掏出了手机，萧宇看到她拿起手机才想起自己的手机还在车上，这会儿肯定已经被大火烧没了。要说今天可真是损失惨重，这人简直就是自己的衰星，每次遇到她都要倒霉。

她迅速拨了一个号码："王叔叔，我是晴晴！刚才我的车在圣人山隧道前出了点事情，有个胖子警察老跟我过不去……好的！"她笑着把电话递给那个胖警司："齐正惠接电话！"那胖警察愣了愣，显然没有想到这女孩能一口叫出他的名字。他有些心虚地把电话接了过去，听到对方的声音后，马上露出了一脸献媚的微笑，不住地点头。

萧宇一看，坏了，今天这事的责任八成都落到自己头上了。果然不出他所料，那胖警司接完电话立马就变成了另一副模样，瞪着小眼睛看着萧宇："你把这次事故的原因说给我听听！"

那女人得意地向着萧宇笑，萧宇气得脑袋发蒙，早知道现在这样，还不如不救她。那女人走到胖警司身边对着他又小声说了些什么，萧宇恨得连牙都痒痒了，八成说自己把她撞出了路面，又看到她伸出手腕给胖警司看了看，萧宇心中暗暗叫苦，完了，这春节看来要到牢里混了，冲刚才的事情，她就是侮蔑自己想强暴她都有可能。一时心软千古遗恨，阴沟里翻船了！

胖警司听她说完，然后冷笑着向萧宇走了过来，萧宇无可奈何地叹了口气，悔当初不听圣人言，最毒妇人心啊！

"你们把地址留下，改天我会把事故报告给你们寄过去，保险公司的调查我会处理的！"萧宇一听愣了，他压根没想到事情会是这个结果，他向那女人看去，看到那女人一边擦着脸上的灰一边向他挤着眼睛。

萧宇这才知道那女人没有告他，心里又惊又喜，在事故调查上签了个字，一瘸一拐地向公路上走去，他看了看那女人签字的一栏上面写着娟秀的几个字——章晴晴。

这里的出租出奇的少，萧宇等了半天没见到一辆车经过，忽然听到身后有人喊他的名字，萧宇回过头来，看到那个叫章晴晴的坐在路边向他摆着手，没想到她居然还没走。

"萧宇！你是不是人啊？刚才要不是我救你，你早就被人给抓去了，你怎么转身就一个人走了？"她一副理直气壮的样子，估计她也是从事故报告上知道了萧宇的名字。

萧宇没好气地说："你少在这混淆黑白，要不是你今天故意惹事，我至于这么惨吗？"章晴晴气呼呼地站了起来："就算是我惹你，你也不能把我往路边撞，想置我于死地啊！"

"那太容易了，我现在特后悔，让你留在车里变成炸子鸡多好！"萧宇两只眼睛眯缝着。

章晴晴气得脸通红："你说谁呢？"

萧宇笑嘻嘻地说："说你啊！这路边就咱俩，不说你说谁？"章晴晴伸起手又想打萧宇，萧宇瞪着眼睛威胁她："少给我过分啊，今儿哥哥我气特不顺，小心伤了自个儿！"

章晴晴嘴撇了撇，委屈地坐在路边大声哭了起来。萧宇没有理她，刚巧前面来了一辆出租车，他连忙招手拦下。他这边才坐到座椅上，章晴晴也挤了进来。

"你不会自己叫车？"萧宇拿她真有点没辙。

"我钱包都烧了，全都因为你，你今天必须送我回家！"

"天哪！让我死吧！"萧宇痛苦地闭上了眼睛。

回市区的路上，章晴晴居然睡着了，脑袋慢慢靠在萧宇的肩膀上，萧宇向旁边侧了侧，她居然整个身子都靠了过来。萧宇哭不得笑不得，把她的身子扶正，又掖了一个坐垫在她身后，没一会儿，她又靠了过来。萧宇反反复复多次终于放弃了努力，今儿老子倒霉，权当奉献，给她当一次活人枕头。

出租车驶入光复街，萧宇用力推了推章晴晴："喂！我说，你倒是醒醒！"章晴晴揉了揉眼睛："干吗？我睡得正香呢！"萧宇活动了一下又酸又麻的肩膀："你舒服了，我差点没让你给压死！"章晴晴白了他一眼："我说你这人怎么这么小气啊？我不是睡着了吗？我要是清醒躲你还来不及呢！"

萧宇拱了拱手："得！您大人大量，千万别跟我这个小男人一般见识，你家住哪儿，给人司机说一声，钱我给够，拜拜了您呐！"萧宇递给那司机五百块钱："这够你环城溜圈的了，走了啊！"萧宇慌忙下了车，这叫什么事儿，真是倒霉催的。

萧宇看了看前方钟楼上的时钟，已经是晚上七点五分，已经超过傻豹他们约定的时间五分钟，他慌忙向狮王府走去。

傻豹和弟兄们早就到了，他们特地包下狮王府最大的包间雄风厅为萧宇压惊。萧宇一进去连忙抱拳说："对不起了各位兄弟，今儿遇上点事情！"在场的人看到萧宇一副狼狈的模样，不知道他又发生了什么事情。

尾巴大笑着说："大家都知道，今天我们宇哥是去远方会情人，时间都忘了……"包间内笑成一片。萧宇暗暗惭愧，想起林诗诗今天对待自己的态度，的确有些反常，一向自认为对女性有不可抗拒的魅力的萧宇也不得不怀疑起自己。

傻豹拉着萧宇在上座坐下，萧宇看到身边还空了一个位置，奇怪地问："有人比我还晚？"傻豹笑了起来："大……大……家以为，你要……带……带林诗诗一起来！"萧宇有些尴尬地咳嗽了一声："她有点事情，今天晚上不能来了！"

房门被礼貌地敲了一下，服务小姐走了进来："萧先生，门外有位小姐找您……"

尾巴一听就乐了："宇哥，跟我们打埋伏啊！"他的话忽然中断了，有些怪怪地望着门口。

萧宇两只眼珠子差点没跳出来，章晴晴笑嘻嘻地走了进来："萧宇！你果然在这里！"她来到萧宇身边的位置坐下，看了看满桌的菜，"我都快饿死了！"她倒是没把自己当成外人。

傻豹曾经见过章晴晴，看看萧宇又看看她，也是一脑袋的雾水，他真的不知道这两个人什么时候搅和到一块去了。

章晴晴脸上还有许多污垢没有擦掉，身上的衣服也擦破了好几处，一副狼狈的模样，萧宇比她也好不了多少，两人活像逃难过来的。周围人互相看着，表情是说不出的怪异。

"章晴晴！你有完没完？"萧宇有点怒火中烧，章晴晴看了看他："你叫这么大声干什么，我又不是听不到你说话！"

萧宇用手指了指她："我不是已经给你钱了吗？"

尾巴憋不住扑哧一声笑了出来，萧宇有火没处发："你笑什么？有病啊！"尾巴赶紧扭过头去，还在哧哧地笑。

章晴晴毫不畏惧地和萧宇对视着："我想不起家住哪儿了！"萧宇差点没晕过去。

"你是不是成心的啊？"萧宇大吼了起来，章晴晴抿起嘴唇："我饿了，大概吃饱后能够想起来！"

萧宇瞪着眼睛从钱包中又掏出五千，塞到章晴晴的手里："你拿着钱爱上哪儿吃就去哪儿，吃饱了慢慢想啊！少在这里气我！"

章晴晴把钱装到了身上："我累了，哪儿都不想去。"萧宇气得干瞪眼没辙，他咬牙切齿地说："再不走，我揍你！"章晴晴一听，哇的一声哭了起来。傻豹心软："阿……阿宇，人家到……到底是女孩子……"

萧宇满肚子委屈："她……也算女孩子？"

章晴晴看有了同情者，哭得更加伤心："他……他下午开车……撞我……我被撞到路边，车子爆炸了，要……要不是……我逃得及时，恐怕现在已经被炸死了。"

萧宇算是见识了她颠倒黑白的本事，恨得直点头。

在场的丽娜是女孩子，听得是义愤填膺，觉着萧宇对人家一个女孩子的确做得有些过分。

萧宇凑到章晴晴的耳边压低了声音说："你给我听着，再敢胡说八道，我打掉你的门牙！老老实实吃饭，吃完饭乖乖回你的家，我的忍耐是有限度的。"章晴晴居然抿着嘴笑了起来，她优雅站了起来："对不起，我去洗手间整理一下！"

章晴晴一出门，所有人同时都哄笑了起来，傻豹也笑得几乎喘不过气来。萧宇恼得喝了一大杯酒："成，今天你们所有人都把我当猴看，好！当今天我话搁在这里，谁不陪我喝趴下，就不是我哥们儿！"

丽娜的电话这时响了，她接通电话，忽然看了看萧宇，把手机递给了他，萧宇没好气地喊了一声："喂！"听筒中传来林诗诗怯怯的声音："宇哥，是我……"萧宇的口气马上变得温和了起来："哦！你在哪里？"

"我在家里……上午我心情有点不好……对不起……我给你打过电话可总是关机……"

萧宇的内心马上温暖了起来："没事儿，我知道……"

林诗诗沉默了一会儿又说："初一你有空吗？"

"有，我最近都没什么事情。"

"能跟我一起去文庙祈福吗？"林诗诗轻声地邀请着。

"行！我一早就去接你，你定个时间？"萧宇的脸上是笑逐颜开。

"那我十点在路口等你，我不耽误你了，再见！"林诗诗轻轻挂了电话，萧宇压抑了一整天的心情顿时轻松了起来。他有些得意地抬起头来，本以为自己会再度成为大家攻击取笑的对象，可是没想到所有人的眼睛都看着大门的方向。

萧宇也顺着他们的目光看去，他的嘴巴忽然张大了。

一个女孩优雅地走了进来，她身穿一件黑色露背晚装，合体的裁剪恰到好处地突出了她完美的曲线，红色的长发随意在脑后绾了一个发髻，几缕红发垂在光洁的额头平添了几分女性的慵懒，她的肤色很白，在黑色晚装的映衬下更显得艳如娇雪。

萧宇这才看出这女孩居然是章晴晴，她已经将脸上所有的铅华洗尽，修长的秀眉下是一双异常明澈的眼睛，她的五官近乎于完美，举手投足间都流露出一种雍容华贵的贵族气质。萧宇留意到她手腕上的几道瘀青，那是下午拜他所赐的。

这个女孩在瞬间居然产生了这么大的变化，每个人都觉得不可思议。章晴晴顽皮地笑了笑，来到萧宇的身边坐下。萧宇忍不住问："你哪儿偷来的这身衣服？"章晴晴凑到他的耳边不无得意地说："多亏了你给我的那五千离岛币！"萧宇气得差点吐血，敢情这会儿她跑到楼下买衣服去了。

"今晚我们首先欢迎……阿宇……重……重新回到我们的大家庭中……"傻豹的一句话宣告着晚宴的正式开始。

也许是因为林诗诗的那个电话，萧宇的情绪明显好了许多，他几乎和在场的每一个人都干了一杯，当然也有例外——章晴晴就是其中的一个。就算丑小鸭变成了白天鹅，萧宇对她这只白天鹅还是说不出的讨厌。

章晴晴却并没有因为萧宇的态度受到冷落，萧宇的那班兄弟争先恐后地向章晴晴敬酒，萧宇甚至都觉着今晚的主角并不是自己，说是给自己接风，怎么看怎么像欢迎章晴晴的酒会，一帮重色轻友的家伙，没义气！

章晴晴始终都表现得优雅而含蓄，和刚才那个任性刁蛮的女孩判若两人。

九点钟的时候，她最先离开了，尾巴目送她到酒楼下上了一辆劳斯莱斯幻影，看来她的家庭背景一定很不简单。

章晴晴走后萧宇如释重负地松了口气，这下总算可以开怀畅饮了，不知道为什么这天晚上他喝了很多，喝得不省人事，当他醒来的时候已经躺在了夜总会的办公室里。他看了看窗外，远处的天空微微泛出青灰的颜色，天空的底部已经开始发红，新的一天就要来临。

萧宇揉了揉眼睛，仍旧感到昏昏沉沉的，昨晚他的确喝得太多了，这么长时间以来，他还是第一次像昨天晚上那样放纵自己。外面很静，萧宇猜测到现在最少是清晨五点了，夜总会已经打烊，员工全部回去休息了。

他倒了杯纯净水，慢慢滋润着自己干涸的喉咙，无比清凉的感觉慢慢延展到他身体的每一个部分，他的每一个细胞逐渐苏醒过来，可随之而来的却是一阵莫名的孤寂。

萧宇推开经理室的房门走了出去，空荡荡的大厅已经收拾得干干净净，这是夜总会最为冷清的时间段，疯狂和野性同在这时沉睡。

萧宇来到吧台，从货架上拿了一包薯片和一盒牛奶。他一边吃着，一边百无聊赖地环视着这个大厅，这时他才留意到大厅已经重新装饰过，墙壁四周悬挂着波浪似的红绸，整个舞台全部以红色为基调，两旁悬挂着装饰性的鞭炮，正中大红横幅上贴着几个大字——银座香榭丽舍联手迎新春，慈善募捐抽奖大型活动。

萧宇笑了笑，马心怡的确是个很会做事的女人，一切在她的安排下变得井井有条。

值班的保安听到动静，拿着警棍出来巡视，看到萧宇连忙打了声招呼："宇哥！"

萧宇点点头，他指了指舞台上的横幅："活动具体定在什么时候？"

"今晚六点三十分！"

萧宇点点头，保安拿出一份会议组织名单交给萧宇："豹哥让我交给你的。"萧宇看了看，自己的名字和马心怡并列处在会议组织者那一栏，再往下看，今晚的维持会场秩序也是自己负责，忍不住笑了起来："怡姐够狠的，连我病假都不放过！"

上午八点的时候，傻豹打电话过来："阿宇，今……今天你……哪里都不能去，上午有人送……送货，你看着点！"萧宇忍不住问："豹哥，我现在是放假，你怎么还给我派活儿？"傻豹乐了起来："都……都是马经理的主意，再说今晚……社团的弟兄们都会来捧场，谭爷也要亲自来……你……你说什么都得辛苦点！"

萧宇无可奈何地叹了口气："怎么活儿好像都是我一人的，你干吗呢？"

"我……我要亲自去把邀请函送给二十四堂的堂主，另外其他的帮派我也……要去拜访一下……"

"好吧！"萧宇刚刚挂了电话，这边马心怡的电话又打了过来。

萧宇一听是她："怡姐，你太不够意思了！"

马心怡咯咯地笑："怎么？闹情绪？"

"我哪儿敢？您老人家忙着运筹帷幄，我们当兄弟的只有当狗腿子的命！"

"呸！你少跟我贫啊，今晚来的人很多，我一个人总不能分成两半用，再说了你们香榭丽舍除了你以外其他人做事我还放心不下呢！"

"得！怡姐，您太抬举我了，兄弟我为了感激您的知遇之恩，今晚拼了这条小命也得撑下去。"

"没那么严重……"马心怡又开始笑，过了一会儿才说，"不过今天晚上到场的人物很多，鱼龙混杂，你最好多安排点人手，省得闹出什么乱子！"

"您就放心吧！"

萧宇回答得虽然轻松，可是对于这件事情他丝毫不敢含糊，二十四堂虽然都隶属于青龙帮，可是据他已经了解的情况，堂主之间的关系也是十分错综复杂，况且他自己和梁百臣的冲突已经让帮内的很多人不满，不排除今晚会场上出现事端的可能。

晚上六点的时候，应邀前来的客人开始陆陆续续到场，傻豹负责接待工作，萧宇怕他一个人忙不过来，让丽娜把夜总会所有的小姐组织起来临时充当向导。也许是知道今晚谭爷亲自到场的缘故，每个人都尽量表现出自己大度文雅的一面，一切都在预先安排的中有序进行。

萧宇坐在二楼的音响室中，透过玻璃观察着下面的每一个角落，通过对讲机遥控安排保安的行动，他并不想在人前露脸，多少也是因为之前击伤梁百臣的缘故。

傻豹春风满面地守在门口，他在帮会中已经混了整整十二年，今晚是他最为风光的日子。马心怡在今晚的酒会之前已经事先把座位定好，场地正中的位置自然是留给谭自在，旁边摆放了四张圆桌分别是二十四堂中最有实力的瘸五、老安、龙三和老黑，其余的堂主都围绕在周围落座。因为宋老黑的缘故，马心怡对青龙帮的内部有相当的了解，通过这中心的五张桌子，巧妙地将相互间有矛盾的堂口分开。

六点半以前所有的堂主已经全部到场，新年将至，所有人都是一团和气，会场内到处洋溢着祥和的气氛。萧宇暗暗松了一口气，他让手下送来一杯咖啡，刚刚喝了一口，忽然站了起来，他看到一身红色晚装的章晴晴从门口走了进来，尾巴像是和她已经很熟络，满面笑容地迎了上去说着什么。

萧宇气不打一处来，打开对讲机就骂："尾巴！你小子有病是不是，谁让你把章晴晴给我招来的？快把她给我赶出去！"尾巴向着他的方向笑了笑，居然把对讲机交给了章晴晴。

章晴晴瞪着他的方向："萧宇！你要赶谁？"萧宇虽然躲在暗处，仍不由自主地向后缩了缩："章晴晴，你少给我添乱，撞车的事情，人家保险公司会处理，你老阴魂不散地缠着我干吗？"

"小子，你凭什么跟我这么横？我来又不是找你！"章晴晴把对讲机重重地摔给尾巴，气冲冲地向着音响室的方向走来。萧宇无可奈何地把对讲机丢到一边，向保安说："让她走，我烦着呢！"

没等保安走到门口，章晴晴怒不可遏地踹开了大门："萧宇！"保安上去想拦她，章晴晴大声说："滚开！我跟萧宇说话有你什么事儿！"

萧宇哭不得笑不得地转过身来，对保安说："你下去吧！"

血泪仇

章晴晴把一张红色请柬重重甩到萧宇的身上："睁大你的狗眼，我是被邀请来的，你凭什么赶我走？"

"你这人怎么这么烦呢，有请柬怎么着？你下去坐啊，跟我发什么疯啊？"萧宇也有些纳闷，她到底是什么身份？哪来的请柬？

章晴晴居然不请自来地坐在了萧宇身边的吧椅上："萧宇！你是我见过最自私最没风度的男人！"

萧宇笑了起来："谢谢，我真谢谢您，好歹还把我当一男人看，说实话，我到现在还没看出你是一女人呢！"

章晴晴出乎意料的没有生气："跟你这种人相处，没把我当女人真是万幸！"萧宇冷笑了一声，刚想抢白她两句，忽然看到门口一阵骚乱，原来是谭自在到了，所有的堂主都恭敬地从座椅上站了起来。

谭自在微笑着向周围的人打着招呼，慢慢走向自己的位置，章晴晴好奇地凑到萧宇身边："哎！那老头儿是谁啊，好像很有身份似的。"萧宇不屑地看了看她："你就不能让我清静会儿？"章晴晴白了他一眼："我前世跟你有仇？你怎么老是针对我？"萧宇笑了起来，他指了指章晴晴的请柬："别蒙我啊，你这张请柬是银座的，你跑这里来凑什么热闹？"

"我高兴！"章晴晴脸微微有些红，大概是因为被萧宇识破真相的缘故。

在热烈隆重的气氛中，慈善募捐抽奖晚会开始了，章晴晴不知什么时候溜了出去，萧宇乐得清静，根本没有管她去哪里。

晚会一直在平静中度过，萧宇渐渐觉得有些无聊，坐在沙发上打起了瞌睡，迷迷糊糊间忽然闻到一股浓郁的香气，睁开眼睛，看到章晴晴正拿着一杯热腾腾的咖啡在自己的鼻子前晃："困了？给你！"章晴晴把咖啡递到萧宇的手中，萧宇笑了笑："看不出你还有点女性的温柔，怎么把这儿当成你自己家了？还真没把自个儿当成外人。"章晴晴瞪了他一眼，忽然惊喜地指向下面："喂！开始拍卖了，我们去看看！"萧宇无动于衷，章晴晴不由分说地拽起萧宇，萧宇险些把咖啡洒到自己身上。

他反正闲着也是闲着，不如跟着下去看看热闹。

两人找了一个角落坐下，萧宇让服务生端来两杯饮料，尾巴看到他们坐下，也笑嘻嘻地凑了过来："宇哥！马上拍卖了，你打算投点什么？"萧宇咧嘴笑了笑："我那点银子哪够出来现的！"尾巴也笑了："都说是慈善，多少都是爱心奉献！"

负责拍卖的小姐大声宣布："今晚拍卖的第一件物品，是谭先生捐出的一辆宝马Z4型跑车，拍卖的底价是一百万离岛币！"

"我出一百八十万！"火烈堂堂主瘸五大声喊，他是青龙帮第一狠将，在帮中相当受尊崇，他这么一出价，其余的人就算想竞标也不好意思加价，再说他喊出的价格已经和那辆车本身的价值相近，帮中有这样财力的人已经不多。

"一百八十万第一次，一百八十万第二次，一百八十万第……"

"两百万！"章晴晴忽然举起手来。

萧宇几乎没被她吓得坐到地上去，所有人的目光都向他们看来。萧宇暗暗叫苦，早知道是这个局面，他压根就不该下来凑这个热闹。

"我出两百二十万！"瘸五两只眼睛瞪得滚圆，今晚他就是想博个头彩挣个面子，要是让这小女孩给比下去，弟兄们不得笑死！

萧宇伸手抓住了章晴晴的手臂低声说:"你少给我惹事!"章晴晴甜甜地笑了笑:"不是说拍卖吗,价高者得,我凭什么就不能竞价啊?再说了我跟你什么关系?惹事也是我自己的事,什么叫给你惹事?"

"呃……"萧宇居然被她给问住了。

"两百八十万!"章晴晴一下把价钱抬高了六十万。萧宇把头埋了下去,生怕成为别人指指戳戳的目标,章晴晴这人生就一副天不怕地不怕的脾气,萧宇拿她真是没辙。

瘌五咽了口唾沫,眼前的价位已经高出车的实际价格一百多万,他的确有点底气不足。章晴晴得意扬扬地看着瘌五。

瘌五咬了咬牙:"三百万!"场内一片哗然,萧宇干脆把头扭到一边,反正情况也控制不了了,瞎子放驴随她去吧!

"三百八十万!"章晴晴竞价比查数还容易,尾巴张着个大嘴,傻了似的站在一边,有钱人的世界真心是看不懂了。

瘌五的额头上渗出了细汗,他看了看章晴晴,忽然笑了笑:"我瘌五怎么也是一条汉子,跟个小姑娘争什么劲!"这多少有点自我解嘲的意思。

拍卖小姐高兴地说:"跑车就由这位小姐以三百八十万的价格拍得。"现场响起了一片热烈的掌声。

负责拍卖的人将汽车钥匙送到了章晴晴的身前,章晴晴掏出一本支票簿写了一张三百八十万的支票递给了他,她拿起钥匙递到萧宇的面前:"当我赔给你的!"当着这么多人的面,萧宇被她弄得有点下不来台,没好气地说:"你有病是不是?我为什么要接受你的东西?"章晴晴气得重重把钥匙摔在萧宇面前:"萧宇,你不识好人心!"尾巴凑了过来:"章小姐,他反正不要,您送给我得了!"

章晴晴柳眉倒竖:"你算那根葱!有多远走多远!"尾巴满脸通红地退到了一边,人比人气死人,都是爹妈生的,为啥萧宇就那么受欢迎?

这时又顺利地拍出了几件物品,今晚的重中之重就是那条悬挂在夜总会上空的长红,它本身代表吉利喜庆,加上又是在新年里,更是意义非凡。所有人都知道这条长红谭自在是志在必得，当拍卖小姐喊出底价八十八万的时候满场鸦雀无声。萧宇生怕章晴晴再生事端，提前警告她："你千万别添乱了！"章晴晴居然要挟起他来："你不让我添乱也行，除非你接受这辆汽车！"

"三百八十八万！"谭自在微笑着报出了价格，章晴晴刚要张嘴，萧宇伸手就给她捂住了："我怕了你了，行！汽车我收下！"章晴晴得意地笑了起来。

谭自在本来打算用二百八十八万拍得这条长红，可是章晴晴已经在第一次拍卖就拍出了三百八十万的价格，谭自在怎么都要把这个面子挣回来。所有人都围到他的身边向他祝贺，谭自在也不免得意起来。

这时门前忽然一阵骚乱，萧宇转过身去，看到一个高大魁梧的壮汉恶狠狠地推开门口的保安闯了进来。

尾巴低声说："疯子！灭龙社的八大金刚之一，金毛的哥哥！"萧宇意识到这小子肯定是有备而来。最少有二三十个人立刻围了上去。

"怎么？你们就是依仗人多吗？"疯子大声地喊，谭自在挥了挥手，示意手下的人坐回自己的位置。

疯子一步步走到众人面前，两只眼睛几乎要喷出火来："我刚从暹罗回来，我弟弟到现在还昏迷不醒！究竟是谁干的，有种的给我站出来！"

龙三冷笑着说："阿泰！江湖传闻不可信，你有什么证据可以证明是我们干的？"疯子用手指着龙三："我今天之所以敢来，就有足够的证据，你们给我听着，最好马上把人给我交出来，不然的话，我疯子会不惜一切代价把人找出来！"

谭自在微笑着走到他的身前："阿泰，你要是来喝杯酒我双手欢迎，可是你到这里乱喊乱叫，恐怕我的兄弟们会不高兴！"

疯子冷笑一声，转身向门口走去，走到门口他又停了下来，指着人群狠狠地说："我疯子就这么一个弟弟，踩过界是他的不对，可是你们下手也太狠了，我今晚向着关二爷发誓，只要是参与的人，我要让他惨上千倍万倍！"

萧宇冷冷地看着疯子的背影消失在门外，内心蒙上了一层阴影，这时傻豹走了过来："阿宇！龙三爷找……我……我们！"萧宇皱了皱眉头，因为上次鞭刑的事情，他对龙三这个人的确没有什么好印象，可是想到龙三找他们一定和疯子这次的事有关，连忙起身和傻豹一起向办公室走去。

龙三一脸的冷酷，傻豹刚刚关上房门，他就开始说："你们马上把疯子的事情解决了，今晚的事情惹得谭爷很不高兴！"

萧宇说："龙三爷，整个江湖上都知道疯子在主动挑战，我们如果现在迎上去，时机根本不对！"

龙三瞪着萧宇："我不管什么时机，疯子太嚣张了，这件事不处理好，我们整个青龙帮上上下下还有什么面子？以后在江湖同道面前还怎么抬得起头来？总之七天之内事情要尘埃落定，如果你们做不到，你们以后就不要在帮里混！"

他气呼呼地摔上房门走了出去，傻豹和萧宇对望着，两人对龙三的做法都异常反感。傻豹说："看……看来这也是……谭爷的意思……"

萧宇摇了摇头："不会，谭爷应该没有这么急，灭龙社的实力并不在青龙帮之下，况且疯子身为灭龙社的八大金刚之一，并不是什么小角色，贸然行动只会引起两派之间的斗争和仇杀，事情如果真的闹大，对我们两帮都没有什么好处。"

傻豹仍旧有些顾虑："可是……如果谭爷真的想……我……我们……"

"我总觉着这次疯子是有备而来，就算一定要做些什么，我们也不是最佳的人选！"萧宇拍了拍傻豹的肩膀，"豹哥，有机会的话你还是直接问问谭爷的意思！"傻豹点了点头。

要不是因为疯子的突然出现，这个晚会应该算得上成功，晚会各种拍卖募捐来的款项加起来将近一千万离岛币，按照萧宇和马心怡最先商量的结果，这次募来的全部款项都将捐献给济慈医院。

疯子自从那晚闯入香榭丽舍之后，也没见到有什么过激的举动，萧宇慢慢放下心来。章晴晴的送给他的那辆车，萧宇始终停在夜总会后院的车场内，他最不喜欢的就是平白无故接受别人的馈赠，无论她是否出于好意，对萧宇来说，这都是无法接受的事情。

本来他想等一个合适的机会把车还给章晴晴，可是接下来的几天里，章晴晴就好像从这个世界上失踪了一样，萧宇只好把车钥匙丢在夜总会的吧台，让尾巴看到章晴晴的时候还给她。

大年初一的清晨，萧宇一大早就爬了起来，他先是往家里打了个电话给母亲拜年，然后走下楼去。萧宇是第一次在这里过年，打心眼里没感到什么过年的气氛，街道上行人很多，出租车出奇难等，萧宇在路边整整等了二十分钟，经过的出租车大都是客满。

萧宇不耐烦起来，他有些后悔自己没把章晴晴的那辆车开出来，今天是和林诗诗第一次约会，况且又是人家主动约他，自己无论如何都不想晚到。

汽车喇叭在他的身后鸣响，他转过身去，章晴晴开着那辆宝马在他的身后不停地摁着喇叭，这几次见到她，她已经很少化妆，穿着打扮也越发有品位起来。

"新年好！"萧宇笑眯眯地打着招呼，心里却在打她的主意，得想个办法哄这丫头把自己送到目的地！

章晴晴瞪着眼睛："好什么好，你这人说话到底算不算数，为什么又让尾巴把车子还给我？"萧宇装成莫名其妙的样子，拉开车门坐到章晴晴旁边："你说什么？尾巴这小子怎么这么说话？我是让他谢谢你，八成他忌妒我，故意把话传错了！"

章晴晴眯起眼睛看着他："萧宇，你这人也太卑鄙了吧，自己做的事情为什么不敢承认呢？"萧宇讪讪地笑了笑："大过年的，生什么气啊，说起来咱俩是一回生，两回熟，现在怎么都能算上哥们儿了，开车！"

章晴晴怪怪地看着他："干什么？"

"我带你去一地方！"

"哪儿？"

"文庙，我带你到文庙去祈福！"萧宇蒙上一会儿是一会儿。章晴晴眼睛一亮，顿时高兴了起来："好哎！听说新年去祈福，整个新年都会有好运！"萧宇有些虚伪地笑着，为了和林诗诗的约会不迟到，哥们儿今天只好不择手段了。

章晴晴的车技非常棒，宝马车在她的驾驶下跑得飞快，萧宇发挥他海侃的特长，把章晴晴逗得笑了一路。还没到九点半，两人已经来到了大学城，萧宇估计离流云巷已经很近，忽然捂着肚子，皱起眉头："坏了！"

"怎么了？"章晴晴关切地问。

"我可能昨晚吃坏了肚子，停车，停车！"萧宇装出一副痛苦的模样，章晴晴连忙踩下了刹车，萧宇一边往车下逃一边说，"你等我一会儿，我得先找个厕所……"章晴晴看着萧宇的背影笑着摇了摇头。

萧宇一脸的坏笑，拐进了前面的小巷，再也忍不住心中的得意，哈哈笑了起来。让这丫头吃点苦头也是一件大快人心的事情。

萧宇步行来到流云巷，电话忽然响了起来，萧宇接通了电话，电话那头传来章晴晴愤怒的声音："萧宇，你在哪里？"

"厕所啊！我还得等会儿才能完……"萧宇装出很吃力的声音。

"你是不是又想出馊主意骗我？！"章晴晴显得有些怀疑。

"人有三急，你真不信过来看看，反正厕所里就我自个儿！我不介意暴露自己的隐私。"

"呸！你快点儿！"章晴晴有些害羞。

萧宇挂了电话又偷笑起来，这时他看到林诗诗正在巷口向他微笑，林诗诗属于那种无论在哪里都会让人心生怜爱的女孩，萧宇之所以这么喜欢见到她，其中一个原因就是在她的身边更能激起一个男人的保护欲，而林诗诗无疑又是最值得男人去呵护的那种。

林诗诗轻声说："新年快乐！"

"恭喜发财！"萧宇的回答总让人忍俊不禁。

林诗诗显然留意到萧宇并没有开车，从这里到文庙最少还有二十分钟的车程，她指了指正南方向："前面有辆巴士站，我们可以从哪里乘班车过去。"

两人并肩向车站走去，萧宇很少有这样轻松的心情。

"想什么呢？"林诗诗主动打破了沉默。

"想我在燕京的家人！"萧宇只有对林诗诗语气才变得这么温柔。

"为什么不回去？"林诗诗有些好奇地问。

萧宇的目光变得忧郁而惆怅："有些时候，很多事情并不是你想做就能够做到的！"

"可是我相信，你一定能够做到！"林诗诗看着萧宇的眼睛充满了信心。

萧宇的内心感到一阵温暖，他忽然伸手勇敢地捉住了林诗诗柔软的小手，林诗诗害羞地垂下头去，却没有挣脱。

远远的一辆红色巴士向着他们驶来，两人的眼光无声地交缠着，萧宇正想说话，电话忽然响了，他本以为又是章晴晴打来的，可是一看号码，竟然是尾巴的电话。萧宇估计他八成是给自己拜年的，按下接听键，却听到尾巴上气不接下气地说："宇哥！坏了！"

萧宇皱了皱眉头，大过年的这小子尽拣些晦气的话说，刚想骂他两句，又听他说："阿恒被疯子打断了手，豹哥带了四个兄弟去了……"萧宇吃了一惊："他去了哪里？"

"鼓浪屿桑拿房！"

萧宇大声地骂了一句，他马上反应了过来："尾巴，你把我们的弟兄全部喊上，去鼓浪屿等我，我马上就到！"萧宇挂了电话，看到林诗诗因为惶恐而变得发白的面孔，他满怀歉意地笑了笑："诗诗……"

"车已经来了……"林诗诗一语双关，泪水在她的眼中打着转。

"我必须得去！"萧宇看着她的眼睛，林诗诗点了点头，转身走上了巴士。萧宇怅然若失地看着远去的巴士，他隐隐觉得自己和林诗诗之间渐行渐远。

汽车卷起一股尘烟，萧宇忽然看到章晴晴的汽车正停在马路的对面，她愤怒地望着萧宇，眼睛里几乎就要冒出火来。

萧宇跑了过去："快！带我回市区！"章晴晴猛然启动了汽车，把萧宇远远地甩到身后。

萧宇声嘶力竭地喊："章晴晴，当我求你，人命关天的大事儿！"

章晴晴犹豫了一下，还是踩下了刹车，萧宇又惊又喜地跑了过去，没等他坐稳，章晴晴把油门踩到最大，近乎于疯狂地把车开了出去。

萧宇看了看身边的章晴晴，她的面孔冷得就像冰，显然对自己憎恨到了极点。对萧宇来说，现在最重要的事情就是傻豹的安危，其他的一切都不那么重要。

汽车在鼓浪屿桑拿房前停下，萧宇向章晴晴笑了笑："谢谢……"没等他说完章晴晴已经开着车冲了出去。萧宇苦笑着摇了摇头，有道是宁得罪小人别得罪女人，自己居然在新年的第一天，得罪了两个女人，这可不是什么好兆头。守在门口的尾巴和兄弟们看到他，连忙迎了上来："宇哥！"

"豹哥呢？"

"我们跟一个相熟的兄弟打听过，豹哥从进去就没见有什么动静，可千万别出什么事情。"尾巴小声说。

萧宇看了看尾巴："这间桑拿是谁开的？"

"好像是疯子的！"

"豹哥进去多久了？"

"一个多小时了！"尾巴显得有些担心。

萧宇想了想道："他没这么傻，就是动手也不会选自己的地盘！"他对尾巴说，"你去找谭爷，把事情跟他先说一声，其余的弟兄跟我进去找豹哥！"

萧宇带着六名弟兄向桑拿房走去，门口的保安连忙拦住他们的去路，萧宇一把将他推到旁边，大步向休闲大厅走去。

那名保安慌忙用对讲机向里面通报，萧宇和几名弟兄刚刚来到休闲大厅，就看到疯子带着十几个手下冷笑着迎了上来。

疯子老远就喊了起来："我还以为谁这么狂，原来是傻豹的小跟班！"手下人跟着哄笑起来。

萧宇强忍着心头的怒火，笑着向他打了个招呼："疯子哥！听兄弟们说，豹哥到你这里来过？"疯子点点头："是啊！他来了，正在里面舒舒服服地洗澡呢！"

"我想见见豹哥！"

疯子瞪大了眼睛："你以为自己是谁啊？"他指了指萧宇，"今天是大年初一，老子本来不想动气，可是傻豹这个混蛋居然带人上门！"萧宇最担心的事情终于发生了，他不明白的是，就算阿恒被疯子打断了手，傻豹也不至于动这么大的肝火，根本没和自己商量就带人来找疯子。

疯子猖狂地笑了起来，他拍了拍手，休闲大厅旁边的一扇门打开了，疯子的两名手下押着赤身裸体的傻豹走了出来。萧宇强压住心头的怒火，示意手下要保持冷静。

傻豹显然被他们毒打了一顿，身上青一块紫一块全是伤痕，他的脚上不知被什么烫的，满是水泡，每走一步，身体忍不住痛得一阵痉挛。

疯子啧啧有声地走到傻豹身边："我疯子是最讲究规矩的，你傻豹虽然不尊敬我，可是我敬你是我的江湖同道！"傻豹呸地一口痰吐到他的脸上，疯子一张脸变得铁青，他忽然呵呵笑了起来："看来你还没洗过瘾！"他的手下端出一盆滚烫的开水，按着傻豹的头向水盆中压去。

萧宇怒吼一声："疯子！你别过分！"

疯子笑了起来："我过分？我好好地待在桑拿里过年，是他踩过界来找我，你居然说我过分？还有没有天理，还有没有王法？"

"你到底想怎么样？"萧宇大声问。

疯子转过身来："看不出，你倒是一个明白人！好，我告诉你！"

他忽然一把抓住傻豹的头发："傻豹刚才进来找我的时候已经承认，

我弟弟的事是他动的手，你说我能放过他吗？"傻豹满嘴是血："王八蛋，你要报仇……尽……尽管找我，你为什么要烧凤仙街，为什么害死……旺叔？"萧宇的脸色突然变了，这时他才知道傻豹的情绪为什么这样激动。

疯子狂笑着说："我弟弟就是因为凤仙街的事情出的事，他们全都该死！你也一样！"傻豹大喊着："畜生！畜生！你害死了多少人命！"

"你有证据吗？你看到我放火了？"疯子得意地笑着。

这时尾巴和龙三带着十几名弟兄冲了上来，龙三大声喊："疯子，你还讲不讲江湖规矩？"疯子放下傻豹："江湖规矩？他害我弟弟的时候讲过江湖规矩吗？"

龙三冷笑了一声："疯子，你不要在这里胡说八道，有什么证据证明是傻豹动的手？"

疯子走到龙三的面前："证据？傻豹亲口承认的话，难道不算证据？"龙三也哑口无言，疯子说："你跟我讲江湖规矩，好！我尊你是前辈，今天就跟你讲一次江湖规矩。我给他一个机会，今天晚上东源货场，我跟他赌命！"

龙三不屑地看着他："如果我不同意呢？"

疯子目露凶光："现在我要的是傻豹一个人的命，我给他机会，你们青龙帮也应该还我一个公道！"疯子又说，"如果你不同意，我现在就一刀砍了傻豹！"

龙三的眼睛闪过一丝犹豫，疯子大声说："还请龙三爷邀请江湖同道，我要和他公公正正地比上一场！"

"我和你比！"一直没有说话的萧宇分开人群走到疯子的面前。疯子嘲讽地看着他："你小子凭什么？"

"就凭是我动的金毛！"萧宇平静地说。

疯子一双眼睛变得血红，他怒吼一声就要冲向萧宇，龙三挡在两人中间："干什么？要拼命也要等到晚上！"

疯子指着萧宇："我早就知道傻豹没有这么大的胆量！"他的双目充

满刻骨铭心的仇恨，面孔因为愤怒而扭曲。

萧宇笑了起来："疯子！我话撂在这里，你想怎么玩，我奉陪到底！"

龙三把情况向谭自在汇报了一遍，谭自在的面孔阴郁得吓人，龙三最后补充说："疯子以章肃风的名义邀请嘉南一带的社会人物出席今晚的决斗！"谭自在用力在桌子上拍了一下："萧宇为什么要应战？他作决定之前有没有问过我？"

龙三叹了口气："萧宇做事向来喜欢自作主张，如今江湖中所有人都知道他要和疯子决斗，我们已经是骑虎难下！"

谭自在没有说话，慢慢走到窗前："照你看，今晚萧宇能有几成把握取胜？"

龙三又叹了口气，他的意思很明显。

谭自在有些愤怒地说："疯子这次分明是有人在背后指点，他一步步把傻豹逼出来，然后让萧宇主动接受挑战，当着这么多的江湖同道，想让我们青龙帮颜面扫地。"

龙三说："萧宇如果没有受伤，他也许能和疯子拼上一阵，可现在他的身体状况不是太好，疯子这次一心想杀掉萧宇，肯定会全力以赴，恐怕这次萧宇连性命都难保住！"谭自在挥了挥手："你去准备一下，今晚我要亲自前往东源货舱！"

"谭爷！"龙三想劝谭自在打消这个念头。

"如果我没有猜错，今晚章肃风肯定会亲临现场，没有什么比灭我们青龙帮的威风更让他高兴的事情！"谭自在意味深长地说。

生死之战

傻豹双脚的皮肤全都被烫伤，从他的表情可以看出他正在忍受着痛苦的煎熬，他用力握住萧宇的手："都怪我……没……没本事，杀不了疯子……那……那个……混蛋！"

"豹哥，你好好休息。"萧宇感到鼻子有些发酸。

"你……你去看看秀雯……怎么样了……"傻豹急切地说。

昨晚凤仙街的那场大火，烧毁了十几栋房屋，至少有三个人被活活烧死，其中就有秀雯的父亲旺叔，秀雯虽然被人从火场中救出，可是至今仍然处在昏迷之中。

萧宇点点头，他吩咐弟兄好好照顾傻豹，问明了秀雯病房的位置，又在门口花店买了束鲜花，才去病房。萧宇来到病房门前，透过门上的玻璃窗先看了看里面，秀雯一动不动地躺在床上，似乎仍然处在昏迷之中。

萧宇推开门走了进去，走到床前才发现秀雯睁着眼睛呆呆看着天花板。萧宇默默把鲜花插在花瓶中："秀雯！"秀雯没有回答，她的脸色苍白而憔悴。萧宇也沉默了下去，在她对面的椅子上坐下，目光注视着输液瓶中缓缓滴落的水珠。

他忽然看到一颗晶莹的泪珠沿着秀雯的眼角慢慢滑落，向来善于言辞的萧宇此刻却一个字也说不出来，他努力寻找着安慰的话语，可是一到嘴边又被他生涩地咽了下去。秀雯此时的遭遇或多或少跟他有关，如果没有他重伤金毛在先，也许疯子的报复不会落在凤仙街上，这场大火可能永远也不会发生，旺叔和其他死去的人现在仍然快乐地生活在凤仙街。

萧宇终于明白了内疚的滋味，他甚至失去了继续坐下去的勇气，他无法去面对秀雯的痛苦与不幸。

离开秀雯的病房，萧宇见到的第一个人竟然是瘸五，萧宇和他之间并没有什么过深的交往，唯一一次见面还是在前几天的拍卖会上。本来还以为是碰巧遇上他，可是当瘸五喊他的名字时，萧宇才知道，瘸五这次是专门来找他的。

瘸五开车带着萧宇来到了附近的一家小酒馆，点了几个小菜，却没有叫酒。萧宇笑了笑："怎么？请我吃饭，连酒也舍不得？"

瘸五一脸的严肃："你必须保持清醒！"萧宇知道他在说什么，却仍然坚持要了一瓶白酒。"你根本没有信心赢！"瘸五目光炯炯地盯着萧宇。

萧宇反问说:"您觉得我有机会赢吗?"他打开酒瓶为瘸五把酒满上。

"有信心不一定能赢,可是没有信心一定会输!"瘸五始终都在观察着萧宇。

"其实所有人都认为我一定会输,包括我自己在内!"萧宇喝了一口酒。

瘸五点点头:"疯子是灭龙社的第一猛将,过去他是从打黑市拳开始进入社会,后来得到章肃风的欣赏,得以加入灭龙社。金毛出事以前他一直都在暹罗,他在暹罗已经待了十年,这十年间他迷上了泰拳,而且据暹罗方面的消息,疯子几乎每月都要参加三场地下拳赛,近三年来他几乎没有败过。"

"谢谢你给我的资料!"萧宇向瘸五举起了酒杯。

"如果我是你,绝不会在这个时候选择喝酒!"瘸五显得有些激动。

萧宇放下酒杯:"你知不知道我的伤还没有痊愈?"

瘸五冷冷地说:"就是你的身体没有任何的伤痛,你也不会是疯子的对手。"

"那你为什么不陪我喝上两杯?"

"我从来都不陪死人喝酒!"瘸五说话非常直接,他盯住萧宇,"也许你的生命只剩下七个小时!"

萧宇淡淡地笑了笑,他知道瘸五并不是危言耸听,整个嘉南的江湖中人都知道今晚的这场决斗,就算他选择逃跑,他也无法逃出对方布下的天罗地网,留在嘉南,就必须面对一心置他于死地的疯子。

瘸五忽然抓住萧宇握着酒杯的手:"从现在起你一滴酒都不能再喝,你肩上不但担负着自己的生命,你还负担着我们青龙帮所有人的荣誉!"

吃完饭,瘸五带着萧宇来到了位于嘉南北部的无段道场,这里是瘸五负责管理的产业。到这个时候再练是不是晚点儿,萧宇满头满脑的疑问。

瘸五直接把萧宇领到了他的办公室,打开电视为萧宇放了一段录像,录像的主人公竟然是疯子,萧宇不得不佩服瘸五事先做的准备实在是很到家。

"这是疯子在暹罗和别人打拳的录像!"瘸五走到电视机的前面,用手指了指疯子的膝部和肘部,"你留意一下他的出手,疯子对泰拳的疾、狠、准掌握得已经炉火纯青,你和他决斗时千万不要让他攻击力最强的膝部和肘部击中你的关键部位!"萧宇点了点头。

瘸五又说:"疯子重进攻轻防守,如果你能够撑住开始的十分钟,他的体力就会因为过度消耗而下降,你就有可能保住自己的性命。"

瘸五用遥控快进了一些,然后说:"疯子致命的一击就是跃起后,用膝盖重击对手的喉部,只要被他击中,就会失去反击的能力。"

萧宇的神情变得凝重起来。

"今晚的场地长宽各五米,不同于一般比赛用的场地,在这样的范围内,很难逃过对方的进击,而且按照规矩,比赛之前肯定要签一份生死状,无论谁死在当场对方都不可以追究。我必须提醒你的是,搂抱对方的时候,一定要抱住他的肘部,要是按照常规搂抱对方的腰部,他的双肘有足够力量击断你的腰椎。"

初一的夜晚,夜空不停地闪耀着烟火,萧宇遥望着远方,他的内心久久不能平静。从踏入离岛的那一天起,他仿佛被一股无形的力量牵拉着,在不知不觉间越陷越深,在这里的每一天都活得如此艰难,稍有不慎,他就有可能跌入万劫不复的深渊,他再也无法找回往日燕京那种无忧无虑的生活。

一直在他身边的瘸五开口说:"江湖争斗永远没有休止的时候,我们这些人往往别无选择,只有真正的强者才可以在这个圈子里继续生存下去,这就是规矩,这就是准则……"

晚上九点萧宇准时抵达了东源货场,应邀前来的江湖人物大都已经到场,其实今晚他们只是陪衬,谭自在和章肃风才是真正的主角。

疯子已经先萧宇到达,他赤裸着上身,露出一身健硕的肌肉,他的胸口文着两条色彩斑斓的蟒蛇,盘旋交错,威猛异常。从手工就知道是嘉南最有名的刺青异人馆的作品,香江和离岛的江湖人物已经把这座刺青馆当成暴力艺术的典范。

看到萧宇出现在货场中，疯子疯狂地叫了起来，仿佛在宣泄着心中的愤怒与仇恨，从他仇恨的目光中，萧宇捕捉到了浓烈的杀机。

谭自在来得很早，他坐在赛场的西边，龙三和老安分别坐在他的两侧，三人正在谈论着什么，看到萧宇他们的目光都聚集了过来。萧宇向他们微笑着打了个招呼。

这时他听到身后响起了脚步声，人们的目光全都望向他的身后。萧宇转过身去，看到一个气宇不凡的中年男子在四名保镖的簇拥下向场地中走来。他大约五十岁的样子，身材保持得很好，没有中年人常有的发福的征兆，头发很黑，齐齐地梳到脑后，脸上始终荡漾着笑容，但那笑容丝毫不给人和蔼的感觉，反而让人从心底生出一种莫名的寒意。

萧宇留意到他的右手戴着黑色的手套，始终垂在腰部的位置，难道他就是和谭自在誓不两立的章肃风？接下来发生的事情很快就证实了萧宇的猜测。

中年人微笑着向谭自在走去："谭公！肃风正想去给您拜年，没想到在这里碰上了！"谭自在微笑着站了起来："肃风客气了，这么远从光雄赶来，为什么不提前通知我一声，我也好去接你！"

章肃风哈哈笑了起来："又是一年，谭公的年纪又大了一岁，我怎么好意思劳烦您老呢！"谭自在也笑了起来："我的身体还硬朗得很，就算是围着嘉南跑上一圈，我也是毫不费力啊！"两人对望着大笑起来，他们看似平常的对话中暗藏讥讽。

萧宇走入更衣室换下了衣服，不知怎么他忽然想起了林诗诗，不知道她是不是还在生自己的气？萧宇叹了口气，用力扎紧了腰带慢慢走出门去。

萧宇和疯子走到谭自在和章肃风的面前，他们事前必须签署一份生死状，章肃风饶有兴趣地看着萧宇身上尚未痊愈的伤痕："你之前受过伤？"萧宇点点头。

"那为什么还要应战?"章肃风奇怪地问,因为他从萧宇的目光中没有找到畏惧的成分,难道他不知道等待他的只有死亡?

萧宇笑了起来:"章先生难道不清楚,人很多时候,没有选择的余地!"他在文件的最后毫不犹豫地签上了自己的名字,随手丢下钢笔,转身向围栏中走去。

这是一场没有裁判、没有规则、没有局数的比赛,瘸五用力拍了拍萧宇的肩膀。萧宇大吼了一声,他的肌肉在兴奋中鼓起健美的曲线。疯子的攻击在无声中已经来到,他的右臂闪电般向萧宇的颈部砸来。下午的录像让萧宇对他的进攻套路有了一定的了解,萧宇向后退去,刻意拉开了和疯子之间的距离。疯子移动的速度出乎萧宇的想象,他的右膝一个侧向横顶,将萧宇左侧的退路封住,整个身体以两肘为核心向萧宇的胸口顶来,萧宇如果再退就会被他逼到护栏的角落。

萧宇抬腿向疯子的下身踢去,危急关头根本没有什么规则可讲,必须采用最为直接有效的方式。疯子右膝迅速侧摆,挡住了萧宇踢来的一脚,两肘全力向萧宇砸去。萧宇只能用双臂护住身体,两人的胳膊撞到了一起,萧宇仿佛撞到了铁棍上面,痛得几乎叫出声来。

他瞅准机会,用额头重重地顶在疯子右眼的眉弓上面,疯子的眼角登时被撞得鲜血直流,萧宇趁着这个时候,从缝隙中逃到场地的正中。

疯子发出一声狂叫,鲜血没有使他的勇气减退反而激起了他内在的凶性。萧宇知道用不多久疯子肿起的右眼就会让他的右侧视野受到影响,他的身躯开始向疯子的右侧移动。

疯子从护栏的边缘加速向萧宇冲了过来,他的身体高高地腾跃而起,膝盖居高临下向萧宇的咽喉砸落,这是泰拳最歹毒的招式。萧宇自问没有那样的弹跳力,身体继续后退。疯子的膝盖落空,砸在木制的地板上,着力的地方,地板断成了两截。

疯子的肢体神经似乎已经麻木,从他的表情根本看不出他有任何的痛苦,萧宇趁着他没有起身,一脚踢向他的下颌。疯子身体一个后仰,两臂牢牢抱住了萧宇的足踝，用力向下扭动，萧宇的身体随着他力量的方向旋转，另一只脚向疯子的肋下踢去。疯子大叫一声身体已经从地上站起，全力舞动萧宇的身躯，萧宇的整个身体被他在空中连转了两圈然后重重地摔向护栏。

萧宇的后背撞在围绳上，反冲力让他的身体重新向场地中心扑来，疯子已经靠了过来，右肘蜷曲重重地击打在萧宇的肋下。一种压榨似的疼痛让萧宇几乎喘不出气来，他无力地跪在了场地上，肋下受击打的地方针扎一般的疼痛，他的肋骨十有八九已经被疯子击断。

瘸五露出无比惋惜的神情，看情形萧宇已经快撑不下去了。

章肃风有些得意地笑了笑，他转向谭自在："其实我最不喜欢的就是看别人生死相搏，难道他们不知道这世界上没有比生命更为重要的事情？"谭自在的表情没有任何的变化："可惜这世界上，真正懂得珍惜生命的人实在是太少了！"

疯子慢慢走向萧宇，他的脸上浮起了残忍的笑容，他不会让萧宇这么容易死去，他要慢慢摧垮他的意志，一点点折磨他的肉体。萧宇慢慢地从地上爬了起来，他的动作明显变得迟缓。疯子看出萧宇已经是强弩之末，可是萧宇却没有显现出任何的恐惧，他知道自己在任何时候都不能让恐惧占据内心，要想解决对手，首先要解决自己的懦弱和恐惧。

萧宇忽然做出一个不可思议的动作，他的整个身体扑到疯子的身上，牢牢抱住了疯子，他的双臂箍紧了疯子的上身，两腿盘住了疯子的两条腿，任凭疯子如何挣扎，都无法把他的身体甩落。两人在场地中翻滚了起来，如此贴近的距离，两人的身体都成了彼此攻击的障碍，萧宇只有用这种近乎无赖的打法，才能躲避疯子凶狠的攻击。两人的体力在缠斗中消耗。

瘸五的眼睛有些发亮，萧宇比他想象中更为聪明，在生死搏斗的关头，头脑的清醒要比身体的抗击打能力更为重要。

疯子的臂膀终于从萧宇怀中抽了出来，他一肘击向萧宇的胸口，萧宇不等他完全作出动作，身子迅速压了过去，这一肘的威力没有完全发挥出来。

疯子双手用力撑开萧宇的身体，膝盖重重顶在萧宇的小腹上，萧宇踉跄了几步，身体再度靠在护栏上，鲜血从他的唇角滴落。

两人都在剧烈地喘息着，萧宇强忍着体内一阵阵剧烈的疼痛，他从疯子的眼神中找到了一丝嘲弄。

疯子冷笑着从场边的手下那里接过两把刀，并将其中的一把扔到萧宇面前的地板上。萧宇慢慢地从地上拾起刀，他似乎连握刀的力量都已经失去。

疯子狞笑着向萧宇走来，开山刀闪电般刺向萧宇的肋下。

疯子猖狂地笑着，他感受着复仇的快意。他一脚踢在萧宇的胸口，萧宇退了几步无力地坐在地板上。疯子的刀再度砍中了萧宇的右臂，萧宇已经没有力气握住刀，刀当的一声掉在地上。

所有人都看出萧宇已经失去了反抗的能力，他的生命被疯子完全控制在手中。

章肃风的电话忽然响了，他听到对方的声音，脸上露出温暖的笑，忽然他的脸色变了，目光猛然转向场中。

"住手！"他忽然大声地喊。疯子已经处于癫狂的状态，他就像一个准备撕碎猎物的野兽，任何人的话他也听不进去。他手中的刀再次向萧宇的右臂砍了过去，他要尽情地玩弄自己的猎物。已经接近昏迷的萧宇忽然睁开了双眼，他的身子向后猛然倾斜了一下，疯子的刀偏离了应有的位置，萧宇的左手已经拾起了地上的刀，全力刺向疯子的脚掌，疯子发出一声撕心裂肺的惨叫。萧宇已经趁机向外滚了出去。

萧宇一直在等待着这个时机，他早就看出疯子不会轻易放过他，他正是借用了疯子想慢慢折磨自己的心理一击成功的。

谭自在的目光中流露出一丝失望，萧宇仍然不够狠心，他轻饶了疯子。江湖纷乱，任何的一念之仁都会为自己带来无穷的后患。

萧宇摇摇晃晃地站了起来，他看都不看地上惊恐万分的疯子，跨过护栏向仓库的外面走去。谭自在和章肃风的脸上都露出了欣赏的神情，萧宇能够战胜比他自己强大的疯子，不仅仅因为他有无畏的勇气，更因为他有一个清醒的头脑。

谭自在的目光审视着章肃风，他清楚地知道章肃风那一声住手，是为了保下萧宇的性命，他怎么也搞不明白，章肃风为什么要在那个时候想终止这场已经稳操胜券的决斗。

人慢慢散了，萧宇走出门口的时候发现尾巴和一个女孩站在风中等着他，让他意外的是那女孩竟然是章晴晴。尾巴连忙冲过来扶住萧宇，章晴晴扶住他的另一边。

"你没事吧？"章晴晴关切地问。

萧宇咧嘴无力地笑了笑："看到我……还活着，你是不是很失望？"

"有点，可是看到你这么惨，心里舒服多了。"她口中挖苦着萧宇，可明澈的双眸中却分明有泪光闪烁。

尾巴像是解释什么："章小姐……来夜总会找你，我把你决斗的事儿告诉她了！"

"你等着……我回去非……收拾……"萧宇没说完，一头晕倒在尾巴的身上。

醒来的时候看到医生正在为自己缝合着腿上的刀伤，萧宇莫名其妙地笑了起来。

"笑什么？再深两厘米，股动脉都被割断了，这次是你命大！"医生没好气地说。

"我是笑自己，上次的伤还没长好呢，新的又来了，身上用的线够缝一裤衩的了！"

那医生忍不住笑了两声："你们就不用过年啊，尽给自己找罪受。"

医生打完最后一个结，用剪刀剪去线头："小伙子不是我说你，年纪轻轻的，身上弄得没几块好肉，将来女朋友都不好找！"

医生接着说:"你肋骨断了一根,好在没有什么错位,记住最近不要做剧烈运动,省得将来落下什么毛病,七天以后过来拆线……"萧宇连忙道谢。

护士把外面的尾巴和章晴晴喊了进来,两人推着轮椅来到床前,章晴晴眼睛直盯着萧宇的伤口看。

萧宇忍不住开始消遣她:"我说你看够没有,我这大腿就是再漂亮也不能老看啊!"章晴晴啐了一声:"流氓!"

"哎!你这就不对了,是你看的我,我又没看你,凭什么说我流氓?"萧宇故意气她。章晴晴居然没有动气:"怎么啦?缝得跟个布娃娃似的,你以为我乐意看你?"尾巴嘿嘿笑了起来。

萧宇骂了他一句:"你笑什么?刚才的账我还没跟你算呢!"

章晴晴接过话来:"说到算账,你今天缝这身皮花了九千,改天别忘了还给我啊!"萧宇笑眯眯地指着她:"都是自己哥们儿,干吗算得这么清楚,市侩了不是?"

尾巴扶着他坐到轮椅上,章晴晴说:"医生说你不需要住院,回家好好歇几天就能恢复。"

"看不出你挺关心我!"

"我是可怜你!"

萧宇笑了起来,尾巴趴在他耳边:"宇哥,这次你可给咱们青龙帮长脸了。"萧宇眉头皱了皱:"我说你有病怎么着,没事少在外面提帮会。"尾巴对萧宇是佩服得五体投地,挨他骂都觉得是种享受。

05　江湖不只是讲资历的地方

谭自在对于双方的提议并没有立刻表态，萧宇无论从能力还是其他方面都要超出钢炮很多，可是他欠缺的恰恰是钢炮所拥有的——资历！这如同横亘于萧宇面前的大山，并不是他轻易就能越过去的。

上位

章晴晴开车把萧宇送到了家。傻豹还躺在医院，现在是自顾不暇，尾巴还要忙着夜总会的事情，看来萧宇以后这几天只好自己对付着了。

好在尾巴事先给他买了两箱泡面，足够萧宇吃上一个星期的。

萧宇没有想到的是第二天一早，章晴晴居然带着早点来看自己。萧宇拄着拐杖乐呵呵地把她请了进来："好同志，绝对是好同志，拯救患难同志于水火之中！"

章晴晴把早点放在沙发前的茶几上，萧宇一瘸一拐地坐了过来，毫不客气地拿起早点大吃了起来："我最烦的就是泡面，尾巴这小子真不是东西，要是让我连吃上一个星期，不闷死，我也营养不良了，还是你这丫头疼我！"

章晴晴显得有些不开心，打开电视无聊地换着频道。

"怎么啦？"萧宇奇怪地问，这丫头玩深沉的时候挺少见。

"别理我！烦着呢！"章晴晴向萧宇瞪了瞪眼睛。

"我觉着呢，这么好心请我吃饭，闹半天是拿我撒气来了，得！看在你雪中送炭的分儿上，你随便骂两句，我保准不生气！"

章晴晴白了他一眼："无聊！我懒得理你！"萧宇嘿嘿地笑。这时电话忽然响了，萧宇接听之后原来是瘸五。

"阿宇，怎么样？"

"没事儿，就是多挂了两条拉链！"萧宇笑着说。

瘸五放下心来，停了一会儿又说："疯子回去的路上出了车祸，连人带车一起掉到了海里！"瘸五的语气有种如释重负的感觉，疯子的事情总算可以告一段落。

章晴晴看出萧宇自从接完电话，情绪变得有些失落，她悄悄关上了电视，为萧宇泡了一杯咖啡。

萧宇感激地笑了笑："其实跟你相处久了，发现你这人真是不错，除了野蛮点儿，没什么大毛病！"章晴晴刚听得晕乎乎的又被他兜头一盆冷水，脸马上板了起来："不损我，你心里难受是不是？"

萧宇装出害怕的样子："你生气归生气，可不许打人，我可是重伤号啊！"章晴晴噗地笑了起来："你有完没完？快点换衣服，该去医院换药了！"

到医院换完药，章晴晴非拉着萧宇到嘉南市郊的一个边远诊所里去看骨伤，花了五千离岛币买来五贴黑糊糊的狗皮膏药，看病的老头居然操着一口正宗的山东话，章晴晴被他的声音逗得直乐。萧宇细细一打听，那老头的老家真的是山东泰安，这手绝活就是从他父亲那里传过来的。

萧宇在燕京的时候就听说过泰安治骨伤很有名气，不过一直没有机会尝试，跑到嘉南居然用上了山东泰安的膏药。老头把狗皮膏药贴在萧宇断裂的肋骨处："不是俺吹的，这五副膏药你贴完肋骨准好，要是没有效果，俺把钱都退给你！"

不知道是心理因素还是这膏药真的有用，萧宇贴完就觉着伤口没那么疼了。当真不当假地又用山东话拍了老头两句，说方言那是他的强项。

那老头被他捧得飘飘然，加上和萧宇叙上了老乡，说什么都要留萧宇他们在那里吃饭，把家里仅有的两只土鸡都杀了招待他们两个。

回去的路上，章晴晴一个劲地笑，萧宇的山东话还没转过来："俺说，大姐！你这人咋老笑个没完呢？"章晴晴一下踩住了刹车，捂着肚子呵呵地笑，眼泪都流出来了："萧宇，你……混蛋！别……别引我笑了……我怎么开车？"

萧宇的身体一天天好转起来，其间他去医院看过傻豹几次，傻豹两脚的烫伤要想恢复还要一段时间。

每次傻豹总要萧宇去看看秀雯，可是萧宇最不情愿的就是面对秀雯的痛苦，他知道傻豹的内心也和自己一样为凤仙街的事情始终在自责。好在每次都有章晴晴陪着过来，买花看人的任务全部让她一手承包了。

没想到的是章晴晴居然和秀雯很合得来，两人通过几次接触竟然成了无话不谈的好朋友，每次陪着萧宇来看傻豹，不用多说，她就拿着礼物去了秀雯的病房。

"晴晴……人……不错！"傻豹用胳膊捣了捣萧宇。

萧宇笑了起来："哥们儿，你现在是身残志坚、色胆包天啊，秀雯还没搞定，就看上人章晴晴了？"

傻豹呵呵笑了一声："你……你……跟我装糊涂，人家哪能……看上我？"萧宇有些奇怪地看了看他："我说你什么意思？"

"晴晴，喜欢……欢你！"

萧宇用手摸了摸他脑袋："你住院住糊涂了是不是？"傻豹推开他的手："少……少跟我来这套，你比谁都清楚。"萧宇嬉皮笑脸地说："我清楚什么？我怎么不知道？"

傻豹小声说："你……你是不是喜欢林诗诗？"

"哥们儿，你今儿是怎么了？老问个没完？"萧宇有些奇怪地看着傻豹。

傻豹忽然叹了口气："阿宇，我……我已经跟谭爷说过了，出院后，我退出青龙帮。"

萧宇瞪大了眼睛："为什么？"

傻豹咬了咬嘴唇："阿宇，你比……任何……何人……都清楚，我根本……不适合留在帮会里。"

萧宇沉默了下去。

"自从旺叔死后，我……我没……没有一个晚上能够睡着，我甚至不……不敢去探望秀雯。"傻豹显得有些激动。

萧宇轻轻拍了拍他的手。

"我从……从心底害怕……这样的生活，我想过平……平静的生活。"傻豹的眼中泪光闪烁，"谭爷同意了……我向他提议，让你接手我的……位置。"

"豹哥……"萧宇想说话，却被傻豹阻止了。

"阿宇，如果你……你没有出现……我傻豹永远只是……青龙帮的一个三流混混儿，我……我清楚自己的能力，只有你才能让这个所谓的……的堂主名副其实，让我们的朱雀堂能……和其他堂口……平起平坐。你……你就当帮我一次，让我顺利地离开！"

萧宇重重点了点头，傻豹已经下定决心脱离帮会，以他的性格根本不适合在这个弱肉强食的环境中生存，现在离开要比身陷囹圄的时候离开好得多。

傻豹如释重负地躺在床上："谭爷给了我凤仙街上的一个门面，我打算在那里……开一个小面馆！"萧宇忽然开始羡慕起傻豹来，不知什么时候他才能把内心所有的包袱都放下，像傻豹这样过上平静的日子。

傻豹虽然顺利退出了青龙帮，可是萧宇接任堂主的事情却受到了阻挠。第一个跳出来反对的人就是龙三，他提出的人选是江湖绰号叫钢炮的齐万战。萧宇对齐万战也不陌生，夜巴黎的龅牙陈就是他的表弟。

钢炮还有一个身份就是瘸五的副手，龙三提他出来当候选人，无形之中也是送给瘸五一个人情。仅仅一个傻豹提名萧宇当他的继任，显然还不够分量。

谭自在对于双方的提议并没有立刻表态，萧宇无论从能力还是其他方面都要超出钢炮很多，可是他欠缺的恰恰是钢炮所拥有的——资历！这如同横亘于萧宇面前的大山，并不是他轻易就能越过去的。

为了定下朱雀堂堂主的位置，谭自在把龙三、瘸五、傻豹、钢炮和萧宇叫到了一起，商量最后的人选问题，在此之前谭自在已经事先咨询了其他堂主的意见。

今天的会议是最后确定堂主的会议，谭自在的微笑多少冲淡了紧张的气氛："傻豹决定金盆洗手，他的位置必须有其他人来顶。他自己提议由萧宇来继任，可是帮里的其他弟兄又提议了一个人选——钢炮。"

谭自在的目光在萧宇和钢炮的脸上来回游移："公平地说，你们都有长处，也都为帮会做了很多事情，应该都能胜任这个位置……"他的话相当的圆滑，从他的态度中看不出他究竟倾向于哪一方。

龙三开口说："我提议钢炮，他已经入门十五年，为青龙帮立过不少功，而且为人正直，对社团也比较了解，他在五哥的手下做副职已经三年了，足以胜任朱雀堂堂主的位置。"

傻豹据理力争："我……我虽然退出帮会，可是我对朱雀堂……应该最有发言权。阿宇一直在……在朱雀堂，而且他……他为帮会立过功，哪件事情给……给帮会丢过脸？"

龙三笑了起来："可是如果让一个刚刚入会的年轻人当堂主，其他的长辈会怎么看？"

谭自在没有说话，他点燃了雪茄，目光落到一直没有说话的瘸五身上："阿五，你觉着谁合适？"傻豹傻了眼，这不是明摆着么，钢炮是瘸五的手下，瘸五当然要推举他。

瘸五轻轻拍了拍钢炮的肩膀，钢炮满怀希望地看着他。

"钢炮从入门的时候就跟我，所以我敢说自己是最了解他的人……"瘸五顿了顿，"钢炮不适合做堂主，我建议朱雀堂还是由阿宇管理。"瘸五的话无异于一个重磅炸弹，把龙三和钢炮炸得目瞪口呆。

"做我们这行虽然需要敢打敢拼，可是更需要的是这里！"瘸五指了

153

指自己的头,"阿宇不但有很强的应变能力,而且他办事果断大胆,这些是一个堂主必须具备的素质,经验可以慢慢积累,可是先天的不足永远无法弥补……"瘸五看了看钢炮,"钢炮,你不会怪我吧?"钢炮的脸涨得通红,他怎么也想不通自己的老大为什么会投对手一票。

瘸五又说:"阿宇虽然入帮的时间不长,可是金毛和疯子这两件事情让我们青龙帮扬眉吐气,他的能力毋庸置疑,我绝对看好阿宇可以胜任这个位置。"

龙三的脸青一阵红一阵,瘸五的话已经说到了这种地步,他显然也不好再提出异议。

谭自在哈哈笑了起来,他的手指轻轻扣了扣桌子:"阿五,我一直怕你不高兴,可是没想到你跟我想到一起去了!"他看了看龙三,"龙三,选个好日子,把弟兄们召集一下,办个隆重点的仪式让阿宇上位!"

萧宇总算名副其实地成了朱雀堂的堂主,他心里清楚得很,自己这个堂主跟帮会中的其他堂主的地位根本没法比。姑且不说自己的资历浅,单单是人家手下的小弟,谁不带上百八十个,再看看自己这边,连自己加上也不过十来个人,要是真赶上帮派火拼,肯定只有逃跑这一条路。

萧宇到底学过政治经济学,经济基础决定上层建筑,无论到哪儿都逃脱不了这一规律。

尾巴自从萧宇当了堂主,也觉着自个儿的地位上了一个层次,最近不知从哪儿收了两个小弟,一个叫赖八,一个叫青头。两人学着尾巴的样子在脑袋后面扎了个小辫子,一个焗成黄色,一个焗成红色。

尾巴带着他俩来见萧宇,萧宇几乎没把嘴里的茶全喷出来。

"快叫大哥!"尾巴命令俩小子。

"大哥!"两人连忙毕恭毕敬地喊。

萧宇放下茶杯:"你们都跟谁学得这副德行?把小辫子都给我剪喽!"

尾巴向他俩瞪起了眼睛:"还不快去,居然敢跟我学!"两人走后,萧宇笑得直不起腰来,尾巴不好意思地摸了摸后脑勺:"老大,章小姐在外面等你!"

萧宇抬起头来,这些日子忙于帮会的事务,他很长时间没有见过章晴晴了:"让她进来!"

"她说让你出去!"

萧宇瞪了尾巴一眼:"到底她是你大哥,我是你大哥?""当然您是……我只是负责传话,您跟我凶什么?"萧宇穿上外套:"我出去了,待会儿马经理过来你就说谭爷找我!"本来马心怡约了他吃饭,估计她又是谈夜总会搞活动的事情,萧宇能躲则躲。

尾巴诡秘地笑了笑,这小子整一个挨骂的脸。

"对了!你虽然收了小弟,可是必须先让他们懂规矩,千万别拿着我们的名号招摇过市!"萧宇提醒他。

章晴晴穿着一身棕色的牛仔裙,戴着一顶美国西部风情的小帽,坐在她刚买的法拉利跑车上正向夜总会的方向张望。

萧宇一路小跑着过来:"累死我了!"

"我等了你整整十五分钟!"章晴晴指着车上的时钟。

"都怪尾巴那小子,把你找我的事儿给忘了!"反正尾巴不在,萧宇把事情全推到他的身上,谁让他是小弟呢!

"今天怎么想起来找我,有事吗?"萧宇一副无赖的面孔。

"我正巧路过,顺便看看你死了没有?"章晴晴看见他那张脸,气就不打一处来。

"健在,托你洪福!"萧宇笑嘻嘻的,"你真没别的事儿?"

"没有啊!"

"那好,再见!"萧宇转身就向夜总会走去,没走两步便听到章晴晴大声地喊:"萧宇,你给我站住!"

萧宇笑着转过身来:"兄弟!什么事儿?"

"那天你为什么骗我说到文庙祈福?"章晴晴气呼呼地说。

萧宇早就把那件事忘得一干二净,难为章晴晴还记到现在,怪不得人家都说得罪谁都别得罪小人和女人。

"好像有这么回事儿!"萧宇扮猪吃老虎。

"你必须陪我去趟文庙,我今天非要去祈福不行!"章晴晴的口气没有任何回旋的余地。

"成!谁叫咱俩是哥们儿呢,我舍命陪君子,去他的工作,去他的夜总会,今天我免费奉献时间、精神和肉体,陪着你章大小姐好好玩上一天!"萧宇跳上了车子,压抑了这么些天,他也想放松一下。

章晴晴甜甜地笑了起来:"怎么?跟我出去好像作出多大牺牲似的,有这么严重吗?"

萧宇故意皱起眉头说:"都不容易……不过,这次要由我来开车,俺长这么大,还从没开过这么好的车!"萧宇从出门就眼馋这辆跑车了,一口字正腔圆的山东话险些没把章晴晴笑翻。

她上气不接下气地说:"萧宇……你给我记住喽,今天不经我允许,绝对不能上厕所!"她对上次的事情仍旧耿耿于怀。

萧宇重重地点了点头,发动了引擎:"放心,肥水不流外人田!"

"恶心!"章晴晴笑着打了萧宇一下。

好车就是好车,从市区开到文庙连半个小时都没用。新年已经过去,现在来孔庙祈福的人已经不像最初时那样多,可是做小生意的仍然没有散去。两人走在通往孔庙的青石板石阶上,饶有兴趣地看着山路两旁各式各样的物品。

萧宇笑着说:"你还别说,这里有点像我们那儿的庙会!"章晴晴正拿着一对惠山泥娃娃看个不停,没留意萧宇说什么。

"不管在哪里都是经济挂帅啊!"萧宇由衷地感叹。章晴晴笑着说:"你什么时候成经济学家了?"

"天生的经济头脑,没办法,我妈喂我奶那会儿都跟我记账,经济教育抓得那个早啊!"

"呸!鬼才相信!"

"我这是教育你,将来等你有了儿子,喂奶时千万给他记上账,他将来要是不孝敬你,你把账本一翻!小子,反了你了!"萧宇绘声绘色地演绎着。

章晴晴使劲地笑:"萧宇……你混蛋……你……才给儿子喂奶呢!"

萧宇说:"说这么半天,你原来打算跟我生啊!那我不是亏大了!"他说完就向山上跑去,章晴晴笑着追了上来。

两人一前一后转过前面的山坡,章晴晴终于抓住了萧宇,狠狠扭住他的耳朵,疼得萧宇大声叫了起来。章晴晴不依不饶地说:"看你以后还敢不敢胡说八道!""孔圣人您睁睁眼,看看这不懂三从四德的女人吧!"

这时悠扬的钟磬之声越来越响了,放眼望去前方就是文庙,是全离岛最早和最有意义的建筑。庙门前的"全岛首学"的题匾,也充分说明了它不可替代的地位。

红墙在阳光的照射下正璀璨地展现着本身的美丽,殿角悬挂的铃声在微风的吹拂下清脆地响着,和悠扬的钟磬之声相映成趣。

几缕香烟在空中飞扬缭绕,虽然很细,但却很浓。

萧宇曾经去过曲阜的孔庙,这座嘉南的文庙显然是根据前者的格局修建,但其中又融入了本土的建筑风格,看得出整个工程颇费了一番心思,这从另一个层面也反映出离岛人对孔子这个教育界的老祖相当尊崇。

速度与激情

萧宇和章晴晴请了两把香,到孔夫子的塑像前恭恭敬敬磕了几个头,两人各许各的愿。萧宇看着章晴晴一副虔诚无比的样子,心里暗暗发笑。可是转念一想自己比她还滑稽,来离岛没多长时间,先跪关二爷后拜孔圣人,不知他两位老人家会不会因为吃醋打起来,真要是打起来孔夫子肯定打不过关二爷。

祈福出来两人又到山后的圣人泉饮了那里的泉水,据说喝过以后能保佑自己全年身体健康,无病无恙。不知道泉水是不是真有那样的功效,

157

可是喝入口中异常清凉甘甜，像这样的水质，生活在都市中的人们已经很少能够尝到。

中午两人来到孔庙附近的小吃街，萧宇点了虱目鱼、碗粿、米糕等几样特色小吃，吃饭的时候章晴晴的情绪显得有些低落。

"今天有些反常啊，不是有什么心事吧？"萧宇笑着问。

"我明天要去美国了。"章晴晴一脸的难过。

"好事儿啊！我还想去美国看看呢，可是一没机会二没钱。"萧宇感叹说。

章晴晴叹了口气："我根本不想去，离岛又不是没有大学，可爸爸非要让我去。"

"这就是你的不对了，年轻人一定要有进取心，有句话怎么说来着，少壮不努力，老大徒伤悲，我就是个鲜明的例子。小时候没好好上学，现在只好混在社会最底层。"

"萧宇，道理我知道得多了，你少烦我！"

"行！那我就不说，打算什么时候走啊？"

"明天……"章晴晴异常惆怅。

"要不要我去机场送你？"

"嗯。"

萧宇忽然目光定在远处，他居然看到了林诗诗，萧宇起身走了过去，章晴晴莫名其妙地看着他。

林诗诗推着一个轮椅，轮椅上坐着一个极其瘦弱的女人，她的目光始终呆滞地看着前方，从她的眼睛里根本找不到任何生命的活力。看来林诗诗是沿着山路的斜坡一直把轮椅推到这里，她的额头上满是汗水。

"林诗诗！"萧宇远远地喊出了林诗诗的名字，林诗诗愣了愣，显然没有想到会在这里遇到萧宇，她停下了脚步。

萧宇来到她的身边："我帮你！"

林诗诗没有拒绝，轻轻点了点头把轮椅交到萧宇的手中。

章晴晴的目光忽然黯淡了下去，她烦躁地喊了一声："老板，埋单！"然后向萧宇他们的方向追了过去："萧宇，你是不是人？说好请我吃饭，怎么没付钱就先跑了？"

萧宇笑着连忙为两人介绍，章晴晴微笑着伸出手去："林小姐好漂亮！"

林诗诗的脸红了红："章小姐才漂亮呢！"

萧宇呵呵笑了起来："得！你们两位别互相吹捧了，其实你们长得都不咋地，主要因为我这个丑八怪的衬托，让你们本来很平凡的外表都成了天仙一般。"

两人都笑了起来，章晴晴挥舞着粉拳："萧宇小心我打你！"

"我好怕！你吓到人家了！"萧宇嗲声嗲气地说。

"恶心！"章晴晴笑着骂，她的内心却没有表现出的那样轻松，凭直觉她感到，萧宇对眼前的这个女孩绝不仅仅是普通朋友这么简单。

两人开车把林诗诗送回了医院，萧宇陪林诗诗把她姐姐送回了病房，关上房门出来，萧宇忍不住问："你姐姐为什么会这样？"

林诗诗没有说话，抬头看了看夜空，好久才转向萧宇："姐姐曾经爱上过一个叫施同强的男人，我的母亲坚决不同意他们来往，因为这个人是一个江湖中人……"

萧宇的内心忽然沉了下去，他想到了自己和林诗诗，仿佛正重复着她姐姐的故事。

"为了和他在一起，姐姐不惜和家庭决裂；为了替他还债，姐姐不惜出卖自己。可这个男人除了带给我姐姐一次又一次的伤害，再也没有任何东西留给她……"林诗诗的眼里全都是泪水。

萧宇感到自己的呼吸都变得有些困难，他想安慰林诗诗却不知从何说起。

林诗诗忧伤地说："我永远不会忘记妈妈临终时对我说的话，她让我照顾好姐姐，照顾好我自己……"

萧宇从林诗诗的目光中读到了以前从未感到过的坚强，林诗诗静静地说:"我永远不会让我的母亲失望……"

章晴晴在外面不耐烦地按起了喇叭,萧宇向林诗诗告别后匆匆逃离了医院。他终于明白林诗诗为什么始终和自己保持着距离,也渐渐明白了林诗诗内心不为人所知的世界。

回去的时候天已经黑了,章晴晴一反刚才兴高采烈的模样,整个人忽然变得沉默起来,萧宇怎么引她说话,她都不开口。萧宇猜出一定是林诗诗的出现让她的心情变坏,看来章晴晴的确喜欢上了自己。

拐入长垣车道的时候,一辆本田公路赛车猛然从他们车后冲了上来,骑车的是一个秃头小子,后座上还坐着一个穿着暴露的女郎。萧宇把车速稍稍减慢,那秃头的机车也放慢了速度,冲着章晴晴不住地怪叫。

萧宇心里暗骂了一句,对这种飙车的马路小痞子,犯不上跟他们一般见识。这时他又听到身后一阵引擎的轰鸣,透过反光镜,萧宇看到身后最少有十辆公路赛车向自己靠拢。

十辆摩托车从四面包围了上来,把萧宇他们驾驶的法拉利跑车围在正中,车上的骑手不时发出尖声怪叫。

依着章晴晴的脾气早就开车撞了过去,好在驾驶汽车的人是萧宇,他并不想多招惹麻烦。前方灯光闪烁的地方是一个废弃的加油站,章晴晴忽然吃惊地指着前方,萧宇顺着她手指的方向看去,只见前方马路的旁边最少停了三四十辆摩托车,引擎的轰鸣声震响了整个夜空。

看来遇上了嘉南经常在晚上出没的飙车族了,这帮小子肯定是看中了章晴晴的这辆法拉利跑车,十几辆摩托同时踩下了刹车,把萧宇他们围在核心。

那个秃头从车上跳了下来,一脸坏笑地走到萧宇他们的车前,在法拉利上摸了一把:"好车!"萧宇笑眯眯地看着他:"有事儿吗?"

秃头点了点头,指了指加油站后面一段弯弯曲曲的小路:"我跟你比,从这儿到后山的矿场然后折返,谁先回到加油站这车和妞就是谁的!"

萧宇有些奇怪地看着他:"这么说你是稳操胜券啊?在这种路面别说

是跑车就是F1赛车也跑不过你的摩托！再说了，我为什么要跟你比？"

秃头笑了起来："兄弟们，告诉他！"三十多个小子同时抽出明晃晃的刀子，怒气冲冲地瞪着萧宇。萧宇点点头："厉害，人真多，你还有没有点江湖道德？"

"我就是想跟你比。这样，我骑摩托，你也用摩托，每人带一压车的妞，公平吧？"

萧宇又好气又好笑地问："你拿什么跟我赌？"

秃头把身边的妞一把拽了过来："看清楚，我的女人加上这三十八辆摩托，你赢了尽管带走，你如果输了就得把你的女人和车给我留下！"

"听起来好像我不怎么吃亏？"萧宇笑着对章晴晴说。章晴晴瞪了他一眼，悄悄在下面发了一条信息，然后笑着说："比就比，谁怕谁？"萧宇压低声音说："小心这帮小子把你赢回去当压寨夫人！"章晴晴的脸红了红："你要是舍不得我……就赢他们……"

萧宇诡秘地笑了笑："我正愁怎么把你这个瘟神送走呢，这次总算有机会了。"

章晴晴知道他是说笑，可是还是紧张地抓住萧宇的胳膊："你敢！"

秃头又凑了过来："考虑得怎么样了？"

萧宇估计章晴晴刚才已经报了警，心想正好借着比赛拖延一下时间，于是点了点头："好，比可以，不过我要从你的弟兄手里挑辆摩托车！"

"没问题！"秃头倒是答应得相当爽快。

萧宇和章晴晴把汽车停到加油站，立刻有几个小痞子围到车边，围着车喷喷不已。章晴晴不屑地说："想偷车？别白费心机了，上面装有最先进的防盗系统，撬车的时候小心电着！"她说的倒是实情，这辆车的安全系统特别先进，只要关闭电路，车轮全部锁死，想偷除非整个把车扛走。

萧宇挑了辆川崎500，主要是因为他在燕京的时候就常骑，对这种车型的性能比较熟悉。

萧宇把车停到路口，章晴晴上车牢牢抱住萧宇的后腰，萧宇笑了起来:"你也忒急了,没开车呢就开始占我便宜!"章晴晴笑着打了他一下,不知为什么她的内心丝毫感觉不到害怕,反而有种异常兴奋的感觉。

秃头开着他的本田来到萧宇的身边:"别怪我没事先提醒你,这条路的路况不太好,矿场那边有不少大坑,天黑小心跌进去。"

"谢谢关心!"萧宇说。

"我不是关心你,我是关心她!"秃头一脸坏笑,章晴晴恨不能把他一双贼眼给抠下来。

"你会感到特别的刺激!"秃头向萧宇暗示着什么。这时旁边走过来一个人,用剪子把两人的刹车线剪断。一个不祥的预感出现在萧宇的心中,难道他们的比赛就是在没有刹车的情况下进行?

秃头狡猾地向萧宇笑了笑,两人同时启动了引擎,所有人都围了上来,一个妖艳的女郎挥了挥她手中的丝巾,两辆机车几乎同时冲了出去。萧宇知道这场比赛自己赢的希望微乎其微,只不过想借比赛拖延一下时间,等待警察的到来。

在第一个弯道的地方,秃头已经确立了他的领先优势,章晴晴敲着萧宇的头盔大声说:"别跟他玩命,马上就有人来了!"萧宇笑了起来,前方是一个斜坡,他踩下了刹车,想放慢机车的速度,忽然想起刹车线已经被人剪断。

萧宇看了看速度表——现在的时速是九十,而且还在不断增加,路面高处离两旁的地面足足有七八米,萧宇不敢轻易冒险改变方向。

他看了看前方秃头的尾灯,他的机车也没有刹车,章晴晴似乎意识到了什么,紧紧抱住了萧宇的身躯。夜风在身边呼啸而过,险峻的形势忽然将萧宇的斗志全部点燃,这是一条没有退路的比赛,他只能选择前进。

车速飙升到了一百四十公里,萧宇全神贯注地注视着前方的路面。秃头凭借着对路况的熟悉已经把萧宇抛开一百多米的距离。前方出现了一道黑魆魆的山影,估计距离秃头所说的矿场已经没有多远了。

只有到达相对宽阔的空间,萧宇才有可能把这辆脱缰的铁骑慢慢停靠下来。秃头已经率先冲入了矿场，章晴晴的脸紧紧贴在萧宇的背后，她的唇角带着微笑，静静倾听着萧宇有力的心跳，她根本没有感受到任何的恐惧，反而感到一种温馨的浪漫。萧宇的注意力全部集中在车道上，任何一个疏忽都可能导致车毁人亡。

矿场的入口处就是一个直径十米左右的大坑，如果不是借着暗淡的月光，萧宇几乎开了进去。秃头正围绕矿坑调头，萧宇偏了一下方向，绕了一个大大的弧线开始返程，在时速近一百公里的条件下想成功转弯，对车手的意志和体力都是一种折磨和考验。

机车的前轮忽然跳了一下，好像轧到了一个石块，车子摇晃着向旁边的山体冲去，章晴晴发出一声惊呼。萧宇竭力控制住方向，终于在机车撞上山体之前把方向重新调了回来。

秃头那边也出了点状况，也许是想急于甩下萧宇，他拐弯的角度过小，车轮在沙石上打滑，身后的那女孩吓得尖叫了一声。他的摩托车与地面擦出一串闪亮的火星，滑倒在地上，女孩一把没抓住秃头，惨叫一声从车后座上甩了出来，身子连续几个翻滚向矿坑中落去。秃头迅速从地上爬了起来，眼明手快地抢在她落下之前，抓住她的手臂。那女孩吓得大声哭喊了起来："救我……四震哥……救我……"

秃头用尽全力拉住女孩的手臂，可是他从车上跌下来摔得不轻，胳膊和大腿上都擦破了好几处皮肤，身体的力量已经打了个折扣，费了老大劲也没把那女孩拉上来。

萧宇绕着矿坑转圈，边退档边用双脚与地面的摩擦渐渐减缓了车速，章晴晴率先跳了下来，萧宇瞧准时机也从车上跳了下来。失去控制的摩托车歪斜着冲了出去撞在前方山岩上，惊天动地的爆炸声夹杂着火光升腾在夜空中。

萧宇冲到秃头身边，一把抓住那女孩的手臂，两人同时用力把那女孩拉了上来。那女孩吓得魂都没有了，只顾着哭，章晴晴把她拉到一边小声劝着。

秃头无力地躺在矿坑的边缘，两只眼睛看着萧宇忽然哈哈笑了起来，好半天才说了一句:"你的车已经爆了,这场比赛恐怕我赢定了!"

远方忽然响起汽车的引擎声,五辆汽车先后出现在矿场的入口处,车灯照亮了整个矿场。萧宇本来以为会是警察,可是看到车牌号才知道这些车根本不是警车。

二十个全身黑色西装的男人从车上走了下来,其中一人还押着一个刚才飞车的小痞子,他显然是被抓来领路的。

为首的一个中年人笑着来到章晴晴的身边:"小姐,你没事吧?"章晴晴摇了摇头,这帮人原来都是收到短讯后,前来保护章晴晴的,萧宇隐隐觉得章晴晴的身世肯定不一般。

中年人走到秃头面前,一脚踏在他的胸口上。他出手很重,秃头被踩得惨叫了一声。

"你长不长眼睛,我们小姐你也敢得罪!"中年人转过身去对手下说,"把他给我扔到矿坑里去!"秃头倒表现得十分硬气:"有种跟我单挑!"中年人冷笑了一声又狠狠踢了秃头一脚:"你配吗!"

萧宇低声对章晴晴说:"这帮人只不过是飞车的小混混儿,你别让他们做得太绝了!"章晴晴笑着点点头:"大眼叔,反正我又没什么事情,你放了他们吧!"中年人点了点头,又恶狠狠地骂了秃头一句,然后护送着萧宇和章晴晴离开了矿场。萧宇回头看了看那个叫四震的秃头,他向萧宇露出了一个感激的微笑。

萧宇在夜总会门口下了车,临走时章晴晴问他:"明天你会不会到机场送我?"萧宇犹豫了一下,还是点了点头。

诱惑

来到夜总会,看到傻豹和尾巴一帮人正在谈笑风生,萧宇乐呵呵走了过去:"豹哥,今天哪阵风把你给吹过来了?"傻豹笑着拿出一张请柬:"明……明天……中午我的面馆……正式开业,特地来请你们去坐坐!"

萧宇想起他之前说过要开面馆的事情，只是没想到这么快就变成了现实。

"好，我一定去。"萧宇对傻豹始终有种说不出的亲切。尾巴笑着说："明天我带弟兄们都去捧场，到时候一定把豹哥的场面搞到最大！"萧宇刚想说话，电话忽然响了，他拿出来一看荧光屏上显示着："别忘了你答应的事情，明天九点我在机场等你。"原来是章晴晴发来的信息，萧宇的脸上露出微笑，这傻丫头一定是害怕自己又要爽约。

萧宇提前一个小时就赶往了机场，可是中途又接到了谭爷的一个电话，他不得不先到谭爷那里去了一趟。

谭爷这个时间仍然在玉府喝茶，奇怪的是今天有包括瘸五在内的六名堂主在场，看来谭爷肯定有重要的事情宣布。

萧宇在距离谭爷最远的凳子上坐下，谭爷让服务生为他倒了一杯红茶。瘸五把一个厚厚的文件袋推到他的面前，有些狡猾地笑着说："谭爷有好差事给你！"萧宇有些奇怪地打开了文件袋，里面是一个东瀛女人的照片，除此之外就是一沓厚厚的资料。

萧宇的眼睛询问似的望向谭自在。

"照片上的女人叫渡边美惠子，是东瀛山海组老大渡边本一的儿媳，里面是关于她的详细资料。"龙三几乎成了谭爷的代言人，"自从她的丈夫渡边芥被住吉会的人干掉以后，她就成了渡边本一身边最得力的助手之一。近期她会来离岛，按照渡边本一的意思考察投资一个大型深水码头，南部最可能的合作伙伴就是我们和灭龙社，如果这个深水码头计划真的可以实行，以后这个港口就会成为东瀛倾销商品的中转站。"

萧宇忍不住骂了一句："真是无孔不入！"

谭自在笑了起来："其实山海组如果真的建成了这个深水港，对东瀛的经济只有坏处，东瀛的电器和其他商品从走私的途径流入国外，他们东瀛人岂不要白白流失税收，况且山海组手中的这些商品肯定不是从正路来的。"

"谭爷的意思是……"

"这个港口计划,我们青龙帮志在必得!"谭爷加重了语气。

"如果山海组最后选择灭龙社作为自己的合作伙伴,他们的实力会更加强大而且将来对社会的危害不堪设想!"谭自在的目光落在了萧宇身上,"我们商议的共同结果就是,由你去接洽美惠子,拿下深水港的合作计划!"萧宇瞪大了眼睛,有些不敢相信地望向谭自在:"谭爷!我压根不懂东瀛话,对东瀛的概念全是苦大仇深,您总不至于让我去对着美惠子瞎比画吧?"

谭自在笑了起来:"这你放心,美惠子曾经在燕京大学学过文学史,她的国语相当好,我想你们的沟通应该不存在任何问题。"

"可是……"萧宇还想推辞。

瘸五插口说:"可是什么?我要是年轻几岁,这种好事根本落不到你的身上,又能立功又能泡妞,没钱我们社团给你提供!"萧宇哭笑不得地说:"五爷,您真当我听不出来,我怎么觉着跟用美男计似的?"

所有人都笑了起来,谭自在郑重地说:"我们之所以选你去做这件事,其中一个重要的原因是你在燕京生活过,和美惠子很容易找到共同的语言,况且你们都是年轻人,至于美男计嘛,只要你能把这个项目拿下来,我是不会介意你怎么做的。"难怪说老奸巨猾,谭自在轻描淡写的一句话把所有的事情都推到了萧宇的头上。

龙三却冷冷地提醒说:"阿宇,说归说,可是渡边美惠子已经在渡边芥的灵前发誓,今生为他守贞,你不想招惹山海组的话,还是少碰这个女人为妙!"

瘸五大声说:"怕什么!这等好事关二爷肯定同意!"到底是混江湖的,开口闭口都是关二爷。

萧宇苦笑着点点头,一看时间马上就到九点钟了,他连忙起身告辞,带着美惠子的资料慌慌忙忙向机场赶去。

章晴晴又回头看了看熙熙攘攘的人群,仍然没有找到萧宇的影子,时针已经指向九点二十分,距离自己登机时间不多了,不知道这混蛋又干什么去了,章晴晴气得直跺脚。"晴晴!你该登机了!"一个和蔼的声音提醒她。

章晴晴依依不舍地向人群看了最后一眼,终于无奈地转过头去。

"章晴晴!"萧宇从机场的门口边跑边喊,章晴晴欣喜地转过身去,萧宇正在挤开人群,向她跑来,额头上都是大汗。

章晴晴一路小跑迎了上去,一把抱住了萧宇,喜极而泣:"我……我还以为你又骗我!"萧宇用力拉开她的手臂:"喂!干吗这是?又不是生离死别,再说了,咱俩什么关系,你怎么说占便宜就占便宜?"章晴晴忍不住笑了起来,伸手在他肩头打了一下:"讨厌!"

这时萧宇才留意到一个中年人在两名保镖的陪伴下来到了章晴晴身后,那人的面貌竟然有几分熟悉,一时间想不起在哪里见过。

章晴晴不好意思地介绍说:"萧宇,这是我爸!"又向她的父亲介绍说,"爸,他就是萧宇!"

萧宇礼貌地喊了一声:"章伯伯!"这时他才留意到对方的右手戴着一只黑色的手套。章肃风!萧宇猛然想起眼前的这位中年人竟然是灭龙社的老大章肃风。章肃风淡淡地向萧宇点了点头,他显然早就认识了萧宇。

萧宇这才知道章晴晴为什么会有如此优越的家庭条件,自己和疯子决斗的那天,章肃风在己方占尽优势的情况下忽然喊停的行为也终于得到了解释,章肃风看向萧宇的眼神异常深邃。

"萧宇!"章晴晴拉了拉萧宇的胳膊。

萧宇笑了笑:"本来我早就来了,可是路上塞车……"

"使劲编!"章晴晴显然不相信萧宇的说辞。萧宇想起一件事情,从口袋里拿出一个小小的纸盒:"送给你的!"

章晴晴高兴地接了过去:"谢谢!"

"自己哥们儿,客气什么?不过要等到上飞机后再拆。"里面是萧宇让尾巴买来的两个惠山泥人,那天祈福的时候就看到章晴晴喜欢,当时没顾上买,昨天想了半天才想起送章晴晴什么。

章晴晴笑着说:"你不会在里面放个定时炸弹害我吧?"

"让你猜到了!"

"讨厌!"

这时章肃风在一边催促说:"晴晴,时间到了!"

章晴晴这才依依不舍地看了看萧宇,不情愿地向登机口走去。

"保重!"萧宇笑着向她挥手,章晴晴的眼泪又不争气地流了下来。

章肃风看到女儿自始至终没有向自己这边看上一眼,无奈地摇了摇头,难怪都说女孩子天生外向,自己这个生她养她十几年的父亲,居然不如一个认识没几天的外人。

送走了章晴晴,萧宇和章肃风客气地道了个别,准备离开,没想到章肃风喊住自己:"如果萧先生有空的话,我想和你单独谈一谈。"萧宇犹豫了一下,还是点了点头。

两人来到机场附近的咖啡厅坐下,章肃风开门见山地打开了话题:"我对你的一切已经调查得清清楚楚!"

萧宇淡淡地笑了笑:"我有些不明白章先生的意思。"

章肃风喝了口咖啡:"萧宇,我做人向来都很直接,如果不是因为我的女儿,我不会和你坐在同一张桌子上,既然今天有这样的机会,我就希望我们能推心置腹地谈一谈。"

"章先生有什么话尽管说。"萧宇终于知道章肃风跟自己谈话的主题。

"晴晴是我唯一的女儿,我绝不容许她受到任何的伤害!"章肃风像是告白更像是一种宣言,"自从她的母亲死后,晴晴从来没有像现在这样开心过,我知道这是因为你的缘故。"章肃风所说的话十分真挚。

萧宇沉默了下去,他早就知道章晴晴已经爱上了自己,可是他认为自己对章晴晴的感情始终停留在友情的层面上,他最为心动的女孩是林诗诗那种小鸟依人的类型。

"萧宇,我给你一个建议,趁着现在你还没有深陷其中,离开谭自在,离开这个江湖中的一切,去过安定的生活。"

萧宇抬起头来，章肃风注视着他的眼睛："如果你愿意结束江湖生活，我可以帮你安排一切，甚至可以送你离开离岛去美国读书。"

萧宇忽然摇了摇头。

章肃风的脸色变了："你不愿意？"

"我对我现在的生活非常满足。"萧宇平静地说。

"那是你还没有真正感受到江湖的残酷，无论是谭自在或者是离岛帮派中的任何一个，他们现在对你再好，也只不过是因为你还有利用的价值，一旦你触犯了他们的利益，他们一样会对你毫不留情地下手！"章肃风显得有些生气。

"章先生，谢谢你的好意，可是有一件事情我必须坦率地向你承认，我对晴晴只是朋友的感情，并没有你想的那么复杂。"萧宇慢慢地说。

章肃风的脸变得铁青，很久才咬着牙齿说出了一句话："可是晴晴对你并不仅仅是朋友的感情！"

萧宇默默点了点头："如果有机会，我会向她解释！"

"不必了！"章肃风猛然站起身来，他狠狠盯住萧宇说，"萧宇，你给我记住，永远不要伤害我的女儿！如果你想继续在道上混下去，我奉劝你，最好离我的女儿远些！"

章肃风离开咖啡厅很久，萧宇仍旧呆呆地望着窗外起起落落的飞机。章肃风无疑是一个很好的父亲，他之所以能够跟自己说这些话，都是出于对女儿的关爱，萧宇慢慢回忆着和章晴晴相识的那些片段，不知不觉笑了起来。他忽然发现自己对感情始终无法搞清楚，对于相识的每一个女孩他都无法全身心去投入，一入江湖，身不由己，难道连自己的感情他都无法操纵了吗？

傻豹的凤仙面馆因为兄弟们的到来显得有些狭窄，萧宇赶到的时候鞭炮已经放完，街坊邻居都围在面馆前面恭贺开业。傻豹喜气洋洋地向众人一一道谢，看到萧宇他连忙迎了上来："阿宇，就等你了，待会儿尝尝……我……我亲手做的面！"萧宇笑了起来，让人把两个大大的花篮放在面馆门口。

尾巴和丽娜手挽手走了过来:"宇哥,我们豹哥的面馆太小了,兄弟们难道要站着吃吗?"萧宇笑着说:"谁说要留你们吃饭了?豹哥中午的酒席是给街坊们准备的,你们赶快给我滚回去!"

"豹哥,你不会这么残忍吧?"尾巴一副不敢相信的样子。傻豹哈哈笑了起来:"都……都有份,每人……一大碗面……"

萧宇把尾巴拉到一旁说:"你小子少在这儿添乱,狮王府我订好了位置,待会儿你带弟兄们去那里吃!"尾巴高兴地连连点头。其实萧宇让他们过去还有另一层意思,傻豹已经退出了江湖,这么一大帮兄弟过来捧场虽然热闹,可是让街坊看到毕竟影响不好。

傻豹把来贺喜的街坊请到店里,又来到萧宇身边:"阿……阿宇,我想求……求你一件事情!"

"跟我还客气!"

"你……你能不能去诊所把……把秀雯请来……"傻豹红着脸说。

萧宇挠了挠头,可又不忍心让傻豹失望:"得!我去!可是我不敢保证能请得动她!"

傻豹高兴地说:"你有的是……是办法!"

旺叔的诊所已经在上次的大火中焚毁,谭爷拿出了一千万用于凤仙街的重建,秀雯自然也得到了补偿。她利用这笔钱在原来诊所的附近重新开了间诊所,诊所内的摆设还是从前的那副样子,唯一不同的就是她的父亲已经不在了,现在坐诊的大夫是她父亲的一位老朋友。

萧宇礼貌地敲了敲门,秀雯正在为一名老人打针,她明显消瘦了,看到萧宇她冷淡地点了点头,转身向药柜走去。

萧宇跟了过去:"秀雯……"

"对不起,有事待会儿再说,我正在工作!"秀雯看都不愿看萧宇。

萧宇讪讪地把请柬放在她身边的桌上:"豹哥的面馆今天开业,他想请你过去。"

"替我跟他说声谢谢！"秀雯依然冷淡。

萧宇知道秀雯一定还记着凤仙街失火的事情，看来她心中的结并不是那么容易打开。萧宇默默离开了诊所，他忽然发现自己无法面对凤仙街的一切，也许傻豹正是因为这个原因才选择了离开，而他还要继续在帮会中生存下去。

萧宇没有再去傻豹那里，在回去的路上给傻豹打了个电话："豹哥，店里有些事情，我必须回去……"傻豹没有说话，很久才嘱咐说："有空……的时候常来坐坐……"萧宇没有说话，他心里清楚，自己以后很难再去凤仙街了。

美惠子独自抵达嘉南的那天，谭自在亲自去机场迎接，可见他对这次深水港计划的重视，萧宇自然是必须到场的人。当美惠子款款从闸口走出的时候，每一个人的目光都被她吸引了过去。

美惠子无疑是萧宇见过的最有风韵的女人，她不同于林诗诗的恬静之美，也不同于尚小悦的温婉之美，更不同于章晴晴的活泼之美，因为后三者和她相比都还是小女孩。美惠子浑身上下无处不洋溢着成熟女人的魅力。

她穿着一身黑色的长裙，长发盘成东瀛女性最为常见的云髻，领口开得很低，露出白嫩的肌肤，这种神秘的隐约感更增加了说不出的诱惑力。她的肤色很白，姣好的身姿在这身黑色衣裙的衬托下一览无遗。她的这身装扮绝顶高贵，却又绝无一丝浮华，周身焕发出的那一派动人的风采，在女性是一种至高无上的境界。

瘸五忍不住咽了口唾沫，小声对身边的萧宇说："我现在有些后悔，自己为什么没主动承担接待任务。"萧宇笑了起来："谭爷是体恤你老胳膊老腿，万一出师未捷身先死，那哪儿划得来？"瘸五忍不住骂："你小子别小看我！"这时谭自在喊萧宇过去，萧宇连忙笑着向美惠子走去。

谭爷笑着把萧宇介绍给美惠子："渡边小姐，这就是我最得力的助手萧宇，你在嘉南的衣食住行就全由他负责！"美惠子微笑着欠了欠身子。萧宇还是第一次跟东瀛人打交道，女人用这种方式打招呼总让人打心眼里生出爱怜呵护的感觉。

谭爷为了这次能和山海组合作下足了本钱,萧宇开的车也升级成了宾利,萧宇礼貌地打开车门,美惠子姿态优雅地在后座坐下。她这次是一个人来嘉南,没有任何随行人员。

萧宇事前做足了功夫,对美惠子的资料早就烂熟于心,汽车启动之后他打开CD,宇多田光那充满质感的歌喉宛如天籁之音飘荡在车厢中,这是美惠子最欣赏的歌手,萧宇分明在投其所好。

美惠子解开了发髻,长发如瀑布般披散在肩头,萧宇透过后视镜悄悄观察着她,美惠子忽然笑了起来:"看来你们这次为了我的到来,的确下了一番苦功!"她的国语带着一股淡淡的异国情调,别有一番韵味。

萧宇没想到她的第一句话就把这事儿给指了出来,呵呵笑了两声:"渡边小姐真是快人快语,有位圣人曾经说过:有朋自远方来,不亦乐乎。我们当然要做到让客人最为满意。"美惠子笑着说:"萧先生说的是孔子,我对孔子也仰慕得很,听说嘉南也有一座孔庙?"萧宇点了点头。

美惠子说:"如果我没听错的话,谭先生说这次由你来负责打点我在离岛的一切?"萧宇点点头。

美惠子拿出湿纸巾揩了揩手:"我们下面的安排是什么?"

"我先送渡边小姐去海螺湾的别墅休息,晚上谭先生在凌霄阁为你安排了晚宴洗尘。"萧宇回答说。

美惠子叹了口气:"怎么听着好像要把我软禁起来似的?"萧宇笑了起来,其实他也有同样的感觉,美惠子的接待计划是谭爷和那几个老头子订下的,他们生怕给其他人留下和美惠子接洽的机会,不过有些事情并不是他们能够掌控的。

美惠子趴倒萧宇旁边的座椅靠背上:"如果我想去住酒店呢?"萧宇看了看她:"渡边小姐的意思是……"

"我最讨厌的就是酒会和应酬,在东瀛的时候每天都要面对,没想到来到离岛和东瀛没有什么两样!"

"我明白！"

"你明白？"美惠子半信半疑地看着萧宇。

萧宇笑了起来，他拿起了手机给前面车里的谭爷打了一个电话："谭爷，我是萧宇。渡边小姐在嘉南有一个朋友，她想先去那里拜会一下……哎，好的！对了，她说晚上可能就在朋友那里住了，今晚的洗尘宴您就取消了吧！"萧宇放下电话，就听到美惠子的笑声。

萧宇在前方的路口向右拐去。

"去哪里？"美惠子对萧宇顿时产生了好感。

"当然是酒店了，我总不能把你这位贵客安排到马路上！"

萧宇安排渡边美惠子住在嘉南市西郊的亚清湾酒店，酒店前方就是美丽的澎湖水域，这里距市区仅仅有十五分钟的车程，更重要的是，这里距离各个景点都很近，如果美惠子想游玩的话，一天之内萧宇就能带她全部转上一遍。

萧宇安顿完美惠子，他回到自己在酒店的房间给谭爷打了个电话，把美惠子的情况给谭爷通报了一遍，谭爷还是那一句话，只要美惠子高兴，能顺利把深水港签下来，花多少钱都无所谓。

萧宇也有些累了，洗过澡刚想上床睡一会儿，就听到敲门声，开门一看原来是美惠子，她已经换上了一身休闲装，头发也扎成了随意的马尾："萧宇，陪我到海边走走！"这女人精力真旺盛，萧宇无可奈何地换上运动装和美惠子到酒店前的海边散步。

虽然已经是初春，海风仍然很冷，萧宇把衣领竖了起来。美惠子深深地吸了口清新的空气，她的长发随着海风如丝缎般飞舞，她的眼睛微微闭上，仿佛正享受这难得的轻松。

"东瀛的天气要比这里冷得多！"美惠子轻声说。

萧宇看了看远方湛蓝色的海面："我国的海岸线很长，比这儿更温暖的海域都有！"

美惠子睁开眼睛向萧宇笑了笑："萧先生去过很多地方？"

"您还是叫我萧宇，这萧先生我怎么听怎么别扭！"萧宇笑着说。

"萧宇，你的燕京话说得很好啊，难道你也在燕京上过学？"美惠子有些奇怪地问。

萧宇点了点头："何止上过学，我打小就在燕京胡同里长大，说不定你在燕京留学那会儿，我正仰着脖子看升国旗呢！"

美惠子大笑了起来，萧宇的确是个十分幽默的人，他轻易就能感染别人的情绪。美惠子问："你为什么会来离岛？"

"我还是保留点隐私，听过一句话没？距离产生美，要是让你把我的那点事全部都弄清楚了，我还有什么美感可谈？"

"可是你们好像已经把我的底调查得一清二楚，我岂不是已经没有任何美感可谈了？"美惠子反唇相讥。

"你不一样，咱俩的美不同，我给你打一比方，你的美深刻像海洋，取之不尽，用之不竭，谁也甭想一口把它喝干喽。我的美肤浅像小溪，稍一不留神就蒸发了，所以越是容易被看透我越想保持这份神秘感。"萧宇边说边做着手势，美惠子咯咯地笑。

晚餐萧宇陪着美惠子来到酒店附近的海鲜排档，他摸准了这帮有钱人的心思，越是高档的地方他们往往越没有兴趣，倒是低档的风味小吃能够钩起他们的食欲与兴趣，要不，怎么大米白面吃多了总想换点玉米面尝尝，都是有钱给烧的。

美惠子津津有味地吃着烤鱿鱼，她的吃相很文雅，让萧宇生出自己是跟她一起在主题餐厅里吃西餐的错觉。萧宇笑呵呵地说："渡边小姐国语说得真不错，我开始还担心跟你一起吃饭会笑场呢！"

"为什么这么说？"

"你想想啊，一个像你这样的大美女要是吃高兴了，张口就是'哟西哟西'，我怎么能受得了啊！"这次轮到美惠子笑了，她用纸巾擦了擦唇角："你好像对东瀛话有偏见？"

美惠子举起酒杯："其实我们两国是一衣带水的邻邦，东瀛的文化风俗处处都能看到中国文化的影子，我当年去燕京留学就是想了解一下神秘而博大的中国文化。"

萧宇说："这你倒说对了，东瀛文化总共加起来有两千年，中国有历史记载的就五千多年，秦始皇统一六国那会儿还没东瀛呢。"

美惠子说："不是有一个说法，我们东瀛人的始祖是徐福和他带去替秦始皇求药的童男童女。"

萧宇笑了起来："看来你对中国的历史还真了解的不少，不过话又说回来，中国文化可不是这么容易就能了解透的。"

"所以我最后还是放弃了。"美惠子显得有些失落。

她看了看时间："快九点钟了，萧宇，我想去万山港看看！"

萧宇心中微微一怔，美惠子所说的万山港是青龙帮最为重要的物业，也是谭自在能在嘉南稳坐第一把交椅的基础。她提出这件事的目的很明显，就是想实地考察一下港口的状况，毕竟投资改造一个深水码头，要比重新兴建容易许多。

谭自在原来的计划是明天亲自陪同她前往码头考察，没想到美惠子现在就主动提了出来。萧宇想了想，还是点点头，其实就算他不带美惠子去，她也有可能自己打车去。

美惠子笑了起来："中国有句俗话叫先入为主，我想在头脑冷静的时候，自己认识一下这个港口！"萧宇忽然发现美惠子并不像他想象的那么简单。

萧宇驾车载着美惠子来到万山港，港口的夜晚比白天还要繁忙，灯火下搬运工人来回穿梭忙碌着，大大小小的船只正在不停地驶入港口，轰鸣的马达声和汽笛声响彻夜空。美惠子让萧宇把车停在港口前方的山坡上，从高处俯瞰着港口的一切。

她从精制的手袋中拿出一个袖珍望远镜，从远到近仔细观察着。萧宇忍不住想笑，这女人天生就是个当间谍的。

美惠子的神情显得十分认真，她边看边在掌上电脑上写着什么，萧宇估计她记下的大概是进出港口船只的数量和级别。

大约过了一个小时，美惠子才放下望远镜，揉了揉眼睛，有些疲惫地靠在椅子的靠背上。"看不出渡边小姐还是一个女007！"萧宇打趣说，心中想到的却是川岛芳子。

美惠子向他笑了笑："如果换成你们去东瀛投资，我想你们也一定会事先对投资环境调查一番。"

"那倒是！"

"实不相瞒，我来这里之前已经派人了解了这里的情况，万山港和他们汇报的情况基本相符。"美惠子实话实说。

"我有点不明白，你明天来谭先生会介绍得更加清楚！"

美惠子莞尔一笑："如果我没猜错，谭先生一定会对明天的事情做出事先的安排，我看到的港口肯定不是原来的样子，而且大多数时候，我只相信自己的眼睛。"萧宇开始欣赏起美惠子来，她身上的确有一个优秀商人的素质。

"走吧，找间环境好点的酒吧，我请你喝酒！"美惠子的话听得萧宇目瞪口呆，这次他总算见识到了什么叫精力过剩，大老远坐飞机过来，散步、吃饭、聊天再加上"刺探军情"，临了居然还要去酒吧喝酒，幸亏是自己，要是那帮糟老头子来，早就被她给累死了。

从酒吧回到酒店的时候已经是午夜两点，萧宇草草冲了个澡，便一头栽倒在床上呼呼大睡起来。

电话铃把他吵醒的时候已经是第二天的清晨，他看了看号码原来是谭自在打来的，连忙接通了电话，谭自在是来询问美惠子离开机场后的活动。萧宇一五一十地给他说了一遍，谭自在在电话中笑了起来。

萧宇有些摸不着头脑，一问之下才知道，原来谭自在早就想到美惠子会事先去港口调查，提前三天就把小规模货轮的停靠地点改到别的地方，又将在其他码头停靠的大型货轮，停靠点全都改到万山港，所以美惠子就算怎么调查，万山港都是一副忙碌的景象，萧宇不得不佩服谭爷的老谋深算。

刚合上手机，房间电话响了，是美惠子打来的，她在二楼餐厅等萧宇去吃早餐。萧宇看了看表，才刚刚早上六点半，他发泄似的大叫了一声，要是这美惠子在嘉南待一个月，自己非熬成木乃伊不可。

萧宇来到餐厅的时候，美惠子已经点好了早餐，她今天换上了一身中性服装，戴了一顶配套的鸭舌帽，显得英姿飒爽。

萧宇吃饭的时候接连打了两个哈欠，美惠子看到他的模样忍不住笑了起来："萧宇，你还没睡够？"萧宇用纸巾擦了擦眼泪："我生就的富贵命，每天几乎是不到十点不起床。"

美惠子说："其实往往有钱人多数都很勤劳，他们真正用于休息的时间少得可怜，你听没听说过我国的松下先生？"

"听说过，也是一葛朗台似的人物，再多钱也不懂得花。"萧宇停顿了一下，反问说，"你说这种人活着有什么劲？"

美惠子笑了起来："这么说，你很懂得生活？要是你拥有几亿几十亿的财产你打算怎么花？"

萧宇想起自己被三连帮强取豪夺去的巨额遗产，心情开始变得有些郁闷："我要是有这么多钱啊，我就尽情地花，使劲糟蹋，预先算好自己大概能活多少天，把财产就分成多少份，把花钱当成一种政治任务，到我死的那天刚好花完，既无外债也无存款。"

美惠子若有所思地说："你现在是没有拥有这么多的财产，你才会这么说，一旦你拥有了这么多的资产，你就会发现钱是一种无法摆脱的负担，像一座无形的大山，压得你喘不过气来。"萧宇并不想谈论这个让他不快的话题，话锋一转："渡边小姐的精神真好，我听说过熬夜是美丽女人的天敌，可是在你身上好像根本不成立！"

美惠子听出萧宇拐弯抹角地称赞自己，含蓄地微笑着说："我每天保持一定时间的锻炼，好像还有这么一句话——生命在于运动。"

"渡边小姐平时都做什么运动？"

"瑜伽！"

下午萧宇就下定决心,有空一定要学习一下瑜伽。上午跟美惠子和谭爷一起又去了一趟万山港,美惠子装成凡事都感到新奇,不停地问这问那,谭自在的伪装能力丝毫不次于她,他的每一个回答都滴水不漏,萧宇整个上午都在枯燥和无聊中度过。

下午他陪着美惠子几乎跑遍了嘉南大大小小的港口,中午就是买来两个热狗加上矿泉水对付了一下。萧宇的两脚都跑得快要抽筋,再看人家美惠子,依然姿态优雅地走着,好像根本不知道疲倦是怎么回事,这女人真是非同寻常。

总算熬到了晚饭时间,美惠子仍旧埋头用笔记本电脑查询着什么。萧宇咳嗽了两声,想引起她的注意,可是美惠子的神情专注于电脑屏幕上,好像萧宇不存在一样。

萧宇无聊地打开CD播放器戴上耳机,不知不觉竟然躺在座位上睡着了,醒来的时候看到美惠子正坐在副驾上微笑着看着自己,萧宇慌忙坐了起来,这才发现美惠子把外衣盖到了自己身上。

"几点了?"萧宇不好意思地笑了笑。

"十点多钟了,你睡了整整两个半小时。"美惠子从萧宇的手中接过自己的外衣。

"不好意思啊,我这人睡觉特别沉。"

"我也是刚刚把资料传过去。"美惠子善解人意地说,"不过现在我感觉有些饿了!"萧宇笑了起来:"我还当你们东瀛人都是铁人呢,看来也要食人间烟火。"

美惠子说:"民以食为天,我们东瀛人也是人啊!"

因为天色已晚,两人直接回了酒店,叫酒店服务员待会儿把饭菜送到萧宇的房间。美惠子回到房间洗完澡,换了一身红色和服踩着木屐过来,越发显出她的女人韵味,自控能力如萧宇这般都忍不住心口怦怦直跳。饭菜还没有送来,萧宇和美惠子随便闲聊着燕京的风土人情。

今天不知怎么,酒店的饭菜送得特别慢,两人又等了十几分钟,其间萧宇又催促了两次才听到敲门声。

"肯定是饭菜来了,我去开门!"萧宇拉开了房门,进来的服务生却不是先前的那个,小伙子晒得黑黝黝的,一笑露出满口的白牙。

萧宇转身向房间内走去,忽然他看到美惠子的目光露出一丝惊惧,萧宇立刻有种不祥的预感,他的反应快到了极点,本能地一脚向后踢出。咣的一声巨响,放食品的推车让他踢起,车上的饭菜酒水向那服务生的身上飞去,美惠子的身躯也扑倒在地上,几乎在同时萧宇听到一声子弹通过消声器的声音。

推车砸在那服务生的身上,子弹在这股力量的作用下改变了方向,从美惠子的头顶飞了出去,射中落地窗上的玻璃,发出一声清脆的巨响。

萧宇以最快的速度转过身去,抢在对方射出第二枪之前牢牢抓住了他的手腕,膝盖重重顶在他的小腹。那杀手居然十分强悍,左手死命掐住了萧宇的脖子。萧宇用身体把他抵在墙上,用头死命地撞击杀手的脸部,杀手被撞得满脸是血,美惠子拿起床头柜上的花瓶用力砸在杀手的头顶,那杀手遭到这下重击,身体慢慢软了下来,昏倒在地上。萧宇大声喊:"报警!"

美惠子拿起电话,一脸的惶恐:"电话线被掐断了!"萧宇忽然听到走廊上传出脚步声,他立刻意识到杀手并不是一个人来的,外面肯定还有同党。萧宇迅速把房门插上,把衣柜推倒在门后抵住房门,拉着美惠子向窗口跑去。

萧宇用衣服拂去窗台上的玻璃碎屑,率先爬了上去,窗外是一个大约两尺宽的平台,这里是他们躲开追杀的唯一通路。美惠子甩落了木屐,萧宇用力拉住她柔软的小手,将她拉上窗台,两人沿着狭窄的平台,紧紧贴住身后的墙面向隔壁的窗户挪去。美惠子红色的和服在夜风中飘飞,宛如一团火焰。萧宇向下望去,八层的高度让人感到一阵眩晕,再看美惠子早已吓得脸色苍白,她的手在不住地颤抖:"我……我有恐高症……"萧宇用力握住她的手:"不要向下看,看着我的眼睛!"美惠子的眼神充满了惊惧。

撞门的声音持续不断地响着,萧宇拉着美惠子的手一步一步向右侧的窗口移动。美惠子的手已经变得冰凉,她听话地看着萧宇的眼睛,萧宇镇静的眼神让她的情绪慢慢平复下来。萧宇的右手已经抓到了隔壁窗户的边缘,这时他听到门被撞开的声音。美惠子也感到了危机的迫近。

萧宇用衣服包裹在手的外面,一拳砸碎了玻璃,他迅速推开窗户跳了进去,美惠子从窗台上跃下,萧宇把她接住,两人推开房门向楼梯口的方向冲去。刚刚拐过通道,便听到一声枪响,子弹擦着萧宇的肩头飞了出去,撞在墙上,灰尘弥漫,一种灼热感从伤口传来。

萧宇顾不上查看身上的伤口,拉着美惠子沿着楼梯向下跑去。又有两颗子弹击打在他们的身边,水泥的碎屑和激起的烟尘飞扬在空中,这帮杀手的准星实在是不怎么样,火力大多宣泄在他们周围的墙壁上。两人来到二楼时,萧宇并没有继续向下,而是拉着美惠子直接奔向餐厅。只要这帮杀手不傻,他们肯定知道兵分两路,闹不好已经有人先坐电梯下去在楼下恭候着他们呢。

美惠子的体能优势现在发挥了出来,换成别人早就跟不上萧宇的步伐了。

"厨房有货梯,能直通地下停车场。"萧宇低声说,这还是他今天早餐时偶然发现的。

两人冲入厨房,一帮厨师正在忙着做夜宵,忽然看到一男一女衣冠不整地跑了进来,男的穿着睡衣,女的居然还是个东瀛女人,都弄得目瞪口呆。

一个大胖厨子走过来想推萧宇出去,情况紧急,萧宇根本顾不上跟他废话,紧箍住他的短脖子问道:"货梯在哪儿?"胖厨子吓得差点没昏过去,哆哆嗦嗦地指着东边的方向,萧宇推开他和美惠子冲入货梯。

这时四名杀手已经进入厨房,子弹呼啸着向他们射来,但多数都射在了橱柜和菜架上,子弹穿透铁板发出刺耳的金属响声,整个厨房变得硝烟弥漫。

萧宇和美惠子已经将货梯启动，子弹撞击电梯门的声音清晰可闻。

货梯直接下到了地下停车场，萧宇以最快的速度来到了他们的汽车前，迅速发动了引擎，汽车如同脱缰的野马般向出口冲去。

出口处刚刚赶到的两名黑衣人向汽车开枪射击，美惠子压低了头部，上身蹑伏在萧宇的大腿上。

汽车狂野的速度显然吓倒了两名枪手，他们慌忙让开通路，躲到身边汽车的后面。萧宇一手把着方向，另一只手迅速拨通了谭爷的电话，听筒中却传来嘟嘟的忙音。萧宇一个高难度的转弯把汽车驶入沿海的主干道，通过反光镜，他看到两辆黑色别克跟在身后追来。

对方并没有进行射击，而是试图从旁边超越萧宇的汽车。

驶出滨海大道，向右拐入市区主干道，萧宇的面色忽然一变，前方一辆大型货车横向停在道路的中心，将整条道路挡住。

萧宇狠狠地骂了一句，那两辆别克车渐渐逼近。萧宇猛然一个急刹车，将汽车停下："走！下车！"他拉起美惠子，试图抢在别克车到来之前，步行从前方货车的底部穿越，生死关头，美惠子仍然没有忘记拿她随身携带的掌上电脑，里面的一些资料对她至关重要。

他们刚刚走下汽车，货车的集装箱正对他们的一面猛然打开，在昏黄的灯光照射下，车内三十多把刀子闪耀着冰冷的寒光。

萧宇和美惠子对视一眼，彼此都从对方的眼中看到了深深的恐惧。"下面！"美惠子指着斜坡下面的海滩。萧宇和她的想法一样，两人跨过公路的隔离带沿着斜坡向远处的海滩跑去，慌乱中，萧宇的手机不慎掉在了地上。

货车上的三十多名壮汉呼喊着从车上跳了下来，萧宇顾不上捡手机，拉着美惠子跌跌撞撞地冲下斜坡，沿着海滩向市区的方向拼命奔跑。

这里的沙地异常松软，萧宇和美惠子深一脚浅一脚地向前奔行，好在所有人的速度都被沙地拖慢了，一时间对方也追不上他们。

"灯塔！"美惠子惊喜地叫着。萧宇也看到了前方的亮光，他却没有美惠子那样兴奋，这座灯塔叫听潮塔，已经废弃了很长时间，原来灯塔的下面曾经有一个小警哨，可是随着灯塔的废弃，警哨也搬到了别的地方，附近根本没有巡逻的警察。

美惠子忽然啊地叫了一声，摔倒在了地上，借着月光，萧宇看到她右脚的白色棉袜已经被鲜血染红了。萧宇拉起了她，就在这停顿的工夫，追赶他们的人又拉近了距离。萧宇搀扶着美惠子向通往灯塔平台的石阶上爬去，美惠子的脚看来伤得很厉害，每走一步都疼得抖动一下。

最先冲到的两人已经举刀向美惠子砍了过来，萧宇架住其中的一刀，正想用脚将另外一人踢下去，没想到美惠子叱喝一声，一脚已经先踩在那人的胸口，那小子惨叫一声沿着石阶滚了下去。萧宇大喜过望，看不出美惠子居然是一武林高手。他想推开身边的那小子，还没挨上，那小子也轱辘滚了下去，萧宇莫名其妙地看着自己的手："难道这就是传说中的气？"

随后赶到的人已经来到了石阶的下面，美惠子虽然踢走了一个敌人，可是脚部的伤口因为用力而开裂，她痛得蹲在地上，萧宇一把抱起她柔软的身躯，快步向平台上跑去。

灯塔的平台上横七竖八地停了十几辆机车，二十来个小痞子正围着一个废旧的汽油桶烤火喝酒，萧宇和美惠子都是心中一冷，这下完了，没想到这里还有他们的伏兵。

"哟！东瀛妞！还挺漂亮！"一个小痞子的喊声把所有人的目光都吸引了过来。

萧宇忽然看到正中间的一个秃头向着自己微笑，他猛然想起这不就是前几天逼着自己赛车的那个名叫四震的痞子吗？

后面追赶的人已经冲上了平台，四震挥了挥手。

"宇哥救过我的命，他的敌人就是我的敌人，兄弟们把家伙都拿好了！"四震大声喊道，灯塔的最顶端忽然亮起了一把火炬，火光从上到下一层一层亮起。四震走到萧宇的面前："宇哥，我们今儿人不多，也就是六十多个弟兄,今天要怎么办你说句话!"他多少也有点吓唬人的意思,他们人加起来也不过二十多个。

追赶萧宇的那些人显然没想到事情会突然发生这样的变化,为首的人看了看萧宇的身后,知道已经错过了下手的时机,盯着萧宇慢慢地点了点头,带着手下向海滩的方向退去。

四震不依不饶地说:"想走?"萧宇连忙把他拦住:"兄弟,算了!"四震倒是挺听萧宇的话,让手下退了下去。

萧宇知道灯塔并非久留之地,那帮人搞不好还会折回头来,向四震笑了笑:"哥们儿,谢谢!改天到香榭丽舍,我请你喝酒!"

"喝酒我去,谢,你就免了吧!"四震让手下把他的哈雷太子推了过来,"宇哥,兄弟们送你离开这里。"萧宇感动地点了点头。

四震带着他的那帮兄弟一直把萧宇护送到市中心才各自散去,萧宇确信已经安全,心情慢慢放松了下来,骑着四震的哈雷太子带着美惠子向夜总会的方向驶去。

自从傻豹退出社团,萧宇也从傻豹家里搬了出来,虽然傻豹极力挽留,可是萧宇考虑到自己整天处在纷乱江湖斗争中,不想让自己的生活打扰到傻豹来之不易的平静,仍然果断地选择离开。他现在住的地方就在光复街,离夜总会不到二百米的距离。

美惠子好像是感到有些寒冷,用力拥紧了萧宇。

"待会儿我在光复街给你找家星级旅馆,现在过了午夜到处都打五折,便宜!"萧宇说。

美惠子笑了笑:"算了,你带我去你家里住就行。"萧宇微微一怔,难道是自己刚才表现出的英雄气概感化了美惠子,她这就要以身相许了?

"你别想歪了啊,我只是暂住,没有其他的意思。"美惠子好像猜到了萧宇的心思。

"怎么说话这是?"萧宇大笑了起来,借以掩盖自己的尴尬,"听说过柳下惠吗?我就是他的转世灵童!"美惠子肯定听说过这个故事,在后面呵呵笑了起来。

萧宇现在租住的房子虽然有一百多平方米，可是布局却是一室一厅，卧室和客厅之间只有象征意义上的一面宽不足一米的玻璃砖墙。美惠子进来以后就发现，这里的确不是适合男女合住。萧宇把她搀扶到沙发上坐下，从冰箱里取出了消毒用的酒精和药棉。

美惠子笑了起来："看不出你这里的医药还是挺齐全的。"

萧宇淡淡笑了笑。他先用生理盐水浸湿了美惠子已经被鲜血粘住的袜子，然后慢慢将它褪下。美惠子的脚小巧而纤细，她的脚趾很整齐，脚背丰满而且白皙细嫩，趾甲经过精心的修饰呈现出淡淡的红色，透出一种近似于珍珠的光泽，萧宇不禁呆了呆。

"喂！萧医生看病需要这么长时间？我好像是伤在脚掌哎！"美惠子提醒他。

萧宇耳根有些发热，他用生理盐水冲去美惠子脚上的血污，抬起她的脚掌才发现她的脚被碎玻璃扎了一个血口，萧宇取来镊子夹住玻璃的残端拽了出来。美惠子疼得皱了皱眉头，萧宇用酒精消毒，然后又涂上碘伏，最后用敷料和绷带把伤口扎了起来。

他这点水平都是在凤仙街的小诊所里偷学来的，忙完这些他已经是满头大汗。美惠子笑着为他擦去了额头上的汗水，这才留意到萧宇肩头的衣服被子弹射出了一个破洞，她连忙让萧宇脱下衣服，检查一下伤势，好在子弹只是擦皮而过，皮肤表面只是轻微的灼伤，这才放下心来。

两人从下午到现在什么都没吃，都饿得够呛。萧宇这里除了速食品其他的一概没有，本来萧宇想动手做饭，可美惠子说只要东瀛女人在场没有让男人做饭的习惯，她一瘸一拐地把面泡好，又端到萧宇面前，萧宇也只好心安理得地享受一次服务。

吃饱以后，萧宇自觉地抱着被子到沙发上去睡，把两米宽的大床让给了美惠子。

"我这人好梦游，半夜要是跑到床上去，你可别踢我！"萧宇临睡还不忘跟美惠子开开玩笑。

美惠子笑着说："我把你的刀子放在枕头下面了，根本用不着踢你！"

萧宇呵呵笑了两声，关上了壁灯。

黑暗中听到美惠子轻柔的声音："晚安……"

也许是太过疲惫，这一夜两人都睡得很甜，萧宇醒来的时候已经是上午十点，美惠子居然还在熟睡，这在以前是根本不能想象的事情。萧宇蹑手蹑脚地穿好衣服，反锁好房门走了出去，他的手机在逃跑中遗失了，谭爷和他失去联系，不知要急成什么样子。

来到楼下看到瘸五站在车前向自己挥手，萧宇没想到他居然能找到这里，示意他到楼道的拐角处说话。

"谭爷到处找你，你把美惠子带到哪里去了？"瘸五显得十分着急。萧宇笑着指了指楼上，瘸五瞪大了眼睛，狠狠捶了他一拳："行啊，小子，这才两天！"老家伙一脸的羡慕。

"俗！五叔您是真俗，什么事儿一到你那里就走了样，我发誓连她一根头发都没动，光顾着睡觉了，真的！"

萧宇越是这么说，瘸五越是不相信，一脸暧昧的笑容，萧宇勾住他的肩膀："昨天晚上的事情你听说了？"瘸五点点头："我也纳闷呢，章肃风下手怎么这么快？"萧宇的眼睛眨了眨，事情发生得这么突然，瘸五怎么这么肯定是章肃风的人下的手？他回想起昨天的事情忽然觉着处处都是疑点。在酒店中明明那杀手可以一枪先从身后解决自己，可是他偏偏要先向美惠子下手，至于后来的杀手追击，子弹总是差那么点到自己身上。

再说自己和美惠子住的地方除了谭爷和瘸五少数几个人以外没有其他人知道，而且章肃风也对山海组的这个深水港计划垂涎已久，在这种关键的时候他怎么会铤而走险？难道说昨晚是这几个老头子故意布下的局？萧宇越想越觉得可疑，但他清楚这件事情绝不能点破，忽然问："五叔昨天电话为什么关机啊？"

瘸五愣了愣："我……我手机没电了……"萧宇其实压根就没给他打

过电话，他心中的猜测已经证实了七八分，伸手拍了拍瘸五的肩膀："对了！美惠子受了点轻伤，你去告诉谭先生暂时让她休息一下，最近不要安排什么活动了。"瘸五笑着点点头，走的时候又想起一件事："待会儿我让人把美惠子的行李送来。"

萧宇在楼下买了早点回去，美惠子已经起床梳洗完毕，房间和被褥都收拾得整整齐齐。因为替换的衣服都留在旅馆，她还是穿着昨天那身和服，不过发式重新整理过，已经改成披肩的直发。萧宇笑着说："家里多个女人就是不一样！"经过昨晚的惊魂一战，两人的关系亲密了许多，美惠子对萧宇的调侃并不介意，她从鞋架里拿出萧宇的拖鞋放在他的脚下。

东瀛女人真贤惠，生就的好性格，萧宇心中暗暗地想。美惠子哪知道这厮脑子里在想什么，笑靥如花地说："辛苦了！"还给萧宇来了个九十度的大鞠躬。萧宇被她闹得有点手足无措："不辛苦，不辛苦……"

吃完饭美惠子又把桌子收拾得干干净净，萧宇的心里别提多舒坦了。

"请喝茶！"美惠子不知从哪里找出来的茶叶，萧宇好不容易才想起来，是前些日子傻豹来的时候留下的。

萧宇自从一个人住还从来没像现在这么舒服过，他笑眯眯地问美惠子："渡边小姐今天还有什么计划？"美惠子笑了起来："萧宇，你还真当我是铁人啊？我来离岛主要是为了放松一下，至于考察港口只是其次！"

"那……我今天就带你到处转转？"萧宇建议说。美惠子点点头说："如果你有时间能不能陪我去澎湖转转？"萧宇愣了愣，从这里到澎湖将近一百海里，现在都已经是正午，今天是无法来回了。

"我听说澎湖湾的日落很美，真的想去看看……"

06　极速追杀

萧宇加快了速度,那辆五十铃皮卡的司机显然从观后镜中看到了萧宇,他减缓了车速,妄想用车身将摩托车顶出去。萧宇抓住了车厢的后缘,身子猛然提起,抛下摩托车,攀爬到皮卡的货箱中,砰的一声巨响,后窗的玻璃被子弹击穿,萧宇的身躯以最快的速度趴倒在车厢的底部,子弹呼啸着从他身上飞过。

澎湖之旅

过了半小时左右,瘸五让人把美惠子的行李送了过来。让萧宇意外的是,他的手机居然也完好无损地被一并送了回来。司机把车钥匙交到萧宇的手中:"萧先生,你的那辆奔驰车已经送到修理厂了,五叔让你先用这辆丰田越野!"

萧宇刚打开手机,谭自在的电话就打了过来:"阿宇,渡边小姐的伤势怎么样?"

"只是扎破了脚,没什么大事。"

谭自在笑了起来:"那你帮我去买束花问候一下她。"萧宇答应下来,又把美惠子想去澎湖列岛游玩的消息告诉谭自在,谭自在很爽快地答应了下来:"我马上让人在码头准备好游艇,你和美惠子中午就可以出发。"

萧宇感到谭自在说话的语气十分轻松，看来他对目前事情的进展情况相当满意。

萧宇把行李送回楼上后，又去夜总会找到尾巴把这两天的事情交代了一下，美惠子趁这段时间去对面的超市里选购了些必需品。

两人驱车来到港口，萧宇留意到美惠子手里拎着两个大大的纸袋，好奇地问："里面是什么？"美惠子神秘地笑了笑："我打算在船上为你做一顿丰盛的晚餐！"

"得！我馋虫都让你勾出来了！"萧宇乐呵呵地说。萧宇发现自己对女人的要求上了一个新的层次，归根结底都是美惠子给惯的。

瘸五早就在港口等着他们，汽车刚刚进入港口大门，他就笑着迎了上来。萧宇走下汽车笑着说："这点小事情还劳烦五爷大驾，真是不好意思。"瘸五殷勤地为美惠子拉开车门，接过美惠子的随行物品："我是专门来迎接渡边小姐的，你少往自己脸上贴金！"

美惠子走路仍旧有些不便，萧宇连忙上前扶住她，瘸五小声说："谭爷正在办公室开会，说要亲自送美惠子小姐上船，我这就去通知他。"他虽然嘴里说着去通知谭爷，可是脚步却没有移动。

美惠子温婉地笑了笑："怎么好意思劳烦谭爷大驾，我还是自己过去跟他打招呼吧！"瘸五点了点头，暗地里向萧宇使了个眼色，萧宇带着美惠子向位于东面仓库的办公室走去。办公室的门没关，老远就听到龙三气愤的声音："章肃风真不是东西，为了破坏我们和山海组的合作，居然想谋害渡边小姐……"

美惠子的脚步停了下来，萧宇仔细留意着她表情的变化。

谭自在的声音响起："龙三，现在并没有充分的证据证明这件事一定是章肃风做的，你先不要冲动！"

"我派人查过那条路段的录像，那辆货柜车的牌号根本就属于大恒物产，大恒又是章肃风的公司，我肯定是他干的……"

谭自在沉吟了一下："龙三……这件事情没有落实之前，我不想让任何人知道,尤其是渡边小姐,萧宇也不例外……"

萧宇暗暗好笑,这几个老头子压根就是在演戏,不过这戏演得也忒假了点,早不开会晚不开会,非得等到这会儿开,而且还给门留条缝?说的话句句都是把整件事情的责任导向章肃风,萧宇忽然想到美惠子并不是一个轻易上当的人,既然自己都能够想到,以她的智慧有怎么会想不到?如果真的让她识破,这几个老头子弄这么一手,岂不是有点画蛇添足?

"谭爷!"萧宇适时地敲了敲房门,里面马上静了下来。谭自在看到美惠子显得有些吃惊,连忙从椅子上站起身来:"渡边小姐……"他瞪了萧宇一眼,"既然到了怎么不事先给我一个电话,让渡边小姐在外面久等?"

美惠子微笑着说:"我们也是刚刚到!"她的这句话仿佛在向谭自在表明,他们会议的内容自己并没有听到。

谭自在亲自陪着他们来到了他专用的8号码头,一艘名为FOREVER中型白色游艇停泊在那里整装待发,这是他今年才从美国购入的新船,艇是在美国用美国零件组装的,主要供应美国市场。

但谭自在设法将一艘新艇运回了离岛。显然,他财力雄厚,很少有他办不成的事情。FOREVER号玻璃钢的船体结构坚实耐用,配有两台860马力的发动机,最高速度可达30节,深V形的船体设计使它可以平稳地航行于外海。游艇在一周前才运抵嘉南,谭自在自己都没来得及试航,这次为了深水港的计划,他真可谓不惜血本。

萧宇做梦都没想到自己能有这样的机会,这次美惠子的到访,最沾光的就属他了。谭自在想得十分周到,为游艇配备了两名船员、一名导游,又专门派自己的厨师过来,照顾美惠子途中的饮食。

美惠子对游艇的设施非常满意,和谭自在随便聊了几句,忽然说:"谭爷,我这次去澎湖不需要这么隆重!"谭自在有些不解地看了看她。

"我的意思是,船员和厨师根本用不着随行,如果谭爷对我的航海技术放心的话,我和萧先生两个人去就行了!"美惠子的这句话连萧宇都听得目瞪口呆,她这句话一说出口,就算自己跟她没有发生什么,别人也不会相信,这女人怎么一点都不避讳?

谭自在犹豫了一下,美惠子笑着说:"谭爷是对我不放心还是对您的这条游艇不放心?"谭自在有些尴尬地笑了笑:"渡边小姐真会开玩笑,这条船我权且当作礼物送给你了!"美惠子居然没有拒绝:"既然谭爷这么说,美惠子也却之不恭,我先收下了!"

这条游艇的价值数千万离岛币,谭自在送礼的气魄真的很大。当然由此也可以看出深水港利益之巨大,舍不得孩子套不得狼,谭自在不惜血本也是为了从中获取更大的利益。

既然谭自在将游艇送给了渡边美惠子,那么她自然就获得了这条船的支配权。船长离开游艇的时候交代说:"南太平洋有一股强热带风暴向东北移动,估计会波及离岛海峡的南部海面,你们前往澎湖海域,属于北向行驶应该不会受到大的影响!"

萧宇走过谭自在身边的时候,谭自在意味深长地向他笑了笑:"阿宇,渡边小姐的安全我就全部交给你了,只要有一点差池我唯你是问!"萧宇知道谭自在指的是什么事情,笑着点了点头。

游艇内部的空间虽然不是太大,可是设计得非常舒适,共分成两层,上层有两个卧房和盥洗室,下层只有一个多功能厅,把娱乐、饮食、会客集为一体,通过后面的小门可以直接进入厨房。游艇的驾驶舱内全部是电脑控制,里面配有可视电话和全球定位系统,从电脑中可以随时调出全世界任何角落的航海地图和最新气象。

最先进的要数人性化设计的自动驾驶,在风和日丽的天气中,只要设置好航线大可安安稳稳地去睡觉。

萧宇把随身物品放好,美惠子已经启动了游艇,萧宇来到甲板上向谭爷他们挥手道别。瘸五向萧宇做了个手势,萧宇笑眯眯地回敬了他一个,瘸五哈哈大笑了起来。美惠子的驾船技术相当出色,船十五分钟后驶出海港,她把航海路线设置好,将驾驶改成自动,来到萧宇的身边。

海面从港口的那种乌沉沉的蓝色慢慢变得透明起来，天空仿佛也明亮了许多，萧宇吸了一口带咸味的空气，忽然想，要是现在驾船逃回老家一定能成功。

　　"在想什么？"美惠子轻声问。

　　萧宇伸了个懒腰："想听真话？"

　　美惠子点了点头。

　　"我打心眼里害怕，害怕你直接把我给劫持到东瀛给卖喽！"

　　美惠子忍不住笑了起来："你放心，我就算把你卖了，也一定给你挑个好人家。"这时美惠子的电话响了，她看了看号码，走向船尾压低了声音，她一定是有什么事情不想让萧宇听到。萧宇本以为她接完电话后会回来，可是美惠子径直去了驾驶舱，打开电脑开始浏览着什么。

　　萧宇倍感无聊，回到自己的房间呼呼大睡了起来。朦胧中忽然感到游艇剧烈晃动了起来，萧宇睁开眼睛看了看窗外，原本没有一丝云彩的天空忽然变得乌云密布，海浪也明显比刚才大了许多，萧宇连忙向驾驶室跑去，看到美惠子一脸凝重地操纵着游艇。

　　"怎么回事？"萧宇大声问。美惠子神色紧张地说："天气忽然变了，好像马上就要下大雨！"萧宇看了看荧光屏上的位置指示，他忽然发现游艇现在所处的位置是距离嘉南七十海里的南部海域，可是澎湖湾分明是在嘉南的北部水域，难道美惠子连这点基本的常识都没有？

　　萧宇忽然意识到了什么，盯住美惠子："游艇好像不是往澎湖去的？"美惠子没有说话，萧宇慢慢地说，"渡边小姐，你究竟想带我去哪里？"

　　"光雄！"美惠子一边控制着船舵一边回答萧宇。

　　"为什么？"萧宇隐隐感觉到有些不对，渡边美惠子没有说话。

　　"你是不是想利用这个机会去光雄考察章肃风的港口……"萧宇猜测说。

　　美惠子点了点头，萧宇忽然有一种被人愚弄的感觉，美惠子根本就不是什么出来放松心情，她只不过借用这次出游去实地考察一下章肃风的码头，也就是说，美惠子可能已经识破了谭爷苦心营造的烟幕。

"你想去光雄大可以自己去,为什么非要扯上我?"萧宇压抑不住内心的愤怒。

美惠子看了看萧宇:"你以为你们所苦心经营的一切我真的看不出来吗?从昨晚的刺杀开始我就看出这是一个彻头彻尾的骗局,谭自在策划这一系列的目的无非就是想排挤掉他的竞争对手章肃风!"

"你的确是当间谍的绝佳好手!"萧宇的话不无讽刺的味道。

美惠子冷冷看了看萧宇:"其实你比我更加适合!"萧宇压抑不住自己的愤怒,这女人不但聪明而且冷酷。

"渡边小姐看来误会了……"萧宇说这句话的时候,连自己都觉得是这么的苍白无力。

"萧宇,你现在仍然继续欺骗下去还有什么意思吗?"

"我……没有!"萧宇大声喊了起来。

一个巨浪打来,剧烈的颠簸让他的话变得断断续续。

美惠子的身子重重地摔倒在地上,萧宇伸手去扶她,却被她狠狠甩开了。

美惠子坚持着自己从甲板上爬起,她竭力去控制游艇的方向。萧宇怔怔地看着她,不知道如何继续和她交谈下去。

海浪越来越大,萧宇忽然感到船体剧烈的震动,他无法继续站住,重重地滚落在甲板上,美惠子的身体也被这强烈的震动弹了出来,倒下的身体压在了萧宇身上。萧宇忽然抱住她用力向旁边翻滚了过去,美惠子愤怒起来,可是她马上看到一个金属重物砸落在他们刚刚倒下的位置。

巨浪一个接着一个拍打在游艇上,两人根本无法在甲板上站稳,美惠子摇摇晃晃地来到控制台的电脑旁,打开实时卫星云图,看到一股风暴正在向他们所处的海域靠近。控制台忽然发出蜂鸣报警声,美惠子转身看去,她的脸色忽然变了,控制面板上至少有五个按键同时闪烁着红灯。

"底舱进水了!"美惠子的声音充满了恐惧,她为了躲避风浪尽量在浅海中行进,可是忽略了海底暗礁的存在。萧宇大吃一惊,他转身向外跑去，海浪在海面上冲击出一道道白色水线，迅速向游艇方向靠拢，那水线越来越近，渐渐变成一堵堵水墙，咆哮着拍打了上来。

萧宇牢牢抓住了游艇的护栏，冰冷的海水打湿了他的全身，游艇的后半部已经开始倾斜，美惠子的话得到了证实。

事情已向最坏的方向发展，风浪越来越大，小山似的黑压压的浪头，滚过了船头、船舷，没头没脑地向萧宇的头顶压来。整个世界变得天昏地暗，萧宇被浪头冲击的得连气都喘不过来，一个巨浪翻滚过来，游艇的尾部被高高抬起，推进器离开了水面发出打空车的怪声。

萧宇的目光在远方搜索到一个黑点，他的内心重新升腾起了希望，如果他没有看错，那应该是一个小岛，只要在游艇沉没以前赶到那里，他们就可以获救。

萧宇把自己的发现告诉了美惠子，美惠子已经打开了游艇内所有的排水装置，游艇的吃水线仍在不断变短，通过仍有作用的电子测距仪，他们测出距离那座小岛最少还有两海里。如此近的距离如果在平时风平浪静的时候很快就可以抵达，可是现在他们处在波涛汹涌的风暴中心，每行进一米都异常艰难。

美惠子用尽全力掌握着船舵，和凶猛的海水倔强地抗争着，她的身躯在海水冲击游艇的剧烈晃动下不停地摇晃着。萧宇吃力地走了过去，从身后拥住了美惠子已经变得冰冷的身躯，用自己的力量帮助她渐渐稳定下来。浓烈的男子气息围绕在美惠子的周围，美惠子平静多年的内心开始剧烈跳动，她竭力平稳着自己的情绪，生恐被萧宇看出她的异常。

谭自在用力把雪茄摁灭在烟灰缸里，他的目光也专注地盯在电脑的屏幕上。龙三走了过来："谭爷我已经打电话去澎湖码头，FOREVER号根本没有到达那里！"谭自在点了点头，自从热带风暴提前到来，他就不停地在和萧宇他们联系，可是到现在也没联系上。船上的定位系统已经失灵，根本找不到游船现在的位置，每一个人的内心都开始变得沉重起来。

游艇在距离小岛还有二百公尺的地方终于完全停了下来，水已经浸泡了大半个底舱，继续留在这里只有死路一条。萧宇从应急箱中取出救生衣递向美惠子，又用塑料袋将美惠子受伤的脚包裹在里面。生死关头，美惠子已经恢复了她原来那温婉的样子，她向萧宇笑了笑，笑容中透出了些许的凄凉。

"我一定会带你安全回到离岛！"萧宇的眼神坚毅而自信，停止行进的游艇在海浪中缓慢地旋转着，它的尾部开始慢慢下沉。

美惠子紧紧握住了萧宇的手："我们必须尽快离开这里，游艇下沉后会形成漩涡，我们如果不能及时逃离就会被漩涡卷进去！"萧宇打开了救生艇的缆绳，率先跃了下去，又从船上接下美惠子。

风浪已经小了许多，萧宇开启了橡皮救生艇的引擎，救生艇带着马达发出的沉闷的嗡嗡声破浪行进，颠簸着向小岛行进，救生艇时而行进在波涛的顶峰，时而又坠入深谷，在茫茫的大海上这艘小船显得太微不足道。

美惠子紧紧拥抱住萧宇的身躯，以免两人的身躯被巨浪甩落出去，萧宇仍旧是那副轻松的模样，大声吼叫着高尔基的《海燕》："让暴风雨来得更猛烈些吧！"他的声音充满了豪情，越是在这种时候他越是表现出超人的镇静。美惠子紧紧贴在他宽厚的肩膀上，惊恐的内心慢慢平静了下来。

雨越下越大，两人距离小岛越来越近，小船忽然停止了行进。萧宇低下头去，看到水面下生满了海草，引擎被水草层层缠住，他用划桨试了试水深，居然可以一探到底，萧宇大喜过望地跳了下去，水面很浅，刚刚到达他的腰部。

他想起美惠子脚上有伤，从船上把美惠子抱了下来，把救生艇绑在身上慢慢向岸上的沙滩走去。美惠子脸微微有些红，但没有拒绝。

这是孤立于茫茫大海中的小岛，岛上长满了郁郁葱葱的树木，萧宇和美惠子来到岛心的一棵大树下，萧宇把已经湿透的外衣披在美惠子的身上，拿着刀向前方的树丛中走去。他在山崖后风雨吹打不到的方向，用锋利的刀子砍下了一些树枝,利用周围的藤蔓扎成一个简易的窝棚,这一手还是当年他和唐亮他们一起去燕京郊外露营时学会的。

萧宇用宽大的芭蕉叶层层覆盖在窝棚框架的上面,又把橡皮救生艇拖到窝棚的下面形成一个临时的床铺,不到一个小时,他的建筑"杰作"便告成功。

这时雨也慢慢停歇了,也许是寒冷的缘故,美惠子靠在树干上不住地发抖,萧宇来到她的身边,却看到她的脸红得特别厉害,萧宇试了试她的额头,烫得吓人。

"你发烧了!"萧宇担心地说,美惠子仍然在不住地发抖,萧宇抱起她来到窝棚中,两人的全身都已经湿透,美惠子的体温很高,开始说起了胡话,如果这样继续下去,恐怕她的病情会更加严重。萧宇看了看美惠子不住抖动的身躯,终于下定了决心,他慢慢褪去了美惠子已经湿透的衣服,拧干后,为美惠子擦去身上的水渍。

他打开从救生艇带来的急救包,里面有一个求救信号发射器,一个防风打火机,和其他必需的生活工具。万幸的是里面居然还有一些应急药品,萧宇欣喜万分地找出退烧药喂美惠子服下。他又从外面砍了些树枝在远离窝棚的地方生起一堆篝火,取暖的问题虽然解决了,可是滚滚的浓烟几乎没把萧宇给呛晕过去,萧宇把美惠子和自己的衣服烤干,然后走到窝棚里为她盖上,自己光着膀子坐在火堆旁慢慢等着天亮。

那个求救用的发射器,萧宇不懂得什么使用,看来还要等到美惠子醒来再问。海风吹过,送来阵阵涛声,天空开始放晴,一轮明月从海天之间缓缓升起。萧宇掰了一根树枝扔到火堆中,忽然诗兴大发地朗诵了一句:"海上生明月,天涯共此时!"

他忽然听到美惠子的笑声,转过身去美惠子不知什么时候来到了身后。她已经将烤干的衣服穿好,从她疲惫的眼神可以看出,她的身体仍然虚弱,面孔有些发红。萧宇向旁边让了让,把上风口的地方让给了美惠子,以免浓烟呛到她。

美惠子坐在萧宇的身边,也痴痴地望着远方的那轮明月,由衷地赞叹:"月色真的好美!"

"你也很美!"萧宇莫名其妙地说出了这句话。

美惠子的眼波变得异常温柔,她轻轻仰起头,颈部的曲线在月色下的剪影异常美丽:"我最希望得到的就是这种与世无争的生活……"萧宇却笑了笑:"我没有你这样的境界,要是让我留在这荒岛上一辈子,恐怕不出一个星期我就得疯掉。"

美惠子温婉地笑了起来,她相信萧宇说的是实话,像他这样一个活力四射的男人,天生就不会甘于寂寞,永远不会沉溺于任何地方。

"谢谢!"美惠子的小手轻轻覆盖在萧宇的大手上。

萧宇望着美惠子充满柔情的眼睛,他的内心开始颤动。

"谭爷的事情……"美惠子忽然掩住他的嘴唇:"这里是一个纯洁的世界,我不想听到任何其他的东西!"晚风吹动她柔软的长发轻轻撩拨着萧宇宽阔的肩头,萧宇猛然把她揽入了怀中亲吻着她。美惠子竭力想推开萧宇,然而她残存的那点理智在萧宇的面前变得如此虚弱……

海鸥的鸣叫将萧宇从睡梦中吵醒,美惠子温软的身体仍旧躺在他的怀中熟睡,萧宇用嘴唇试了试她的额头,高烧已经退了,萧宇露出一丝欣慰的微笑。

美惠子偎依在萧宇的肩头,遥望着渐渐明亮的天边,淡青色的天边抹上了一层诱人的粉红,一道金色的光芒从粉红色底下透了出来,慢慢变成了无数道。粉红色的云层被金光冲开,天空顿时舒展起来,一轮朱红色的太阳从天际慢慢爬升上来,一片红色的光芒承托着它缓缓上升,海水在它的照耀下越来越红,水和天仿佛被瑰丽的火焰融合到了一起,分不清他们的界限。

萧宇环抱着美惠子的身躯,他们的整个身心仿佛都融入这美丽的自然之中。

"如果永远这样该有多好!"美惠子梦呓般轻声说着。

萧宇赞同地点了点头："不如我们就留在这儿，男耕女织，将来你再给我生几个孩子，我出海打渔，你照顾孩子，那个美啊！"

美惠子轻轻在他的胸口捶了一拳，然后有把脸贴在萧宇心口的位置："萧宇，我只要求你全心全意地在这里陪我一天好吗？"萧宇看了看美惠子比云霞还要美丽的面容，他的内心忽然感到一丝惆怅。他和美惠子都是无比理智的人，也许只有在这种环境下，他们才可能毫无保留地向对方奉献出自己的全部。

这个小岛仿佛是另外一个世界，一旦离开，他们的生活必将回到原来的轨道中去，萧宇相信美惠子一定也明白这个道理，正因为如此她才留恋现在的时光。萧宇吻了吻美惠子光洁的额头："那你必须为我做一顿丰盛的午餐！"

小岛东边的沙滩，沙软滩平，海浪温柔地拍击着海岸，把各种玲珑奇巧的贝壳和晶莹闪亮的珠玑海石，从海底深处卷了上来，给这银缎绣上无数的金银花饰。

萧宇和美惠子在沙滩上采挖到不少的牡蛎，又从临海的岩石峭壁中捉到许多海蟹，他们仿佛处在热恋中的情人，甜蜜而浪漫。

中午美惠子用应急箱中的小铁桶煮了满满的一桶牡蛎和螃蟹，两人美美地吃了一顿午餐，对于他们来说就是满汉全席也无法和这一顿相比。

午后萧宇躺在沙滩上，枕着美惠子温软的大腿安然入睡，他仿佛已经忘记了嘉南的争斗与喧嚣，找到了失去许久的那份恬静。

睡梦中一滴凉凉的水珠滴落在萧宇的腮边，他起初还以为是雨水，可睁开眼睛才发现美惠子正在哭泣。萧宇坐起身来，他看到距离自己不远处紧急呼救装置正在不停地闪烁着，顿时明白了一切。美惠子忽然扑入萧宇的怀中，尽情地哭了起来，萧宇用尽全身的力量紧紧抱住她，仿佛想将她融入自己的体内。

谭自在收到求救信号以后，三个小时后就派人来到了这座小岛，美惠子已经收拾好了一切，坐在沙滩上等待。她已经重新回到当初的自己，岛上发生的一切将注定成为她的回忆。

萧宇在远方的沙滩上缓缓走着,他知道自己应该理智地忘却。

龙三和两名船员已经跃上了沙滩,萧宇回头再次看了看这座小岛,在内心深处低声告别。

美惠子和萧宇从这一刻恢复到当初那种宾主关系,上船的时候,萧宇向美惠子伸出手来,两人的眼神中都已经找不到刚才的那种激情与缠绵。萧宇忽然发现他和美惠子真的很相像,他们都是善于掩饰自己感情的人。美惠子犹豫了一下还是把手交给了萧宇,她的手触摸到了一串光滑而冰凉的东西。

"谢谢……"美惠子平静地走入了船舱,舱门在她的身后关闭,她迫不及待地张开了手掌,一串用美丽的贝壳连成的项链展现在她的眼前。美惠子用力咬了咬嘴唇,透过圆形的舷窗遥望渐渐远离的岛屿,在背过身的那一瞬间,克制已久的泪水便宣泄而出,在她美丽脱俗的容颜上恣意奔流。

萧宇和美惠子对岛上发生的一切都只字不提,萧宇向谭自在解释,他们会行驶到相反的方向是因为航海定位仪出了毛病,反正游船都已经沉了,谭自在总不至于把船再给捞上来。

美惠子回到嘉南后在谭自在的安排下入住了檀居山酒店,她对嘉南的考察已经基本结束,第二天打算飞回东瀛,原本定下的第二站光雄,不知出于什么原因被她取消。谭自在从美惠子的种种举动中仿佛得到了某种信号,看来山海组在离岛投资兴建深水港的计划,十之八九落入了自己的手中,不然美惠子不会连章肃风的面都不见便直接飞回东瀛。

参加完谭自在为美惠子举行的送别酒会,萧宇回到了自己的家中,打开灯,他的眼前仿佛出现美惠子为自己拿来拖鞋的样子,唇角浮现出一丝微笑。他来到酒柜前倒了一杯红酒,坐在沙发上慢慢回味着和美惠子那段浪漫而缠绵的时光。

萧宇决定不去机场送美惠子,因为他没有把握可以很好地控制感情,他和美惠子之间的这段感情他不想让任何人看出，谭自在也不例外。自从萧宇知悉了谭自在在深水港的事件上做了这么多手脚，他开始重新考虑章肃风的话——无论是谭自在或者是离岛帮派中的任何一个，他们现在对你再好，只不过是因为你还有利用的价值，一旦你触犯了他们的利益，他们一样会对你毫不留情地下手！

如果那晚他们真的想对美惠子下手，自己一定也不会逃过他们的追杀，萧宇渐渐意识到，想在江湖中立足，除了依靠自己，任何人都难以信任。他对谭自在获得深水港的项目并不乐观，谭自在并不知道美惠子已经识破了他的伎俩，还乐观地以为最主要的对手章肃风已经被他击败。

萧宇之所以没有把这件事告诉谭自在，是因为他开始了解什么是真正的江湖。

萧宇浮躁的内心随着美惠子的离去，渐渐平静了下来，他的生活也重新回到了原来的轨道。经过三个多月的苦心经营，香榭丽舍的生意已经跨上了一个新的台阶，谭自在对萧宇的工作也相当满意，除了每月固定给他的工资以外，还从夜总会的利润中抽取百分之五作为分红，萧宇在提高江湖地位的同时也在不断积累着自己的财富。

喋血杀机

"宇哥！"四震远远地向萧宇招手，自从和萧宇成为朋友，他已经成了香榭丽舍的常客，加上他最近看上了香榭丽舍一个叫艾咪的姑娘，每天晚上都要到香榭丽舍报到。

萧宇在吧台向他举了举杯子，让服务生倒了杯白兰地。四震坐到萧宇的身边喝了一大口，两只眼睛又开始四处搜索艾咪的影子。

萧宇笑了笑："小子，别看了，艾咪今天没来，听说她妈妈今晚过生日！"

四震摸了摸光秃秃的脑袋，显得有些失落。

"你小子来香榭丽舍就是为了她,她不来对着我就犯困是不是?"萧宇调侃起他来。

"宇哥,您少取笑我,爱美之心,人皆有之,我是扎根国内,你是放眼国际,境界比我高多了,但本质相同。对了!最近怎么没见到你那些女朋友?"四震反戈一击。

"行啊,你小子最近长进不少啊,变得牙尖嘴利!"萧宇笑着说。

"还不是多亏了宇哥提点我。"四震笑着端起了酒杯。

两人碰了碰酒杯把酒干了,萧宇让服务生又给添了一杯。

四震想起一件事情:"对了宇哥,我想求你一件事儿!"

"说,只要哥哥我能办到!"

"我和那帮弟兄打算把海滨体育场给包下来,开个机车俱乐部,我们凑了七十万,现在还差一点儿……"

"多少?"

"不多,也就五六十万。"四震不好意思地说。

萧宇看了看他:"你小子够能侃的啊!就是差一半是不是?"四震笑着点点头:"等我们俱乐部开起来,慢慢还你。"

萧宇拍了拍他肩膀:"成!钱我出,不过也不用你还!"四震半信半疑地看着萧宇:"我没听错吧?有这么好的事儿?"

"你小子先别这么美,我出了这五十万,我就是你们俱乐部最大的股东,换句话来说我就是董事长,你们这帮小子都得听我的,将来俱乐部有了收入我也占大头!"

四震恍然大悟地看着萧宇:"阴险啊!"其实他心里明白,萧宇参股纯粹是出于义气,他们这种俱乐部只是玩票性质,想靠它挣钱实在是太难了,四震心里对萧宇暗暗感激。

尾巴看到四震和萧宇连忙凑了过来:"宇哥,喝酒也不喊我一声!"

他向吧台要了瓶啤酒,萧宇笑着说:"你小子整天蹭酒喝,今晚也该出回血了,别怪我没提醒你,酒钱从你这月薪水里扣啊!"尾巴差点没呛着，连喷了两口白沫："宇……宇哥，你也太残忍了吧！"

四震幸灾乐祸地说："对付他这种铁公鸡就得使用强制手段！"尾巴晃着脑袋："宇哥！我觉着今天最好还是你请！"

尾巴从怀中慢条斯理地拿出一打门票："这是嘉南赛区歌手大赛的门票，听说林诗诗……"萧宇一把抓了过来："给他拿一打啤酒，算我账上，活活撑死他！"

这时丽娜笑眯眯地走了出来，尾巴拉住她："哟，怎么高兴成这个样子？拣到元宝了？"丽娜飞了他一眼，对吧台说："给八包再送两瓶XO过去！"尾巴愣了："我没听错吧？再加两瓶已经凑足十瓶了，那俩小子这么能喝？"

丽娜笑着说："那两个香江人出手大方得很，我派了六个姐妹过去，只要她们每喝一杯他们就给一千香江币！"

尾巴羡慕地说："干脆我化化妆也去陪酒得了，免费喝酒还有钱赚！"丽娜呸了一声，转身向八包走去。

萧宇喊住她："丽娜，差不多就行了，别过分。"丽娜点点头："放心吧宇哥，我有分寸。"然后又笑着说，"里面有个帅哥，害羞得很。"尾巴忍不住骂了一句，丽娜得意地向尾巴翻了个白眼。

萧宇和四震、尾巴又聊了一会儿，看了看时间正准备离开。

这时忽然停电了，整个夜总会陷入黑暗之中。包间的方向传来两声枪响，他们的内心同时向下一沉，紧接着整个夜总会里尖叫声响成一片，应急灯全部亮起。萧宇连忙让保安把客人疏散，又让尾巴去总闸处看看到底是怎么回事，他和四震向枪响的方向跑去。

一个身穿黑衣的女子惊慌失措地向他们跑来，抓住萧宇指着身后："杀人了……"萧宇安慰了一下她，让保安带着她去安全的地方。

枪声是从八包传来的，萧宇和四震小心地推开了房门，这时刚巧来电了。八包的沙发上两个香江人都是胸口中枪，伤口仍然在不断地涌出鲜血，丽娜和其他几个小姐吓得全都蜷曲在地上，连话都说不出来了。

"我……我们正在里面……喝酒划拳……忽然进来了一个黑衣女人……她掏出枪就……"萧宇的面色忽然变了，转身向大厅跑去，看到保安大声地问："刚才那个穿黑衣服的女人呢？"保安指了指门外："她在门口上了一辆菲亚特汽车……"

萧宇冲出门外，看到一辆红色的菲亚特刚巧拐过街尾，再追已经来不及了。他懊悔地叹了口气，其实刚才自己就应该在夜总会中拦住她，只是当时的场面太过混乱，自己又急于查看包间内的状况，被这个杀手钻了空子。

萧宇和四震把那个年纪稍大的香江人送到了医院，警察闻讯赶了过来。负责调查的是齐邦达督察，他也是最近才从光复街调往嘉南警局重案组的，此前跟萧宇打过几次交道。

萧宇把当时的情形向他大概描述了一遍，齐邦达一边做着笔录一边向萧宇咨询着几个细节问题，快问完的时候，齐邦达忽然说："萧先生，这件事到底跟帮派仇杀有没有关系？"萧宇愣了一下，齐邦达对自己的底应该知道不少，他问这句话分明就是怀疑这起仇杀跟青龙帮有关系！

萧宇忍不住在心里骂了一句，这混蛋八成是有所怀疑，就算是青龙帮想杀人，也不会笨到在自己的场子里干。但他表面上仍然装成糊里糊涂的样子："我不明白齐警官是什么意思？"齐邦达有些不屑地笑了笑："萧宇，有些事情何必让我说得这么明白？你知不知道这两个中枪的香江人是什么身份？"

"我们开店做生意，管他什么身份？只要他给钱我都欢迎！"

"跟我装糊涂！你不会告诉我你不知道他们是混合记的吧？"齐邦达看似无心的一句话让萧宇吃了一惊。事情要比他想象中复杂得多，如果这两个香江人真的像齐邦达所说的是合记仔，恐怕这件事波及的层面会很大。合记是香江三大帮派之一，而且他们和离岛帮会之间的关系错综复杂，这次两名合记仔在自己的场子里出事，合记方面肯定不会善罢甘休。

"萧宇，你最好尽快给我一个交代，我不想自己的辖区里面再出现任何江湖仇杀!"齐邦达警告了一句才离开了医院。

萧宇来到手术室门前,红灯依然亮着,四震和两名手下看到萧宇连忙迎了上来:"宇哥,警察怎么说?"萧宇勉强笑了笑,把四震拉到一旁。

四震看到他的样子就知道事情很严重,小声说:"宇哥,是不是出事了?"萧宇点点头,把刚才的事情说了一遍。四震也吸了口气:"合记那帮人肯定不会善罢甘休。"萧宇表示同意,他低声说:"我最怕的就是……"这时手术室的灯灭了,两人连忙来到门前,医生一脸疲惫地从手术室里面走出来。

"医生,他怎么样?"

"命是保住了,不过要想完全恢复恐怕还需要一段时间。"萧宇暗暗松了口气,交代四震说:"这两天,你多安排几个弟兄守在他的病房外面。"四震知道萧宇担心杀手知道这名合记仔没死再来医院刺杀,连忙答应下来。

萧宇离开医院后第一件事就是去见谭自在,谭自在肯定已经听说了这件事情,见到萧宇第一句话就说:"我正打算给你打电话!"

萧宇在他的对面坐下:"谭爷,昨晚场子里发生了起枪击事件,一个死了,另外一个躺在医院,已经证实他们是香江的合记仔!"

谭自在抽了口雪茄:"合记的方天源和我是多年的朋友,他刚才已经给我打过电话,明天他会派两名手下过来处理这件事情。死的那个叫刀仔,是方天源的干儿子,医院的那个叫花皮是方天源的侄子。"

萧宇端起面前的水喝了一口,他在医院熬了一整夜,有些口干舌燥。

谭自在说:"抛开方天源和我的交情不谈,刀仔和花皮在我们的场子出事,我们必须要对这件事情负责。方天源会派来两名手下处理这件事情,这两个人是合记五虎中最有实力的两个,一个叫卓键锋,人称黑煞虎,另外一个叫关静而,人称红粉虎,是方天源的义女,她和死去的刀仔是亲兄妹。我估计他们中午就会抵达嘉南,你要全力的协助他们找出凶手。这次的事情关系到我们青龙帮的声誉,绝对不允许有任何的闪失,你记住,尽量让事情波及的层面减到最少,不要引起什么不必要的风波。"

嘉南机场。

萧宇和尾巴并肩站立在候机厅内,他们是专程迎接从香江赶到离岛的黑煞虎和红粉虎的,萧宇一眼就从人流中找到了两人的身影。黑煞虎的身材很高,在一米八五左右,他的面孔棱角分明,不苟言笑,整个人宛如一座大理石的雕塑,冷酷无情。

红粉虎是个二十出头的女孩,她天生一副模特儿的体形,一身黑色紧身皮装展露出她姣好的身材。她的头发很短,有些类似于燕京街头常见的圆寸,皮肤微黑却异常细腻,透出一种金属的光泽,由于戴墨镜的缘故,让人看不清她的眼睛,萧宇的注意力集中在她的嘴唇上,可能是因为失去了亲人,她的嘴唇有些苍白,但有着异常优美的轮廓和曲线。

萧宇来到两人的面前:"卓先生!关小姐!"他向黑煞虎伸出手去,黑煞虎并没有和萧宇握手的意思,他的傲慢立刻激怒了尾巴。萧宇淡淡地笑了笑,让尾巴帮忙去拿行李。尾巴瞪着眼睛从黑煞虎的手上接过他的行李箱,萧宇想去帮助红粉虎,红粉虎的表现比黑煞虎更加不近人情:"我自己的东西自己会拿!"萧宇讪讪地缩回手去,要不是谭爷交代在先,他肯定要甩下这俩刺儿头,扬长而去。

上车后黑煞虎的第一句话就是:"带我们去事发地点,我们要去现场看看!"尾巴嘴里小声嘟囔了一句,萧宇不用听就知道他一定在骂身后的两人,别说是尾巴,就是萧宇也有些受不了这两人的傲慢无礼。

香榭丽舍因为昨晚的枪击案暂时被警方关闭了,萧宇给员工们放了大假。发生了这样的事情,想重新恢复到原来门庭若市的场面需要两三个月的时间。

包厢内还是那天的样子,墙上、地板上、沙发上到处都是触目惊心的血迹,红粉虎除下墨镜,她泪光盈盈的眼睛微微有些浮肿,看得出她和哥哥刀仔的感情相当深厚。黑煞虎看了看沙发上的弹孔。

"凶手可能是近距离射击,两枪分别打在刀仔和花皮的左胸心脏部位。医生说花皮之所以能够活命,是因为他的心脏天生长在右边,刀仔就没有这么幸运！"萧宇向两人介绍。

黑煞虎站起身来，他问："你们这间夜总会有没有监控录像？"

尾巴撇了撇嘴抢白了一句："你以为我们这里是情报局吗？"

黑煞虎狠狠瞪了尾巴一眼，又向萧宇问："你能不能描述一下当时的详细情况。"

萧宇努力回忆了一下："当时刚巧停电了，场面十分混乱，我怀疑凶手是一个三十岁左右的女人！"

红粉虎的目光转向萧宇："这么说你见过凶手？"萧宇点了点头："当时我还以为她是受惊的客人，让保安把她送到了安全的地方。"

"我一定要为哥哥报仇！"红粉虎走到萧宇面前，"你要帮我找出凶手！"她的语气悲伤中透着强硬。

萧宇笑了笑："我可以帮助你，但是你必须坦诚地把和死者有关的事情都告诉我！"

黑煞虎冷冷地插话说："我们合记的事情合记自己会解决，你爱帮不帮！"

他们刚刚离开夜总会，尾巴恶狠狠地骂了起来："合记怎么着，有什么了不起的！"萧宇笑了起来："干吗这么激动，好歹都是同道中人，谭爷让我们好好招待人家，你小子别给我惹事啊！"

尾巴问："宇哥，他们要是搞出什么麻烦，我们是不是还要为他们收拾烂摊子？"萧宇叹了口气："这两人都不是什么省油的灯，你多派几个弟兄跟着他们，省得再闹出什么乱子！"尾巴点了点头，萧宇又交代说，"你待会儿去警局，看看香榭丽舍什么时候可以重新开业。"

萧宇径直去了医院，他知道黑煞虎和红粉虎肯定有什么事情瞒着自己，刀仔和花皮被枪击绝对不是表面看起来这么简单。

四震带着六个弟兄坐在病房外面的椅子上，看到萧宇连忙站了起来。

"花皮醒了吗？"萧宇问。

四震点点头："两位警察正在里面给他录口供呢，现在谁都不让进去。"萧宇坐在椅子上,点燃一根香烟。

四震轻轻捣了捣他,萧宇转过身去,看到红粉虎正从走道的尽头向病房的方向走来。

"真漂亮!"四震两眼放光。

"我劝你最好离她远点,这是头母老虎!"萧宇摁灭了烟蒂,笑着迎了上去,"关小姐,这么巧!"红粉虎显然没有想到萧宇会出现在这里。

"你跟踪我?"

"好像是我先到这里的!"萧宇扬了扬眉毛。

红粉虎走过萧宇的身边时,萧宇提醒她:"警察正在里面问话,好像你来的时机不对。"红粉虎停下了脚步,萧宇低声说,"这里是离岛,如果你真的想找出凶手,我想我们应该坐下来好好谈一谈。"

红粉虎犹豫了一下,还是和萧宇一起来到了楼顶的平台,萧宇抬头看了看天空:"今天的天气不错!"红粉虎冷冷地说:"告诉我凶手的样子!"

萧宇笑眯眯地看了红粉虎一眼:"关小姐是不是应该先解答一下我心中的疑团?"红粉虎注视着萧宇的眼睛:"你的好奇心很重,这样的人往往会很短命!"

萧宇不屑地笑了笑:"我只是想在帮助别人以前,了解一下事情的经过。刀仔和花皮为什么会来离岛?"

"这是合记的家事,你无权过问!"红粉虎根本不想回答萧宇的问题。

萧宇无可奈何地摇了摇头:"关小姐,看来我们已经没有交谈下去的必要!"他转身向楼下走去。

红粉虎沉默了下去,终于开口说:"他们来离岛取两块模板。"萧宇的眉毛舒展开来,照这样看来,刀仔和花皮极有可能是合记的竞争对手干掉的。

萧宇问:"你们跟谁做的交易?"

"嘉义区的孟肇侯!"

萧宇没有说话,对孟肇侯这个人他并不陌生,此人是谭爷的拜把兄弟，虽然他不是青龙帮的人，可是因为和谭爷的这层关系，江湖中人都很给他面子。

红粉虎说："我哥在离岛没有什么仇家，这次让他招来杀身之祸的一定是那块模板！"萧宇表示同意，他将昨天看到的可能是到杀手的模样向红粉虎描述了一下。

等到警察离开，两人来到病房中探望花皮，花皮已经恢复了清醒，看到红粉虎显得十分激动："一……一定是宏兴干的……"红粉虎的表情依然冷酷："花皮，模板呢？"

"被……被人抢走了……"

红粉虎的眼中闪过一丝杀机："拿到模板为什么不马上回香江？"

花皮吓得脸都变了颜色："刀仔……说离岛好……让我陪他……玩一个晚上，再走！"萧宇暗暗地好笑，难怪说死无对证，现在刀仔已经死了，随便花皮说什么都可以。他问过丽娜和那些小姐，刀仔整晚都像有心事似的，反倒是花皮玩得比较放得开，由此可见花皮十有八九是在说谎。

红粉虎瞪着花皮："你给我听着，如果证明这件事情跟你有关，我绝不会放过你！"花皮吓得哆哆嗦嗦地说："我……我对天发誓……真的是刀仔要留下过夜的！"

离开医院萧宇喊住正想走的红粉虎："关小姐，你想不想去见见孟肇侯？"红粉虎点了点头，萧宇指了指自己的车子："走！我送你去！"

汽车平稳地行驶在市区干道上，萧宇忽然说："你相不相信花皮的话？"红粉虎摇了摇头："我哥哥从来都不喜欢这样的场合，花皮一定在撒谎！"

萧宇说："会不会是花皮有问题？"

"花皮没有那样的胆子，再说他对合记一直都很忠诚！"红粉虎对花皮还是相当的信任。

萧宇在心中分析：照理说刀仔和花皮拿到模板应该马上离开离岛，是什么原因让他们两个继续留在离岛？单单是为了玩？这理由也太牵强了一点！能够被合记委以重任的绝不是社团中的普通人物，孰重孰轻他们应该分得清楚,如果连这一点诱惑都抵挡不住,也不会混到今日的地位。

红粉虎的眼里含着泪水:"我哥……本来要下个月注册结婚……"萧宇抽出一张纸巾递给她。现在事情的关键就在于那两块模板,找到模板就等于找到了杀害刀仔的真凶。

孟肇侯在嘉义区开了间鱼肉制品加工厂,这只是他用来掩饰自己的一个手段。萧宇和红粉虎来到工厂时,十几个工人正在从货车上向下卸货,空气里到处都充满了鱼腥的味道。他们看到萧宇和红粉虎全都放下了手下的工作,向两人围拢过来。

"干什么的?"其中一个体形高大的工人大声问。

萧宇礼貌地笑了笑:"孟老爷子在吗,我找他有事情!"

"孟先生病了,谁都不见!"他的态度十分蛮横,红粉虎冷冷地看了他一眼,继续向办公室走去。

"喂!你听到没有!"那工人大声向红粉虎喊,他伸手去拉红粉虎的肩头。红粉虎反手抓住他的手腕,肘部一曲重重击打在他的肋下,那工人惨叫了一声,疼得蹲在了地上。

那十几名工人看到势头不对,全部拿起渔叉向两人逼迫过来。萧宇没想到红粉虎出手这么快,形势被搞成这个样子是他极不情愿的,萧宇大声解释着。

可是那些工人群情激奋,哪能听进他的解释,挥舞着渔叉向他们攻了过来。红粉虎已经冲入人群,她的动作干净利索,每次出击都打在对方的要害部位,转眼间已经有五个工人让她给打倒在地。其他人看到她这样强悍不由得心虚起来,拿着渔叉退出她的攻击范围,嘴里虚张声势地嚷嚷着。

萧宇暗暗叫苦,这事情要是传到谭爷的耳朵里,自己肯定又要被臭骂一顿。红粉虎继续向办公室走去,工人们不敢再阻拦,都闪到了一边。

事情已经到了这个地步,萧宇也只好硬着头皮跟着她。

推开办公室的房门,一个干瘦的老头正闭着眼睛,坐在椅子上听着收音机里的歌仔戏，不时发出两声陶醉的笑声。

"孟老爷子！"萧宇喊了一声。

孟肇侯吃惊地睁开了双眼："阿宇！"然后又看了看红粉虎，他仿佛明白了什么，"你们来找我有什么事情？"

红粉虎将一张刀仔的照片放在孟肇侯的面前："这个人是不是来过？"孟肇侯拿起照片看了两眼："哦！这不是那个合记的小子吗？是！昨天他和另外一个香江人来过！"

"你们交易的事情还有谁知道？"红粉虎步步紧逼。

孟肇侯看了看红粉虎，忽然笑了起来："我不明白你说的到底是什么意思，我这人有个规矩，凡是做完的生意我都会全部忘记，我跟合记好像没有什么瓜葛了！"

"我哥死了，模板也被人劫走，你难道会不知道？"

肇侯站起身来："我什么都不知道，你哥死了你去给他报仇啊，来这里找我不是浪费时间吗？"红粉虎的眼圈微微发红。萧宇生怕她的情绪激动起来无法控制，事情会越弄越糟，连忙插话说："孟老爷子，合记的刀仔和花皮在香榭丽舍被枪杀，谭爷让我帮忙调查这件事情。我和关小姐来这里主要想了解一下是不是有其他人也对这东西感兴趣？"

孟肇侯犹豫了一下，也许是因为萧宇抬出谭爷起了一些作用，他重新坐了回去示意萧宇和红粉虎在他对面的沙发上坐下。

"这件东西是我高价从别人手上接下的，做工在整个东南亚也是首屈一指，除了合记我没有和任何买家进行过接触。不过三天前曾经有一个叫佐治的香江人主动找上门来，因为是龙三爷介绍过来的朋友，所以我和他谈了一下，后来因为他出价太低，这件交易就不了了之。"

萧宇没想到这件事情转了一圈居然绕到了龙三的身上，心中虽然一沉，可是表面上仍旧装得若无其事："谢谢孟老爷子！"

孟肇侯叹了口气："我知道的只有这么多，希望对你们找到真凶能有帮助。"

两人刚刚离开工厂，红粉虎就接到了黑煞虎的电话，黑煞虎那边看样子没有什么进展。红粉虎把自己的发现向他通报了一下，挂断电话对萧宇说："你带我去找龙三！"

萧宇笑了笑："关小姐的性子很急啊，现在已经是中午了，我请你吃顿饭，尽尽我的地主之谊！"

"不必了，你带我去找龙三！"红粉虎的语气毫无回旋的余地。

萧宇发动了汽车："关小姐，这里是离岛，我想很多事情你应该按照我们的规矩来！"他对红粉虎的蛮横产生了反感。红粉虎愤怒地看了萧宇一眼："你在威胁我？"

"也许你应该理解为提醒！"萧宇不屑地说。

"停车！"红粉虎大声喊了起来，萧宇猛然踩住刹车，红粉虎推开车门走了下去，"你给我听着，只要是涉嫌害死我哥哥的人，不管是谁，我都要他付出代价！"

萧宇冷笑了一声，开车冲了出去。这件事情变得越来越严重，龙三到底在其中充当了什么样的角色？萧宇必须先向谭自在汇报一下。

谭自在听完萧宇的话，面孔变得阴晴不定，他马上给龙三打了个电话："龙三，你到我这里来一下！"龙三刚巧在离这儿不远的地方，十分钟之内就赶到了谭自在的别墅。

"谭爷，找我有事？"龙三看到萧宇也在场多少有些意外。

谭自在冷哼了一声，把找他来的原委说了一遍。

"原来是这件事情，"龙三笑了起来，"那个佐治是香江人，是我朋友的儿子，他来离岛是想要模板，我把他介绍给了孟爷，以后的事情我就不清楚了。"

谭自在点了点头："龙三！合记的黑煞虎和红粉虎像发了疯一样到处找凶手，我怕他们会找上你！"

龙三不屑地笑了笑："方天源这次做得有点过分，他只顾着给兄弟报仇，可是我们夜总会因为这件事蒙受的损失又该找谁去算！"谭自在向后靠在椅背上："算了，毕竟人家死在我们的场子里，有些情绪也是难免的，你们该忍的时候还是要忍耐一下。"

萧宇开口说："我估计方天源的目的主要在那块模板，模板一天没有找到，他就不会轻易离开嘉南！"谭自在的目光微微动了一下，萧宇分析得极为正确，刀仔的死还不至于让方天源动这么大的肝火。

龙三说："谭爷，我们总不能由着他们在我们的地盘上就这样一味地查下去，很多兄弟都以为我们对合记这件事情上的处理太软！"

谭自在翻了翻眼皮："这件事情我已经交给阿宇了，你就不要太操心了！"龙三恨恨地看了一眼萧宇，这小子在帮中的地位蒸蒸日上，谭自在处处都在维护他，明显太偏心了。

傍晚的时候尾巴带来了消息："佐治和刀仔原来是同学！"萧宇刚听到这个消息时，怎么都不能相信。尾巴把朋友刚刚从香江传真来的资料递给萧宇："他两人都是在圣玛丽中学读书，而且后来还一起进了少管所。"

照片上的佐治长得跟刀仔居然有几分神似，他的中文名字一栏写着朱金贵，萧宇隐隐感觉到事情肯定出在刀仔和佐治之间。

如果花皮说的情况属实，那么主动要求留下的就是刀仔，而这段时间佐治恰巧也留在离岛，模板的事情会不会是刀仔自己泄的密？

萧宇指着佐治的照片："尾巴，你去把佐治的照片多复印几份，分发给兄弟们，无论如何都要把他给我找出来，对了，其余堂主那里你也去发几份，让他们帮忙找找看。"尾巴连忙去了。

晚饭过后，红粉虎和黑煞虎来找萧宇，从他们的表情，萧宇就看出两人仍旧一无所获，黑煞虎仍旧是那副盛气凌人的样子。

萧宇把两人请进办公室，黑煞虎并没有直接切入话题："夜总会什么时候重新营业？"

萧宇笑着回答说："估计一个星期以后，怎么也要等警察调查取证完了。"

"我见过龙三！"红粉虎开口说。

萧宇看了看红粉虎，以她的性格不去找龙三才奇怪呢。

"龙三给了我这个！"红粉虎拿出那份复印的照片，她显得有些生气，"你既然知道佐治就是朱金贵，为什么不告诉我？"

萧宇这才明白她今晚是来找自己兴师问罪的，笑眯眯地回答说："我不告诉你有两个原因，第一我也是刚刚收到消息，第二我觉着告诉你对事情的进展没有任何好处。"

"你！"红粉虎愤怒地站了起来。

萧宇说："如果不是谭爷顾及合记的面子，我根本不会让弟兄们去辛辛苦苦地帮你们去查。你们来到嘉南是我们的客人，我们会很好地招待你，可是客人要是不体会主人的好意，恐怕主人会很生气！"

红粉虎的面孔涨得通红，黑煞虎的神情也变得尴尬起来。

萧宇指了指照片："关小姐，如果你以后想问我什么问题，或者想得到什么帮助，至少要懂得先喊一声宇哥！"红粉虎用力地咬了咬嘴唇，这时萧宇的手机响了起来，他接通了电话。

"宇哥，有人看到佐治在南港出现！"

"好！盯住他，我马上就到！"萧宇放下电话，穿上衣服就准备出去。

"是不是有佐治的消息？"红粉虎关切地问。

萧宇好奇地看了看她："这和你有什么关系吗？"红粉虎握紧了拳头，像是鼓足了勇气："宇哥……我想跟你一起去……"以她的脾气性格，如果不是为了替兄长报仇根本不会做出这样的让步。萧宇笑了起来，转身向她挤了挤眼睛："还不快走，晚了就抓不住那个混蛋了！"

佐治藏匿在南港的一座破旧的板房里，尾巴和两个兄弟已经在那儿盯了很长时间。萧宇、红粉虎和黑煞虎来到尾巴身边，黑煞虎居然友好地向尾巴笑了笑，尾巴被他笑愣了，心想，这哥们儿不是吃错药了吧？他哪里知道萧宇刚刚跟这两人好好上了堂文明礼貌课。

萧宇生怕红粉虎冲动误事："关小姐！你和尾巴他们守在这里断佐治的后路，我和黑煞虎去抓他！"红粉虎点了点头。

萧宇和黑煞虎向那座板房摸去，板房的灯光依然亮着，窗户都被报纸糊死，看不到里面的具体情形。萧宇和黑煞虎对望了一下，同时伸脚踹开了房门。

房间内一个男人正坐在桌前吃着泡面，看到他们破门而入，吓得慌忙冲向床头去拿铁棍。黑煞虎的速度极快，一脚踢在佐治的后腰上，佐治立足不稳，摔倒在地上，不等他起身，黑煞虎的手枪已经抵在他的脑后。"再动我崩了你！"黑煞虎恶狠狠地说。

佐治吓得两手摊平放在地上，红粉虎和尾巴几个随后也冲了进来。红粉虎一把将佐治从地上拎了起来："朱金贵，果然是你！"她一拳重重击打在佐治的软肋，佐治疼得惨叫起来。萧宇提醒她："先问明白再打！"

红粉虎的眼睛充满了杀机："你为什么要害我哥哥！"

佐治好不容易才喘过气来："我没……杀刀仔，我真的没杀他……"

"那你为什么来离岛？"

"刀仔让我来的，他告诉我模板的事情，让我到嘉南来帮助他搞定这件事情。"

"你胡说！"红粉虎生气地拧住佐治的手臂，佐治疼得直叫。

萧宇示意尾巴他们出去，毕竟是合记的私事他不想太多的人知道。

黑煞虎阻止住红粉虎对佐治的继续折磨："先让他把话说完！"

佐治满头满脸的汗："刀仔另外找了一个买家，他给了我十万香江币让我去找人干掉花皮，造成抢劫的假象……我就去找龙三爷帮忙，他……没有答应……后来我又找到一个叫黑寡妇的杀手，可是，没想到……她连刀仔都不放过！"

"不可能！"红粉虎放开了佐治，两行泪水从她的眼中涌出。刀仔想私吞模板，他的死看来是咎由自取，红粉虎却无论如何也不能接受这个事实。

一直没有说话的萧宇开口问："你知不知道刀仔和什么人做的交易？"

佐治摇了摇头："刀仔为人十分谨慎，他从来都没有向我提起过。"

黑煞虎转向红粉虎："这件事我必须向方先生汇报一下！"红粉虎没

有说话，转身走出门去。萧宇知道她的内心一定很难过，现在让她一个人静静也好。

黑煞虎押着佐治出门，萧宇让尾巴他们彻底搜查了一下房间，的确没有模板，看来佐治没有说谎。刚走出门，萧宇忽然听到了一声枪响，佐治的身子猛然晃了一下，然后软绵绵地向地上倒去。

萧宇连忙和尾巴他们躲到安全的地方，他看到红粉虎仍然站在前面的高岗上，大声喊道："快趴下！"又是一声枪响，来不及躲避的红粉虎一头栽倒在地上。

萧宇痛苦地闭上了眼睛，过了很久，直到确信杀手已经远去，萧宇才率先向红粉虎冲去。子弹射在红粉虎的左肩，鲜血已经将她上身的衣服全部染红，她的呼吸异常急促，可能被伤到了肺叶，萧宇抱起她，尾巴连忙把汽车开过来。

黑煞虎看了看已经断气的佐治，无奈地摇了摇头。

"我必须立刻赶回香江！"黑煞虎对萧宇说，眼前的形势让他一筹莫展。

萧宇点点头："你放心，关小姐这边我会照顾她！"

萧宇直接把红粉虎送往了济慈医院，只有在这里才能不惊动警方。好在子弹并没有伤及要害，半个小时不到就顺利取出了弹头。

由于失血，红粉虎的脸色显得十分憔悴，萧宇有些同情这个女孩，毕竟这一连串的打击对她来说太过残酷。

萧宇从外面请了个女工负责照顾红粉虎的起居，并把今晚的事情向谭自在汇报了一下。谭自在刚刚收到合记那边的消息，方天源已经不再打算继续追究这件事情，让红粉虎伤好后直接回香江。萧宇如释重负地松了口气，这件事情总算能告一段落了。

一个星期以后，修整一新的香榭丽舍开门营业，因为上次血案的阴影仍然没有抹去，生意明显冷淡了许多。萧宇无聊地听着音乐，几个没有生意的员工聚在一起打着扑克牌，这次的事件让香榭丽舍至少损失了几百万的收入。

萧宇倒不怎么担心，谭自在对这件事情的前因后果都很清楚，肯定不会责怪自己。他现在想的最多的就是尽快从这种尴尬的境地中摆脱出来。

尾巴从外面回来："宇哥，那个红粉虎下午出院了，她让我代她向你说声谢谢！"

萧宇皱了皱眉头："你确信她离开离岛了吗？"

尾巴点点头："我亲眼看着她进了飞机场，错不了！"

萧宇这才放下心来。

尾巴看了看冷清的大厅："再这样下去，人非走完不可！"

萧宇笑了起来："不用担心，现在枪击事件的阴影还没有完全褪去，想恢复到原来那个样子肯定需要一段时间。对了，你去请两个当红的歌星到这儿演出，多制造点儿影响！"

尾巴又想起一件事："宇哥！明天是林诗诗决赛的日子，您可别忘了！"

他要是不提醒，萧宇还真把这事儿给忘了，他最近都在忙合记的事，脑子里根本没空去想其他的事情。

"好！明天你把豹哥、四震、丽娜他们全部都叫上，人越多越好，咱们去给诗诗捧捧场！"

萧宇在清江剧场附近的花店订了两个大大的花篮，又买了一束鲜艳欲滴的红玫瑰，尾巴看得直吐舌头："宇哥就是宇哥，追女孩子的手笔就是大！"丽娜打了尾巴一下："我也要！"尾巴笑着说："那你找宇哥去！"

丽娜气得拧了他一下。

这时四震和傻豹他们也都来到了剧场门口，四震和他的那帮兄弟每辆摩托车后面都带了一个花篮，上面居然写着：祝大嫂演出成功！

萧宇气得直瞪眼："谁出的馊主意，赶快给我换掉！"四震呵呵地笑："天不怕地不怕的宇哥怎么今天害起羞来了？"

"我是怕你们这帮小子吓着人家！"

傻豹笑着说："我……我说兄弟们，大家还是把……把祝词改……改一下吧。"四震和尾巴对望了一眼，异口同声地说："打死都不行！"傻豹也没了辙，无可奈何地看了看萧宇，萧宇眼睛一瞪："不改就不改，我长这么大还不知道什么叫害羞！"

"这才是我们宇哥！"兄弟们一起架了起来。

萧宇不免有些得意，他清了清嗓子："各位兄弟，进去以前我给你们讲几条注意事项，第一是要有礼貌，第二还是要有礼貌，千万别让人家觉得你们是一帮街头混混儿……"

兄弟们哄地笑了起来："放心吧宇哥，今天我们全部都是穿西装打领带，一看就是社会精英分子，谁敢说我街头混混儿我揍他！"

萧宇也笑了起来，他的笑容忽然凝结在脸上。一辆红色菲亚特汽车飞速从前方的公路上驶过，开车的是一个身穿黑色风衣的女性，萧宇立刻认出她就是那晚在夜总会中那个可疑的女人，是黑寡妇？！

没等萧宇回过神儿来，身后一辆黑色本田已经跟了上去，萧宇的面色忽然一变，他的内心忽然产生了不祥的预兆。

菲亚特和本田一前一后向民权路的方向驶去，萧宇把手里的花塞到四震怀里："把车给我！"四震莫名其妙地问："干吗？比赛马上就开始了！"

"你们先进去，我有点事情必须出去一趟！"

四震也不好多问，把摩托车的钥匙递给了萧宇，萧宇戴上头盔跨上四震刚买的那辆比亚乔500，点燃了引擎，悦耳的轰鸣声响了起来，萧宇向四震竖起了拇指，赞赏他挑车的眼光。

四震笑了笑："宇哥，留点神，这可是我刚买的车，兄弟我连屁股都没坐热呢！"

傻豹大声喊："林诗诗今晚第十六个出场，你千万别晚喽！"

萧宇点点头，加大油门，摩托车风驰电掣般向民权路驶去。

萧宇虽然没有看清本田车内究竟是谁，可是他已经猜测到一定是红粉虎，以红粉虎的性格她应该不会轻易地离开离岛。萧宇不敢惊动太多的弟兄，香榭丽舍的事件目前已经告一段落，合记已经下令召回留在离岛的手下，如果红粉虎为了复仇仍然留在这里，即使她是方天源的义女，等待她的仍然是帮规的严厉处罚。

萧宇把时速已经飙升到一百三十公里,比亚乔良好的性能展露无遗。他已经看到了前方本田车的车体,两辆车在前方的岔路口处先后向通往翠矶山的小路开去,萧宇的内心变得沉重起来,黑寡妇一定发现自己被跟踪了。

那辆本田车的车主似乎意识到对手已经有所警觉,车速猛然提升,试图从一旁超越黑寡妇驾驶的菲亚特。

本田车的车头重重撞击在菲亚特的车体左后侧,菲亚特车身一晃,随即加速向前摆脱。前方出现了一个三岔路口,菲亚特率先向左侧拐去,本田车迅速跟了上去。这时从右侧的道路上一辆五十铃皮卡猛然拐向左侧道路,加速向本田车的尾部撞去,本田车剧烈震动了一下,后备箱被撞得瘪了进去。车子歪歪斜斜地在路面上晃了几下,才重新控制住方向。

原来黑寡妇并不是一个人,她的同伴事先就在这里埋伏,她是故意引诱急于报仇的红粉虎,意图将她置于死地。本田车加速与菲亚特并行,两辆车摩擦出刺耳的金属声,砰砰!剧烈的交火声同时响起,菲亚特和本田车侧窗上的玻璃被子弹打得粉碎。

萧宇加快了速度,那辆五十铃皮卡的司机显然从观后镜中看到了萧宇,他减缓了车速,妄想用车身将摩托车顶出去。萧宇抓住了车厢的后缘,身子猛然提起,抛下摩托车,攀爬到皮卡的货箱中,砰的一声巨响,后窗的玻璃被子弹击穿,萧宇的身躯以最快的速度趴倒在车厢的底部,子弹呼啸着从他身上飞过。

萧宇恨恨地骂了一句,他留意到车厢内有一大堆棉布,他把棉布连接在一起,在驾驶室后方的护栏上牢牢打了个绳结,尾端系在车内的备用轮胎上面。他估算好距离,打开后车厢的挡板,将轮胎慢慢地向路面放去,高速滑行的轮胎与地面摩擦冒出阵阵青烟。

萧宇试了试棉布,确信能够承受自己的重量,他一点点向轮胎下滑去,慢慢将整个身体俯卧在轮胎上面。这个步骤最为关键,如果掌握不好平衡，轮胎极有可能倾覆过来，将他卷入车底。

萧宇完全平衡在轮胎上之后，点燃了前方的棉布，着火处的棉布一点点断裂，终于和五十铃皮卡完全分离开来。

与此同时本田车和菲亚特同时冲出路面，两辆车栽入了路面斜坡下的泥潭，黑寡妇率先从车内爬了出来，反手从车后座中抽出一柄明晃晃的大刀，尖叫着向本田车冲去。

红粉虎从翻倒的本田车内爬了出来，她的反应极为迅速，身体向左一个翻滚躲过黑寡妇的全力一击，伸手从地上抓起一段树枝，横扫向对手的下盘。

黑寡妇手臂微微扭转，刀身反削向红粉虎手中的树枝，刀光闪过树枝从中间被砍成两段。红粉虎将手中的半截树枝向黑寡妇掷去，身体欺近对方，右手去拿黑寡妇握刀的手腕。黑寡妇刀柄稍稍回收，改成双手握刀，大叫一声从左到右劈向红粉虎，红粉虎身体一个倒折，刀锋擦着她的小腹劈过，红粉虎的左脚弹出，重重踢在黑寡妇的小腹。

黑寡妇向后退了两步，翻转挑向红粉虎的胸腹。红粉虎高高跃起，双足踢在黑寡妇的胸口，黑寡妇仰面摔倒在地上，大刀也甩到了一旁。

萧宇来到她们面前时，黑寡妇已经失去了反抗的力量。

萧宇默默走到红粉虎的身边，扶她从地上起来，用不了多长时间警察就会来到这里，他们必须马上离开。萧宇拥着她快步向公路走去，他忽然感到一丝浓重的杀机，他的手臂出于本能把红粉虎向一旁推了出去。

一柄匕首从身后射来，萧宇的身子在瞬间向左偏移了一下，匕首刺入了他右侧肋下，剧烈的疼痛险些让萧宇晕过去。

红粉虎连忙冲上来扶住了他的身躯，萧宇用力拔出匕首，黑寡妇的最后一击显然没有足够的力量，不然现在这柄匕首已经穿透了萧宇的胸膛。

红粉虎愤怒地踹向黑寡妇，如果不是萧宇，现在受伤的应该是她。

萧宇用手捂住仍在流血的伤口："你必须马上离开离岛！"

红粉虎含着眼泪用力点了点头。

理想与现实

　　剧场内掌声雷动，林诗诗拿着奖杯激动地向观众表示感谢，她的目光仍在搜索着萧宇的身影。傻豹和尾巴、四震这些人正在没命地鼓着掌，不时吹着尖锐的口哨。

　　"宇哥干什么去了？再不来颁奖仪式都结束了。"丽娜小声嘟囔着。

　　尾巴回头看了看："天知道，刚才我还跟林诗诗说他要献花呢！"

　　这时四震指着台上喊了起来："那小子谁啊，搞了这么大束玫瑰不是想追我们大嫂吧？"兄弟们听他这么一喊，全都向台上望去。

　　却见一个身穿棕色西装的青年捧着一大束红玫瑰正笑着向台上走去，尾巴认得那人："那小子不是公子哥马中昊吗？胆子不小，敢撬我们老大的墙脚！"

　　四震怒不可遏地说："老子去把这个混蛋弄下来！"

　　"宇哥来了！"丽娜惊喜地喊。

　　换了一身黑色西服的萧宇出现在剧场入口，他的脚步很缓慢，看到兄弟们他微微笑了笑。四震看到他的脸色有些发白，忍不住笑着说："宇哥真有你的，还郑重其事地擦了粉过来！"丽娜连忙冲过去把鲜花塞到萧宇的手中："快去！再晚就来不及了！"

　　萧宇慢慢向前方的舞台走去，林诗诗自从他走入剧场开始，眼光就停留在萧宇的身上。在这个时刻，她最希望和自己分享快乐的人就是萧宇。

　　萧宇向林诗诗微笑着，把鲜花递到林诗诗的手中："祝贺你！"一滴鲜血沿着他的手臂缓缓滴落在舞台上。

　　林诗诗的眼睛闪过无比复杂的神情，两点泪光在她的眼中闪烁，萧宇用力抿了抿嘴唇，转身向台下走去。林诗诗目送着他渐行渐远的背影，泪水渐渐模糊了双眼。

　　傻豹看出了什么不妥，他连忙向萧宇过来的方向迎了过去，萧宇握住傻豹的大手，整个身躯都靠在傻豹肩头："什么都别问……带我离开……"傻豹看到了萧宇胸口的鲜血，他用力拥抱住萧宇的身躯，慢慢向门口走去。

林诗诗的目光忽然变得很冷，玫瑰从她的手中缓缓掉落，她看也没看鲜花一眼，转身向幕后走去，回过头去的瞬间，她的泪水无可抑制地流了下来。

萧宇躺在汽车的后座上，傻豹为他点燃了一支香烟："为……什么不去医院？"

萧宇笑了起来，他抽了一口烟剧烈地咳嗽了两声："我没事，只是多流了点血，自己包扎一下就行。"傻豹叹了口气，也点着了一支烟："不如给林诗诗打……打个电话！"

萧宇摇了摇头："豹哥……你觉没觉着我和林诗诗根本就是两个世界的人？"

傻豹看了看萧宇："为什么会……会这么想？"

萧宇微微欠了欠身子："刚才在门前看到了诗诗，她在舞台上快乐的样子，让我忽然发现，她会有很好的未来，而我只会给她带去忧伤和不幸……"

傻豹没有说话，趴伏在方向盘上，他能够体会萧宇现在的感受。在很多人的眼中，他们这种人只不过是人渣，是社会的败类，可是人们又怎么能理解他们的出身、环境、感情和理想呢。

傻豹有自己的理想，他想守着自己的那间面馆平平安安地生活下去；他有自己的感情，虽然秀雯仍然没有接受他，可是只要每天能够守候在秀雯的身边他就已经满足。他已经脱离了这个泥潭，他可以去做自己想做的事情，可是萧宇呢？

萧宇的理想绝不会是永远做一个二十四堂中最没有权势的堂主。可理想最容易被朋友和女人埋葬，萧宇在感情与理想之间彷徨着，放弃理想去追逐想要的感情，还是牺牲感情去慢慢实现自己的理想？

烟已经燃到尽头，萧宇的眼中有一点晶莹在闪耀。自从踏上离岛的土地，他发现自己身上的东西在一点一点改变，他已经越来越不像原来的那个萧宇，他失去了以往的冲动和热情，开始对任何事情都变得冷静和理智，开始学会权衡利弊。

夜风吹散了烟灰，萧宇将烟蒂远远弹开。

傻豹忽然说："夜深了，我们回家……家去吧……"

萧宇的内心没来由地抽搐了一下，随即他才意识到傻豹的话激起了他对家的无限渴望。

夜已经很深，萧宇和傻豹分手后并没有回家，嘉南这个所谓的家只会勾起他内心更深的孤寂，他独自一人来到楼下的杰克酒吧。

他本以为酒可以让他忘记不开心的一切，所以他喝了很多，却出乎意料的没有醉，他甚至觉着自己变得越来越清醒。伤口的疼痛还在继续，萧宇的动作却开始变得麻木，整个世界在他眼中变得死气沉沉。

电话忽然响了，已经是凌晨三点，萧宇机械地接通了电话："喂！"

电话那头传来一个女孩子的哭声，萧宇用力揉了揉额头，他试探性地喊出了对方的名字："章晴晴？"

"萧宇……你混蛋……为什么这么多天不给我打电话？"章晴晴边哭边说。

萧宇笑了起来，他的手下意识地去捂住因为笑而牵痛的伤口。

"你说！你是不是没有良心？"章晴晴显得异常委屈。

也许是很久没有听到她的声音，萧宇从心底感到亲切："丫头！怎么了，是不是有人欺负你了？"

"你不是说会给我打电话吗？我在纽约整整等了一百零八天，你知不知道我等得多辛苦……"章晴晴说着说着又哭了起来。

萧宇的心中一阵感动，他清楚章晴晴的性格，除了对自己，她不会向任何人放下她的骄傲和矜持，电话中她丝毫不掩饰对萧宇刻骨铭心的思念。

萧宇轻轻咳嗽了两声，章晴晴立刻停止了哭泣，关切地问："你生病了？严不严重？"

萧宇笑着说："你少在这儿咒我，我身体别提多棒，刚才还跑一马拉松回来！"

章晴晴笑了起来："萧宇……你送的泥娃娃……我好喜欢……我现在每天都把他们放在床头，就像看到你一样！"

萧宇的眼前浮现出章晴晴笑靥如花的模样，微笑浮现在他的脸上："你这么想我，等你回来我陪得了，省得你拿泥娃娃当寄托！"

"流氓！"章晴晴害羞地骂了一句。

萧宇暗骂自己一句，怎么又没轻没重地跟她开这种玩笑，连忙岔开了话题："怎么样，学习顺利吗？"

"还行，不过整天对着的都是金发碧眼的外国人，怎么看都不习惯。"

萧宇乐呵呵地说："遇到合适的可千万不要放过，招一洋女婿给你爹长长脸！"

"你讨厌，尽挑我不爱听的话说！"章晴晴显得有些不高兴，她顿了顿又问，"最近有没有见过那个林诗诗？"

萧宇的表情变得僵硬起来，他知道章晴晴真正关心的是什么。

"喂！怎么了你，为什么不说话？"章晴晴大声说。

"没见过，听说她最近在照顾她姐姐，我一直没顾得上去看呢！"萧宇信口胡诌了起来。章晴晴虽然猜到萧宇十有八九在骗她，可是内心深处却宁愿相信萧宇说的是实话，她低声说："再有两个月我就放暑假了，到时候我要天天盯着你。"

"我没听错吧？听你这意思好像要赖上我似的？"萧宇这会儿连酒都忘记喝了。

"我就是赖上你了，谁让你欺负我的……"章晴晴的声音很低，细得像蚊子的嗡鸣。萧宇压抑的心情忽然变得轻松起来，他还要说什么，却听到章晴晴小声说："坏蛋……你老是骗我把话说出来……"她害羞地挂了电话。

萧宇笑着端起桌上的酒杯，一口喝干，扔下两张纸币，转身出门，高亢地唱了起来:"今日痛饮庆功酒,壮志未酬誓不休,来日方长显身手,甘洒热血……写春秋……噢……噢……疼死我了……"

第二天一早,齐邦达到夜总会来调查关于黑寡妇的事情,萧宇一脸的茫然:"齐督察,你怎么什么事情都来找我,我昨天跟尾巴他们一直都在清江剧场,你不信可以去调查。"

齐邦达在萧宇的对面坐下,他把一张照片放在萧宇的办公桌上:"这个人你应该认识吧?"

萧宇看了看,照片上是已经死去的佐治,他摇了摇头:"对不起,我从来都没见过这个人。"

"你撒谎!你没见过他为什么要让人分发他的照片把他找出来?"齐邦达显得有些愤怒。

萧宇笑着说:"齐督察好像对我有偏见,我真的没见过这个人,你们警察查案办事都要讲究证据,捕风捉影的事情可千万不要相信。"

齐邦达满怀深意地笑了笑:"萧宇,你做过的事情大家心里都清楚,最好不要让我抓到!"

"谢谢齐督察关心,以后无论吃饭还是上厕所,我都会给你打个电话!"萧宇满脸的嘲弄。

齐邦达并没有动气,他把佐治的照片放入口袋:"黑寡妇原名秦蒙,今年三十一岁,她是离岛最大的杀手组织春秋社的成员,她有两个弟弟一个妹妹,都是春秋社有名的杀手。她现在出了事,无论是谁动的手,我估计春秋社都不会放过那个人。"

萧宇不耐烦地把玩着桌上的火机,他的内心却远远没有表面上这么平静。

齐邦达临走的时候提醒萧宇:"如果你能想起什么,我随时欢迎你的电话!"

萧宇微笑着向他伸出手去:"齐督察走好,我会努力做一个良好的市民!"

谭自在第二天单独召见了萧宇，萧宇对此早就有了心理准备。黑寡妇的事情任何人都会猜到和红粉虎有脱不开的关系，在谭爷的心中，萧宇是这件事从始至终的参与者，要想解开这个结，肯定要问他。

谭自在悠然自得地抽着雪茄，从他的脸上看不出任何的情绪波动，他在等待着萧宇主动开口。

萧宇进门后也是一言不发，坐在沙发上静静等待着谭自在的训斥，两人在彼此的等待中度过了两三分钟，谭自在首先笑了起来："你好像知道我找你干什么？"

"谭爷是不是想问香榭丽舍最近的经营情况？"萧宇故意把话题引导别的地方，谭自在的眉毛忽然拧了起来："阿宇，你是不是觉着自己很聪明，很多事情可以瞒过我这个老头子？"他的神情开始变得严峻。

萧宇的目光垂到地上，尽量让自己显得谦恭："谭爷……今天警察找过我！"

"嗯！"谭自在从鼻腔里发出冷哼，缭绕的烟雾让他整个人显得高深莫测。

"黑寡妇的事情是不是红粉虎动的手？"谭自在直接切入主题。

萧宇抬起头来，正碰上谭自在咄咄逼人的眼神，萧宇回想起自己帮助红粉虎的事情并没有其他人知道，除非……他忽然想起那个司机，不可能！那人肯定是春秋社的人，他不可能向青龙帮的人透露这件事情，难道谭自在是诈自己？

萧宇的表情显得十分平静："谭爷，我让尾巴亲自把红粉虎送上了飞机，至于黑寡妇的事情，我真的不知情，照我估计这件事情应该和她有关系。"

谭自在把尚未抽完的雪茄扔在烟灰缸中："阿宇，我希望这件事情跟你没有关系。春秋社在江湖中的地位虽然不怎么样，可是他们却拥有着可怕的力量，所有的成员都是亡命之徒，为了达到目的可以不惜一切代价。任何一个帮会都不想去招惹他们，只要你得罪了他们，他们就会像附骨之疽一样缠住你，直到你死，让你永世不得安宁。"

萧宇知道谭自在绝不是危言耸听，他的心情变得沉重起来。

"合记之所以不再继续追究下去，并不是方天源没有这种实力，而是他害怕如果继续追究下去，合记所蒙受的损失会更大，这个道理如同疯狗咬了你一口，你反过来再去咬疯狗，最后吃亏的只能是你一样。"谭自在好像在向萧宇暗示什么。

萧宇淡淡笑了笑。

谭自在说："红粉虎这次捅出的娄子不小，方天源表面上不会责怪她，可是她以后在合记的地位不会再有昔日的风光，如果我没猜错的话，春秋社的复仇力量很快就会侵入香江。"

萧宇点点头表示同意，谭自在又点燃一根雪茄："阿宇，从你的身上我看到了很多当年你父亲的影子，勇敢、热情、好斗。可是你最欠缺的就是冷静，身在江湖之中，必须学会权衡每件事情的利弊，不然你很难在这个圈中出头！"他从抽屉里拿出一份报纸，"上面有一则新闻，我想你也许会感兴趣。"

萧宇接过报纸，一行醒目的黑体字映入眼帘《黑帮血战再现嘉南》：昨日下午六时左右，通往翠矾山的路段发生激烈枪战，一名女子当场死亡，据悉死者今年三十一岁，原名秦蒙，为杀手集团春秋社的骨干分子……

萧宇暗吸了口凉气，一滴冷汗沿着萧宇的额头缓缓滑落。在萧宇思绪万千的时候，耳边响起了谭自在的声音："我希望事情到此全部结束……"而后，谭自在慢慢地挥了挥手，萧宇站起身深深地向他鞠了一躬，脚步沉重地走出门去。

午后的阳光很好，温暖了萧宇的每一个毛孔，可是他的内心却不由自主地生出一股寒意。谭自在说的话再次在萧宇的脑海中响起：你最欠缺的就是冷静，身在江湖中，必须学会权衡每件事情的利弊。

这句话说起来容易，可做起来却是无比艰难。如果失去了热情和冲动，那么自己身上剩下的还有什么？自己还会是原来的萧宇吗？

萧宇百无聊赖地徜徉在嘉南街头，周围走过路过的全部都是一张张陌生的面孔，没有人知道他是谁，他也不认得其中的任何一个。眼前陌生的世界让他不停地追问自己，究竟是应该融入这个世界还是离开，他马上又想起，自己已经没有选择离开的机会，剩下的只有融入或者被摒弃。

萧宇没有回夜总会，就是回去也不过是面对尾巴他们那些无精打采的面孔。他回到家里关上手机，打算好好睡上一觉，整理一下自己的思绪，把这些天不开心的事情全部忘记。

十点多钟的时候，萧宇被一阵急促的敲门声惊醒。他忍不住骂了一句，拉开房门却见丽娜满脸惶恐地跑了进来。萧宇连忙从衣架上拿下睡衣披上："我说丽娜，什么事儿把你急成这样？"

"尾巴和……和四震他们被警察给抓了！"

"你说什么？"萧宇瞪大了眼睛。

丽娜缓了缓气才说："今天晚上没什么生意，四震碰巧过来找艾咪，我们四个人一起去吃饭，刚巧碰到林诗诗跟那个马中昊在一起，尾巴和四震说替你不值……他们把马中昊痛打了一顿……可……可是招来了很多警察，把他们两个全部都抓进警局了。"

萧宇的脑袋嗡一下大了，这俩小子干的叫什么事儿，现在是最应该低调的时候，偏偏又捅出那么大的娄子。

萧宇把车钥匙扔给丽娜："你先下去，到车里等我，我换好衣服，马上跟你一起去警局。"

萧宇不敢惊动谭爷，只在去警察局的途中给瘸五打了个电话，所有堂主中也就数瘸五跟他投缘。

正好瘸五没睡，知道发生的事情以后，答应马上赶到警局跟萧宇会合。

萧宇来到警察局的时候，警察正在给马中昊录口供，林诗诗也在旁边。丽娜走了过去，抓住林诗诗的手哀求说："诗诗，看在我们姐妹一场的分儿上千万不要告尾巴！"

林诗诗轻声安慰丽娜："丽娜姐，他们只是了解当时的情况，并不一定会抓尾巴……"她的目光和萧宇相遇，萧宇淡淡笑了笑，内心却生出一种难言的滋味。

马中昊正在向警察解释着什么，这时瘸五也赶了过来，来到萧宇身边："阿宇，怎么样？"萧宇摇了摇头，目前的情况还不清楚。

马中昊站起身来，瘸五把萧宇拉到一边小声说："这不是马中昊吗？"萧宇点点头。瘸五说："这小子是金典唱片公司的老板，这事情有点麻烦！"

马中昊的脸上仍有不少被打的瘀青痕迹，看着他狼狈的样子，萧宇的心里居然生出一丝快意。

这时尾巴和四震被警察带了出来，负责这件事的警察指着两人说："这次算你们走运，马先生不打算起诉你们！"丽娜又惊又喜地冲上去扑到尾巴怀里，四震一双眼睛仍旧怒气冲冲地盯着马中昊。

马中昊笑了笑，走到林诗诗的面前："我已经跟警察说，里面的是我朋友，我们因为一点小误会才打起来！"他多少有点向林诗诗卖好的意思。林诗诗的眼中充满了感激。萧宇看在眼里心里说不出的烦躁，转身率先走出警局。

他来到自己的汽车前刚想开车，忽然听到身后有人喊自己："萧先生！"萧宇转过身去，马中昊慢慢向自己走了过来。

"马公子找我有什么事儿？"萧宇冷冷地问。

马中昊笑着说："我想告诉你，我今天刚刚正式和林小姐签约，她以后就是我们金典唱片的签约艺人。"

"好事啊，恭喜你找到一位前途无量的歌手！"萧宇的神情显得异常冷静，可内心却十分不舒服。林诗诗远远地望着这边，并没有走过来。

马中昊低声说："我调查过你，林诗诗曾经在你的夜总会里唱过歌，听说你一直在追求她！"他的用词让萧宇异常反感。

"你应该知道自己的身份，如果你再继续纠缠林小姐，只会影响到她的前途，作为她的老板和经纪人我不希望看到这种事情发生！"马中昊像是提醒又像是在威胁。

萧宇的双目充满了愤怒:"你以为我是什么身份?"

马中昊不屑地笑了笑:"你和你的那帮朋友都不是好人,你们都是痞子、烂仔,你们都是社会的败类……"

他的话还没有说完,萧宇再也无法抑制心头的怒火,一拳重重击打在他的鼻梁上,马中昊被打得鼻血长流,跟跄两步摔倒在地上。

四震和尾巴他们都不知这边究竟发生了什么事情,看到萧宇忽然一拳把马中昊打倒,连忙冲了过来,门口的警察听到马中昊的惨叫声也迅速围了过来。

马中昊一边捂着流血的鼻子一边指着萧宇大声说:"他打我!"

警察来到萧宇身边:"胆子不小,敢在警察局门口打人!"

尾巴凑了上来:"我说警官,你看到他打人了?"那警察摇了摇头,他刚才根本没注意到这里出了什么事,赶过来的时候,马中昊已经倒在地上了。

癞五不屑地笑了起来:"我离这么近都没看到,你们有谁看到了?"

四震盯着马中昊:"这小子是自己摔的!"

马中昊指着他们:"我要告你们,你们这帮人渣、流氓!"他求助似的望向林诗诗,林诗诗看了看他,轻轻咬了咬下唇:"我也没看到……"萧宇的内心温暖了起来。

马中昊宛如泄了气的皮球,他用手帕擦了擦鼻子上的血迹从地上爬了起来:"算了,是我自己不小心!"他的确很明智,知道今晚林诗诗无论如何都不会站在自己这一方。

警察交代了几句才离开现场,尾巴和四震向着马中昊怪叫了起来,林诗诗慢慢向前方的巴士走去。丽娜用手拉了拉萧宇的衣袖小声说:"还不快去!"萧宇犹豫了一下还是跟了上去。

马中昊本想去追,可是尾巴和四震他们挡住了他的去路:"搞了半天,你就是马公子,刚才真是对不起,没伤着你吧,不如我请你喝茶道歉……"两人夹住马中昊,不让他影响萧宇和林诗诗的谈话。

林诗诗放慢了脚步，她缓缓转过身来，萧宇这才看到她的眼里充满了泪水。

"对不起……"萧宇的声音显得苍白而无力，他刚才的一拳也许会毁去林诗诗的未来和希望。

"为什么？"林诗诗的声音有些颤抖，她的眼神充满了绝望和愤怒。

萧宇没有说话，他和林诗诗的影子在灯下离得很远，他听到林诗诗有规律的呼吸声。萧宇在提醒自己，林诗诗并没有自己想象的那么脆弱，或许当他把自己当成强者，而把她当成弱者时，他就错了。

实际上，谁才是强者呢？当他们置身于爱情地带之外时，或许他真的是强者。但当他不可避免地陷入其中的时候，林诗诗却变成了强者，而他已经沦为了弱者。

"我永远不想再见到你！"

林诗诗的身影渐渐远去，终于在萧宇的视野中完全消失，可是在他的心里是不是一样呢……

萧宇暴打马中昊的事情还是传入了谭自在的耳朵，萧宇还从没见过他发这么大的火。

"我怎么对你说的？你究竟有没有脑子？你知不知道自己打的是谁？他是马楚梁的儿子！"谭自在的眼睛由于愤怒而变得通红。

萧宇不屑地笑了笑："谭爷，反正现在说什么也没用了，不该打我也打过了，您想怎么罚我，我都认了！"

"混账！"谭自在气得把手里的半截雪茄用力向萧宇的身上砸了过去，萧宇连忙垂下头去。谭自在仿佛觉得还不够解恨，又重重地拍了拍桌子："你暂时离开嘉南一段时间，等这件事淡化以后再回来！"

萧宇一怔，连忙抬起头来："谭爷！"

"下个月香江有个花炮会，各地的江湖人物都会派代表去那里，我也收到了合记的帖子，你就代表青龙帮去参加，趁机好好休息一下，夜总会的事情我会让龙三暂时打理。"谭自在大声说。

"可是……"萧宇并不想在这个时候离开嘉南。

"可是什么？你去也得去，不去也得去，我不想因为你再生出什么枝节来！"谭自在又拿出一根雪茄，萧宇连忙上前为他点上。

谭自在瞪了他一眼："合记那边欠我们的人情，方天源和他的手下一定会好好招待你，到了那边别再给我惹什么麻烦！"萧宇连忙点头："谭爷，是不是花炮会结束后，我就能回来？"谭自在抽了口雪茄："那要看你是不是老实……"

萧宇小声说："好的，我会尽快把夜总会的工作跟龙三爷交接一下。"

"不是尽快，你必须马上走，我希望你明天就出现在香江新机场！"

"可是距离花炮会还有一个月的时间！"萧宇看着谭自在。

谭自在抽了一口烟，笑了起来："你是先锋，十五之前瘸五会带着帮内的弟兄到香江和你会合，你千万不要错失了这个将功赎罪的机会。"

萧宇出门的时候，谭自在又说了一句："人如果左右不了自己的感情，就会被感情左右！"

萧宇并不想在这个时候离开嘉南，他清楚这多少因为林诗诗的缘故。临别时候谭自在的话始终在他的耳边回荡：人如果左右不了自己的感情，就会被感情左右。

除了林诗诗，萧宇另一个不放心的人就是龙三。经历了几次风波，他发现龙三对自己始终怀有一种敌意，如果就这样把香榭丽舍交到他手中，不知道会生出什么波折。

萧宇先去找了马心怡，临走前必须将夜总会的事情向她交代一下。

银座的员工对萧宇已经相当熟悉，无需通报就指了指办公室的方向。萧宇推开房门，马心怡显然没有想到萧宇会来，她正在对着电话甜腻腻地谈着什么，萧宇猜测到她八成在跟宋老黑在煲电话粥，轻轻地咳嗽了一声。

马心怡笑着放下了电话："萧宇，你还记得到这儿来啊，我还以为你都把我这个姐姐给忘了！"

"哪儿能呢！"萧宇大咧咧地坐在马心怡对面的沙发上，随手打开冰箱拿了瓶矿泉水出来，"渴死我了！"

马心怡笑着为他冲了杯热饮果珍："你别喝那个，伤胃！"

"还是我姐疼我。"萧宇大言不惭地接了过去。马心怡来到萧宇身边坐下："说吧，这次又找我做什么事儿？"

萧宇嬉皮笑脸地说："我这次纯粹是为了看看你，没别的事儿。"

马心怡不敢相信地望着他："真的？"心里嘀咕着，这小子该不是又要算计自己？

"当然是真的，我主要是来跟你道个别。"萧宇喝了口果珍。

马心怡有些诧异地看着萧宇："怎么？你要离开嘉南？"

萧宇点点头："应该说暂时离开，谭爷让我去香江参加花炮会。"马心怡的眼睛眨了眨："我听老黑说过，花炮会好像是下月十五才开始，还有一个多月呢！"

"谭爷让我先去作前期准备……"

马心怡笑着点了点头："你不是又惹了什么麻烦吧？我怎么听着好像是去避难的？"

萧宇有些不好意思地笑了笑："您是真聪明，难怪老黑哥这么迷你！"

"呸！你小子少跟我没个正行！"马心怡挥起手作势要打他，手掌落在萧宇的肩上却轻轻地捏了一把，"说！到底犯什么事儿了？"

"没什么，就是打了马中昊！"

马心怡先是瞪大了眼睛，然后呵呵大笑了起来，萧宇被她笑得有些摸不着头脑："我说马姐你可别吓我，你不是神经短路了吧？"

马心怡好不容易才止住笑，用手指点了点萧宇的脑门："你啊你！你知不知道谭爷跟马楚梁的关系？"萧宇摇了摇头。

"马楚梁和谭爷是烧过香磕过头的拜把兄弟。"马心怡小声地说。

萧宇半信半疑地看着她，如果她说的是真的，瘸五不会不知道。

"这件事情，帮内除了老黑以外没有其他人知道，他们结拜的时候还都没满二十岁，后来两人走的道路不同，马楚梁基本上就和谭爷断绝了联系。不过他们的关系并不是表面上那样生疏，据我所知，马中昊的金典唱片其中很大一部分股份就是谭爷的！"

萧宇怪怪地看着马心怡："这都是老黑对你说的？"

马心怡摇了摇头："你别忘了，我也姓马，说起来我和马中昊还是同一个曾祖父，不过自从父亲死后我和他们家已经没有任何联系！"

萧宇向后靠在沙发的软垫上，叹了口气："这次我是被发配了！"

马心怡安慰他："没事儿！凭谭爷跟马楚梁的交情，估计过段时间这件事情就会淡化，你还能回来当你的夜总会经理！"

萧宇这才想起自己来的目的："对了，马姐，还有一事儿我得麻烦你！"

"说！"马心怡答应得十分爽快。

"我去香江以后，夜总会那边还要麻烦马姐多照应一下。"

马心怡有些犹豫："香榭丽舍是青龙帮的物业，谭爷应该会派别人来暂时管理，我插手……好像有些不太好吧？"

"谭爷让龙三暂时管理，可是我对他始终不是太放心。"

马心怡多少听说了一些他跟龙三之间的摩擦，萧宇肯定是担心龙三趁着他不在对夜总会做手脚。

萧宇说："我会让尾巴盯着，让他把夜总会的账目私下给你，你帮我看着龙三就成。"

马心怡终于点了点头："好吧！不过……这件事千万不能让尾巴到处乱说！"

"他敢！"萧宇晃了晃拳头。

马心怡笑了起来："晚上老黑请几个堂主，你干脆一起过来。"

萧宇摇了摇头："算了，我跟这帮堂主有代沟，您饶了我吧！"

离开银座，萧宇去夜总会找尾巴，没想到这小子和四震两个去了异人刺青馆。萧宇赶到那里的时候，俩小子刚刚文好身，正趴在床上抽烟。尾巴在身后文了一只凶猛咆哮的登山虎，四震居然在后面文了辆摩托车。

萧宇忍不住笑了起来，四震知道肯定是在笑他，斜着眼睛看着萧宇："怎么了？我就是喜欢！"

尾巴笑嘻嘻地说："为了文这辆车，四震多给了人家两倍的钱！宇哥您干脆也文了吧，钱我替你出！"

四震乐呵呵地说："宇哥要是文身，肯定把林诗诗给文上。"

萧宇抬脚在他屁股上踩了一下："放屁！惹火了我，我把你这身花皮给扒了！"

四震疼得直咧嘴："饶命！饶命啊！今天你怎么这么大火气，谁得罪你了？"

萧宇拿起床头的烟点了一支："今晚我请你们喝酒！"

尾巴和四震都坐了起来："宇哥，有这么好的事儿？"

萧宇叹了口气："还不是马中昊给闹的，谭爷让我去香江转一圈。"

尾巴一听来了精神："好事啊，宇哥带我们一起去吧！"

萧宇看了看他："我找你就是为这件事，谭爷让龙三暂时接管香榭丽舍，你帮我好好盯着他点儿！"尾巴看到萧宇一脸郑重，也收起那副吊儿郎当的模样，连忙答应下来。

萧宇在两人屁股上都拍了一把："走吧，今天陪我好好醉上一场！"

07　退缩是致命的错误

朱侯微笑着做了一个请的手势，胡忠武冷哼一声，右刺拳闪电般击向朱侯的下颌。萧宇从胡忠武的第一次出手就看出他绝对是个高手，他进攻速度奇快，但是脚下的步伐丝毫不乱，左手随时准备防守对方的进击。萧宇虽然经过了不少场打斗，可是像胡忠武这种能够做到攻守平衡的人却是第一次遇见。

江湖救急

萧宇第二天一早就离开了嘉南，尾巴和四震本来说好了送他，可能是昨天喝得太多，一个个趴在萧宇的大床上大声打着呼噜，把送人的事儿早给忘到了九霄云外。萧宇写了一张字条和钥匙一起放在尾巴的手里，拎着旅行包向机场赶去。

赶到机场的时候还不到九点，俩小子的电话这才打了过来。

"宇哥，您也太不够意思了，走的时候也不喊弟兄们一声！"

萧宇笑着说："我那是疼你们，你们俩小子怎么狗咬吕洞宾不识好人心呢？"

四震乐呵呵地笑："到了香江别忘了帮我买礼物回来。"尾巴忙不迭地说："还有我！"

"成！待会儿把房间给我收拾干净，如果我回来看到一片狼藉，非收拾你们不可！"

中午，波音737缓缓降落在香江新机场，走出机舱，萧宇第一眼就看到了前方的红旗和紫荆花旗，内心感到一阵无法言喻的激动。他忽然有一种回家的感觉，关于燕京的种种记忆重新回到了他的脑海中。

萧宇走入机场宽敞的候机大厅，一眼就从人群中找到了红粉虎关静而的身影，从她的神情就可以看出她已经从失去亲人的悲痛中解脱了出来。

红粉虎上身穿着一件黑色露脐紧身背心，下穿红色牛仔裤，足蹬黑色厚底战斗皮靴，美好的身姿凸凹有致，腰间裸露的部分可以看到精美的文身。萧宇猜测到那是一双凤凰的翅膀，红色的羽翼和她凝脂般的肌肤相映成趣，平添了几分狂野与性感。

红粉虎笑着朝萧宇走来，她的手向萧宇伸了过去："想不到我们这么快就见面了！"萧宇笑着和她握了握手，看来红粉虎并没有因为黑寡妇的事情受到帮内的惩罚，她这个干爹对她真的不错。

红粉虎向身边一位女孩挥了挥手，那女孩听话地走了过来，红粉虎揽住那女孩光洁的肩头："她叫宛珊，是我的朋友，还不快叫宇哥！"宛珊娇滴滴地喊了一声宇哥。

这时宛珊开着一辆红色甲壳虫停到两人身边，萧宇把包裹丢到后备箱，搬开座椅猫着腰到后面坐下，红粉虎坐在副驾的位置。

红粉虎安排萧宇住在她的隔壁，这套房子本来是她哥哥刀仔的，自从刀仔死后，这里就空闲了下来。考虑到萧宇初次来香江，住酒店毕竟不够方便，再加上萧宇上次在离岛对她有救命之恩，红粉虎自然想尽办法让萧宇住得舒服和惬意。萧宇对她的安排也是十分满意，毕竟住在这里要比酒店自由得多。

晚上的时候，黑煞虎过来拜会萧宇，红粉虎带着宛珊和黑煞虎、萧宇一起来到对面的四海餐厅吃饭。

萧宇和黑煞虎坐在一起，红粉虎和宛珊贴在一起坐着。

黑煞虎首先端起酒杯："上次在离岛多亏宇哥照顾，我黑煞虎先敬你一杯！"萧宇连忙端起杯子："大家都是道上的兄弟，关起门就是一家人，何必这么客气！"

红粉虎和宛珊也举起杯来："欢迎宇哥来到香江！"

酒精真的是好东西，喝了几杯之后，萧宇已经将刚开始的拘束忘得一干二净，俏皮话也多了起来。

别看宛珊一副小鸟依人的样子，酒量却着实不浅，跟萧宇连续干了三瓶啤酒，居然面不改色。萧宇却首先受不了了，一趟又一趟往洗手间跑。

红粉虎和宛珊看着萧宇狼狈的样子，咯咯直笑，萧宇用纸巾揩了揩手："今儿是怎么了？再喝恐怕我要水淹香江了！"

黑煞虎又递给他一瓶："宇哥，香江旁边就是大海，您那点发水量，估计海平面根本不会涨。"

"那倒也是！"萧宇举起了瓶子，"要不咱们大家一起努力，今晚非把香江给淹了不可！"红粉虎笑了起来："宇哥，你这属于政治任务，还是你自己完成吧！"萧宇放下酒瓶："坏了！"三个人的眼睛齐齐望向他。

萧宇站起身来："我忽然发现，自己特想和香江的洗手间谈恋爱。"三人被他逗得差点把饭喷出来。

清晨，远方的天空仍然泛着青灰的颜色，萧宇从宿醉中醒来，穿上睡衣，从前方的玻璃门走入了天台。从这里俯瞰，整个街区的景色尽收眼底。

萧宇饶有兴趣地看着楼下的每一个角落，这时他听到隔壁传来开门声，红粉虎从隔壁的天台上向他挥了挥手。

"早！"萧宇微笑着打了个招呼。

"昨晚玩得开心吗？"红粉虎笑着问。萧宇呵呵笑了笑："保密！"红粉虎啐了一声，又说："今天我还有其他事，让宛珊陪你到处逛逛。"

萧宇想起来到香江后一直没有去拜会合记的老大："对了，谭爷让我给方先生带了件礼物！"红粉虎点点头："干爹晚上在湾仔有个酒会，让我和你一起去，到时候你亲手交给他！"

上午宛珊带着萧宇在香江几个有名的景点转了转，萧宇对这些并不感兴趣，去海洋公园的途中就在车上睡着了。宛珊知道他昨晚放纵了一个晚上，肯定是疲劳过度，笑着把车泊到滨海公路上，买了份报纸，在车里等他。

萧宇刚睡一会儿，电话就响了起来。看了看号码居然是母亲打来的，萧宇连忙接通了电话："妈！这么早就吵醒我？"

"还早？已经是上午十一点了！"方晓芸没好气地说。

"哟！听您这口气，今天火气好像有点儿大？"萧宇笑嘻嘻地说。

"我和你庞叔打算五一结婚，你究竟回不回来？"方晓芸大声地问。

萧宇乐了起来："恭喜啊！您老是想收我红包的吧？"

"呸！"

萧宇想了想："这样吧，您和庞叔干脆来香江旅游，何必搞什么仪式！"

"我到那里干什么？人生地不熟的。"方晓芸听着就来气。

"老妈，这次一定得听我的，您和庞叔来到香江所有的吃穿住行我全包了！"萧宇爽快地说。

方晓芸这才明白了他的意思："你是说……你在香江？"

"当然了，我不在香江喊您来干吗？"

方晓芸激动得声音都颤抖了起来："我马上……就和你庞叔去办手续……参加最快的旅行团！"

下午的时候方晓芸又打电话过来，后天下午她和庞贵山就跟旅行团一起到达香江，她专门交代说，让萧宇把女朋友带给她看看。

萧宇这下可犯了愁，吃、住、购物、游玩自己都好安排，只是哪这么快给她找个女朋友去？

红粉虎见萧宇皱着眉头，一副冥思苦想的样子，以为他遇到什么事情："宇哥，遇到什么烦心事儿了？"萧宇看了看她，忽然想出一主意，伸手揽住她肩膀神秘地说："哥们儿，我想求你一件事儿！"

237

红粉虎笑着说:"你尽管说,只要是我能够办到我一定帮你!"

萧宇偷偷指了指宛珊:"我想借你朋友用两天。"红粉虎一听就急了:"宇哥!你这人怎么这样!"萧宇知道她误会了,连忙解释:"我不是那个意思,我妈后天到香江,她非要见我女朋友,我这不是没有吗,可是也不想让她老人家失望而归,你帮帮我。"

红粉虎这才明白了萧宇的意思:"那……我去酒吧找个……过来冒充你女朋友就是了。"萧宇摇了摇头:"不行!我妈那人特传统,而且别看她平时马大哈,可心细如发,什么事儿都瞒不过她。如果看到我找了个喜欢玩的姑娘,肯定得被我气疯。"红粉虎咬了咬嘴唇:"这样……好吧,我跟宛珊商量一下,明天给你答复。"萧宇连忙道谢。

合记把宝艺楼整个包下,萧宇跟红粉虎来到的时候,各堂口的堂主基本上都已经到齐,红粉虎在帮内的人缘很好,每个人都微笑着向她打招呼。因为萧宇是从离岛来的客人,他的座位被特别安排在方天源身边,以表示对青龙帮的尊重。

晚上七点,方天源准时来到宝艺楼,所有人都连忙站了起来,他挥手示意大家坐下,笑着向萧宇和红粉虎走来。

红粉虎笑着喊了声:"干爹!"方天源笑着拍了拍她的肩头,目光转向一旁的萧宇:"你就是离岛来的阿宇?"萧宇连忙伸出手去:"方先生好!"方天源点点头,伸手和萧宇轻轻握了一下,在主席位坐下,然后挥手示意大家都坐下。

他的年纪在四十多岁的样子,衣着十分考究,身穿一套高档意大利定制西装,肤色白皙,高高的鼻梁上架着一副金丝边框的眼镜,充满了学者般的书卷气,萧宇怎么也无法将他和那个叱咤香江的合记老大联系起来。

方天源的声音深沉而有穿透力:"今晚我之所以在宝艺楼摆酒宴请诸位兄弟,有两个原因,一是为我们远道而来的客人萧宇接风洗尘!"他停顿了一下,所有人都热情地鼓起掌来。萧宇受到这么隆重的对待,自然感到很有面子,他发现方天源做事的确很周到,很会为他人着想。

"二是为了在花炮会以前定下代表我们争夺花炮的人选！"

红粉虎小声地向萧宇解释，每年一度的花炮会，现在成了江湖人物展示自己实力的舞台，香江的所有帮派中以合记、三禾会、新益安的实力最为强大，花炮会之争向来都是这三个帮会之间的争夺。

方天源继续说："今年的花炮会意义格外不同，赛会的组织者邀请了亚洲最有影响的江湖同道前来观摩。"

下面开始议论纷纷，方天源示意大家安静，然后说："香江是一个国际化的大都市，整个亚洲的社团组织都想在这里分上一杯羹，据我所知山海组早就在地下成立了香江分社，其他的帮会也和香江的某些帮会有暗地的勾结，丁财炮我们江湖中人最为重视，谁得到它就证明谁的实力在香江最为强劲，可以说丁财炮也算得上江湖地位的风向标。"

萧宇显然不明白丁财炮的含义，用肘尖轻轻捣了捣红粉虎。红粉虎小声说："花炮共有三种，分别是平安炮、丰盛炮、丁财炮，因为丁财炮象征地位和实力，意义尤为重大。"

方天源大声说："去年的丁财炮是我们的，前年的丁财炮也是我们的，今年我们一定还要把丁财炮留在合记。我不管什么三禾会、新益安，也不管哪条过江龙还是下山虎横插进来，总之这次的丁财炮我们合记是志在必得！"

他极有鼓动性的宣言，让整个场面立刻沸腾了起来。

方天源端起眼前的白酒："兄弟们，我方某先干为敬，只要我们帮中上下兄弟齐心，任何事都难不住我们合记！"

去年参与抢夺丁财炮的人员当仁不让地成了今年的首选，可是由于那十名成员中三名受伤，必须再补充新的成员。人选自然在五虎和十二红棍中间挑选。

五虎中有四虎是去年抢花炮的成员，红粉虎率先举起手来："干爹！算我一个！"方天源微笑着点点头，如果论到敢打敢拼红粉虎不输于任何一个男性。

其余两名成员从红棍中补充，十名人选定下来后，又在帮中选出十名候补。方天源大声说："距离花炮会还有三十六天，从明天开始你们就全力去训练，力求在花炮会时把自己的状态调整到巅峰！"

方晓芸下午四点会抵达香江，萧宇中午的时候就开始洗澡准备，他一定要让母亲看到自己最好的一面，红粉虎说好让宛姗来充当萧宇的临时女朋友，可是直到两点半仍没见她们露面。

萧宇等得有些不耐烦，来到对面开始敲门。门缓缓开了，一个身材极佳的白衣女孩走了出来，却不是宛姗，萧宇看清眼前这人居然是红粉虎时，险些没吃惊地把舌头吞下肚子。

红粉虎微笑着看着萧宇："怎么，没见过漂亮女人？"

萧宇愁眉苦脸地拱拱手："大姐，大姐大，当我求您，您老就别跟我添乱了，宛姗呢？"

红粉虎极其女性化地走了两步："她和朋友去大屿山玩了。"

"你不是已经答应我了吗？"萧宇显得有些愤怒。

红粉虎笑着说："我只是答应给你找个临时女朋友，可没答应一定让宛姗去。"

萧宇心中暗暗叫苦，早知道这样还不如让琪琪、蔓蔓中的一个来呢！

红粉虎说："你要是不满意，我就不去了，你自己去接你妈咪吧！"

萧宇咬了咬嘴唇："好！豁出去了，你给我听好了，见到我妈你可千万别乱说话！"红粉虎点点头。

爱恨情仇

两人来到楼下，萧宇向甲壳虫走去，红粉虎却拉住他指了指前面停着的那辆雷克萨斯，萧宇摸了摸脑袋："你什么时候买的这辆车？"红粉虎笑着说："既然是和你妈咪见面当然要搞得场面一些！这车是借我干爹的！"

红粉虎开车之前从手袋中拿出一个发套，对着后视镜小心地戴上，整理完毕，一个清纯的妙龄少女出现在萧宇面前，她转向萧宇："怎么样？有没有女人味？"萧宇吐了吐舌头："还成，不过你小心把文身露出来吓着我妈！"红粉虎笑着启动了引擎，萧宇忍不住问："哥们儿！你干吗不让宛姗来？"红粉虎得意地说："我发现你这人的行动力特别强，宛姗太纯洁，我怕你把她给骗跑了。"萧宇呵呵笑了起来，他故意逗她说："你不怕我电力太强，你一时间控制不住把自个儿搭进来？"

红粉虎看了看萧宇："我怎么觉着咱们两人绝缘呢？"

"所以说你的目光短浅，这就如同一个吃惯青菜豆腐的僧人，哪知道鱼肉的好处。"

"你把自己的位置摆得还挺高！"

萧宇笑着说："一定要让我妈觉得我们是一对儿。"红粉虎瞥了他一眼，嫣然一笑，容光焕发，红粉虎笑着说："我认为，你所说的一对儿，意思是情侣，是不是？"萧宇点了点头。

萧宇和红粉虎两人赶到机场的时候，时间还早。红粉虎还从来没见过萧宇这副坐立不安的模样，看来他母亲在他心中的地位一定很重要。

好不容易熬到了时间，当导游小姐举着小旗带着一群头戴红色太阳帽的旅客走出闸口的时候，红粉虎也开始紧张了起来，她开始盘算着见到萧宇的母亲该如何把戏演下去。

方晓芸和庞贵山老远看到萧宇就激动地喊了起来，萧宇高喊着冲了过去，和母亲紧紧地拥抱在一起，庞贵山在一旁眼睛闪着泪光。

方晓芸一抱住儿子健壮的身躯就开始哭，萧宇一边哄她一边拉着她来到红粉虎的身边："静而！这是我妈妈！"红粉虎很久没听到别人这么亲昵地叫她的名字，脸腾地一下红了，羞涩地喊了一声："阿姨！"她心里怪怪的，尘封已久的女儿情怀似乎随着萧宇的一声"静而"又被重新唤起。

方晓芸拉住红粉虎的纤手，微笑着上下打量了一番，不住地点头。红粉虎这次是真真正正地感觉到害羞，睫毛垂了下去，眼角不停地瞟着萧宇。她原以为自己绝对可以应付这种场面，没想到真到了眼前仍旧感到有些手足无措。

萧宇连忙说:"妈!你别吓着人家!"方晓芸这才不好意思地放下了红粉虎的手,转身向庞贵山说:"贵山,你和导游说好了没有?"庞贵山连忙点点头:"导游答应了,我们晚上回酒店住就成!"

萧宇笑着和走过的同胞打着招呼,到底是乡音亲切,一种温暖感油然而生。

红粉虎从庞贵山手中接过皮箱,庞贵山客气地说:"不用,太重!"

"没事!"红粉虎已经轻轻松松拎了起来,率先向停车场走去。庞贵山知道那皮箱最少有二十公斤重,惊奇地睁大了眼睛,萧宇这女朋友力气真大。

萧宇从庞贵山脸上马上看出了什么,笑着跟他解释说:"我这女朋友是练健美的,身体特棒!"

庞贵山一边点着头一边说:"看得出来,看得出来!"

萧宇和红粉虎把方晓芸两人送到酒店安顿好,然后和导游请假后,开车出发去商业区。路线是萧宇设计的,方晓芸和庞贵山毕竟是新婚,以购物为主,旅游为辅,况且萧宇也想用购物来补偿一下这么长时间没在母亲身边的缺憾。

红粉虎对这片十分熟悉,充当了导游的角色,带着他们游览了不少地方,萧宇为母亲和庞贵山选购了一套周生生新婚特别版的金饰。

傍晚的时候他们乘缆车来到山顶,欣赏夜景。红粉虎和萧宇的母亲相处时间久了,也慢慢熟悉了起来,两人交谈得十分融洽。

晚上就在山顶进餐,方晓芸这么长时间没见儿子,拉住萧宇的手说个没完。关静而表现得十分出色,她知道言多必失,始终保持着一副淑女模样,矜持而羞涩,简直是换了一个人,萧宇都不敢相信眼前就是那个敢打敢拼的红粉虎。

晚上十一点两人才把方晓芸和庞贵山送回酒店,方晓芸仍旧是依依不舍。萧宇笑着说:"得!那我就再多陪您聊会儿!"

庞贵山知道方晓芸是舍不得萧宇，开口说："不如你今晚也住在酒店，能和母亲多聊一会儿！"萧宇想想也行，红粉虎一听有些慌了，趁着萧宇下去订房间的时候小声说："我答应你装你女朋友，可没答应陪你在酒店过夜啊！"

萧宇笑着小声说："你看我妈大老远从燕京过来，你就将就着点吧，我们俩不是绝缘吗？"红粉虎想想，反正已经扮了这么长时间他的女友，干脆继续扮下去，谅他萧宇也不敢把自己怎么样。

香江文华东方大酒店是世界上最高级的饭店之一，但它却巧妙地掩藏在毫不起眼的外表后面。眼下，酒店的房间都已爆满，许多房间早在一年前就订了出去。还好今晚刚刚有一对客人取消了预订的房间，正巧让萧宇赶上。酒店大厅豪华典雅，萧宇办完手续，一位笑容可掬的服务生带领他们来到位于二十一层的房间。这是莲花套房，有两个大房间，还有一个能俯瞰海湾的大阳台。

酒店还提供了一副双筒望远镜专供旅客观赏远处的景色。客厅里有写字台、酒柜、电视音响设备以及来访客人用的洗手间。卧室里有一张加宽的双人床，附设一个大盥洗室。

服务生走了之后，萧宇去了母亲的房间陪她聊天，红粉虎自己留在房间里，打开冰箱，拿出一瓶红酒，往玻璃杯里夹了两块冰块，再倒上一大杯伏特加。躺在双人间的床上看了会儿电视，不知怎么她的眼前老是浮现出萧宇嬉皮笑脸的样子，红粉虎的脸不由自主又红了起来，没想到自己扮萧宇的女朋友，最后居然陪他在酒店过夜，羞都羞死了。想起萧宇这小子以往的种种作为，红粉虎还真不敢放心的睡觉，万一这小子起了贼心，那自己不是亏大了。

红粉虎忽然想到自己究竟是怎么了，就是面对几十个敌人也不会害怕，现在居然会怕一个萧宇？难道自己……红粉虎不敢往下继续想下去，连忙用被子蒙住头。

萧宇回到房间的时候，红粉虎看来已经睡着了。他笑了笑，和母亲的重聚让他的心境颇佳，红粉虎的表演至今为止还算成功，萧宇本来想吓吓红粉虎，看到她已经入睡又打消了念头，去浴室洗了个澡，在外屋的沙发上睡下。

刚刚把灯关上，听到红粉虎在黑暗中说："你回来了！"

萧宇笑呵呵地说："你是刚醒呢还是一直都没睡？"

"想着房间里有只色狼，换了谁也睡不着！"

"你不提醒我还真忘了，今天我特别高兴，哥们儿要不要试试？"萧宇又旋开了台灯。

红粉虎脸红红地瞪着萧宇："你敢！"

"我当然敢！"萧宇说得很大声，却没扑过去，重新把灯关上，"放心吧！我萧宇绝对不是那种乘人之危的小人，做个好梦！"

红粉虎心跳得飞快，她下意识地用手捂住自己的胸口，她忽然意识到，自己必须离萧宇远一些，这厮实在是太危险了，不然就快无法控制自己的感情了。

方晓芸和庞贵山参加的是东南亚七日游，在香江逗留的时间只有两天，看到萧宇凡事都很得意，方晓芸自然也就放下心来。

她对萧宇继承遗产的事情漠不关心，只要儿子能快快乐乐地生活，其他的事情方晓芸根本不会去注意。萧宇几次想问当年父亲的事情，可是话到嘴边，他又咽了回去，他不想勾起母亲对往事的痛苦回忆。

庞贵山对方晓芸十分体贴，萧宇看到母亲总算有了一个好的归宿，也放下心来。反倒是红粉虎显得郁郁寡欢，一副心事重重的模样。

萧宇生怕红粉虎把事情搞穿帮，几次私下提醒红粉虎，红粉虎虽然答应得好好的，可一转眼又是一副失魂落魄的样子，好在还有四个小时母亲他们就会和旅行团飞往暹罗，只要顺利撑过这四个钟头，就万事大吉。

萧宇在全香江最有名的金岛燕窝潮州酒楼，为母亲和庞贵山摆下一桌价格不菲的送别宴，临别之时方晓芸又免不了唏嘘一番，好在萧宇伶牙俐齿，两句话就把她逗得破涕为笑。红粉虎似乎也知道表演即将结束，竭力保持着最佳状态，一家人其乐融融地吃了一顿团圆饭。

送走母亲，萧宇长长地松了口气，这件事情总算圆满成功。本来红粉虎说好了今天带他去观看抢花炮的训练，却又推说临时有事，把计划取消了。

萧宇干脆回家睡觉，这两天陪着母亲白天逛街、晚上聊天，确有些累了。

他刚刚睡着，就被隔壁激烈的争吵声惊醒，萧宇立刻分辨出正在吵架的人是红粉虎和宛姗。萧宇诧异地拉开门，想去看看她们之间到底发生了什么事情，刚巧宛姗从对面出来，重重地把门关上，她看了看萧宇，连招呼都没打，头也不回地向电梯走去。

"你们怎么了？"萧宇问道。

红粉虎没有说话，慢慢走到餐桌旁坐下，伏在桌子上大哭了起来，萧宇除了离开，没有更好的选择。

这时，红粉虎的手机忽然响了，她擦了擦眼泪接通了电话："喂！宛姗……"萧宇听得出她的声音充满了惊惧，红粉虎大声喊了起来："丧狗！你敢动宛姗一个手指头我把你大卸八块！"

她迅速站起身来，转身向门口走去。萧宇知道一定出了什么严重的事情："我跟你一起去！"

红粉虎的身躯在门口停顿了一下，径自走了。

萧宇穿好衣服追出门口时，红粉虎开着甲壳虫已经消失在街道的尽头。他连忙拦了辆出租，让司机远远跟在甲壳虫的后面。他来到香江的时间很短，除了红粉虎和黑煞虎两个，其他人他都不熟悉。

萧宇连忙给黑煞虎挂了个电话，黑煞虎听到丧狗的名字显然也吃了一惊："你跟着她，我带兄弟们马上就到！"

汽车驶向一个废弃的工厂，那司机看了看周围环境，说什么都不愿意再往前去了。萧宇只好下车步行，黑煞虎的电话又打了过来："阿宇你在哪里？"

萧宇看了看四周："这好像是一个废弃的工厂……"他忽然看到前方有三支巨型的烟筒，慌忙大声说："工厂的正南方有三支烟筒！"黑煞虎连忙交代说："你手机千万别关，找到红粉虎马上跟我联系！"

萧宇从地上拾起一根生锈的铁棍，沿着杂草丛生的小路向前摸索而去。巨大的厂房在月光下的投影下显得分外狰狞，转过前方的路口，可以看到前方一个巨大的车间内隐隐透出灯光，红粉虎的那辆绿色甲壳虫就停在车间外面。

萧宇又惊又喜，他连忙打电话把这里的情况告诉黑煞虎，尽管黑煞虎交代让他等到人到齐再行动，萧宇仍旧为红粉虎和宛姗的安危担心。他悄悄向距离车间最近的窗口摸去，因为长期废弃，窗户的玻璃上积下了厚厚一层灰，萧宇用手擦去浮灰，向内望去。

却见红粉虎手拿着刀，站在车间的入口处，她的对面是手持利刃的二十多名刺龙画虎的壮汉。

萧宇沿着墙角摸到了车间的后方，推开窗户悄悄溜了进去，他看到前方集装箱的下面，两个男子正在撕扯着宛姗的衣服，宛姗的手臂被捆住，嘴中被他们塞了一个污浊的布团，她的长裙已经被他们撕开。萧宇看得怒火中烧，猎豹般冲了上去，用力挥动铁棍重重地砸在压在宛姗身上的流氓身上，那小子连声音都没发出来，就被砸得晕了过去。另外一人连忙去抽刀，萧宇哪能给他反击的机会，膝盖一曲顶在他的下颌上，反手一棍劈在他的脸上。

宛姗满脸泪痕，萧宇脱下外衣披在她的身上，从地上拣起开山刀，斩断了捆在宛姗身上的绳索，指了指窗口小声说："你从那里先走！"

红粉虎怒吼一声，刀子闪过一道耀眼的光华闪电般向丧狗砍去，丧狗厉声冷哼，挥刀迎向红粉虎，两刀在空中相交，迸射出无数火星。丧狗臂力极强，震得红粉虎手臂酸麻，向后退了一步。

他的手下挥刀从四周向红粉虎包围过来，萧宇手握铁棍，从身后赶来，愤怒让他的力量无限提升。萧宇击倒了率先冲到身前的两个小子。

萧宇的突然到来吸引了绝大部分的力量，红粉虎的压力顿时减轻，她可以全身心地对付丧狗这个强敌。丧狗虽然力量强大，可是在红粉虎面前渐渐觉得有些力不从心，几个回合下来，他的身上已经被红粉虎重伤，如果没有靠手下弟兄的帮助，他恐怕早就败北。比较而言，倒是萧宇那边的情况危险许多。

萧宇虽然凶猛强悍，可是毕竟面对的是对方十几个人的重重包围，随着对方包围圈的不断紧缩，他的压力也变得越来越大。

萧宇和红粉虎对望了一眼，两人开始向对方靠近，丧狗看出他们的目的，大声狂叫着："把他们给我分开！"萧宇棍起棍落击中了身边人的腹部，他从缺口中逃出了包围，和红粉虎背靠背站在了一起，这样可以彼此照应到对方的身后。

外面忽然响起汽车的引擎声，丧狗的脸色变了变，他和手下向后门的方向退去。萧宇向身后望去，黑煞虎带着三十多名弟兄冲了进来，他挥刀大吼："今晚这帮小子一个都不能放过，全部给我砍了！"

丧狗这才发现后门也已经被对方封死，手下几名胆小的弟兄吓得把手里的刀扔在了地上，他恶狠狠地骂了一句："该死！"举刀向红粉虎走去，红粉虎双手握刀，全速向丧狗冲去。丧狗大吼一声身躯跃起，居高临下劈向红粉虎的头顶，红粉虎的身躯刹那间移动到右侧，随即一个前冲已经绕到了丧狗的身后，借助刀柄向丧狗用力一击，丧狗颓然倒下。

眼见丧狗倒下，他的手下全部失去了斗志，纷纷把钢刀扔在地上，宛姗哭着从躲藏的地方，向红粉虎跑了过来。这时忽然传来了一声枪响，宛姗的身子扑倒在红粉虎的怀中，鲜血从她的后背如涌泉般流出。萧宇立刻反应过来，手中棍隔空向车间上方的电灯甩去，随着一声玻璃碎裂的声音，整个车间陷入一片黑暗之中。

夜死一般沉寂，萧宇听到红粉虎的哭泣声，宛姗气若游丝地说："静……我……我可能……不行了……"红粉虎哭得连话都说不出来了。

红粉虎用力捂住宛姗的伤口，她冰冷的泪水一滴滴落到宛姗的胸口。

萧宇能够感觉到红粉虎此刻的痛苦，她刚刚失去了同胞哥哥，现在又要面对好友的死去。

红粉虎抱起宛姗的身子慢慢向车间门口走去，月光将她们的背影越拉越长，萧宇的眼睛湿润了，他知道红粉虎的感情已经随着宛姗的逝去而永远的埋葬……

躲藏在暗处的狙击手，没有进一步行动的意思。他一定在得意地看着红粉虎悲痛欲绝的样子。

红粉虎已经在宛姗的墓前整整坐了三个小时，萧宇找到她的时候，她身上的衣服已经都被细雨打湿，萧宇伸出伞，为她遮挡随风飘舞的细雨："回去吧！"萧宇小声地劝。

红粉虎漠然地看着宛姗的遗像："不要管我……我想一个人静一静……"萧宇把伞放在一旁，在红粉虎的身边坐下："如果你不走，我就在这里陪你。"

眼泪在红粉虎的美目中打着转。萧宇垂下头，雨水顺着他的发际滴落在墓前的石阶上，溅出一朵朵晶莹的水花："如果宛姗泉下有知，她不会希望看到你伤心的样子。"

红粉虎慢慢站起身来，她一字一句地说道："宛姗，我发誓，绝不会放过宏义社的那帮混蛋！"她转身向远方走去，可是没走几步就身躯一晃，摔倒在了地上。

"宏义社说根本不知道丧狗会做这件事情，丧狗肯定是私下收了人家的钱，自己决定做掉阿静！"黑煞虎皱着眉头对萧宇说。萧宇点点头，他对这件事已经猜测出了七八分，丧狗的目标是红粉虎无疑，如果说他是受人指使，那么那个潜藏在他背后的人一定和红粉虎有着极深的仇恨，也许是那个射杀宛姗的狙击手，也许是狙击手背后的某个人。

萧宇忽然想起了春秋社，想起离开离岛时谭爷曾经对自己说过的话，难道春秋社的复仇行动已经来到了身边？

黑煞虎跟萧宇想到了一起："我估计幕后的指使者是春秋社的人！"

萧宇说："我现在最担心的就是静而，她发了疯一样要找宏义社复仇，这样下去肯定会出大事！"黑煞虎说："宏义社方面这次死了很多弟兄，就算阿静不去找他们，他们也会找上门来。我会去禀报老大，让他出面搞定，如果真的是春秋社在背后捣鬼，那么事情会很麻烦！"

"我马上打电话给离岛那边，看看有没有春秋社的消息！"

两人商量了下一步的计划。

萧宇想起红粉虎仍然在房间里昏迷，推门看她醒了没有。谁想到房门从里面反锁了，两人心知大事不妙，抬脚踹开房门，哪里还有红粉虎的影子，卧室的窗口大开着，看来红粉虎就是从这里爬到对面阳台，从那边溜了出去。

黑煞虎和萧宇对望了一眼："葵涌地！"

宏义社的大佬蒋守仁今年三十九岁，江湖人称笑面虎，此人面善心黑，对待手下极其残忍暴戾，贪图小利，为钱财可以不惜一切。自从他接手宏义社以后，因其自私的行径与三禾会的其他社团宏兴、宏安、宏乐社相互间摩擦不断，现在的宏义社已经很少参与三禾会的事务，渐渐成了一股独立的力量。然而一个宏义社毕竟势单力孤，加上蒋守仁对帮派的事务经营不善，宏义社的声势已经大不如前。

自从去年传出宏义社和东瀛山海组合作的消息，蒋守仁又重新找到了新的靠山，他想借用东瀛人的力量一统三禾会。这小子在道上的口碑极差，本年度的花炮会，三禾会甚至都没有给他发帖子，显然已经将他排除出主流社团之外。

萧宇和黑煞虎驱车赶到位于葵涌地兴财麻将馆，这是蒋守仁开的一间赌场，名为麻将馆，其实里面牌九、骰子、二十一点全部都有，加上旁边的一幢三层的兴财桌球城，俨然成为一个迷你的赌城。

麻将馆里烟雾弥漫，空气污浊得让人想吐，两人找了一遍，却没有发现红粉虎的影子，看来他们的判断有误，红粉虎并没有直接来找宏义社的麻烦。黑煞虎找人询问，才知道笑面虎蒋守仁去了对面的桑拿房按摩，两人连忙赶了过去。

笑面虎蒋守仁抬腿就把按摩小姐踹到一边："用这种劣质货来应付老子，信不信我把你们这里给拆了！"那小姐吓得哆哆嗦嗦地从地上爬了起来，开门逃了出去。

桑拿的经理听到动静，慌忙过来赔不是："仁哥！我马上给你换丽丽……""还不赶快去？"

没过多久，一阵有节奏的脚步声传了过来，笑面虎趴在床上漫不经心地说："多给我用点心，若是弄得老子不舒服……"

三禾会

一双充满力度的手轻轻按在他刺满文身的后背，笑面虎觉着有些不对，刚想转过头来，对方的左手已经抓住他的头发，将他的脸重重压在枕头上。

笑面虎拼命挣扎，就在他快要窒息时，那人才放他松了口气，冰冷的刀锋指着他。

笑面虎倒吸了一口凉气："红粉虎！"他嘴上仍然强硬，"红粉虎，你活腻了，居然踩到我们宏义社的地头上！"

红粉虎用力扯住他的头发，在他左腿上狠狠划了一刀，刀刃过处，皮肤被划出一道裂痕，鲜血从伤口缓缓流出。

"你想干什么？"疼痛让笑面虎开始有些慌张。

"我这人从来都没有什么耐性。"红粉虎说完话，又在伤口的旁边划了一刀。

笑面虎吓得开始哆嗦起来："你……你到底想知道什么？"

"你为什么指使丧狗来杀我？"

"我没有……"红粉虎怒不可遏地肘击了笑面虎的后背，笑面虎痛得惨叫了一声，颤声说："大姐……大姐大，我……我只知道丧狗和一个杀手……组织接洽过,其他的事情我一概不知道!"红粉虎冷哼了一声,她根本不相信这小子的话,如果没有笑面虎的首肯,就算给丧狗天大的胆子,他也不敢自行作出这么大的决定。

红粉虎不遗余力地将笑面虎击晕,转身向门外走去。

萧宇和黑煞虎赶到的时候,刚巧看到一身妖艳打扮的红粉虎从里面跑出来,黑煞虎连忙将车开到她的身边。红粉虎犹豫了一下,还是跳上了汽车:"快走!"

这时二三十个宏义社的喽啰手持刀子从麻将馆的方向跑了过来,一定是笑面虎通知了他的那帮手下。黑煞虎加大油门向市区主干道的方向冲去。萧宇看到红粉虎刀上仍然未干的血迹,知道她一定又惹了不小的事端,她这霹雳火的性子还真是天不怕地不怕。

黑煞虎也马上意识到了事情的严重性:"阿静,你现在必须跟我去见大佬!"红粉虎冷冷看了他一眼:"你给我停车!"黑煞虎反而加大了油门,红粉虎把沾着血迹的刀子放在黑煞虎的颈后:"你到底停不停车?"

黑煞虎的双目中流露出极其复杂的神情,他咬了咬嘴唇似乎下定了决心,猛然踩住了刹车:"你走吧!"红粉虎收回刀子跳下车去。

萧宇大声喊:"静而,现在宏义社到处找你,你一个人在外面太危险了!"

红粉虎回头看了看萧宇:"我早就当自己已经死了!"

黑煞虎启动了汽车,红粉虎的身影已经消失在远处的街道中。

萧宇黯然地垂下头去,他了解红粉虎的性格,她会不惜一切找到春秋社为宛姗报仇。

黑煞虎的声音显得异常忧郁:"阿静挑起了一场战争,宏义、宏安、宏乐、宏兴是同气连枝的堂口,合记与三禾会之战在所难免!"

萧宇还抱有一丝侥幸心理:"不是说宏义社早就不为其他堂口所容了吗?也许三禾会未必会肯为他出头!"

黑煞虎摇了摇头:"阿宇,三禾会就是原来的洪门,哪怕笑面虎只是一条狗，可是现在这条狗被打了，主人能不出头吗？"

方天源显然被黑煞虎带来的消息震惊了，他近乎咆哮着站了起来："你为什么要放她走掉！"黑煞虎垂下头去，萧宇这才明白他放红粉虎走的初衷，他是怕方天源拿红粉虎问罪，看来他对红粉虎的确是兄弟情深。

方天源在房间内来回踱了几趟，然后说："你马上去通知每个堂口的弟兄，从现在开始全面戒备，三禾会肯定咽不下这口气，还有，多派几个弟兄把红粉虎给我找出来。"

他拿起外衣："我要亲自去拜会一下卓镇海！"卓镇海是三禾会的老大，萧宇主动提出："方先生，我跟你一起去！"

方天源看了看萧宇，点了点头："好吧！"

方天源这次去三禾会的总坛只带了合记的双花红棍、震山虎朱侯和萧宇两人，这是萧宇第一次见到合记五虎之首的朱侯。朱侯的外表绝对让人联想不到他是一个江湖人物，他今年三十二岁，身高一米七五左右，面色白皙，第一眼给人的印象近乎文弱，就是这样一个书卷气极浓的人居然成为合记十年来唯一一名双红花棍（注：超级金牌打手）。

三人驱车直往位于新界传承武道馆的三禾会的总坛。他们来到的时候三禾会正在开设香堂，因为方天源之前跟卓镇海打过电话，门前一个疤脸人早就等在那里，将他们引了进去。房间的西端搭了一个神坛，四周烛光熊熊，一只漆成红色的大木盆放在神坛前面，萧宇听见几声鼓声，顿时屋内鸦雀无声。卓镇海身着红袍，走进屋子，坐在神坛的左边。萧宇看见过的那个疤脸人走进房间，坐在神坛右边。

三禾会的帮众看到方天源几人进来，全部都向他们围拢过来，情绪显得十分激动。

卓镇海挥手制止住激动的帮众，双目冷冷地望向方天源："今天吹得什么风，合记的方爷居然会屈尊来到我们这座小庙？"

方天源淡淡笑了笑："三禾会的总坛如果还是小庙，那么整个香江就没有能容得下关二爷的地方了！"三禾会选在这个时候开香堂，显然是想给方天源一个下马威。

卓镇海做了个请的手势，方天源在他的身边落座，萧宇和朱侯分别站在方天源的左右。

卓镇海击了击手掌："上酒！"

两名赤裸上身的壮汉抬着两个大大的酒坛走入香堂，两人的胳膊上都扎着黑纱，方天源眉头一皱，卓镇海上来就摆明了态度，三禾会一定会替丧狗出头。

宏安社的大哥赵晋良亲自为方天源斟满了酒，卓镇海端起面前的大碗："这两坛是我特地让人从东北运来的高粱烧，方爷是我们三禾会的贵宾，我当然要拿出最够劲的酒来招待你！"

方天源笑了笑："镇海兄客气了，今天我来的主要目的并不是喝酒。"紧接着卓镇海向众人说道："我今天当着大家的面宣布一件事情，丧狗打着宏义社的名义，设下埋伏想加害合记的红粉虎，有违江湖规矩，我已经把他开除出三禾会！"

方天源微微一怔，他马上就明白了卓镇海真正的目的，整件事情的起因是丧狗想杀掉红粉豹，宏义社明显理亏。现在卓镇海先处理掉丧狗，就意味着丧狗的过失跟三禾会已经没有关系，之前的事情已经告一段落。

现在红粉虎越界打伤蒋守仁倒成了问题的焦点所在，卓镇海话锋一转果然来到了这个问题上："天源兄，你的手下红粉虎越界这笔账该怎么算？"方天源笑着端起了酒碗："我今天来就是想和镇海兄谈论一下如何解决这个问题！"随后他把碗里的酒一口饮尽："红粉虎这件事的确做得很不对，我一定会给江湖同道一个交代！"身为大哥，手下人做的事情他自然要出来担当。

卓镇海忽然说："听说你们合记今年抢花炮的阵容里有红粉虎？"方天源点点头："不错！"卓镇海意味深长地说："如果红粉虎能平平安安地出现在花炮会的现场，那么合记不是肯定要输？"

方天源听出了他话里的意思，这件事他可以不追究，但是前提必须建立在合记在花炮会中主动退让的基础上。区区一个笑面虎对卓镇海根本无所谓，更何况这小子对三禾会早就生有二心，卓镇海真正在乎的是代表江湖地位的丁财炮。

方天源淡淡地笑了笑："红粉虎现在已经下落不明，到时候她究竟会不会出现在花炮会上也未可知！"他婉转地拒绝了卓镇海提出的条件，江湖地位寸步不能相让。

卓镇海的眼睛流露出一丝寒光，他咳嗽了一声，一个身穿黑色休闲装的中年人从他身后缓缓走出，他的目光狠狠盯住朱侯："你就是朱侯？"萧宇惊奇地发现这人居然操着一口标准的燕京话。

朱侯点了点头，他敏锐地从对方的身上感到一种逼人的煞气。

"我叫胡忠武，是宏兴的四二六红棍，我要跟你打！"

卓镇海笑着说："阿武刚从内地过来，投在我的门下，他最大的愿望就是能够当上三禾会双花红棍，可惜一直都没有太多的表现机会。"他停顿了一下，目光环视众人，最后落在胡忠武身上，"阿侯是合记的第一高手，如果你能跟阿侯打平，你就是我们三禾会的双花红棍！"

方天源冷笑了一声："看来镇海兄的历史学得相当不错，楚霸王的鸿门宴居然被摆到了三禾会的香堂上！"他已经按捺不住内心的愤怒，既然合记与三禾会注定要有一场斗争，那么他已经无所顾忌。

朱侯平静地说："老大，既然有人想跟我打，那么我还是奉陪，不然人家会觉得我们合记看不起人！"他脱下外衣递给了身边的萧宇，他白皙的后背上文着一只红色的蝎子，蝎子的尾巴一节节沿着脊柱的方向纵向排列，他每向前踏出一步，身体的肌肉就慢慢紧缩一点，整个身体充满了弹性和力度，蝎子的图案也随着他的动作动了起来，仿佛活过来一样。

胡忠武十分魁梧，他的身高在一米八○左右，体重最少有一百公斤，和朱侯显然是两个不同级别的对手，像他这种体格，一般是力量型的。

朱侯微笑着做了一个请的手势，胡忠武冷哼一声，右刺拳闪电般击向朱侯的下颌。萧宇从胡忠武的第一次出手就看出他绝对是个高手，他进攻速度奇快，但是脚下的步伐丝毫不乱，左手随时准备防守对方的进击。萧宇虽然经过了不少场打斗，可是像胡忠武这种能够做到攻守平衡的人却是第一次遇见。

朱侯的神情异常平静，他的右脚向前斜跨出一步，双手一个拆挡，架住了胡忠武的右拳，左膝向对方的小腹顶去，萧宇留意到他的上身有一个轻微的后撤，这个动作卸去了胡忠武大部分的力量。

胡忠武的左手向下挡住朱侯膝盖的攻击，右臂曲起，肘尖捣向朱侯的软肋。他的外表给人以粗豪的感觉，没想到应变竟然如此迅速。

朱侯的眼中露出欣赏的神情，他的身体侧向移动到对方的左侧，手掌拍向胡忠武的上臂，接下胡忠武发出的力道，向后退了两步。表面上看去，胡忠武在这个回合中占了上风，其实朱侯有效地保存了自己的实力。

胡忠武的面色凝重起来，他清楚地感受到对方的实力，无论自己用多么大的力量，可是一到对方身前，就会被化解得无影无踪。胡忠武的动作开始变得缓慢起来，面对朱侯这种级别的高手，随便浪费气力绝对是愚蠢到极点的行为。朱侯的目光也显得异常严肃，面对一个会用脑子的对手，他必须全力以赴。

两人的距离渐渐拉开，朱侯忽然大吼一声，脚步先行启动，一拳击向胡忠武的鼻梁。胡忠武也是一声大喊，右拳迎向对方的来拳全力反击了过去，两人的拳头撞在了一起。肉体的剧烈撞击让两人的瞳孔骤然收缩，可是他们的表情却没有显示出任何的痛苦。

朱侯大吼一声，左脚一个侧踢，胡忠武身体向后反折，躲过对手的攻击，双手的反击闪电般向朱侯咽喉攻去。朱侯两臂同时曲了起来，架开胡忠武势如疾风的双拳，胡忠武不给朱侯任何喘息的机会，左脚向朱侯下身踢去，朱侯右腿抬起硬生生挡住胡忠武的来脚，手臂一分，捏住了胡忠武的手腕。

胡忠武的面色忽然一变，萧宇的目光极其敏锐，看到朱侯手指间有一丝金属亮光闪过，他的注意力自始至终都在两人的身上，朱侯和胡忠武的手上根本没有任何戒指或其他装饰,那道金属亮光究竟从何而来?朱侯竟然用暗器,胡忠武的手臂微微颤抖了一下。

朱侯趁着这难得的时机,右手拉住胡忠武的右臂,左臂曲起用肘部重重击打在他的肘部关节。胡忠武的左拳先行击中了朱侯的下颌,鲜血从朱侯的嘴唇喷出,但这丝毫没有阻止住朱侯全力的一击。

所有人都听到了骨骼断裂的声音,胡忠武的右臂整个反折了过去,朱侯下手没有任何犹豫,他决定在花炮会前铲除这个强有力的对手,他双手握住胡忠武的左腕,膝盖猛然顶了上去。胡忠武痛得整个身躯躬了起来,他居然十分硬气,自始至终没有叫出一个字,可见此人的性格也极其坚韧顽强。

方天源缓缓站起身来,他的脸上充满了战胜者的骄傲,卓镇海的脸色变得铁青,他本想趁此机会除去朱侯这个最大的障碍,没想到朱侯的实力要远远超出他的想象。

方天源微笑着说:"阿侯,回去让财务给这位兄弟送些钱来,他的伤由我们负责!"

卓镇海掩饰不住心头的怒火:"不必了!这点钱我们三禾会还出得起!"

方天源趁机告辞:"既然这样,我们还是告辞吧!晚上约了黄Sir打牌,你知道黄Sir的为人,要是谁晚了牌局……"言辞中充满了威胁的味道。卓镇海知道方天源从来都不会打没有把握的仗,他挥了挥手,手下人让出一条道路,方天源闲庭信步地向外面走去。萧宇暗暗佩服他镇定的功夫,无论胆识还是智慧,方天源都超出卓镇海一筹。

坐上汽车,方天源才松了口气,他欣赏地向朱侯点了点头:"胡忠武花炮会前还能恢复吗?"朱侯不屑地笑了起来:"如果没有奇迹,他以后就会是一个废人……"萧宇的内心有种不舒服的感觉,那一束金属的闪光始终在他的脑海中挥抹不去。

方天源看着两旁的车流,忽然叹了口气:"卓镇海不足为虑,三禾会最让我担心的就是李继祖，他才是最有实力的人物！"

朱侯表示同意："李继祖自从当上宏兴的大佬，宏兴的发展一日千里，他现在在社团内部的威望已经可以和卓镇海比肩。"

方天源冷笑了一声："卓镇海算个什么东西，宏义、宏乐、宏安、宏兴真正买他账的有几个？这次他分明想借着笑面虎的事情，在社团内重新树立起威信！算盘居然打到我们合记的头上！"他忍不住骂了句粗口。

方天源想起一件事情，他向萧宇说："阿宇，你跟谭爷联系一下，晚上我会给他电话。"萧宇连忙答应下来。

萧宇万万没有想到，方天源和谭爷交谈的结果是让青龙帮由旁观者转变成参与者，谭爷第一时间把他的决定通知了萧宇："阿宇，我决定让青龙帮参与抢夺丁财炮的活动！"

萧宇不明白谭自在为什么甘愿"为他人作嫁衣裳"，有了青龙帮暗中协助，合记抢夺丁财炮又增添了一分把握。看来谭自在和方天源之间不仅仅是朋友这么简单，两人肯定还有更深层的利益关系。

谭自在会让青龙帮内选拔出的二十名高手尽快赶赴香江，他笑着告诉萧宇："协助合记抢夺到丁财炮，你就能够返回嘉南，不然你就永远蹲在香江吧！"

三禾会的报复行动在当日晚间开始，宏安社和宏义社联手袭击了合记的五间夜总会，尽管方天源事先作好了充足的准备，可是仍然在这次袭击中损失惨重。

事情不断向最恶劣的方向演变着，第二天凌晨宏义社的当家笑面虎被炸死在自己的汽车上。

08　群雄逐鹿，斗智斗勇

方天源的目光平静地注视着这个强劲的对手，他也没有想到李继祖会出此奇招，无论是自己还是其他帮会都在纷纷借助外力的时候，李继祖居然能利用香江人维护自身利益的心理成功反击，此人的心机远比自己想象的还要高深莫测。

大战之前

这次的香江之行，谭自在派出了十九名帮中好手，由瘸五领头，宋老黑也在其中。瘸五走出闸口就乐呵呵地向萧宇跑了过来，萧宇上前和他热情地拥抱在一起。宋老黑也乐呵呵凑了过来在萧宇的肩膀上拍了拍："阿宇，今天你算是地主啊！吃饭、喝酒、马杀鸡，一条龙服务到底！"萧宇爽快地回答说："没问题！"其实他们的吃住行根本不用萧宇担心，方天源早就将一切安排得妥妥当当，他让人在香江文华东方大酒店包下十几个房间。

当晚他亲自在酒店摆下三桌酒席为远道而来的青龙帮精英接风洗尘，萧宇和瘸五他们乘电梯到了坐落在二十五层的文华厅，这是香江最好的中餐馆之一。餐厅门口迎候客人的是位可爱的香江小姐，她身着典雅大方的紧身旗袍，问明他们的来意后，她领着他们向文华厅走去。

香江的餐馆大多嘈杂，喧闹声不绝于耳，但这文华厅却幽雅僻静。深蓝的地毯、紫红的柜式墙面，还有东方韵味的书画，无不体现着高雅的氛围。餐桌上还有一株开满白色小花的盆栽树，桌子紧挨着一扇大窗户，美丽的夜景尽收眼底。

方天源和手下的六位堂主已经先行到达餐厅，看到萧宇他们，热情地迎了上来。晚上菜肴以粤菜为主，辅以其他各类特色菜肴。先上的是开胃小菜黄瓜，还有被称为"黑菇"的小菜，其实是裹着面粉炸成浑红色的生姜。

第二道菜是四川风味的咖喱对虾。萧宇喜欢吃川菜，它比粤菜要辣得多。

两道菜之间上来名为古越龙山的黄酒，估计是用来佐餐的。

第三道是嫩煎豉汁鳎鱼片，盘底是油绿的蔬菜。这道菜的外观真是妙不可言：几根大胡萝卜雕刻成龙舟，与每年夏天端午的龙舟毫无二致。鱼片就放在龙舟里。鳎鱼片鲜嫩无比，因为香江的鳎鱼是在海水与淡水里混合养殖的。方天源笑着说："这道菜叫同舟共济，正是我们两个社团的真正写照！"众人跟着一起笑了起来。

主菜是叫花子鸡。它的做法是先在清理干净的鸡里放上香菇、叉烧肉、姜及调味品，然后包上荷叶，再裹上泥巴，用火烧烤，直烤得泥巴发硬为止。做这道菜要花上几个小时，所以吃这道菜起码要提前一天预订。

当侍者将叫花子鸡端上桌来，餐厅里的侍者与工作人员都围了过来，方天源拿起木槌向青龙帮的弟兄说："大家一起同心协力，才能吃到肥美的鸡肉！"今天晚上他点的每一道菜都跟社团合作有关，萧宇暗暗佩服他缜密的心思，就是连上菜都暗藏寓意。

大家用木槌轮流敲打裹在鸡上的泥巴，随后，侍者将大的鸡骨从嫩嫩的鸡身里拆出，把鸡肉切成片放在小盘里并配上调好的佐料。对萧宇来说，这道菜是他一生中品尝过的最美味的佳肴之一。

等到众人酒足饭饱,侍者又给他们端上茶来,大家坐着一起聊天,方天源说:"福建盛产各种茶叶,其中有一种茶叶很有趣,叫猴觅茶。传说,这种茶大都生长在悬崖峭壁上,只能由猴子采集。不过,这些猴子不怎么听话,时常需要管教。一旦哪只猴子不听话,它的尾巴就会被削掉一厘米,若还不规矩,再切掉一截,直到猴子乖乖地干活为止。由于猴觅茶来之不易,加上其色香味俱佳,被认为能与名酒佳酿媲美。饭后一杯茶,既是一种享受,又有助于消化。"

瘸五哈哈笑了起来:"方爷的意思是不是要我们帮着你削削不听话的猴子尾巴?"方天源也笑了起来:"猴子当然要修理,不过我们要等采到茶后!"大家一起笑了起来。任何人都听出方天源口中的"茶"其实就是指丁财炮。

晚饭过后,方天源为远道而来的客人在夜总会安排了节目,因为瘸五有些话私下想跟萧宇说,两人留在酒店,并没有随着大伙前去。萧宇回房换上一件全棉的淡蓝色短袖衬衫,下身是一条海军蓝的斜纹布裤,又套了一件轻盈的灰色丝绸外套,和瘸五一起下楼到了钦纳里酒吧。

这酒吧的装潢颇有英国绅士俱乐部的风格,红棕色皮革面的扶手散发着男士粗犷的气息,萧宇注意到柜台后面排列着许多作装饰用的威士忌酒瓶。

瘸五要了杯鸡尾酒,但他不得不向服务生解释两遍,在配酒时要摇晃酒杯,但不要搅拌。萧宇对洋酒向来不怎么感兴趣,笑眯眯地问那个服务生:"这儿有红星二锅头吗?"服务生笑着解释说:"先生,我们这里没有。"

瘸五知道萧宇是故意消遣人家:"阿宇,你小子来香江这么些天也没上点档次!"这话萧宇可不乐意听:"五爷,您老土了不是,但凡中国的爷们儿出门在外,最念叨的一口就是红星二锅头,这酒才够劲儿!伏特加、白兰地、人头马拿到我们二锅头跟前这么一比,全跟白开水似的!"

瘸五乐呵呵竖起了大拇指:"你小子牙尖嘴利,我甘拜下风。"萧宇这才要了杯啤酒，大口喝了起来。

癞五压低声音说："临来的时候谭爷告诉我，这次东瀛的山海组也派人参加了花炮会！"萧宇心头一震，渡边美惠子那姣好的容颜猛然涌现在心头。

癞五喝了一口伏特加："我们现在正在争取深水港的项目，谭爷让我们尽量不要跟山海组的人发生直接冲突！"

"山海组的手臂未免也伸得太长了，难道他们也想在香江修建一个深水港？"萧宇有些想不通他们来这里的目的。

癞五摇了摇头："山海组在香江最大的对手就是三禾会，他们无时无刻不想打通东瀛和东南亚的直接通道。"

萧宇说："山海组在离岛修建深水港的主要目的，就是在东南亚和东瀛之间建立一个中转站。"

癞五点点头："所以山海组最大的竞争对手就是香江三禾会，他们要想独霸这条通路，就必须瓦解分散三禾会。"

萧宇忽然想起，谭自在之所以这次派来这么多帮中精英，真正的目的并不是抢夺丁财炮，瓦解三禾会的实力才是合记和山海组共同的目的。难道他们之间还有什么隐藏的秘密？

癞五说："三禾会这几年由于内部的分裂，导致帮会的实力削弱了不少，山海组趁机和宏义、宏安两社私下结成同盟，宏乐社最近也对山海组相当友善，唯独宏兴一支对山海组一直很冷淡，谭爷对他们的大佬李继祖也是相当推崇，这个人是三禾会最为出色的人才！"

萧宇说："这样看来，我们帮助合记对付三禾会，最后得利的可能是山海组！"

癞五笑了起来："这个问题谭爷考虑过，可是和深水码头的计划比起来，那点事又算得了什么？"他精于世故，对事情看得非常透彻。

萧宇的内心对谭自在的做法极为反感，但是在癞五面前也不好表现出来，萧宇默默地问自己，如果换成我坐在谭自在的位置上会怎么做？

难道金钱的力量真的像人们认为的那样？难道为了利益可以放弃做人的道德底线？

瘸五奔波了一天有些累了，他和萧宇告辞后，先回房间去休息。

萧宇在酒吧泡到午夜才离开，香江的夜晚比白天还要喧闹，午夜的街头霓虹灯光闪烁，喜欢夜游的人们在街头徜徉。

萧宇拦了辆的士，准备回红粉虎居住的地方去看看，已经很长时间没有她的消息了。汽车刚刚起步，一个醉汉跟跟跄跄地从前方的马路上横穿了过去，出租司机猛然踩下了刹车，萧宇根本没来得及准备，脑袋险些撞在挡风玻璃上。

"该死！"司机恶狠狠地骂，他清楚地知道自己没有撞到那个醉汉。那人横躺在马路的中央，大声狂笑了起来。萧宇的眼睛睁大了，他没有想到这人居然是和朱侯比武的胡忠武。萧宇推开车门来到他的身边，胡忠武的两只胳膊上都缠着绷带，绷带上已经沾满了泥土，显得污秽不堪，整个人颓废落魄到了极点。

"胡先生！"萧宇慢慢把他从地上搀扶起来，胡忠武的身上满是劣质白酒的气味，他布满血丝的眼睛看了看萧宇："我……我好像不认识你……"

萧宇和善地笑了笑："听哥们儿的口音，好像是燕京人？"胡忠武呆呆地看着萧宇，好半天才激动地点点头："你也是……燕京的？"萧宇指了指前面灯火闪亮的地方："我请你吃夜宵，我们边吃边谈。"

胡忠武苦笑着摇了摇头："我的两只手都废了，连筷子也拿不起来了……"

"喝点东西还是能够做到吧？"

"你要是真诚心请我，那给我买瓶啤酒吧！"

萧宇当然是诚心请胡忠武，可是摆在胡忠武面前的是一杯柠檬水，萧宇笑着说："喝醉也许能够忘记痛苦，可是醒来后，你会发现自己痛苦的程度又加深了！"他说的话就是自己的体会。

胡忠武咬住吸管，慢慢啜了口柠檬水，他忽然笑了起来："我想起你来了，你是那天跟在方天源身后的那个！"萧宇点了点头："方天源不是我的老大，我在嘉南，是青龙帮的门下。"胡忠武看着萧宇，他发现眼前的年轻人特别坦诚，而且给人一种说不出的亲切感。

"为什么会这样？"萧宇问。

胡忠武的眼中闪过一丝极其痛苦的神情："这就是江湖，一个像我这样的废人，对他们已经没有任何的利用价值。"他顿了顿又说，"三禾会跟合记之间的斗争一触即发，谁有工夫顾得上我这个连筷子都拿不起来的人？"他也曾经满怀雄心壮志想要在这异乡闯出自己的一番天地，可是还没等起航，就已经折戟沉沙，其中的悲凉滋味只有他自己知道。

萧宇点点头，对胡忠武的境况深表同情。"看没看过医生？"萧宇指着他的手臂。

胡忠武有些凄凉地笑了起来："两只胳膊都是粉碎性骨折，恢复的机会很小……能给我一支烟吗？"萧宇点燃了一支香烟，递到他的唇边。

胡忠武贪婪地吸了一口："我早就知道会有这样的结果，可是没想到一切来得这么快！"

"那天好像朱侯暗算了你！"萧宇同情地说。胡忠武有些凄凉地笑了笑："现在谈论那件事已经没有任何意义，江湖中只有胜利者和失败者，他们是不会计较你采用的手段的。"

萧宇沉默了下去，过了许久才问："为什么不回燕京？那里的治疗费用应该很便宜！"

"我在那边出了事……"

萧宇沉默了下去，胡忠武很快就抽完了那支烟，他站起身来："谢谢！至少在我死在街头之前能够认识一位你这样的同乡。"他转身摇摇晃晃地向远处走去，一个对未来失去希望的人还能在这个世上活多久？

"哥们儿！"萧宇大声喊了他一声，胡忠武转过脸来。

萧宇快步走了过去："如果你想去离岛发展，我愿意帮你！"

胡忠武苦笑着摇了摇头："除了打架和玩命，我什么都不会，现在连这两样我也……"萧宇郑重地说："我会治好你的双手，让你重新找回自信！"

"为什么？"胡忠武半信半疑地看着眼前的年轻人，无功不受禄，没有天上掉馅儿饼的好事。

萧宇笑了笑："知不知道你为什么会沦落到今天的地步？就是因为你根本没有办法操纵自己的命运！我也曾经像你一样被命运玩弄，我了解那种痛苦！"

胡忠武的嘴角抽动了一下，萧宇伸手握住了他的肩膀："想要主宰自己的命运，必须拥有自己的力量，你能帮我吗？"

胡忠武的眼中涌出了激动的泪花，他重重地点了点头。

瘌五在香江的关系门路相当广，他通过一个朋友找了艘船，从水路把胡忠武带往离岛，萧宇事先给尾巴打了电话，胡忠武过去就让他暂时住在自己的房子里。

送走胡忠武后瘌五和萧宇两人来到港口旁的排挡吃夜宵，两人一边吃着热腾腾的牛杂，一边商量着花炮会的准备问题。

"你表哥不简单！"瘌五还是憋不住说了出来。萧宇笑了笑，他一直对瘌五说胡忠武是自己的表哥。

瘌五说："从他的步伐和呼吸上，我就能看出他绝对是个高手！"

萧宇笑着说："五爷看人很少走眼！"

瘌五眯着眼睛说："你小子是前途不可限量，以后的江湖就是你们这帮年轻人的天下了！"

"五爷这么看得起我？"

"阿宇，我当初赞成你接傻豹的位置，就是看中你小子勇敢仁义，现在的江湖中已经很少有人能做到这些……"

萧宇点了点头，随着他对江湖的了解，他发现仅仅凭着勇敢仁义并不能在江湖中立足，江湖中没有永远的兄弟，也没有永远的敌人，真正牢不可破的关系必须是建立在利益的基础上。

谭自在既然与合记联手对付三禾会，他们和山海组在这个问题上一定会心照不宣地达成默契。萧宇忽然想到深水港的事情，谭自在难道已经和山海组达成了协议？不然他又怎么会兴师动众地来蹚香江这边的浑水？

瘸五见他半天没有说话，开口问："想什么这么入神？"

萧宇淡淡笑了笑："我在想如果合记拿到了丁财炮，我们能够得到什么好处？"

瘸五皱了皱眉头，然后笑了起来："难怪谭爷经常夸你聪明，有件事情我一直都没告诉你，山海组已经决定在嘉南兴建深水港了！"

这次轮到萧宇发愣了，他本来以为青龙帮很难拿下深水港的项目，难道美惠子回去后又为青龙帮美言了几句？不对啊，她好像对谭自在没有太多的好感。

瘸五说："主要是章肃风主动退出了竞争，不然谭爷赢得也没有这么轻松！"萧宇有些不敢相信："他为什么要退出竞争？"要知道退出深水港的争夺，等于退出离岛以后的市场。

瘸五摇了摇头："我也想不透这件事情，不过章肃风那个人是我见过的最聪明的一个，他既然选择退出就一定有退出的理由。"

萧宇有些奇怪地说："难道还有比建深水港获利更大的事情？"

"算了，我们还是回去睡觉吧，那种事情根本轮不到我们去操心！"

方天源腾出一间货仓，专门用于花炮会的训练。青龙帮是第一次加入到抢夺花炮的行列中，他们虽然是配角，可是任务也相当重要，所以他们的训练计划与合记的一模一样。

为了这次花炮会，方天源特地从美国进口了十套健身设备，又专门聘请了营养师和按摩师，为每一个队员制定针对性的饮食，他们的住处也从星级酒店搬到了仓库临时搭建的板房中，进行为期十天的半封闭式训练。

合记的这帮人还好说,他们几乎每年都要经过一次这种魔鬼似的训练。青龙帮这些兄弟则不一样,没两天就怨气冲天,本来以为只是到香江来走走过场,没想到居然弄到魔鬼训练营里来了。

负责给他们训练的是合记的元老级人物关山月,他年轻时曾经连续夺得三届香江自由搏击赛的冠军,后来因为嗜赌而进入了合记。萧宇留意到他的双手只剩下七个手指,后来才知道他为了戒赌斩断过三根手指,帮会内部又称他为七公,八成是从金庸笔下的洪七公那儿找到的灵感。要是论辈分,现任大佬方天源也要称呼他一声世叔。

关山月为人相当古板严格,自从这四十名帮众进驻货场,每天清晨五点必须准时起床,沿着港口的海岸线先进行十公里折返跑。早餐后是上午例行的力量训练,下午是技巧训练,主力队员还要加练对抗。

瘸五和宋老黑主动退让到第二梯队,青龙帮的十名主力在帮会中地位最高的就是萧宇,他成了当仁不让的领队。

合记的主力领队是双花红棍朱侯,每次两队对抗的时候,青龙帮一边都是明显落在下风。这也难怪,人家一方全部都是真正的主力,青龙帮最能打的瘸五老黑等人都避让到了后面,美其名曰给后生仔机会,实际上是推卸责任,萧宇等于带着一帮二线队员跟他们对抗,怎么能有赢的机会。

开始的时候萧宇一方还抱着陪太子读书的心态,可是一到对抗训练的时候,朱侯和他的那帮队员根本不留情面,第一天的对抗下来,青龙帮的人一个个被打得鼻青脸肿。最惨的要数萧宇,跟他过手的是震山虎朱侯,对抗结束的时候他被摔得几乎爬不起来。

回到居住的宿舍,瘸五和老黑优哉游哉地看着萧宇的狼狈模样,幸灾乐祸地说:"阿宇啊,不是我们说你,青龙帮的脸都让你小子给丢尽了!"萧宇捂着腰在床上躺下:"这哪是训练,这分明是要我的命啊!"

宋老黑笑着说:"关七公是出了名的严厉,我和五哥一看他是教头,躲都来不及!"萧宇哭丧个脸说:"你们倒是舒服了,可苦了我了。"

瘸五晃着脑袋："谁叫你年轻呢？再说了人家求关老爷子收为弟子都没这样的机会，现在你可有的是机会，听说关七公当年跟李小龙过过招，两人也是半斤八两不分胜负！"萧宇半信半疑地看着他。

宋老黑帮腔说："这是真的啊，关七公当年练的是形意拳，打遍香江无对手。"

"这么厉害？"萧宇来了精神，从床上坐了起来。

瘸五说："关七公要不是好赌，地位肯定要比现在高得多。当年他威震香江，他是合记第一个双花红棍！"

萧宇想起朱侯："朱侯现在也是双花红棍！"

宋老黑说："你难道还不知道朱侯就是关七公的徒弟？"

"我就说他怎么这么厉害！"

吃完晚饭萧宇来到按摩室放松一下浑身酸痛的肌肉，还别说，那按摩师的手法相当不错，为萧宇做完全身按摩，又让他躺在美国进口的微波康复机上面做了二十分钟的物理治疗。

关七公背着手来到萧宇面前，萧宇连忙恭恭敬敬地跟他打了个招呼，关七公点了点头说："你的底子不错，可惜实战不同于有规则的竞技比赛，你必须学会用最有效的方法达到最大的杀伤力！"他针对下午萧宇和朱侯的对抗指出了萧宇动作上的不足，萧宇趁机向他讨教了不少搏击方面的问题。

关七公似乎对萧宇颇为欣赏，以后几乎每天晚上都要私下指点萧宇几招，萧宇是个善于把握机会的人，这段时间无论是体力还是实战能力都上升了一个台阶。

除了每天的对抗，合记与青龙帮的人员很少交流。朱侯和萧宇也是一样，自从上次发现朱侯在对付胡忠武时用卑鄙的手段挫败了对方，萧宇对他就没有太多的好感，不过随着萧宇能力的不断提升，朱侯在对抗中也越来越难于击倒他，看他的眼神慢慢由不屑变成了欣赏。

距离花炮会还有一周的时候，关七公把所有的人员解散，这也是他们合记的传统。按照关七公的理解，绷紧的拳头永远达不到最强的爆发力，只有充分地放松肌肉才能完成最后的致命一击。临行前他仍旧给所有人员定下了戒酒戒色戒斗的三条禁令，训练的计划也分发给所有人，关七公的目光逐一从每个队员的脸上扫过："想活得长一点，就按照我说的做！"

这十天近乎封闭的训练生活枯燥而乏味，每一个人都想尽情地放松一下。萧宇这帮青龙帮的弟兄仍然被安排到原来的酒店入住。

所有的限制主要是针对十名主力队员，像瘸五、老黑这种替补选手压根就不理这套，按他们的话来说，把表现的机会让给年轻人，趁着这次花炮会的大好机会，锻炼一下队伍，为青龙帮的将来培养中坚力量。

这些天萧宇的手机一直处于关机状态，一打开手机，电话、信息接二连三地响个不停，多半是嘉南的那帮损友打来的。萧宇拣着重要的电话回了几个，又将最近的情况向谭爷汇报了一下，谭自在反复叮嘱他一定要协助合记拿到今年的丁财炮。

傍晚的时候黑煞虎来找萧宇，萧宇看到他神色忧郁的样子就知道一定又和红粉虎的事情有关。

"静而被大佬关了起来！"

萧宇并没有感到惊奇，方天源不会任由红粉虎继续找春秋社报仇，搅乱他夺取丁财炮的计划。

"老大这次真的很生气，因为静而的事情，最近合记与三禾会的争斗不断，帮内已经死了五名弟兄，而且几乎每天晚上都有场子被砸。帮内的很多人都反应十分激烈，老大为了平息这件事打算把静而送去暹罗！"黑煞虎显得十分担心。

萧宇叹了口气，一天没有找到春秋社的杀手，红粉虎就不会善罢甘休，方天源为了帮会的利益一定不会让她再继续任意妄为，可是事情已经到了这种地步，萧宇也想不出什么很好的办法。

黑煞虎真诚地说："我来找你，是希望你能够劝劝静而，不然她一定还会闹出事情来！"萧宇犹豫了一下，还是点了点头，红粉虎闹到今天这个局面，他的确负有不可推卸的责任。

红粉虎被软禁在方天源位于沙田的别墅，负责看守她的就是黑煞虎。几天不见她明显瘦了很多，看到萧宇她并没有显露出太多的惊喜。

黑煞虎关上房门，给他们一个单独谈话的机会。

"听说你要去暹罗？"萧宇率先打破了沉默。

红粉虎的目光望向窗外："你是来劝我的？我可以告诉你，我不会去暹罗的，就算是死我也要死在香江！"萧宇笑了笑，红粉虎的脾气仍然是如此的倔强。

"我并没有劝说你的意思，我只是想让你知道，你的周围很多人都在关心你！"

红粉虎的眼圈红了起来："可是我总是给关心我的人带来不幸，哥哥是那样，宛姗也是那样……"

萧宇递给她一方纸巾："方先生现在的压力很大，不但要去面对三禾会的挑战，还要平息帮会内部的不满！"红粉虎没有说话，她也清楚，合记内部的不满情绪多数是自己为干爹带来的。

红粉虎用力咬了咬嘴唇："但是我一定要为宛姗报仇！"

"你想没想过，现在这个时候你找春秋社报仇，极有可能为合记增加一个可怕的对手？"

红粉虎点了点头："我知道干爹是为我好，可是我每天晚上……睡觉的时候都会想起宛姗临死前的样子……我过不了自己这一关……"她大声哭泣起来。萧宇默然无语，其实他又何尝不感伤？

萧宇轻轻拍了拍她的肩膀："静而，春秋社因为你才来到了香江，他们对你恨之入骨，不论你到哪里他们一定会尾随而去！"红粉虎停止了哭泣，她知道萧宇说的是实情。

"他们在暗处，你在明处，所以你的任何举动都会被他们抢先察觉。如果你离开了香江，就会打乱他们原有的部署，你可以利用这段喘息时间变被动为主动，退一步并非是放弃报仇，而是为报仇赢来更大的空间……"萧宇的眼中闪耀着睿智的光芒。

红粉虎的眼睛亮了起来，她慢慢点了点头："也许你说得对，我同意去暹罗！"

黑煞虎送萧宇离开的时候，他把自己的决定告诉了萧宇："阿宇，我已经跟大佬说过，和静而一起去暹罗。"萧宇多少感到有些意外，可随即又醒悟了过来，黑煞虎在这个时候选择跟红粉虎一起离开，肯定不是出于简单的兄弟感情，看来他一直以来对红粉虎都藏着一份极深的爱慕之情。萧宇并没有点破，临别时送给黑煞虎一句话："红粉虎的个性太强，到了那边你不能全部顺从她的意思……"

黑煞虎点了点头郑重地说："我不会让她受到任何伤害！"

齐聚花炮会

举办花炮会的地址选在一处名叫尖东滩的旧墟，原来这里曾经是个码头，后来几经变迁，早就已经找不到原来的痕迹，剩下的只有遍地的瓦砾和砖石。早在三天以前，花炮会的组织者已经将这里清理完毕，中心低洼的地方搭建了一个大约三层楼高的炮台，四周高台临时摆放了不少长条凳的座椅，从这个角度居高临下，刚好可以看清下面的情况。

距离花炮会还有一天的时候，青龙帮与合记的参赛人员在码头集合，准备登船前往尖东滩。

萧宇他们小队全部身着黑色圆领衫，上面用丝线绣着一条张牙舞爪的青龙，下穿黑色功夫裤，穿着白色棉袜，脚踏黑色圆口布鞋。说起这身行头还是瘸五特地从嘉南带来的，虽然这次的主要目的是陪练，可是也要让香江人见识一下离岛社团的威风，这也算是形象工程，无论结果如何，至少要把己方的精气神在公众面前展示出来。

登上大船，瘸五站在船头，手举青龙大旗随风飘扬。宋老黑脱去上衣，露出一身结实的肌肉，随着他在大鼓上重重的一击，帆船缓缓向尖东滩驶去。宋老黑击出的鼓声越来越疾，所有人的血液都在这激越的鼓点声中沸腾了起来。

他们的船旁边，并排行进着新益安助威团的大船。新益安的船上人声鼎沸，他们的人数破天荒的达到二百八十人，是所有帮派人数最多的一个。船头摆放着关二爷的雕像，供桌上放着果品和点心，正中的位置还放着一头烤乳猪。新益安的船加速行进，想斜行压住青龙会的船头。他们五名鼓手同时敲击大鼓，声音显得十分雄壮。

瘸五大喊了一声："老黑，把你吃奶的劲给我使出来，让这帮小子瞧瞧我们的威风！"

宋老黑大吼一声，全力向大鼓击去，他双臂的两条盘龙文身，随着节奏不断地上下舞动，好像活过来一样。新益安那边则是铆足了劲跟他们对抗，船上护航的小子咧着大嘴开始向青龙帮的方向做着侮辱性的手势。

瘸五恶狠狠骂了一句，迎风招展起大旗。萧宇大笑着对同伴说："兄弟们，我们一起唱首《男儿当自强》，气势上压倒他们！"他们这些人本来就是江湖帮众，生性热血，萧宇这一提议，所有人齐声叫好，宋老黑重重在大鼓上捶了一下，用沙哑的声音唱道："傲气傲笑万重浪，热血热胜红日光。胆似铁打，骨似精钢，胸襟百千丈，眼光万里长，誓奋发自强，做好汉！吼！做个好汉子，每天要自强。热血男子，热胜红日光……"

豪情万丈的歌声将新益安一方的挑衅声渐渐压了下去。

两船的距离很近，新益安的一名成员忽然拿起一盘燃着的鞭炮，向青龙帮的船上扔了过来，鞭炮在他们的脚下炸响，随着乒乓不绝的爆炸声，青龙帮的船上充满了硝烟。

新益安一方得意地叫骂起来："离岛仔滚回去！"

瘸五把大旗插在船头，指着新益安的船大骂了起来。

新益安那边虽然已经超越了青龙帮的船头，仍旧不依不饶地将酒瓶和果皮向他们的船上扔来，两名兄弟躲闪不及被碎裂的玻璃划破了皮肤。瘸五骂归骂，眼前这种情况也不适合跟别人硬拼，有道是强龙不压地头蛇，这里到底是人家的地盘，凡事都要讲究一个度，不可表现得太过火。

萧宇让水手把速度降了下来，宋老黑气呼呼地把鼓槌扔给手下："混账，到了离岛我们走着瞧！"他多少有点阿Q精神的意思。

萧宇笑着说："您两位别动气，等明天花炮会，我们专挑他们下手！"瘸五也笑了起来："得罪了我们，他还抢什么丁财炮！这帮孙子的后腿我们拖定了！"

四十五分钟以后，尖东滩已经清晰可见，帆船加速航行，十余艘大船浩浩荡荡向临时的港口聚集，船上的旗帜在海风中飘扬得更加猛烈，潇洒豪迈的氛围当中，挥洒着决战前奏的盛大感。

海岸上的高台上坐着一个老人，他就是这次赛会的组织者何天生，他虽然是香江人，可主要的物业全部都在濠江，是赌城最有权势的人物。这次的花炮会由他全部赞助，条件是获得各个帮派首肯的坐庄盘口。

天地一片朦胧，何天生的眼前也是一片朦胧，他的一生经历了无数次这种大场面，高处不胜寒的感觉一次比一次强烈，从他的位置俯瞰下面的一切，一切仿佛都是虚幻。他不喜欢这种感觉，这种感觉让他从心底感到孤独空虚，然而每一次他都身不由己地踏上高处，人在江湖，身不由己啊。

萧宇和青龙帮的兄弟走上码头的时候，新益安的人马正在岸上集结，他们看到青龙帮从身前走过，发出阵阵怪叫，并不断做出各种侮辱性的手势。宋老黑按捺不住心头的怒火，冲了过去："有种找人出来单挑！"新益安那边立刻也冲出了几个人。

萧宇和瘸五连忙把宋老黑拉住。

"起狮！"随着一声大吼，两只花团锦簇的南狮向他们冲来，将正要冲突的青龙帮和新益安从中间分隔开来。

这时几个身穿黑色唐装的中年人走了过来，他们是负责维持这次赛会秩序的,基本上都是来自各个帮派堂主级别的人物。

负责维持秩序的人分别警告了新益安和青龙帮,任何冲突都不允许在这里发生,违反规矩的将被赶出会场。两方人马都懂得审时度势,把心头的怒火暂时压了下来。

会场组织者将两帮人马分别引导到他们的暂住地,新益安属于香江本土帮派,宿营地是海滩边临时搭建的帐篷。为了防止帮派之间发生摩擦与械斗,各个帮派的帐篷之间相距二十多米,中间分隔地带设有专人巡视警戒。

青龙帮因为是外来的帮派,条件相对好些。这次花炮会的组委特地将他们安排在山神庙内,虽然房间有些破旧,可是比起海滩上的帐篷不知要强上多少倍。

除了山海组和青龙帮几支参赛队伍,其余的外来帮派全部都是观摩的性质,无论是穿着打扮还是言谈举止都要随意许多。

晚上六点的时候,所有参赛的队伍已经悉数到齐,萧宇和瘌五两人来到高台旁的会务所去抽签排序。本次参赛的帮会为历年之冠,除了香江的三禾会、合记、新益安、合和团的四只队伍,外来的有嘉南的青龙帮、嘉北三连帮、牛浦帮、东瀛的山海组共计八支队伍。

以高台为中心方圆三十米的土地,被分成八个相同的扇形,萧宇和瘌五抽到的是五号地带,他们的两边分别是新益安和牛浦帮,明天这两个帮派将成为青龙帮最主要的对手。

"冤家路窄!"瘌五恨恨地说。萧宇笑了起来:"我们这次又不是冲着丁财炮来的,闲着也是闲着,正好拿这帮混蛋出出气!"瘌五也笑了起来。

这时一艘大船停靠在港口,瘌五的注意力马上被吸引了过去。最少有一百多个花枝招展的女郎婷婷袅袅地走上海滩,成为这暮色中一道靓丽的风景线。

"阿宇!"身后一个声音在喊他,萧宇转过身去,居然看到庄孝远那张久违的面孔,萧宇的目光马上变得冷酷异常,他极少憎恶一个人到庄孝远这个地步。

庄孝远好像根本不知道对方讨厌自己一样，微笑着走了过来，热情地向萧宇伸出手去。萧宇摇了摇头，和庄孝远这种小人他一句话都不想说。

"郭老先生也到了香江，他明天会到现场来！"庄孝远讪讪地把手放了回去。

"三连帮的任何事情好像都和庄先生有关！"萧宇的语气中充满了嘲讽。郭老先生的出现他并不意外，三连帮毕竟派出了参赛队伍，帮中肯定会有一位重量级的人物出席花炮会，反倒是庄孝远的出现多少让他感到奇怪，一个律师出现在这种地方，难道他不怕被法监会停牌？

"听说你已经加入了青龙帮？"庄孝远仍旧表现得十分友善。

萧宇点了点头，自己之所以走入江湖，庄孝远可以说是"居功至伟"。庄孝远叹了口气："没想到你也走上了萧先生的老路……"

萧宇有些不耐烦地看了看他："对不起，我还有事情，先走一步！"

庄孝远继续说："听说山海组将要在嘉南投资兴建一个深水港？"萧宇冷冷看了他一眼，庄孝远的消息倒是十分灵通："这好像跟庄先生没有关系吧？"

庄孝远并没有因为萧宇的态度而感到难堪："阿宇，作为你父亲的好朋友，我必须提醒你，枪打出头鸟在任何时候任何地方都适用。深水港是一块巨大的蛋糕，离岛、香江乃至整个亚洲都在盯着，谭自在的胃口再大，恐怕也独吞不了。你如果聪明的话，就要学会明哲保身，我敢肯定谭自在风光的日子没有多久了！"

萧宇有些奇怪地看着庄孝远，眼前这个伪君子不知出于何种目的对自己说这番话，可是想了想，他并不像有什么恶意。

庄孝远离开好长时间，萧宇呆呆地望着大海的方向出神。庄孝远说的话并不是全无道理，也许当初章肃风主动放弃深水港项目就是考虑到这个原因。

取得深水港的项目就等于取得了这条通路的所有权，离岛、香江、东瀛乃至整个亚洲的格局就会发生一场翻天覆地的变化。

方天源为了击败三禾会取得香江的一哥地位，借助于青龙帮的外力，山海组和青龙帮的深水港建成后，最大的竞争对手就是香江的三禾会，而青龙帮之所以帮助方天源，是为了扫平三禾会这个强劲竞争的对手。可是以后呢？如果三禾会被他们的联盟成功摧垮，方天源会主动放弃东南亚地下通道这条黄金之路吗？

接下来的竞争也许就会在于青龙帮与合记之间展开，庄孝远没有说错，深水港建成后，无论是对离岛还是香江影响都是巨大的，他们不会甘心利益就这样被谭自在和山海组夺去。谭自在如果没有能力扫平各帮派，就会面临被这股力量反噬的结局。

吃完晚饭，合记的朱侯过来找萧宇同他一起筹划明天夺取丁财炮的事情，合记的两边分别是三禾会和新益安，青龙帮的主要任务就是拖住新益安，让合记有充分的精力去对付三禾会。萧宇早在抽签的时候就已经想好，青龙帮会从一开始就缠住新益安，为合记拖住这个强劲的对手。

朱侯离开的时候萧宇一直把他送到山神庙门口，看到远处有四五十名新益安的帮众向他们走来。

朱侯面色一变，他已经参加了五届花炮会，每次花炮会的前夜都会发生帮派间的打斗滋事，新益安这帮人来势汹汹，分明是想提前扫除青龙帮这个障碍。萧宇立刻明白了这帮人的来意，他马上转过身去："我去通知弟兄们准备！"

朱侯愤怒地说："新益安的这帮人，从来都不讲什么江湖道义。"

宋老黑听到动静，带着留下休息的十几名弟兄冲了出来，因为登船的时候，所有人都不允许随身携带武器，现在手头拿到的无非是木棍、酒瓶和砖头。

萧宇和宋老黑并肩站立在山神庙门前，两人手中操着木棍，静静等待着这帮挑衅者的来临。

朱侯大吼一声率先向新益安的人群中冲去，他的双拳本身就是最为犀利的武器。宋老黑早就憋了一肚子的火，挥动木棍也冲了上去。

萧宇大喊一声："弟兄们，大家保持阵形，别被他们给冲散了！"新益安这次来的主要是助威团和替补队员，人数虽然多出青龙帮一倍，可是战斗力却差许多。萧宇和他的这帮兄弟刚刚经过强化训练，再加上合记的双花红棍朱侯，久经沙场的老将宋老黑，人少势不弱。他们的队形始终保持得很紧密，对付敌人充分采用了重点攻击逐个击破的战术。

新益安的帮众马上发现形势并不是他们想象的那样乐观，人数的优势在对方的训练有素面前已经荡然无存，有几名胆怯的喽啰已经率先扭头向山下逃去。

萧宇、朱侯和宋老黑猛虎下山般冲在队伍的最前方，下手毫不留情。这时候二十多名拿枪的黑衣人在一名中年人的带领下从海滩上围了上来。

"全部住手！"那名中年人大声喊道。

朱侯认得这个人，他是组委会负责治安的邱嘉铭，人称判官，宏兴的门下，这次被推举为七名组委之一，在各方社团中都有相当的威信。

判官向朱侯点了点头，算是打了个招呼，他冷冷地看了看新益安的那帮小子："把这帮人全部给押上船，赶出尖东滩！"事情是明摆着的，是新益安的人主动踩过界来招惹青龙帮，按照花炮会的惯例，这帮人必须立刻离开会场。

等到他们离开，萧宇清点了一下伤员，青龙帮一方有五人挂了彩，其中包括两名主力队员，幸好伤势都不算太重，不会影响到明天抢花炮。

瘸五收到消息后第一时间赶到了驻地，看到兄弟们没出什么大事才放下心来。宋老黑忍不住骂："兄弟们拼命的时候你干吗去了？"瘸五有些不好意思地挠挠头。

"不讲兄弟义气！"宋老黑气愤地说道。

瘸五一听这话就恼了起来。两人登时红了眼，怒目相向，一场内斗一触即发。

萧宇看到势头不对，连忙劝开两人："干什么这是？还没到花炮会呢，自己人先干起来了，也不怕让我们这些后辈笑话！"两人老脸一红，都闭上了嘴巴。

萧宇提醒说："我们的主要目的是拖住新益安，为合记扫除一个强劲的对手，新益安志在夺取丁财炮，一定会在花炮会中倾尽全力，所以我们一定要注意保证自身的安危。"癞五和宋老黑同时点点头，花炮会他们只是帮衬的角色，要是有人受到损伤的确得不偿失，在拖住新益安的同时，要尽可能减少受损伤。

西贡尖东滩。

来自亚洲不同社团的精英汇聚一堂，每个人的心中都在期待着花炮会开始的一刻。天空万里无云，象征不同门派的旗帜在海风的吹动下，发出巨大的声响。

上午九点，来自各个帮派的嘉宾乘船来到会场。萧宇留意着嘉宾入口处的地方，先是嘉北三连帮的长老级人物郭老先生和宏兴的大佬李继祖，然后是北岛清水社的主管级人物金胜传夫妇，接着是新益安的老大秦正和三禾会的大佬卓镇海，最后进入的是山海组的二当家木村龙郎和合记的老大方天源。两人携手露面，也给了在场的所有人一个信号，合记与山海组之间已经达成了某种默契。

萧宇的目光闪过一丝失望的神情，癞五笑嘻嘻捣了捣他："怎么？老相好没来，是不是有些失望？"萧宇笑了笑："你老人家怎么把别人都想得跟自己一个模样！"

"我怎么了？"

宋老黑插口说："你属猫的！"

癞五正要跟他吵，却听到萧宇说："那边的盘口是谁开的？"他们同时向萧宇手指的方向看去，前面临时搭起了一个白色帐篷，里面摆放着十几台电脑，六名身穿比基尼泳装的女郎正在接受着各方的赌注。

宋老黑眯起眼睛："一定是濠江赌王何天生，这次的花炮会，他拿出五百万赞助，最近十年的花炮会都是他来坐庄，稳赚不赔，无论谁夺走了丁财炮他都能够获利。"

瘸五羡慕地说："论到财力，何老头绝对能进入南洋的三甲之列！"宋老黑白了他一眼："还用你说，何天生的雄厚实力整个亚洲有几人可以望其项背？！"

萧宇饶有兴趣地问："还有两个有钱人是谁？"

瘸五张口就来："一个是章肃风那小子，还有一个是三连帮的……"他本来想说出萧鼎汉的名字，可是话刚要出口才想起萧宇和他的关系，硬生生又把话咽了回去。萧宇从他的半截话语中已经听出了他的意思，他淡淡笑了笑："三连帮的主要范围是什么？"

宋老黑说："其实现在挣钱的分界早就没有这么明显，任何一个帮会都可能涉足去做别的新兴产业，这些人为了维持社团的生存和发展就必须得到源源不断的金钱，否则就会面临被淘汰的危机。"

萧宇点了点头，谭自在就是身边一个明显的例子。

瘸五让一名兄弟去看看赔率，没多久那小子就耷拉着脑袋走了回来："五叔，合记的赔率是一赔四……"

"我让你看的是我们青龙帮的赔率！"

那小子不好意思地笑了笑："一赔五百！"

宋老黑俩眼珠子瞪得老大："这不是侮辱人吗？"

萧宇笑了起来："得！您两位老人家还真生气啊，人家不知道我们的底，要是我开盘口准开出一赔一万，反正我们夺取丁财炮的几率是零。照我们燕京话，今天我们就是整个一托儿！"萧宇对他们今天扮演的角色非常清楚。

随着鞭炮的鸣响，从八个不同的方向搭起了八条长长的木板，震天的锣鼓声响中，八只南狮摇头晃脑地踩着木板向场地的正中舞去。场地的中心位置耸立着三层楼高的木制高台，高台的最顶端悬挂着荣誉和权力的象征——丁财炮。

会场的气氛顿时热烈了起来，萧宇和青龙帮的九名弟兄整理好了衣服，进行着最后的准备活动。

瘌五亲自到下注的地方转了一圈，回来笑眯眯地对萧宇说："我在青龙帮上下了一万的赌注。"萧宇笑了起来："你这不是白扔吗？"瘌五说："我就是气不过把我们列为最没希望的一组。这次赌资集中在三禾会跟合记之间，其余几个帮派吸引的赌资都少得可怜，何天生这人做事向来喜欢求险，不知道今天又在打什么主意？"

这时两名保镖推着何天生来到主席台的位置，他先是说完一堆祝词，然后大声说："我特别宣告一件事，由于离岛牛浦帮的中途退出，比赛队伍只剩下了七支，为了保证比赛按照既定的程序顺利进行，宏兴临时组建了一支代表队参加此次的抢花炮比赛。"

他这句话一说完，现场一片哗然，谁都知道宏兴是三禾会的分支之一，他们参加比赛等于三禾会派出了两支代表队，这对其他比赛者显然是不公平的。

很多其他帮派的人已经开始在下面起哄，这时宏兴的大佬李继祖走上主席台，他先向所有人礼貌地挥了挥手，然后开始讲话："我知道宏兴的突然加入不符合花炮会的规矩，可是规矩是人定的，人无完人，规矩也是一样。我在此事先声明，宏兴的加入仅仅是宏兴的个体行为，跟三禾会无关，我们绝对不会像某些帮派或者社团一样事先达成默契，一定会公平竞争！"

卓镇海一张面孔气得铁青，他万万没有想到李继祖在这个时候跳出来向他发难，宏兴的参赛在外人看来已经是李继祖对他地位的宣战。

李继祖大声说："有朋自远方来，不亦乐乎。这次来了不少朋友，当然有真心来祝贺的，还有别有用心的，我祝愿各位真心为了祝贺而来的兄弟这次能玩得开心玩得高兴，对别有用心的朋友我也要提醒你：香江的事情只能由香江人自己解决，任何人想从这里强分一杯羹，我李继祖第一个不会答应！"

癞五小声说："我怎么听着好像是说我们的？"萧宇摇了摇头，李继祖这个人相当不简单，虽然只是短短的两句话，已经表明自己的出发点首先是维护香江社团的利益，仅仅这一点就能轻易获得很多香江本地帮会的支持。

他这次组队参加花炮会不仅仅是为了夺取丁财炮这么简单，他极有可能趁着这个帮派混战的时候，迅速提高自己在香江的地位。从他的做法来看，他根本就没把三禾会的老大卓镇海看在眼里，香江唯一能跟他斗的人物恐怕就只有合记的方天源了。

方天源的目光平静地注视着这个强劲的对手，他也没有想到李继祖会出此奇招，无论是自己还是其他帮会都在纷纷借助外力的时候，李继祖居然能利用香江人维护自身利益的心理成功反击，此人的心机远比自己想象的还要高深莫测。

八头南狮舞到主席台前，何天生和诸位嘉宾拿起朱笔为南狮点睛，以求个好彩头，花炮会的帷幕正式拉开了。

所有参赛的代表队开始进入赛区，赛场的气氛开始变得紧张起来。萧宇做了一个手势，所有兄弟靠拢了过来，他们的手紧紧握在一起，激情随着彼此的眼神互相传递。

随着信号枪的一声脆响，八支队伍同时向中心冲去。

萧宇带领兄弟们目标直指新益安，新益安这次派出了包括八大金刚在内的主力阵容。萧宇和八大金刚之首醉金刚甘乌亮正面相逢，因为主要目的是拖住新益安的行进速度，萧宇率先一拳向甘乌亮的小腹打去，甘乌亮大叫一声，不顾来拳，右拳全力反击。

萧宇击中他的小腹，马上发现这小子练了一身的硬功，甘乌亮的反击已经来到面前，萧宇反手挡住他的拳头，身子向后撤了一步，抬腿踢向他的下身。甘乌亮连忙用双手去挡，谁想到萧宇中途变招，一拳击打在他的鼻梁上，甘乌亮惨叫一声，鼻血长流。其余的九名队员也受到了青龙帮的全面阻击。

新益安老大秦正怒气冲冲地看着场上混乱的局面，他压根就没想到跟自己并无瓜葛的青龙帮干吗非得跟他们耗上。

冲在最前方的是合记、三禾会、宏兴、山海组这四支队伍，他们在高台的底部相互遭遇，三禾会的目标是合记，宏兴则跟来自东瀛的山海组纠缠起来。

朱侯一人面对三禾会两名红棍的合力攻击，他出手如闪电，招招不离对方要害，五个回合之内就将两人击倒，朱侯仰首看了看高塔，率先向上攀爬而去。

萧宇一脚将甘乌亮踹倒在地，大喊一声："兄弟们，我先走一步！"大步向高塔跑去。

瘸五拍了拍宋老黑的肩膀："我说……要是萧宇有能力拿到丁财炮，我们要押下十万香江币，反手不就是五千万香江币？"宋老黑瞪了他一眼："有钱没命花岂不是更惨？小心谭爷剁了你的脑袋！"

场上的争夺趋于白热化，三禾会的三名队员在高塔的第一层纠缠住了朱侯，其中一人牢牢抱住了朱侯的大腿，他的目的十分明确，拼着挨上朱侯一脚，也要把他拖下高台。另外两人挥拳向朱侯的身上打去，朱侯顾不上抵挡他们的进攻，先挥拳重重地击打在抱着自己那人的面门，那小子一声惨叫，从两米多的地方摔了下去。

萧宇也顺利冲到了高台的下面，两名山海组的成员一左一右向他围拢了过来。没等萧宇做出动作，两人同时抬腿向萧宇踢来。

萧宇手上不敢含糊，身躯向后微微一撤，躲过两人的进攻。这两个东瀛人本以为萧宇想向后退，可是没想到萧宇的身躯猛然一个前冲，摆动右拳击打在左侧东瀛人的软肋。

右侧的东瀛人趁着萧宇全力进攻同伴的时机，从身后张开臂膀牢牢抱住了萧宇的身子，这小子力气极大，勒得萧宇险些闭过气去。萧宇怒吼一声，右腿一个经典的倒踢，足尖狠狠踢中这小子的脸部，对付这些人，他下手绝不容情。

萧宇摆脱了两名山海组成员的阻截，迅速向高台上攀爬而去。一名刚刚被朱侯击落的三禾会成员从萧宇的头顶摔了下来，萧宇单手拉住木架，身体向一旁荡了过去，那小子擦着萧宇的身体落了下去。

朱侯回头看了看身下的萧宇，露出一个神秘的笑容。高台的木架上已经攀爬了十几个人，朱侯处于最高处的位置，他同时也成为了众矢之的。

不断有人从高台上跌落下来，中心的场地上已经倒下二三十名受伤的参赛者。负责救护的人员及时把他们运到安全地带，形势变得渐渐明朗。

高台的木架上只剩下合记的朱侯、宏兴的杜伟博、山海组的木村茂和萧宇四人，他们几乎同时到达了第三层的木架。木村茂是木村龙郎的长子，是山海组新一代力量的代表，他刚才目睹萧宇击落了两名自己的同伴，早就怒不可遏，和萧宇刚一接近，伸脚就踢了过去，他的位置高出萧宇半个身位，地势上已经占了上风。

萧宇虽然知道山海组是谭爷的合作伙伴，可是谭爷事先只是吩咐帮助合记获得丁财炮，并没有说帮助山海组，就是揍这人一顿，估计他老人家也不会怪罪。

萧宇双手抓住木架，双腿腾空向木村茂的腰上踢去，木村茂练习空手道多年，反应和出手都远远超出他的那些同伴。他单手拉住木架，身体猛然上提，躲过萧宇的一击，居高临下地向萧宇的头顶踩去。

萧宇双脚攀住木架，身躯整个向后仰去，躲过木村茂这脚，重新抬起身体时，木村茂已经领先了他两米左右，一只手已经攀上了高台的顶部平台。

萧宇哪能让他在自己的眼皮底下冲上去，抢在他登上平台以前，牢牢抓住他的右脚足踝，用力向下拧。木村茂借着萧宇的力量，身体在空中旋转，左脚狠狠向萧宇的下颌踢去。萧宇腾出左手又抓住他左脚的足踝，利用身体的重量向下拖来。

木村茂气得大骂："找死！"

萧宇全力一拉，木村的身子被他拖得向下坠了半米，手掌被粗糙的木棍摩擦出了许多血痕。

萧宇和木村茂缠斗的同时，朱侯已经踏上了平台，宏兴的杜伟博紧随其后，两人的目光同时盯住中心悬挂的丁财炮，然后互相对望一眼全速向丁财炮冲去。

萧宇和木村茂也停止了打斗，同时爬上了平台。朱侯的速度忽然放慢下来，稍慢半步的杜伟博赶上，挥拳攻向他的后心，朱侯宛如身后长了眼睛一般，反手抓住了杜伟博的手腕，用力拧下，杜伟博空出的手臂抓住朱侯的上衣，向后猛拖，朱侯的身体在他的拖动下，向后倒退了几步。以朱侯的非凡实力，香江帮派中能够将他拖后的人的确不多见，可见杜伟博的力量超出常人。

这时萧宇和木村茂已经先后来到他们的身边，朱侯居然放弃了阻击杜伟博，挥拳向萧宇和木村茂打来。萧宇心中一怔，难道朱侯已经打红了眼，连自己人都不认识了？

杜伟博已经逼近花炮，他的手指距离花炮仅仅两尺之遥。

所有的人都站了起来，方天源的一张脸变得苍白无比，他隐约感到情况忽然发生了变化，朱侯在占尽优势的情况下，居然会让宏兴的杜伟博抢先，难道……

方天源的目光向李继祖望去，李继祖刚巧也在看着他，微笑着向他做出一个胜利的手势。方天源立刻明白发生了什么，背叛！他一向最为信任的朱侯，居然背叛了他，在最为关键的时刻背叛了他！

萧宇自问没有和朱侯硬碰硬的实力，他的战术就是后撤，木村茂却不清楚朱侯的实力，他的攻击暴风骤雨般向朱侯袭去。朱侯宛如山岳般屹立于原地，任凭对方的攻击如何猛烈，他的脚下没有任何移动。

杜伟博的手指已经触到了丁财炮，萧宇绕过朱侯，向杜伟博攻去，杜伟博只好暂时放弃丁财炮，伸手去挡萧宇的攻击。两个回合过去，萧宇就发现杜伟博的实力绝对在自己之下，朱侯要是真想对付他，两个杜伟博也不是他的对手。

木村的攻击慢了下来，他已经渐渐认识到眼前对手的真正实力，他的眼神从最初的狂热慢慢变成了一种冷静。朱侯也发现，木村并不是徒有虚名，他不仅力量强大，而且有着清晰的头脑。

杜伟博的下颌挨了萧宇一记重拳，他的身体险些从高台上跌落下去，萧宇已经来到丁财炮的前方。木村和朱侯停止了对抗，任何人只要靠近丁财炮就会成为众矢之的。

瘸五和宋老黑根本不知道发生了什么，宋老黑兴奋得两眼冒光："老子的，豁出去了，把丁财炮抢到手再说！"瘸五虽然不知道发生什么事情，可是知道这丁财炮萧宇是万万碰不得的，不然谭爷肯定不会放过他。他向方天源看去，却见方天源的脸上露出了欣喜的神情，心中越发感到奇怪，方天源就快要失去丁财炮了，他怎么会表现得这么高兴？

瘸五哪里知道，朱侯的突然背叛，让方天源猝不及防，现在萧宇的异军杀出，让形势再度陷入扑朔迷离之中，只要不被香江的其他帮派得到丁财炮，方天源就心满意足，他根本不会介意丁财炮最后的归属。

朱侯的眼中透出冰冷的杀机，木村也暗自积蓄着力量，萧宇的手指却一点点握住了丁财炮，在朱侯和木村齐声大吼着攻向萧宇的时候，萧宇却主动将到手的丁财炮扔向木村。

木村哪能舍得放弃手中的丁财炮，他凝聚全身的力量右拳迎向朱侯的右拳，双拳在空中相撞，木村脸上的肌肉猛然抽搐了起来。因为用力过猛，他脚下的木板咔嚓一声断成两截，他的身躯从木板断裂的缺口处向下坠落，丁财炮也从他的手中掉了下去。

所有人的目光都追随着丁财炮落下的路线，萧宇迅速从高台上向地面爬去，刚才还躺在地面上的队员，同时向丁财炮坠落的地点冲去，现场乱成一团。

萧宇来到地面的时候，所有人已经陷入了一片混乱的争斗中。

朱侯如同猛虎下山般向人群中冲去，转眼间已经消失在战团之中，没有人能看清丁财炮的位置，没有人能预见最后的胜利者。

远方的海面忽然传来了警笛的鸣响，这里的争斗显然已经惊动了香江警方。

醉金刚甘乌亮从人群中一步步走出，他的笑容格外狰狞，他的手上紧紧握着丁财炮。

新益安的帮众发出大声欢呼，可没等他们的声音落下，朱侯已经冲到甘乌亮的身后，他的手臂重重击打在甘乌亮的颈后，甘乌亮魁梧的身躯软绵绵地倒在地上，手中的丁财炮沿着地面滚了出去。

身后的人已经被朱侯的威势震慑住，没有人敢主动上前，朱侯的目光挑衅似的望向萧宇。萧宇向前缓缓迈出了一步，这时他看到杜伟博向丁财炮的方向靠近。

朱侯双拳紧握，任何人胆敢阻挠杜伟博，他会第一时间冲上前去。

萧宇犹豫了一下，他又向前迈出了一步。朱侯的精力已经提升到了极限，他相信任何人都没有办法接下自己这全力的一击。

突然身后的高台轰然倒塌，烟尘飞扬之中，木村茂手持一根两米长的木棍全速向丁财炮冲来，杜伟博还没来得及转身，木村茂手中的木棍已经劈落在他的身上。杜伟博晃了晃，栽倒在了地上。

朱侯的愤怒在这一刻被全部点燃，他向木村茂大步走去，一个真正的好手不会因为愤怒而改变步伐的节奏。

木村茂挥动木棍拦腰抽向朱侯，朱侯的手臂硬生生格了上去，木棍从中折断。

木村茂与朱侯激然的打斗让现场猛然静了下来，萧宇缓缓拾起了已经没有人注意的丁财炮，用力向大海掷去，也许一切只不过是一场游戏，现在应该到了结束的时候。

几百名警察在海滩登陆，现场迅速恢复了平静，萧宇慢慢走回了自己的队伍中，没有人是这场比赛的胜利者，他们一个个只不过是这些幕后老板的玩偶。萧宇的内心忽然生出一种莫名的憎恨与厌恶，他一定要摆脱这种被人摆布的生活。

警察在例行问话后慢慢离去。

回去的路上，萧宇一直没有说话，这场花炮会的结局让很多人感到失望，瘸五无疑是其中的一个，眼看到手的五百万，被萧宇就这么给扔了。

每个人的心里都明白，萧宇别无选择，得到丁财炮就会让青龙帮陷入整个香江各帮派的仇视之中，更何况等待他们的还有谭爷的责罚。丁财炮如果被宏兴得到，更不是方天源和谭自在愿意看到的。

宋老黑走到船头，和萧宇并肩站在一起，他低声说："阿宇，回到离岛不管发生什么事情，我都会和你共同进退！"萧宇的眼前一亮。瘸五也走了过来："谭爷如果想责罚你，我拼着不做这个堂主也要和他理论！"

海风吹打着萧宇坚挺的身躯，他伸手揽住两位前辈的肩头："谢谢你们，不过谭爷绝对不会责罚我。"

萧宇的判断相当正确，谭自在当天下午就打来了电话，对萧宇的做法大大赞赏了一番，显然此前他和方天源已经通过了电话，对花炮会上发生的一切已经相当了解。他带给萧宇另外一个好消息，萧宇陪弟兄们在香江放松几天就能返回嘉南，这意味着上次萧宇打马中昊的事情已经了结。

晚上的时候，方天源仍然在文华东方酒店摆下了酒席犒劳青龙帮的兄弟，也许是因为朱侯的叛变，方天源并没有出现在宴会的现场，出了这种事情，他的心情一定不会好。几位堂主的列席还是看出他对客人相当尊敬。

吃完饭回到酒店大厅的时候，萧宇却遇到了一个意外的访客——濠江赌王何天生的秘书王觉，王觉是那种让人第一眼就会产生好感的男士，举止优雅得当，谦逊有礼。

"何先生想请您单独谈谈。"

"我好像跟何先生并不熟悉。"萧宇笑着说。

王觉微笑着点点头："何先生和尊父曾经是很好的朋友，他有些关于令尊的事情想当面告诉您。"他说出这句话的时候，萧宇就知道自己是绝对无法拒绝何天生的邀请了。

何天生生平最大的爱好就是听粤剧，他一边品着茶，一边欣赏着粤剧名伶秋含香的表演，两条花白的长眉随着剧情不时地抖动着。

萧宇来到包厢的时候，他就已经注意到了，只是指了指身边的沙发，示意萧宇坐在他的身边，目光马上又投入到舞台上面。

萧宇对广东话才算勉强听懂，更别说这咿咿呀呀的粤剧，听起来比意大利歌剧还要难懂，他只好以喝茶来打发这无聊的时光。

总算等到幕间休息的时候，何天生这才意犹未尽地转过脸来。萧宇礼貌地喊了一声："何先生！"何天生笑着点点头："你很像你的父亲！"他挥了挥手，王觉和两名保镖自觉地退出门去。

"知不知道这次花炮会我一共亏了多少？"

萧宇看了看何天生："何老先生找我来不是专门兴师问罪的吧？"

何天生大笑起来，他的手指习惯性地敲了敲轮椅的把手："你果然很有意思。"他咳嗽了一声，"阿宇，你知不知道朱侯为什么要帮助宏兴？"

萧宇皱了皱眉头，他也一直在想这个问题："是不是宏兴出钱收买他？"

何天生点了点头，然后又摇了摇头，他反问说："你们青龙帮又为什么去帮助合记呢？"他对一切看来都了如指掌，萧宇没有回答。

何天生笑着说："这些帮派之所以能够相互勾结，不外乎是利益的驱使，香江的三禾会、合记、新益安，离岛的三连帮、青龙帮，东瀛的山海组，又有哪个不是为自己在考虑？江湖也如同现在的社会一样，钱可以买到一切！"

萧宇忽然醒悟过来，难道是眼前的这位老人收买了朱侯？可是他收买朱侯的目的又是什么？难道是为了赢得更多的金钱？

何天生马上就解答了萧宇的困惑："钱对我来说仅仅是一个数字，我之所以收买朱侯，并不是为了赢得更多的金钱，而是为了证明一件事——我才是庄家，比赛的结果应该由我来操纵！"

萧宇看着眼前这个已经半身瘫痪的老人，从心头生出一种敬意。

何天生大声说："花炮会就是一个大大的赌局，无论方天源、李继祖还是卓镇海他们不外乎都是赌徒，唯一不同的他们使用的工具是你们，赌博的彩头换成江湖地位，其实地位又何尝不是金钱的一种表现？"

萧宇点了点头，他完全同意何天生的看法。

"赌场上更没有公平两个字，只要拥有足够的金钱，你就有坐庄发牌的资格，这场赌局你就可以操纵！"

萧宇的眼前猛然一亮。

何天生笑着说："阿宇，我找你是想让你见一个人。"

"谁？"

何天生轻轻拍了拍手。

庄孝远推门走了进来，萧宇万万没有想到他居然会出现在这里。他随即又想到，何天生既然可以收买朱侯，为什么不可以收买庄孝远呢？

庄孝远先恭敬地向何天生打了个招呼，然后谦恭地站在他的身后。

何天生说："孝远已经将你的事情全部都告诉了我，作为你父亲生前最好的朋友，我愿意帮助你拿回你失去的一切！"

他的话让萧宇感到十分好笑，姑且不论他是不是父亲最好的朋友，任何事情都是有代价的，何天生不会无条件地帮助自己。现在自己已经渡过了最困难的时候，也并不需要任何人的锦上添花。

庄孝远真挚地说："阿宇，以前的很多事情，我都是迫不得已，希望你能够原谅我！"

萧宇点点头，他开始觉得这件事真的很有意思，何天生的脑子里究竟在打什么算盘。

何天生狡黠地笑了笑："你一定会认为我有其他的目的，不错，我靠赌起家，押宝是我最大的乐趣，而且越是押的冷门，将来获得的利润就越大！"

暴力与眼泪

萧宇平静地问："不知道何老先生究竟想从我这里得到什么？"

何天生坦诚地回答说："我要的是三连帮势力下全部赌场的经营权！"

萧宇抬起头："您好像忘了，现在我和三连帮没有任何关系，他们的事情应该轮不到我做主。"

何天生笑了起来，他指了指眼前的庄孝远："有了孝远的帮助，你可以了解到三连帮任何的内部情况，而且左老头子做的事情，帮内很多人并不认同。我可以帮你暗地积蓄力量，等到合适的时候你可以全力一击，一招制敌！"

萧宇慢慢向何天生伸出手去，何天生瘦骨嶙峋的手和萧宇紧紧相握，他意味深长地说："谭自在可能是老了，居然想跟东瀛人合作，东瀛人是最不可以信任的，深水港有可能成为他的埋身之所！"

萧宇没有说话，谭自在的前途和命运目前仍旧和自己紧紧联系在一起，他肯定不希望谭自在这么快就倒下去，可是周围的一切却不停地提醒他，谭自在的危机即将到来！

粤剧重新开始表演了，何天生的目光再度投回舞台，他最后说了一句话："这场赌局才刚刚开始！"

萧宇并不明白何天生这句话的真正含义。

回到酒店的时候，瘸五和宋老黑都在房间里等他，两人的神情显得都十分焦虑。

"阿宇，卓镇海被人杀了！"

"什么？"萧宇十分的震惊。宋老黑重复说："三禾会的大佬卓镇海被人杀了！"

瘸五说："他在回家的路上被乱枪打死，包括司机在内的三个人无一幸免。现在整个香江都怀疑这件事跟合记有关！"萧宇并不关心这件事究竟是谁做的，他最为关心的就是这件事会不会牵涉到青龙帮。

宋老黑说："我们已经让阿辉去买机票，尽早离开这个是非之地。"

萧宇却摇了摇头，瘸五和宋老黑诧异地看着他。

"我们现在不能急于离开，要离开也要等到卓镇海的葬礼过后，不然即便这件事和我们没有任何关系，别人也会怀疑到我们的头上。"

瘸五和宋老黑连连点头，萧宇的分析极有道理。萧宇问："这件事谭爷知不知道？"瘸五摇了摇头："谭爷的规矩你又不是不知道，他晚上十一点后从来不接电话！"

萧宇皱了皱眉头："五叔，你马上去准备一下，明天一早我们以青龙帮的名义，去灵堂拜祭卓镇海！"

宋老黑问："方天源那边要不要事先打个招呼？"萧宇点点头："这就有劳你去和他当面解释一下，合记最近的日子肯定不好过，我们尽量不要去蹚他们的浑水！"

第二天清晨，萧宇他们一行二十人全部换上黑色西装，戴上墨镜，从酒店租赁了五辆奔驰，前往卓镇海的灵堂去吊唁。上午十一点，香江阴郁的天空正下着连绵细雨，在通往卓府的道路上，三禾会的帮众禁止所有车辆通行，卓府外面到处停着经过改装的、窗户遮得密不透风的豪华轿车。隔离区以外挤满了电视摄像机、新闻记者以及怀着病态好奇心的人们，这种大佬的葬礼对他们来说是极具吸引力的事情。

卓府的庭院里，所有的长条靠背椅上都坐满了身穿黑色丧服的送葬人，每个人的衣着都很有品位，所有人都低头望着灵堂。遗像上的卓镇海一如往常那样微笑着，无论是对他的朋友还是仇人，他的笑容真正做到了保持一致。

萧宇他们到达的时候，很多帮派的代表已经先行赶到了这里。宏兴、宏义、宏安、宏乐的现任老大，正在那里接待。他们一个个身穿黑色西服，里面是白衬衣，黑领带，戴着墨镜，神情显得十分严肃。宏兴大佬李继祖站在人群中间的位置，他仍旧是仪表堂堂，头发梳理得异常整洁，西服的剪裁考究，上衣胸袋里插一方黑手帕，与他那条从白色丝质衬衣上整齐垂下的领带十分相配。

萧宇让手下将百合花扎成的花圈送上，送上了二十万香江币的慰问金。

李继祖曾经和瘸五有过几次接触，他主动向瘸五走了过来："五哥！"

瘸五和他礼貌地握了握手："谭爷这两天身体有些不适，没有办法亲自前来，特地让我们几个来拜拜卓先生。"

李继祖叹了口气，和萧宇、宋老黑分别握了握手："谢谢你们能够来拜祭卓先生，如果他泉下有知也会感激青龙帮的好意！"

萧宇和他客套了几句，然后和瘸五、宋老黑走上灵堂上香。

"青龙帮堂主赵得尚、宋先根、萧宇上香！一鞠躬！二鞠躬！三鞠躬！家属谢礼！"

卓镇海身后留下了一子一女，女儿卓可纯今年二十岁，在澳洲学习法律，才貌双全，去年曾经当选亚太华裔小姐冠军，她知道父亲死讯后，连夜从澳洲赶来，卓镇海的儿子卓天养年仅八岁。因为卓镇海的妻子在五年前过世，现在这姐弟两人已经没有任何亲人。

卓可纯姐弟两人身穿重孝，向萧宇他们磕头谢礼。萧宇安慰了她们几句，这姐弟两人的身世让他不禁想起了初来离岛的自己。

就在这时候，一个身材高大瘦削、身穿黑色西服、一直站在院落中间的男子，疯狂地在头顶上空挥舞着手枪，顺着过道向灵堂冲了过来。

萧宇听到在场女人发出的尖叫，看到几名三禾会帮众胆怯地向一旁躲去，萧宇一把抱住卓可纯姐弟两人用身体掩护住他们。

好在那名黑衣男子的目标并不是这姐弟两人，他疯狂地向卓镇海的灵柩跑去，子弹向灵柩怒射而去。

灵堂外的三禾会帮众冲了进来，等到他们将这名男子抓住，他已经往灵柩里射完了他所有的子弹，然后他站在那儿大声叫喊着："卓镇海，你为什么这么早死！老天为什么这么便宜你！"

两名保镖把那名男子摔倒在地上。他们刚要扭断他的脖子，这时李继祖已经来到了现场，他做了个手势，摇摇头。"别这样……"他冷冷地说。

保镖抓着那名男子的头发让他把脸扬起来，李继祖轻轻拍了拍他满是鲜血的面孔："幺鸡，原来是你！到底是谁派你来的？"

那名叫幺鸡的男子疯狂地笑着："没有人派我来，卓镇海杀了我全家，我做鬼都不会放过他！"李继祖用手绢擦了擦手，命令说："把他交给警察！"

萧宇扫视了一下四周，确信现场已经安全才把卓可纯姐弟扶了起来，姐弟俩受了这意外的惊吓，都开始大声哭泣。卓可纯摆脱萧宇的阻拦，向父亲灵柩跑了过去，看到灵柩里的样子，又惊恐地尖叫起来。

萧宇掩住卓天养的眼睛，他不想让这可怜的孩子看到眼前残忍的一幕。

这时门外忽然又是一阵骚乱，所有人的目光都向门外望去，却见方天源在两名手下的陪同下缓缓走入灵堂，他选择在这个时候出现的确不是时候。

在场的三禾会帮众马上围住了他们，阻挡住去路。宏安社的大哥赵晋良怒吼起来："方天源，你居然也敢来这里！老子正要去找你给老大报仇！"

三禾会这边群情激奋，齐声大喊："杀掉这混蛋，给老大报仇！"

方天源的两名手下吓得面色苍白，可方天源的神情仍然镇静自若，他淡淡笑了起来："你们三禾会就是这样对待客人的？这也难怪，老大的灵堂上你们都敢乱吵乱闹，更何况对待别人！"

李继祖轻轻咳了一声走了过去："都让开！"他的话现在代表着三禾会的最高指令，赵晋良对他显然也是敬畏有加，连忙让手下让开道路。

李继祖走到方天源的面前："天源兄好像来错了地方？"和其他人不同，李继祖自始至终保持着足够的冷静。

方天源冷冷地注视着李继祖："我和镇海兄相交多年，如今他不幸身故，我来上炷香难道不应该吗？"李继祖点点头。

身后无数三禾会弟子喊道："就是他杀害了老大，我们不会让他上香！"

李继祖怒气冲冲地盯了身后一眼："我说让开！你们听到没有？"他的声音充满了不可抗拒的威严。

挡住去路的三禾会弟子不情愿地闪开一条道路。

方天源一步一步向灵堂走去，两旁投来的目光充满了愤怒和仇恨。

方天源来到遗像前，恭恭敬敬地鞠了三个躬，正要上香时，卓镇海的儿子卓天养哭着跑了上来，用力牵住他的衣襟："是你杀了我爸爸，你是坏人！"方天源的脸上浮现出痛苦和怜惜的神情，卓可纯上前流着眼泪把弟弟拉了过来，她的目光中充满了仇恨。

方天源把香缓缓插在卓镇海的遗像前："镇海兄，你放心去吧，我方天源在此起誓，我一定会还你一个公道，把真正的凶手带到你的墓前！"

萧宇暗暗佩服他的勇气，无论这件事是不是方天源做的，他在灵前的宣言已经表明自己和这件事情无关，面对愤怒的三禾会帮众，他仍能泰然自若面不改色，单单是这份胆魄，当今的江湖中已经很少有人能够做到。

萧宇和瘸五等人在参加完卓镇海的葬礼后才动身离开香江。此次的香江之行为萧宇的心中蒙上了一层深重的阴影，卓镇海的突然死亡让香江重新陷入一片风雨飘摇之中。

李继祖成功上位，成为三禾会的新任当家，以他的智慧和能力，必然能将人心涣散的三禾会重新凝聚在自己身边。

他并没有急于找合记寻仇，这也正是他的高明之处，只有将三禾会的内部全部理顺，才能让这个古老而庞大的组织重新焕发出活力。

这次的花炮会真正得利的人就是李继祖和他统领下的宏兴，方天源不但没有成功瓦解三禾会，而且成为了三禾会的头号公敌。他的失败就是谭爷的失败，青龙帮和山海组的深水港计划首先面临的对手就是重新洗牌的三禾会。

飞机将在半小时后起飞，瘌五、老黑一帮人正在机场商店中忙着采购礼品，萧宇给尾巴、四震他们带的礼物，早在陪母亲在香江游玩的时候就已经买好。他无聊地站在候机室的大屏幕前看着翻滚的航班时刻表，现在距离飞机起飞还有二十分钟。

萧宇向商店的方向望去，刚巧看到一个戴着墨镜的黑衣少女带着一个男孩从身边走过，萧宇一时间想不起在哪里见过这个女孩，听到那男孩叫了一声"姐姐，我想喝水"，萧宇这才想起他们原来是卓镇海的那双儿女，就是不知道他们为什么会在机场出现。

卓可纯手中拎着大大的行李箱，他们分明是要出远门的样子。

卓天养走到自动贩售机的前方投了两枚硬币，从出口处拿了一听百事可乐。这时两名身材高大的男子走到他的身后，拦腰把他抱了起来，转身向机场外飞快地跑去。

突然的变化让卓可纯惊恐地尖叫起来，萧宇最先反应了过来，他迅速向两人逃跑的方向追去，门口的警卫拔出手枪，其中一名男子用手枪抵住卓天养的脑袋，将他的身体挡在胸前，毫不畏惧地向大门口冲去。

另一名男子显然注意到了在身后紧追不舍的萧宇，掏出手枪瞄准萧宇，扣动了扳机，萧宇连忙躲在柱子后面，子弹射中大理石圆柱，灰尘弥漫。卓可纯不顾一切地冲了过来，萧宇一把拉住她的手臂，将她拽到安全的地方。卓可纯近乎疯狂地想摔开萧宇的手臂，萧宇牢牢地把她抱在怀中。

卓可纯张口咬在萧宇的手臂上，萧宇忍住疼痛，压低声音说："你清醒一点,现在出去只有送命,根本救不回你的弟弟!"卓可纯大声哭泣起来。

歹徒已经劫持卓天养乘车离去,机场的警卫正在慌忙地向上级汇报。

瘸五和宋老黑他们听到枪声连忙赶了出来,看到萧宇没事才放下心来。萧宇扶着精神近乎崩溃的卓可纯坐下,瘸五也认出眼前的女孩是卓镇海的女儿。这时候警察走了过来,他们向卓可纯询问了一下当时的情况,卓可纯只是哭泣,一连串的打击已经快要把她击垮。

萧宇将当时的情况向警察叙述了一遍,这时卓可纯的情绪才慢慢恢复正常,抽抽噎噎地把姓名和弟弟的模样告诉机场警察。

瘸五悄悄把萧宇拉到一旁:"阿宇,到点登机了,我们走吧!"萧宇看了看脸色苍白的卓可纯,此刻她显得那么无助和凄凉,他忽然下定了决心:"你们先回去,我要帮她找回弟弟!"

"你这不是多事吗?三禾会不会放任不理的!"瘸五对萧宇的做法很不理解。他哪里知道萧宇看到卓可纯姐弟的遭遇仿佛看到自己初次在嘉北的遭遇,他有种预感,三禾会不会帮助他们姐弟,也许这就是常说的同病相怜,萧宇决心帮助这个可怜的女孩。

瘸五了解萧宇做人的原则,他决定的事情往往不会轻易改变,他拍了拍萧宇的肩头:"你小心点,谭爷那边我会替你解释。"萧宇点点头,目送一行人进入了闸口,这才来到卓可纯的身边:"你认识劫持你弟弟的人吗?"

卓可纯泪光盈盈地看着萧宇,她摇了摇头,萧宇安慰她说:"他们一定会打电话来提出条件,在条件没有得到满足之前,你弟弟应该不会有什么危险。你可以去找李继祖,三禾会在香江的势力很大,他们应该能够查到究竟是什么人做的!"

卓可纯摇了摇头:"他不会帮助我,他对我父亲一直充满了仇恨,发生这种事情最高兴的可能就是他!"萧宇这才发现卓可纯对李继祖并没有什么好感。

萧宇说："我想李继祖应该会帮助你，至少在表面上他不想落下一个不讲道义的名声。"

卓可纯的手机忽然响了一下，一条短讯发了过来：如果让警方介入，你弟弟必死无疑！她的嘴唇因为恐惧而抽搐了一下。

"我送你回家！如果歹徒想要钱的话，他们一定会主动和你联系！"萧宇替她拿起了行李。卓可纯这才注意到萧宇的手臂上被自己咬破的地方仍然在流血，她轻轻咬了咬嘴唇，目光中露出一丝歉意，掏出一块洁白的手帕为萧宇包扎好伤口。

两名警察走了过来："卓小姐，我们必须时刻保护你，以免歹徒对你不利！"卓可纯已经恢复了镇静，她淡淡笑了笑："对不起，我想我还不需要你们的保护。"绑匪刚才的警告让她不敢和警察有过多的接触，对她而言，没有任何事比保住弟弟的生命更加重要。

萧宇拿着行李站起身来："阿Sir，请你们不要骚扰卓小姐！"

"你是谁？"

"我是卓小姐的私人保镖！"萧宇脱口而出。警察看了看卓可纯，卓可纯点了点头。她这时才想起萧宇曾经在父亲的葬礼上帮助过自己，不知道为什么，她虽然只是第二次见到萧宇，可是却相信眼前的这个男人一定会真心帮助她。

萧宇首先护送卓可纯去她的公寓，事情并没有像他们意料的那样发展，等了整整两个小时，都没见到绑匪再次跟卓可纯联系。卓可纯越发显得焦虑，弟弟是她在这世界上唯一的亲人，她无法再承受失去亲人的痛苦。

在萧宇的劝说下，她还是给李继祖打了个电话，正如萧宇分析的那样，李继祖显得非常气愤，答应全力去寻找卓天养的下落。

李继祖并没有亲自来卓宅，只是派他的副手过来慰问了一下，萧宇开始理解为什么卓可纯不愿告诉李继祖，看来卓天养被绑对他只是一件无关痛痒的小事。

直到现在，萧宇仍然深信歹徒一定会打电话来，他们不会毫无目的地劫持卓天养。

公寓客厅的沙发已经全部用防尘罩罩住，看得出主人本来打算是要出远门，如果没有这突发的事件，现在他们姐弟两人应该已经坐在飞往澳洲的客机上。

卓可纯的手机终于响了，萧宇示意她尽量平复自己的情绪，萧宇贴到手机的旁边，电话中传来一个低沉的男声："卓小姐吗？"

"是我！"卓可纯的声音还是有些颤抖。

"你弟弟很安全！"

"你们要多少钱我都可以给你，千万不要伤害我的弟弟！"卓可纯大声说。

对方呵呵笑了起来："两个小时后，你带上你父亲的死亡证明和他留给你的钥匙，到海洋公园门口的售票处，我会给你电话！"对方说完就挂了电话。

卓可纯无助地望向萧宇，萧宇现在已经成了她最大的支柱。萧宇分析说："我们目前只能按照他们说的做！"

汽车开动一段时间后，卓可纯的手机响了，她接通电话，是那帮绑匪："警察正在跟踪你，注意你身后的两辆黑色本田，你要在下一个弯道甩开他们！"萧宇透过反光镜果然看到两辆本田跟在他们身后大约五十米处。

萧宇加大了油门，两辆本田车也随着加快了速度。

"向右拐！"对方在电话中大声指挥着，卓可纯向右使了个眼色，萧宇一个急转弯将汽车驶向右侧弯道。萧宇猜测到对方一定在距离他们不远的地方，他们的一举一动都在这帮绑匪的严密监控之下。

萧宇抢在前方路口红灯亮起之前冲了过去，一辆横向行驶的旅行客车刚巧挡住了追踪者的去路。

汽车连续几个拐弯后，电话声再度响起："你们在前面的地铁站下车，中途不要挂电话，务必在五分钟之内赶到地铁站的门口！"

萧宇迅速把汽车停在地铁站前的减速道上，和卓可纯以最快速度冲向地铁站的入口。身后一名抄牌的警察大声喊："这里不能停车！"萧宇和卓可纯根本顾不上理他，想撕罚单随他去吧。

两人冲到地铁站的门口，卓可纯气喘吁吁地拿起电话："我们……到了……"对方冷笑了起来："看没看到左边的垃圾筒？"两人向左方望去，果然看到那里有一个黄色的垃圾筒。

"看到了！"

"里面有一部手机，你去拿，我三分钟后会跟你联系！"

这时一个拾荒的老头正朝垃圾筒走去，萧宇不顾一切地冲了上去，那老头的手已经先行摸进了垃圾筒，当他看清拣到的是什么，脸上露出惊喜的神情，这足够他换上几天的饭钱。

没等他反应过来，萧宇已经一把把手机抢了过去，那老头看到刚得来的东西被他抢了过去，大叫着向萧宇扑了过来。萧宇连忙从钱包里掏出两张钞票，老头把钱接了过来，这才骂骂咧咧地离去。

电话准时响起："你的手机不能再用了，警察已经进行了监听。"

"我弟弟在哪里？"卓可纯急得快要哭出来了。

"你们乘地铁去香江汇丰总部，我只给你三十分钟！"对方说完就挂了电话。萧宇和卓可纯对望了一眼，他们已经完全处于被动之中，对方对他们的每一步行动都了如指掌。趁着卓可纯买票的空隙，萧宇偷偷审视着身后的人群，却没有找到任何可疑的迹象。

卓可纯低声对萧宇说："他们一定是为了钱，我父亲在汇丰有三十亿香江币的存款……"萧宇却摇了摇头，对方如果是冲着那笔钱来的，为什么不直接让他们带现金来交换，那样不是更加安全？

他们来到汇丰门前时，时间是下午四点三十分，距离银行下班还有不到半个小时。卓可纯的手机铃声再度响起："卓小姐！现在你一个人进入银行！"卓可纯看了看萧宇，萧宇用眼神鼓励她。卓可纯稳定了一下情绪，向银行的大门内走去。

走入银行大厅，对方继续吩咐说："你父亲在银行的保险库中存了一份东西，你去把它取出来！"

卓可纯越发感到迷惘，对方究竟想干什么，父亲在这个保险库中到底隐藏了什么样的秘密，绑匪为什么会对父亲的事情知道得这样清楚？

卓可纯向银行的警卫出示了自己的身份证和父亲的死亡证明，父亲留给她的这串钥匙终于找到了它的位置。从这里通往保险库要经过三道守备森严的金属门，进入地底三层的地下室。负责保险库的银行经理和卓可纯同时将钥匙插入保险柜，里面有一个皮箱，卓可纯在物品签收单上签下了自己的名字，然后拿起皮箱离去。

走到银行大厅的时候电话又响了起来："卓小姐，你带着皮箱乘电梯到二十层下！"卓可纯向门外等候的萧宇看了一眼，转身向电梯中走去。

萧宇也看到卓可纯手中的皮箱，看来对方的真正目的就是皮箱里的东西。

电梯在二十楼停下，卓可纯按照对方的指示走向走道尽头的窗口。

"你把皮箱从窗口扔下去！"对方命令说。

"不！我要见到我的弟弟！"卓可纯忽然变得异常冷静，她知道，自己如果把皮箱扔下去，就失去了跟对方讨价还价的资本，弟弟的安危绝对得不到保障。

对方沉默了下去，不久卓可纯就听到电话中传来弟弟的哭喊："姐姐……救我……姐姐……"电话被拿开："如果你想让你弟弟活在这个世界上，就马上照我说的做！"对方的语气没有任何讨价还价的余地。

卓可纯还想反驳，对方冷冷地说："我数到三，子弹就会穿透你弟弟的头颅！一！"

卓可纯用力咬了咬嘴唇，将皮箱从窗口扔了出去。楼下六楼的地方有一个大大的平台，两名戴墨镜的黑衣男子用缓冲网稳稳接住了抛下的皮箱，迅速向楼梯口跑去。

"很好！你马上就会收到短讯，上面有关你弟弟的地址！"

卓可纯拼命向楼下跑去，她刚刚在大厅出现，短讯就传了过来：肇兴码头三号仓库！萧宇看到卓可纯马上迎了上去。

卓可纯脸色苍白地把手机递给萧宇，萧宇看到上面的字样猛然一愣，这座码头不是方天源的物业吗？一种不祥的预感笼罩了他的内心。

这种预感压得萧宇几乎要窒息，他拉着卓可纯疯狂地向门口跑去。上了出租车，萧宇第一时间给方天源拨通了电话："方老板，我想你必须亲自来一趟……"

方天源带领手下赶到肇兴码头的时候，萧宇和卓可纯刚刚下出租车。卓可纯似乎已经预感到了什么，整个人几乎瘫软了，要不是萧宇在一旁扶住她，她连路都走不动了。

方天源的面孔是说不出的愤怒，货仓的门缓缓打开，所有人的目光都向里面望去。

卓天养幼小的身躯躺在货舱里，生死未明。他们迅速冲到卓天养身前，卓可纯抱起年幼的弟弟，他还有一丝微弱的呼吸！卓可纯不敢耽搁，立马把弟弟送往医院。

卓天养被送到了急救室，萧宇陪着卓可纯，焦急地等待着结果。方天源等人也守在外面。

时间一分一秒地过去了，卓可纯觉得时间从没有这么漫长过。许久，医生从急救室走出来，遗憾地说："对不起，我们已经尽力了……"

卓可纯再也经受不了这样的打击，昏倒在萧宇的怀中。方天源隐隐感觉自己正在掉入一个巨大的阴谋中。

卓可纯悲伤过度病倒了，她住院后，萧宇开始审思卓镇海被杀和卓天养绑架案之间的关系。

卓镇海一生树敌无数，很难猜得到究竟谁是幕后的真凶。

他的死，从表面上看获利最大的是李继祖，可种种迹象却指向方天源，萧宇忽然想到方天源在这次的事件中并没有受到什么实质性的损害，随着警方的调查，两名绑匪渐渐浮出水面，方天源似乎与这次的绑架没有任何关系。而害死卓镇海的最大嫌疑人已经变成了处心积虑夺走皮箱的一个名为"罪恶天使"的组织，合记的危机在不知不觉间被化解。

　　仔细想想，卓镇海的死方天源获得的利益并不次于李继祖。对方天源来说，卓镇海死后，他们在幕后做的那些交易就再也没有人知道。萧宇的内心生出一种莫名的寒意，这件事也可能是方天源策划的，置死地而后生！萧宇默默审视着眼前的方天源，如果一切都是他做的，他的城府和心机当真是深不可测。

　　方天源并不了解萧宇现在的想法，他告诉萧宇："警方已经解除了对你的限制令，你随时都能返回嘉南。"

　　和方天源分手后，萧宇送康复的卓可纯回到了她的公寓。这个柔弱的女孩在一连串的打击下开始慢慢坚强起来。

　　"明天我就要回离岛了！"萧宇低声说。

　　卓可纯美丽的眼眸闪过一丝失落，这段时间如果没有萧宇的帮助，她早就撑不下去了，不知不觉间她已经把萧宇视为最大的依靠，萧宇的离开让她有些不知所措。

　　"什么时候的飞机？"

　　"明天上午！"

　　"我去送你……"卓可纯小声说。

　　"不用了，我特怕跟人告别的场面！"萧宇笑着说。

　　卓可纯点了点头，沉默了下去。

　　萧宇看了看卓可纯："你以后有什么打算？是不是准备回澳洲继续你的学业？"

　　卓可纯的目光充满了迷惘。

　　卓镇海的突然被杀，让整个香江的格局重新发生了变化，李继祖利用这难得的时机将宏兴、宏义、宏安、宏乐重新统一在自己的领导之下。对外，他提出一致对外的口号，联和新益安、龙凤盟等本地帮会，三禾会的声威达到了近十年来的最高点。

方天源虽然洗清了绑架的嫌疑，可是危机对他来说远远没有过去，一山不容二虎，三禾会跟他的这笔账早晚都要算。方天源清醒地认识到了这一点，他趁着李继祖忙于整顿帮内事物的时候，也开始对帮会进行一次全新的洗牌。

镇山虎朱侯关键时刻的叛变，让他认识到合记的内部隐藏着深重的危机，他要趁着这难得的喘息之机，扫除帮内暗藏的危机，一个凝聚的团体才能发挥出最大的战斗力。三禾会的连横策略迫使他不得不加强和外来势力的联系，东瀛的山海组、嘉南的青龙帮成为他首先考虑的对象。

萧宇来到机场的时候意外发现卓可纯已经等在那里，她的手中拎着一个黑色行李箱，看来也准备远行。

"打算去哪里？"萧宇来到卓可纯的面前，微笑着望着她。

卓可纯仰起美丽的脸庞："离岛！"

萧宇吃惊地睁大了眼睛："你在离岛……还有亲人吗？"

卓可纯没有说话，她的眼睛望向萧宇。

"想去散散心？"

"嗯。"

嘉南的天空一如往常，萧宇甚至开始怀疑在香江经历的一切都是梦。何天生和卓可纯的出现，让他的人生出现了转机。

萧宇和卓可纯走出机场的时候，尾巴和四震已早就来到了候机大厅，一看到萧宇他们就兴奋地冲了上去，牢牢地和萧宇拥抱在一起。

萧宇乐呵呵地拍了拍两人的肩膀："别闹得跟恋人似的，老子鸡皮疙瘩都起来了！"四震笑着说："宇哥，咱们那赛车俱乐部就等您老剪彩了！"

尾巴两只眼睛贼贼地看着卓可纯，心想，到底是老大厉害，去了一趟香江带了一姑娘回来。

萧宇看着他那对贼眼就知道这小子没想什么好事，把行李往尾巴手中一递:"还不赶快去把车开来!"

"宇哥,今晚哥儿几个在狮王府给你订了一桌酒席,为您接风洗尘!"尾巴临了不忘了补充,"这次全是我请!"

萧宇忍不住骂了一句:"你小子能舍得出钱?"

四震接口说:"宇哥英明,尾巴知道你要来,昨天晚上拽着我们哥几个玩了通宵的麻将,我就差裤子没被他赢走了!"

"愿赌服输,大家机会均等,自己没本事赢怪谁?"尾巴得意扬扬地说。

离开机场,萧宇才想起把卓可纯介绍给他们两个。尾巴早就等着这个机会,拉住卓可纯的手紧紧不放,直到萧宇用肘尖捣了他一下,他才乐呵呵放开了卓可纯的小手,卓可纯闹得满脸通红。

"我今天回来的消息,你们告没告诉别人?"

"没其他人,就是告诉了五爷,他打电话问了几次。"尾巴回答说。

"你小子这张嘴就没把门的!"萧宇骂完他,才想起卓可纯还在身边,有些不好意思地笑了笑。卓可纯的目光望向窗外,只当什么都没有听到。

萧宇本来想休息一天再去谭自在那里,现在瘸五已经知道自己回到嘉南,想来谭自在也得到了消息,如果不先去谭自在那里恐怕显得不敬。

他对开车的四震说:"你在中兴路把我放下,我打车先去谭爷那里,你们先在夜总会附近找间酒店把卓小姐安顿下来。"

萧宇来到谭公馆的时候,谭自在刚从码头上视察回来,深水港的计划已经提上日程,这些日子他几乎没有任何空闲。看到萧宇回来,他显得十分高兴。萧宇见他并没有提自己私自决定留在香江的事情,也放下心来,看来谭自在没有责备自己的意思。

萧宇先将香江发生的事情向谭自在汇报了一下,他最后又将卓可纯到离岛散心的消息告诉了谭自在,这种事情根本瞒不过谭爷的耳目。

谭自在对萧宇说的事情好像并不太感兴趣,他现在的全部精力都放在了深水港这个项目上。

"阿宇，月底深水港就要开始动工了，你上过大学，人又聪明，我想让你暂时放下夜总会的工作，去帮我筹备深水港的前期工作！"萧宇微微一怔，谭自在交给自己的这个任务相当艰巨，自己在帮中的资历尚浅，现在接受这么重要的工作会不会招人妒忌？说到学历，自己这个燕京电大生实在上不了什么台面，就算是帮内，学历比自己高的也大有人在。

谭自在似乎看出了萧宇的顾虑："你放心，任何事情都有我在身后撑着，你只需要放手去做，其他的根本不需要考虑太多！"

萧宇问："山海组那边会不会有人过来？"其实他是关心渡边美惠子的消息。

谭自在淡淡笑了笑："这正是我选择你的原因之一，山海组那边准备派美惠子小姐过来，你们曾经有过合作的经历，算得上老相识了，我想交流起来应该容易得多。"

萧宇的内心感到一阵激动，美惠子温柔可人的模样立刻浮现在他的眼前。

谭自在从抽屉中拿出一串钥匙："听说你一直都是租房住，我在万山港附近有一栋闲置的房子，虽然旧了些，可是宽敞得很，距离工作的地方也很近，如果你愿意就去那里住吧！"萧宇又惊又喜地接过钥匙，对谭爷的感激自然又增加了几分。

回到住处，尾巴、四震和瘸五都在那里等他，萧宇还见到了从香江过来的燕京老乡胡忠武，从他的神态来看，他的伤势已经好了许多，一问之下，才知道原来尾巴带着他在嘉南有名的骨科医院治疗，再过些日子他的右手应该可以全部恢复，左手虽然不能恢复到正常的样子，可是想来也不会影响他日常的活动。

胡忠武对萧宇感激到了极点，如果没有萧宇的帮助，他现在恐怕已经成为香江街头流浪乞讨的废人，他是个知恩图报的人，心中暗自拿定主意以后一定要好好报答萧宇。

尾巴把卓可纯安顿在光复路唯一的一家四星级酒店，并邀请她晚上一起在狮子楼吃饭。萧宇洗完澡，换好衣服就去了酒店，作为地主，他必须照顾卓可纯。

来到酒店大堂的时候，卓可纯刚巧从电梯上下来，她穿了一件月白色的旗袍，合体的裁剪，使她美好的身姿显露无遗，虽然她在竭力掩饰，可眼眸中仍然流露着淡淡的忧伤。

萧宇迎了过去："怎么样？安顿好了没有？"卓可纯点了点头，远离香江那片伤心的土地，她的心情稍微平复了一些。

"尾巴他们几个没什么不周到的地方吧？"

卓可纯微笑着说："没有，他们人都挺好的。"

"那几个小子嘴头上贫着呢，不过心眼不坏，有什么需要帮忙的跟他们说也一样。谁敢对你不尊敬，你只管跟我说，我抽死他们。"

酒店距离狮王府并不算远，两人沿着人行道慢慢走了过去，萧宇趁着这个机会向卓可纯介绍了一下光复路的概况，卓可纯边走边向萧宇询问一些嘉南的风土人情。

身后传来汽车的喇叭声，萧宇回过头去，看到马心怡开着一辆敞篷跑车，缓缓行驶到面前。"阿宇，怎么回到嘉南也不跟我打个招呼？"马心怡一副要兴师问罪的样子。萧宇乐呵呵地解释说："马姐，我刚到没多久，正想给您打电话，请您去狮王府吃饭。"马心怡一定是从宋老黑那里知道他回来的消息。

"鬼才相信你！"马心怡把车停下来，让萧宇和卓可纯上车。萧宇把卓可纯介绍给马心怡，对她的身份只字未提。

马心怡说："夜总会最近的经营情况有所好转，上次枪击案的事情，人们大都开始淡忘了。"

"这还是要多谢马姐费心。"

来到狮王府的时候，晚上参加饭局的人基本上都已经到达。因为今晚宴会的主角是萧宇，他在上首位坐了，卓可纯因为是远来的客人，坐在萧宇的旁边，宋老黑、马心怡、瘸五、尾巴、丽娜、四震、胡忠武依次在两旁落座。尾巴看来赢了不少，这桌饭菜订的是狮王府的最高标准。

三杯过后，萧宇清了清嗓子："各位前辈，各位兄弟，谢谢尾巴破费为我和卓小姐洗尘，本人感动之余，先干为敬！"萧宇把手中满满一玻璃杯白酒一饮而尽，在场的人全都鼓掌叫好。

萧宇继续说："我还有一件重要的事情向大家宣布……"他故意停顿了一下，"以后我不再担任夜总会的经理！"所有人都是一愣。

瘌五和宋老黑首先想到，是不是谭爷因为萧宇擅自留在香江处罚了他。瘌五气愤地说："我这就去找谭爷，他怎么能这样对待阿宇！"宋老黑也大声说："我也去！"上次香江之行两人和萧宇之间的感情也是突飞猛进，算得上是忘年之交。

萧宇笑眯眯地说："两位前辈何必这么着急，我话还没说完呢，谭爷让我去深水港负责那里的筹备工作！"

"你小子发达了，闹了半天你蒙我们的！"瘌五笑着骂。

尾巴给萧宇添满了酒："宇哥，你到哪儿也别忘了把我带上！"

萧宇笑着点点头，马心怡第一个站起来敬酒祝贺，萧宇又连干了几杯，最后轮到和胡忠武喝酒的时候，舌头都有点大了。

胡忠武关心地劝他："阿宇，你少喝点！"萧宇端起酒杯跟他碰了一下："我今天在这里发誓，我萧宇无论什么时候都会和兄弟们有福同享有难同当。"

离开狮王府的时候已经是晚上十一点，萧宇和胡忠武送卓可纯回酒店后，正打算回家，萧宇忽然又想起已经很久没见过傻豹，又拉着胡忠武一起去凤仙街。

傻豹的面馆仍然亮着灯，有几个顾客正在那里吃夜宵，看来他已经适应了这种生活。萧宇站在门口，看着忙碌的傻豹，心中感到一阵温暖，傻豹的确应该属于这里，他的生活本应归于平淡。

傻豹抬起头，看到了萧宇，他兴奋地跑了过去，在萧宇的肩头捶了一拳："阿……宇，你……你回来了！"萧宇笑着说："生意不错，这么晚还有人光顾!"他把胡忠武介绍给傻豹。

"想……想吃什么,我请……请客……"

"你弄两碗牛肉面就行,我肚子真的有些饿了!"萧宇和胡忠武在靠窗的位置坐下。

"好嘞!马……马上就来!"傻豹转身进了厨房。

萧宇望着傻豹的背影,小声说:"他就是我跟的第一个老大!"胡忠武有些奇怪地看着萧宇:"他好像并不适合在道上混。"

"是啊!所以他才选择了离开,有时候我真的很羡慕他这种平淡却很充实的生活。"萧宇的目光变得异常明亮。他这番话绝没有任何矫情的成分在内,只有经历过才知道平淡生活的好处。

胡忠武却摇了摇头:"正像他不适合在道上一样,你也不适合这种平淡的生活。"萧宇的目光转向胡忠武,他等待着胡忠武下面的话。

"我虽然和你接触的时间不长,可是你给我的感觉是一个极富有冒险精神的人。怎么说呢,你属于那种喜欢挑战、喜欢尝试未知生活的人,一个天生的冒险家。"胡忠武的剖析丝丝入扣。

萧宇淡淡一笑:"忠武哥,你喜欢冒险吗?"胡忠武摇了摇头:"我不喜欢,可是我的命运却逼得我不得不去冒险,这种生活带给我的只有痛苦和负担,而你不同,你享受冒险的过程。"

傻豹端了两碗热腾腾的牛肉面放到两人面前,萧宇连忙招呼他坐下。

"豹哥,最近和秀雯怎么样了?"

傻豹笑了笑:"她来……来过几次……"萧宇笑着说:"你离她这么近,没事多去溜达两趟,既然喜欢人家,就主动点,难道还等着人家女孩子主动向你表白?"

傻豹摸了摸后脑勺,他也知道萧宇说得对,可是不知怎么,只要一站在秀雯面前,他就连话都不会说了,还谈什么表白。

第二天一早,萧宇喊上胡忠武和尾巴,驱车来到谭自在位于万山港附近的公寓,这是一栋欧式的别墅,总面积在两百平方米左右,楼前有一片长满衰草的草地和一个废弃的泳池。看来谭自在已经很久没有打理过这里，常年的闲置让这儿近乎荒废。

萧宇用钥匙打开房门，里面的摆设倒十分齐全，不过因为很久没有人居住，房间到处都积满了厚厚的灰尘。

尾巴路上已经听说谭爷把这栋别墅给了萧宇，现在看到这副光景，忍不住说："谭爷也真是的，把这套老宅子给你，至少也要让人事先打扫一下。"

萧宇笑眯眯地说："你觉着我喊你来干什么？"

尾巴瞪大了眼睛："老大，你不会是让我们来帮你打扫卫生的吧？"

萧宇笑着点点头，尾巴连忙拿起了手机："老大，你饶了我吧，我马上给你联系一保洁公司，工钱算我的！"

萧宇笑了起来："保洁公司我已经通知过了，估计待会儿就能到，我喊你们来是帮我参谋参谋，这房间还需要买点什么？"

尾巴咧着嘴说："女人！这么大房子没个女人在里面，实在是太空旷了！"胡忠武也笑了起来。

萧宇说："这儿就交给你们两个了，谭爷让我今天就去港口上班，三天之内帮我把这里全部搞定，外面的草地、泳池全部帮我清理好！"

尾巴点点头："这还不简单！"他的手伸向萧宇，"至少要给点经费吧。"萧宇给了他一张五十万的支票："钱是谭爷借给我的，你小子省着点花！"尾巴喜滋滋地答应下来。

星星之火

深水港工程选址在万山码头，现在距离工期还有不到一个月的时间，谭自在下令将万山港的码头关闭了三分之二。除了少数的巨型客轮仍然在这里停靠，其他的船只大都已经分流到嘉南其他的码头。

萧宇的工作主要是负责协调进驻工地的各方工作人员，招待东瀛的代表，以及维持工地的治安和秩序。

表面上听起来，没有什么大的难度，可实际操作起来，却十分复杂。工作人员分成十多个小组：指挥组、土方组、材料组、后勤组、水下施工组、水上作业组……人数最少的组少说也有三十人，前期进驻的人员就在六百人左右，甭说别的，单单安排这些人的食宿就费了两天的工夫。接下来，就要根据各组所需为他们采购器材。

萧宇把尾巴、四震、胡忠武全部都招到了港口，全力准备港口的前期工作，经过他们夜以继日地工作，总算在月底以前将所有工作基本理顺了，剩下的就是等待大部队进驻港口开工。

谭自在对萧宇的工作效率也相当满意，在青龙帮内部的会议上点名表扬了萧宇。承建这次深水港主体工程的是东瀛的亚基伟业，他们将在一个月后到达工地现场。

山海组的第一笔资金已经划到谭自在的账上，一切都在顺利地进行。

因为清场和准备的工作已经基本完成，刚巧卓可纯去阿里山游玩回来，打电话约萧宇几个人一起吃饭，萧宇痛快地答应下来。

晚饭的地点还是狮王府，萧宇把这里称为自己家的食堂。到场的除了尾巴、四震和胡忠武，卓可纯居然把马心怡也喊来了。

萧宇心里有些奇怪，她们两人应该不会有什么交情，卓可纯怎么会想起喊她。

马心怡和卓可纯居然还有很多话说。

马心怡笑着宣布："我和卓小姐刚刚谈成一笔生意！"萧宇有些奇怪地看着她。

"卓小姐打算接手我的银座夜总会，明天办完交接手续，银座的经理就是她了！"

萧宇吃惊地问："你不是开玩笑吧？银座的生意这么好，你为什么要放弃？"

马心怡悄悄跟萧宇实话实说："谭爷找老黑谈过，让他把资金抽出银座。"萧宇这才明白到底是怎么回事。

卓可纯说:"其实这次我只是注资,银座的一切我打算还是由马姐来打理,当然,这要建立在她愿意留下的基础上。"

萧宇笑着说:"卓小姐绝对有眼光,想要生意兴隆,一定要把马姐给留下!"他看得出马心怡其实并不想离开银座,人都是有感情的,马心怡一手将银座的生意做到如今的地步,当然不想放手。

晚饭后,萧宇陪着卓可纯来到海边散步,多日不见,卓可纯的心情明显变好了,也许她已经把仇恨深深埋藏在了心底。

"你以后真的打算留在离岛发展?"萧宇打破了沉默。

卓可纯点点头:"这些日子,我去了离岛的很多地方,又拜会了我父亲的几个朋友,我终于发现,以我目前的情况去找李继祖他们报仇,只有死路一条,所以决定暂缓报仇的想法。"

萧宇深深吸了一口湿润的空气:"为什么选择嘉南?"

卓可纯深深凝视了萧宇一眼:"因为有你!"

萧宇迷惑地看着卓可纯,他们之间应该没有发展到这样的地步。

卓可纯坦诚地说:"这段时间我了解了你所有的背景,你之所以留在嘉南是为了拿回你失去的一切,你之所以帮助我,恐怕也是因为我们有着相同的经历。我父亲留给我的三十亿香江币,你可以无偿使用!"

萧宇终于明白了她的本意:"你要我做什么?"

"我要你为我打败方天源和李继祖!"卓可纯的眼圈已经发红。

萧宇望着她的眼睛,许久才点了点头。

萧宇深知提升自身实力的必要,他新招募的小弟加上四震那边大概一百二十多人,胡忠武从中挑选了三十个能打能拼的小子作为重点培养对象。

银座作为他和卓可纯事业的第一步,在嘉南想生意兴隆,就不能和谭自在的生意相互抵触,萧宇和马心怡经过商量,决定转变银座的经营方向,将它打造成嘉南最大的赌场。因为萧宇的面子,谭自在和青龙帮的上上下下并没刁难卓可纯，一切都进行得相当顺利，全部资金由卓可纯投入，至于赌场的运营和操作由马心怡来负责。

谭自在的主要精力都放在深水港项目上，对卓可纯在嘉南开设赌场的事情并没有太多去留意，又或者他早已注意到，但是并不想过问。

萧宇虽然在幕后负责策划和操纵，可是他毕竟是青龙帮的堂主，很多事情不能亲力亲为。他让胡忠武担任赌场的保安经理，又通过何天生的关系从濠江临时借调了两个操盘高手。

赌场开业的当天，嘉南许多江湖人物都上门道贺，瘌武和宋老黑特地打造了一块大大的金匾，上面写着：生意通四海，财源达三江。

剪彩的时候，萧宇和卓可纯、瘌五、马心怡站在长红的前面，手起剪落，剪断红绸，在众人的掌声中用朱笔为狮子点睛。

濠江赌王何天生专门让人送来了一枚足有十斤重的金钱，象征财源滚滚。萧宇自然不会将他跟何天生的渊源告诉其他人，所有人都以为他是看在卓可纯父亲的面子上才来捧场。

距离东瀛方面进驻深水港还有七天的时候，一件意想不到的事情发生了。嘉南的一家名叫《南方晚报》的报纸对深水港工程进行了报道，一时间整个嘉南的大街小巷闹得沸沸扬扬。

萧宇点燃一根香烟："尾巴，你去查一查是什么情况。"

萧宇赶在南方晚报下班以前来到了报社，报社的经理是个叫孟水富的胖子，照萧宇的感觉，这小子充其量是个杀猪的，一副肚满肠肥的样子，浑身上下找不出半点墨水的痕迹。

萧宇直接对他说明了来意："孟先生，我想听你解释一下，为什么近期对我们深水港工程有这么多不详实的报道？"

孟水富看来对萧宇的到来早就有所准备，他笑眯眯地说："我们搞新闻工作的，当然任何焦点题材都不会放过，而且我们任何报道都有事实根据，我不明白萧先生所说的不详实是什么意思？"

这是只老狐狸，他既然敢不买谭自在的账，显然身后有一个强大的人为他撑腰。萧宇笑了笑:"孟先生,谭先生有意收购你的报馆,价钱方面一定会让你满意!"

孟水富坚决地摇了摇头:"对不起,我有自己做人的原则,恐怕你们再高的价钱都很难让我满意!"

萧宇点了点头,话已至此,已经没有再交谈下去的必要。

任何人都有弱点,孟水富也不例外,他最大的弱点就是怕老婆,可这样一个怕老婆的男人居然在外面还养了一个情人,难怪说哪里有压迫哪里就有反抗。

想要让这件事慢慢从公众的视野中消失,首先就要断其喉舌,萧宇深知舆论导向的重要作用,控制住舆论才能成功转移所有人的视线。

当萧宇把收集到的信息摆到孟水富面前时,他面团一样的脸孔变得有些发青,汗水沿着他的额角不断渗出。

"卑鄙!"孟水富恶狠狠地骂着。

萧宇笑了起来,他拿起手机拨通了孟水富妻子的电话,孟水富的嘴角不由自主地哆嗦起来。

"孟太太吗?"萧宇得意地大声说。

"我是您先生的朋友,呵呵!我刚从香江回来,孟先生托我给您买了一件礼物!"

孟水富已经彻底让萧宇击垮了,萧宇边打电话边得意地向孟水富笑着。孟水富双手合十,一副讨饶的样子。

萧宇话锋一转:"这样吧,我还是把东西直接交给孟先生吧!"萧宇挂上了电话。

孟水富掏出手绢擦了擦额头上的冷汗。

萧宇一旦占上风的时候,他就不愿意先开口说话。

"明天我会在报纸上刊登一篇道歉声明!"孟水富艰难地说出了这句话。

萧宇站起身来,把收集的材料拿了起来,孟水富有些着急地说:

"你……为什么还要拿走？"萧宇冷笑着说："这东西对你很重要吗？你知不知道就算我给了你，我的手上仍旧有十几份拷贝，你把它销毁又有什么意义？"

"可是我已经答应向你们登报道歉了！"

萧宇不屑地看着他："你还没有告诉我，到底是谁指使你对付我们！"

孟水富痛苦地说："我……不能说……"

萧宇点了点头："我从来都不喜欢逼别人做不情愿做的事情，你不愿意说，我也不勉强！"

萧宇与何天生的合作一直都在暗中进行，何天生是个极其精明的生意人，离岛地区的赌博业交给萧宇的前提，是他从中固定抽取百分之四十的纯利。因为自己敏感的身份，萧宇一直用卓可纯的娱乐公司做掩护，他不想过早引起谭自在的注意。

经过这段时间的刻苦经营，他已经形成以自己为核心，以卓可纯、胡忠武、四震等为主体的管理层。

萧宇并没有把尾巴吸纳进他初期的管理层，这并不是他不信任尾巴，主要是因为现在他不想让青龙帮的任何一个人接触到他的内幕。

星期天的时候，萧宇来到了比格广场，他在人群中远远望着正在前方签名售碟的林诗诗。由于距离很远，他看不清林诗诗现在的样子，只是隐约看到她正在微笑，看得出她的心情应该很好。

两名年轻的歌迷在偷偷议论着林诗诗："没想到林诗诗的歌唱得这么好，人也是这么漂亮，想不红都难！"前面的一个人回过头来："听说她是金典老板的女朋友，有这么强有力的后盾当然能红了！"

萧宇的心猛然抽搐了一下，他恶狠狠地瞪着那小子："你欠抽啊？"

那小子看到萧宇凶神恶煞的样子，吓得连忙转过脸去。周围歌迷都望向萧宇，没想到林诗诗还有这么忠心的一位粉丝。

萧宇生怕被林诗诗看到，转身躲到后面，走到售碟的专柜买了一张林诗诗的CD，封面上是一身白衣的林诗诗打着一把天蓝色的雨伞站在雨中，专辑的名称是《忘记》。

萧宇露出一丝无奈的笑容，也许林诗诗早就已经忘记了他，他又何必始终放不开过去的那点情怀呢？

不开心的时候最好是寻求一种发泄来减压，萧宇选择了赛车，四震当仁不让的成了他减压的对象。

萧宇和四震缓缓把机车停在赛道的终点，四震拿下头盔："行啊！你这是化悲愤为力量，今天居然把我给赢了！"

萧宇笑着说："我以前都是让你，真实水平一直都没发挥，怕伤你自尊！"

四震嘿嘿笑道："宇哥，再比二十圈怎么样？"

"让你见识见识什么叫真正的车神！"萧宇戴上了头盔，两人同时发动了引擎，摩托车沿着赛道风驰电掣地冲了出去。

萧宇沉浸在速度的快感中，不时发出高声的大叫，两人你追我赶，在赛道上跑了二十圈，这次居然又是萧宇抢了先。

四震这下有点挂不住脸了，萧宇的骑车技术还是他教的呢，这下徒弟把老师给赢了。

萧宇得意扬扬地说："怎么着？这下该服气了吧？"四震晃着脑袋："你这哪是开车，分明是发泄啊！"

这时四震的小弟蟋蟀向两人这边走了过来，老远就喊："宇哥、震哥，今晚有比赛！"

四震一副无所谓的样子："比赛有什么稀奇？老子现在是高处不胜寒！"

蟋蟀说："引擎出狱了，今晚他也报名参加了比赛！"四震的眼中冒出了激动的火花，引擎曾经是嘉南最好的赛车手，除此以外他和引擎之间还有另外一段解不开的恩怨。

"蟋蟀，给我准备检验赛车！"四震的每一个细胞都兴奋了起来。

萧宇知道四震和车神引擎的这段恩仇，对四震来说，任何事情都不可能阻止他复仇。萧宇现在可以做的唯有给他最大的帮助。

引擎是整个离岛南部赛车的传奇人物，想击败他，仅仅依靠勇气是不够的，四震用萧宇给他的资金买来了一辆全新的三菱蓝瑟 Evo IV 型赛车。

Evo 系列最强的武器不是其极速，而是其惊人的加速力，其加速力即使在同级跑车中也是出类拔萃的，因此 Evo 特别擅长跑多弯的赛道。经过蟋蟀的改装，将原本的最大马力 280 匹增加到 380 匹。

萧宇让尾巴提前了解了对手的状况，引擎原名韩望山，现年三十六岁，身高一米八二，体重八十六公斤，生性冷酷，曾经一人驾车多次穿越整个非洲大陆，是灭龙社的三号人物，章肃风最好的朋友和得力的助手之一。他还有另外一个身份，离岛天地盟大佬韩望江的同胞兄弟，两人由于性格不同，已经将近十年没有来往。

四震的父亲洪齐发原来也是有名的车手，十年前在和韩望山的比赛中因为翻车而导致下身瘫痪，不久就在极度的郁闷之下自杀身亡。自此四震就把韩望山视为杀父仇人，父亲死后他一直在努力学习车技，以击败韩望山为最大的目标。

韩望山在嘉南和光雄拥有两个赛车俱乐部，他生性喜欢冒险，每年至少抽出三个月的时间离开离岛去远方旅行。即便是在离岛期间，他也经常参加地下赛车的比赛。

萧宇查清了他这次入狱六年的真正原因，他是因为贩卖军火而被判刑，据可靠消息，他是替章肃风顶罪。

比赛的地点选在嘉南市郊的长海公路，位于嘉南市郊的飞蛾山，赛道全程落斜，整段赛道中，前段的直路较长，斜度较小；后段的赛道则属于急斜区域，最有名的是"五连发夹弯"，由五个连续的急弯组成，对任何飞车手来说都是一个很大的挑战。从整体来说，长海是一条弯多直路短的山路。

这条道路已经成了飙车族的最爱。

四震曾经不止一次地在这条赛道上比赛，对地形相当熟悉。赛道初段是一段直路，可供起步时竞速用。接着是难度较低的低速弯道，在这里抢先比较困难，就算赛车的加速与刹车非常优良，想在这里超车也只是徒然增加车体的消耗。在低速弯之后节奏开始加快，一段全赛道最长的高速直路之后就是连续不断的高速弯，大马力的车如果不能在长直路的时候将对方摆脱，很容易会在高速弯中被追得很紧，技术好的车手通常会利用高速的转弯追回直路的差距。在赛道的末端就是长海赛道的五连U型弯，最终的胜负就在这里决定。

考虑到韩望山的背景和出众的实力，萧宇当晚安排胡忠武带领二十名兄弟一起来到现场，以应付可能突然发生的状况。

晚上十点三十分，各种各样的最新型跑车开始聚集到长海公路丘山段，胡忠武和弟兄们开着六辆汽车为四震的Evo IV护航。按照规矩，四震的副驾上坐着他的女朋友艾咪。艾咪已经不止一次参加这种地下车赛，对四震充满了信心。

看得出她精心打扮了一番，整个人性感妖娆，看得尾巴和一帮弟兄对着她直吹口哨。萧宇开着四震原来的那辆本田思域EC-6跟在四震后面。这辆车本身的马力偏小，最大马力是170匹，要想在比赛中取得好成绩的确有些困难。

萧宇报名参赛纯粹是凑热闹，最近接二连三的事情让他的心情极度郁闷，他也想借着这种刺激性的比赛排遣一下郁闷的心情。

尾巴乐呵呵地说："宇哥！实在找不到人，我把丽娜借给你！"萧宇骂了一句，蟋蟀嬉皮笑脸地说："尾巴哥，你既然这么大方，干脆把丽娜姐借给我得了！"丽娜气得照着他屁股就是一脚："你也不撒泡尿照照自己的德行！"

在场的兄弟齐声大笑，赛车现场已经有许多穿着性感的赛车宝贝在车灯前晃来晃去，展示着自己妖娆的身姿。

萧宇走下汽车，来到其中一个身材高挑的女孩旁边，那姑娘看到萧宇立刻就飞起了媚眼，萧宇的手轻轻揽上了她的腰肢："美女想不想兜风？"那妞看了萧宇一眼，甜腻腻地说："想追我？"萧宇笑眯眯地点了点头："你没发现自己是今晚所有女孩子中最漂亮的一个？"那姑娘被萧宇两句话哄得晕乎乎的。

尾巴和那帮兄弟在身后吹起了口哨，萧宇早就习惯了这帮小子的德行，胳膊把那姑娘往自己身上紧了紧。

"宇哥！"尾巴在身后大声叫道，萧宇刚想骂他，耳朵就被人狠狠地揪住了，他忍着疼回过头去，看到章晴晴咬着嘴唇似笑非笑地瞪着自己，妈呀！萧宇差点没叫出来，这丫头不是说下周回来吗？

"放手！干吗这是！"萧宇趁机握住了章晴晴柔软的小手。

"萧宇！你混蛋，趁着我不在，到处勾三搭四！"章晴晴气呼呼地说。

"丫头！怎么提前回来了？"萧宇笑眯眯地说。

"我要是不回来，还看不到你这副嘴脸了！"章晴晴的手上加重了力道，拧得萧宇哎哟直叫，章晴晴看到那姑娘还在萧宇身边腻着，恶狠狠地说，"还不快走！"那姑娘看到势头不对，慌忙向远处逃去。

萧宇哭笑不得地说："晴晴，给我点面子，这么多兄弟都看着呢！"章晴晴这才放开了萧宇："老实交代，你这段时间到底祸害了多少女孩子！"

萧宇笑着说："你少往坏处想我，我可一直都是守身如玉啊！"

章晴晴啐了他一口，脸红了起来，萧宇指了指前面的赛车："章大小姐愿不愿意帮我压车呢？"章晴晴用力摇了摇头，转过身去。

萧宇猛然从身后把章晴晴抱了起来，将她整个人扛在肩头，笑着向赛车走去。章晴晴发出一声惊呼，随即笑着轻轻捶打着萧宇的肩膀。

兄弟们齐声大叫了起来。

四震的心情远远没有萧宇那样轻松，自始至终他的表情都显得异常的严肃，艾咪把手轻轻覆盖在四震的大手上，希望用这样的方式帮助四震放松一下紧张的情绪。

远方的人群忽然一阵骚动,一辆黑色尼桑 Skyline R32 GTR 跑车冲了进来,这辆车继承了日产著名赛车系列 Skyline 的血统,配合最新技术,凭实力夺得"无敌战神"及"公路之王"的美誉。从它的外表看与普通的汽车并没有区别,但骨子里却是以赛车为先的设计。

跑车高速冲入场地,一个漂亮的原地转向,稳稳地停在两辆赛车的中间,他的拥戴者齐声叫起好来。

引擎身穿黑色西服,揽着一个白衣女子的肩膀走了出来,他一出场就把所有人的眼光都吸引了过去。

萧宇第一次见到引擎,就像他听说过的一样,引擎整个人就像一部机械,冷酷无情。他身边的女郎虽然很漂亮却缺乏生动,看得出两人之间异常陌生。

章晴晴偎近了萧宇:"你不是要跟韩叔叔赛车吧?"萧宇这才想起韩望山是章肃风最好的朋友和兄弟。

"你根本斗不过他,他可是离岛最厉害的车手。"章晴晴很担心萧宇。

萧宇笑着说:"我压根就没想过跟他比,今晚的主角是四震,我是专门来陪章大小姐兜风的!对了,你为什么不提前通知我一声,我也好去机场接你!"

章晴晴噘了噘小嘴:"我就是想打你个措手不及,看看你到底老不老实。"

"好像咱俩没什么关系啊,我老不老实跟你有什么相干?"一在一起萧宇就忍不住想气她。

章晴晴瞪了萧宇一眼,用力抱住了萧宇的胳膊:"我不管,反正我就是赖定你了!"萧宇呵呵干笑了两声,心中却异常温暖。

章晴晴有说不完的话:"我事先给尾巴打了个电话,才知道你们今晚在这里赛车!"

萧宇忍不住骂:"这小子整一个叛徒,老子找个机会非狠狠修理他。"章晴晴咯咯笑了起来。

四震大步走向引擎，双目充满挑衅地盯住对方。引擎饶有兴趣地看着他："小子，你很不懂礼貌！"

"我要跟你赌！"四震大声说。

引擎不屑地看着他："你凭什么跟我赌？"

四震指了指身后的 Evo IV："我输了那辆车就是你的！"

引擎冷笑了一声，来到四震的赛车面前，轻轻抚摸了一下车身，缓缓点了点头："这辆车的确不适合你！"他的言下之意就是四震根本不配开这辆车。

四震的怒火被点燃了，他来到引擎面前："如果你输了，我要你永远退出赛车圈！"

引擎淡然地笑了笑："看在你是老洪儿子的分儿上，我给你一个公平的机会，如果你赢了，我的这辆尼桑就是你的！"

引擎的目光落在远处的萧宇身上，随即又望向章晴晴。他入狱前章晴晴还是一个小丫头，现在已经出落成一个妙龄少女，引擎虽然觉着熟悉，可是一时间也没能想起这女孩究竟是谁。

章晴晴向他笑了笑，做出了一个挂挡的手势，引擎马上笑了起来，说起来他还是章晴晴的老师，她开车就是自己教会的。

引擎来到章晴晴的面前："你真的是晴晴？"章晴晴顽皮地向他眨了眨眼睛："韩叔叔，你是贵人多忘事啊！"

引擎呵呵笑了起来，他向那名白衣女郎招了招手，那女郎款款走了过来。

"这是我的女朋友凯媛！"

章晴晴笑着说："韩叔叔真有眼光，女朋友好漂亮！"

凯媛很有礼貌地跟章晴晴打了个招呼。

章晴晴又把萧宇介绍给引擎，引擎和萧宇握了握手："我听说过你，最近你的风头很劲啊！"

萧宇淡然笑了笑："在车神的面前谁还称得上'风头'二字？"

引擎欣赏地点了点头,他出狱后就听章肃风提起过萧宇的名字,从章晴晴看萧宇的眼光就能知道,这丫头对眼前的年轻人已经是情根深种。

他善意地提醒说:"这条赛道弯道很多,十分凶险,抱着玩玩的态度可以,千万不要逞强好胜!"

"谢谢!"萧宇知道,引擎担心的不是自己,而是章晴晴的安危。

十一点的时候,所有参赛的车手全部就位,萧宇为章晴晴绑好安全带,章晴晴内心中充满了甜蜜,小声说:"阿宇,我好开心。"萧宇笑着说:"干什么?想引诱我,我这人意志生来就不坚定,小心我骚扰你!"

章晴晴的身子向后缩了缩,嘴里却说:"我不怕……"萧宇呵呵笑了一声,把自己的安全带系好,从后座拿出一个头盔,卡在章晴晴的头上:"不要影响我的驾驶,要是翻到山下去,你想让我骚扰都没有机会了!"

四震的目光始终盯着左侧的尼桑 Skyline R32 GTR,对他来说重要的不是夺取冠军,只要胜过引擎,他就取得了这场比赛的胜利。艾咪也看出四震今天的不同,柔声说:"你一定会赢!"

引擎的表情充满了自信,无论是以前还是现在,他的手一触及方向盘,整个人就已经和车融为一体,他喜欢挑战,这可以激发起他潜在的所有力量。

凯媛点燃了一支香烟,引擎皱了皱眉头,立刻打开了车内的通风系统。凯媛咬了咬嘴唇,把刚刚燃着的香烟从窗口扔了出去:"你对赛车远远要比我好得多!"她的眼睛中有泪光在闪烁。

"我开车的时候你最好不要分散我的精力!"引擎的话比他的表情还要生硬。

一个妖艳的赛车女郎轻轻举起一面绿色的旗帜,二十多辆各式跑车同时开动了引擎,车前灯在人们的视野中划出一道道长长的光束。

四震一马当先冲在队伍的最前方,Evo IV 在他的驾驭下充分显出超强的实力,改装后的 380 匹引擎,动力强劲。他从后视镜中看到引擎的那辆尼桑 Skyline R32 GTR 现在正处在第六名的位置,在直路赛段引擎未经改装的280匹显然不是四震的对手。

萧宇一上路就被远远甩在了后面,章晴晴急得直捶他的胳膊:"你好笨啊!早知道这样还不如我来开!"萧宇乐呵呵地说:"我这是比上不足比下有余,你看看后面至少还有四辆垫底的!"其实跟刚才引擎对他的提醒不无关系,这条路段相当凶险,萧宇还不至于用自己和章晴晴的生命冒险。

引擎的速度保持得很稳定,他的位置始终在三四名徘徊,四震有些不屑地笑了笑,所谓的车神也不过如此,进入弯道以前他已经确立了自己的领先位置,他的弯道技术在整个嘉南根本找不到对手。

前方就是第一个弯道,四震将自身的优势发挥得淋漓尽致,这是他最为擅长的招式,原理就是利用手刹,锁死后轮使它失去抓地力而作圆周式运动,由于车辆是在一瞬间急刹,因此车身摆动幅度很大,所以这种车辆转弯很是好看,这种转弯在高速行进中也十分实用。

引擎的转弯方式和四震却恰恰相反,他踏尽油门,以强大的动力强迫驱动轮空转,使它失去抓地力,依靠离心力做出转弯的动作,在驶出弯道时迅速松开油门,使轮胎重新恢复抓地力,这种转弯方式的优势在于根本不用减速。

第一个弯道过后引擎已经处在了第二的位置,四震脸上的不屑全部消失,他这才真正认识到对手的实力。

引擎的每一个挂挡动作都无比娴熟,只有在开车的时候,他才从心底感到愉悦。

四震加大了油门,他一定要赢。

萧宇仍然处在最后的集团中,以他目前的水平,不排在倒数第一已经是发挥不错了。章晴晴只要跟萧宇在一起就很开心,根本不会介意什么名次。

四震的优势一直保持到五连U型弯,他已经撇开引擎三百米左右的距离。引擎并没有超车的意图。

驶过第二个弯道，两车间的距离已经拉近到二百米左右，四震意识到引擎的弯道技术的确要高出自己一个档次。他的弯道技术是以牺牲速度为代价，而引擎的拐弯技术没有任何缺陷。

四震的车体开始摇摆起来，他要用这种方式，阻挡住对方的超车路线，这种方法极其危险，尤其是在拐弯的时候，因为周围都是山路，任何的拐弯误差都有可能导致车毁人亡。

引擎看了看速度表，现在的速度是一百三十公里，根据他的经验，四震目前的速度在一百五十公里左右，从四震转弯的车体状态，他已经看出对方的转弯技术有很大的缺陷，以这种速度行驶在五连U型弯道，实在是危险到了极点。

引擎将速度放慢到了一百一十公里，如果他继续保持这种压力，四震将会继续提速，其结果必然是车毁人亡。

他没有想到四震的车速随着自己的减慢，也突然降了下来，两车在第四个弯道的地方接近，四震抢占了内侧车道，他的眼中充满了仇恨，他猛然一打方向，车身向外挤压了过去。

引擎这才意识到对手真正的目的不是战胜自己，而是置自己于死地。他将油门踩到最大，赛车迅速提速，在四震的 Evo IV 撞上之前已经超出对方的车体，Evo IV 重重撞在尼桑 Skyline R32 GTR 的车尾，随着一声巨响，两车交会的地方迸射出绚烂的火星。

艾咪发出惊恐的叫声："四震！你疯了！"四震的嘴角露出疯狂的笑容，他将挡位挂到最高，全速向引擎的赛车撞去。

引擎的表情变得异常严峻，如果不尽快摆脱对手，就有被对方撞下山崖的危险。凯媛也意识到眼前的危机，她紧紧抓住扶手，以减缓车体剧烈的震荡。

前方就是角度最大的最后一个拐弯，引擎只要使用擅长的加速摆脱，就能轻易摆脱四震的追击。他的脚踩上了油门却没有发力，如果猛然摆脱，对手肯定会不惜一切加速，在高速的运动中，对方的汽车肯定会坠下高崖。

引擎反而减缓了速度，他采用的拐弯方式和四震的一样，利用刹车锁死后轮，让汽车做圆周运动。两辆赛车先后拐过第五个弯道，四震的赛车再次撞在引擎赛车的尾部。引擎利用娴熟的技艺，控制住摇晃的车体，将赛车驶入下一个缓冲路段。

四震的喉头发出一声嘶吼，他没有想到对手在这种情况下仍能摆脱自己的追击。前方的直路对他来说是最后的机会，他马力上的优势会胜过对手。艾咪的脸已经吓得煞白："四震……别玩了……"

"闭嘴！"四震怒吼起来，他将车速提升到一百六十公里。引擎从反光镜中已经测出对手的车速，他在对方的车体撞上以前，猛打方向，以一个难度极大的U型转弯，将赛车的方向扭转过来。四震的赛车擦着尼桑车的尾部冲了出去，车身腾空翻转了起来，重重地摔落在二十米外的平地上。

随后赶到的萧宇和其他车手被眼前的情形惊呆了，萧宇不顾一切地将赛车驶到Evo IV的前方，推开车门冲了下去。

引擎已经先到了现场，他用力拽开车门，将已经昏迷的四震和艾咪从车内拉了出来。萧宇帮着他把两人拖到安全的地点，身后的那辆Evo IV赛车在一声巨响后化为一堆废铁。山下响起了警笛，交通警察赶了过来。

四震和艾咪都是满头满脸的血，章晴晴吓得哭了起来。萧宇想把四震弄上自己的车子，引擎大声说："上我的车！"萧宇怒视着引擎："少在这里装好人！"一直没有说话的凯媛说："如果引擎哥真想害他，刚才在弯道就把他弄下悬崖了！"

章晴晴牵了牵萧宇的衣服："再晚，四震和艾咪就会有生命危险！"萧宇犹豫了一下，终于没有坚持，他和引擎把四震和艾咪抬上了那辆尼桑Skyline R32 GTR，自己坐在副驾驶的位置。引擎迅速启动了汽车，车子加速向山下冲去。

章晴晴和凯媛开着萧宇的那辆本田跟在后面，马上就看不到前方的车尾。

萧宇这次才算真正见识到引擎的水平，整个下山的路段他的速度始终保持在二百公里左右，就连通过五连 U 型弯道也没有丝毫减速。

四震和艾咪被推进了手术室，萧宇坐在门前的座椅上，冷冷地看着对面的引擎。引擎看得出萧宇对自己的敌视："我没有想害他，他逼我实在是太紧！"

"因为你是他的杀父仇人！"萧宇愤怒地说。

引擎摇了摇头："无论你相不相信，我没有杀害他的父亲，发哥不但是我的朋友，还是我的师兄……"

萧宇有些不敢相信地看着他，引擎的表情十分真挚："十年前，我那时很年轻，从来不知道什么叫失败，发哥是领我进入这一行的人，我们一起比赛，一起拿奖。直到有一次我们在龙山隧道和东瀛青田车队的比赛中，我因为好胜……在冲刺阶段偏出了跑道，又刹车失灵，发哥用斜行冲撞我坐驾的方法减缓了我前进的速度,而他却……撞在了山崖上……"

引擎竭力控制着自己的感情："是我害得发哥永远离开了赛道，因为腿部的痛苦，发哥越来越失常，他不愿意见我，甚至不给我补偿的机会……"

萧宇没有说话，这时章晴晴和凯媛也赶到了医院。

引擎拿出一叠钞票："我想四震不会愿意见到我，这笔钱你帮我交给他，如果不够你给我电话！"

萧宇摇了摇头，他知道四震是无论如何也不会接受引擎的任何馈赠。

引擎有些失落地缩回手去，和凯媛离开了医院。

章晴晴来到萧宇身边，她从外面的超市带来了饮料和快餐，萧宇拧开一瓶橙汁，灌了两口，一看手表已经是午夜。

章晴晴下午才坐飞机回来，已经有些困了，依偎在萧宇的肩膀上睡着了。

她醒来的时候，萧宇的那帮兄弟已经全部都赶到医院，看到萧宇把外衣披在自己的身上，仍旧保持着原来的姿势，章晴晴微微一笑。

这时手术室的灯灭了，所有的兄弟一起围到门前，医生走了出来，众人七嘴八舌地开始询问病情。

主刀医生摇了摇头："男的没什么事情，就是左臂有两处骨折。女的要严重些，淤血压住了大脑，虽然取出了血块，可是估计没那么快醒来，至于以后有没有后遗症要看她自己的造化了！"

所有人的表情都变得异常沉重，护士推着四震和艾咪出来，萧宇安排了几个兄弟留在这里守夜，让其他人先行散去，毕竟这里是医院，人多嘴杂对于病人的康复不利。

四震的麻药还没过去，萧宇趁着这段时间先送章晴晴回家，路上章晴晴才告诉萧宇，她的父亲还不知道她回来。

萧宇回到医院的时候，四震已经苏醒，兄弟们因为担心他再受到刺激，并没有把艾咪的事情告诉他。

"我一定要杀了他！"四震挣扎着想从床上起来，尾巴和胡忠武两个把他按住了。

"放开我！我要去杀了那个混蛋！"四震大叫着。

这时萧宇刚巧推门进来："你疯够了没有？"萧宇怒气冲冲地走了过来。

四震瞪着萧宇："这是我自己的事情，谁也别拦着我！"

萧宇点了点头："尾巴，把刀给他！"尾巴犹豫了一下，却没有把刀递过去。

"听到没有！把刀给他！"萧宇大声说。

尾巴抽出刀递到四震的手里。

萧宇指着四震："你觉着是你自己的事情，你自己去砍了引擎啊！干吗拉上人家艾咪？"

四震抬起头来："艾咪，她……怎么了？"

325

"她没你这么幸运,到现在还躺在中心监护室里,也许一辈子都不会醒过来了!"

四震的手颤抖了一下,刀当的一声掉在了地上,他的目光中充满了痛苦与愧疚。萧宇挥了挥手,尾巴带着兄弟们离开了房间。

"四震,不管你和引擎之间有多么大的仇怨,我希望你在复仇之前好好考虑一下,盲目的报复非但伤害不了你的敌人,反而会伤害你自己和身边关心你的人。"萧宇的话摧毁了四震坚强的表象。

他捂住脸大声哭了起来,萧宇重重地拍了拍他的肩膀:"你永远不要忘了,我们是兄弟,我们会永远和你站在一起!"

星火燎原

章晴晴的归来让章肃风欣喜万分,也再次引起了他对萧宇的关注,他发现时间非但没有冲淡女儿对萧宇的依恋,反而让这份感情变得越发的浓烈,他必须找机会和萧宇好好谈一下。

"萧宇,今晚我爸在家里举办派对,请你一起过去!"章晴晴笑着说。萧宇想都没想就拒绝了:"我不去,你爸那帮朋友都是所谓的社会名流,我是个底层小人物,登不了大雅之堂,到那种场合我自己都觉着寒碜!"

章晴晴用娇滴滴的口气说:"萧宇!你去嘛!"

萧宇摇了摇头。

章晴晴马上火了起来:"我看你是敬酒不吃吃罚酒,我不管,今天晚上你去也得去,不去也得去,我答应我爸了!"

萧宇瞪大了眼睛:"我最讨厌别人威胁我,今天我还就不去了,你能怎么着?"

"你混蛋!"章晴晴的眼圈红了起来,用力跺了跺脚,转身开车远去。

萧宇也不知道自己怎么忽然犯起了脾气,仔细一想满脑子都是谭爷交给自己的重任,八成是这件事把他闹的。无论如何他都不会去做伤害章晴晴的事情，可是毕竟谭爷在自己最困难的时候帮助过自己，他一时之间陷入左右为难之中。

四震坐着轮椅来到萧宇的身边："怎么了？又吵架了？"

萧宇没好气地看了他一眼："你少管闲事！"

四震故意叹了口气："这世界上就有这么种人，身在福中不知福！"

"你小子说谁呢？"

"我是为人家晴晴不值，论家世、人品、才貌，人家哪点不比你强啊？你凭什么这么对人家？"

"就是因为她哪点都比我强，所以我才怕拖累她！"萧宇多少有点强词夺理的意思。

四震看了萧宇一眼："恐怕……你到现在还没忘了那个林诗诗吧？"

萧宇的表情变得有些僵硬，他挤出一个笑容："哪儿的话，我连她什么模样都不记得了！"

四震认真地说："宇哥，这些天我想了很多，如果不是因为我冲动地想去报仇，艾咪现在还好端端地在这里，我越是想到过去越是觉得后悔，我发现自己从来都没有真正珍惜过艾咪……"

他的声音哽咽了："如果艾咪永远不会醒来……我恐怕再也无法原谅自己……宇哥，好好珍惜晴晴，兄弟们看得很清楚，只有晴晴对你才是全心全意的爱，千万不要伤害她，不要落到……我现在这个地步……"四震的眼中泪光闪烁。

萧宇握住了四震的手："谢谢你，兄弟！"

萧宇在派对开始的时候准时到达了章府，为了表示对晴晴的歉意，他特地买了九十九朵红玫瑰。他发现自己的确因为章晴晴改变了很多，就连这种他平时视为最俗气最不屑去干的事情也做得如此坦然。

章府的门外停满了高级轿车，这座豪华府邸占地约二十亩，是章肃风于五年前斥巨资买下的，因为他的工作重心仍然在光雄，平时很少在这里居住。

萧宇还是第一次来到章府，这是他有生以来见到的最豪华的去处。当萧宇跨入第一道玻璃门的时候，他感觉似乎步入了富丽堂皇的神话世界，那首先映入眼帘的白色大理石拱桥，那哗然瀑水声中的悠扬琴韵，那葱郁的绿色植物与棕红色的墙面，无不提醒着他这个世上确实活着一批超然于一般平民之上的富人，他们在享受着一般平民无法享受到的文明、舒适与奢华，他们使任何一位有灵魂的男人都不会再甘于贫贱，不会再满足于现状，这也包括萧宇自己。

章肃风和他的秘书兼女友何惠娴正在和到来的客人亲切地交谈着，看到萧宇他微笑了一下，然后向佣人说了句什么。

没多久萧宇就看到章晴晴一溜小跑着出现在二楼的平台上，他们的目光接触在一起，章晴晴先是露出了一个笑容，紧接着又板起了面孔，脚步也变得矜持了起来。她亭亭玉立地站在原地，月色般皎洁的面孔轻轻仰起。

萧宇主动走了过去，把鲜花递了给她："我代表嘉南所有男同胞向大美女表示友好！"

章晴晴的眼睛已经先笑了起来："讨厌！"

章肃风这时回过头向女儿招了招手，章晴晴小声说："我先过去一下，你不许走开啊！"萧宇点点头："成，今晚我就当你把我包下来了，都这么熟了，价钱你看着给！"

"滚你！"章晴晴笑着向父亲跑了过去。

章肃风大声说："今晚这么多尊贵的客人应邀前来，令寒舍蓬荜生辉，我请大家来一是为了共叙友情，二是为了宣布，从今天起我章肃风要正式竞选嘉南市市长一职！"

掌声从四面响起，章肃风充满信心地说："有了你们诸位的支持，我对竞选成功充满了信心，我将会带给大家一个安定繁荣的嘉南，一个高速发展的嘉南，一个焕然一新的嘉南！"

萧宇暗暗佩服章肃风，他的发言的确很有鼓动性，依靠他雄厚的财力基础和社会关系，他的胜算很大。

第一支舞由章肃风和女儿跳，章晴晴的舞姿优雅而动人，在场很多世家子弟的眼光都被她吸引了过去。

萧宇无意间发现何惠娴站在远处，目光中流露出失落和忧伤，凭自己的直觉，萧宇感到她和章肃风父女之间的关系不是那么和谐。

"萧先生！"萧宇听到身后有人喊他，转过身去，原来是引擎。萧宇礼貌地向他举起了酒杯。

引擎显得十分关心四震的伤情："四震怎么样了？"

"他应该没什么事情，不过那个女孩子到现在仍处在昏迷之中。"

引擎叹了口气："是我对不起他……"萧宇意味深长地说："有时候一句对不起，是抹杀不了对别人做过的一切的！"引擎听得出萧宇话里的含义。

章晴晴陪父亲跳完舞，向萧宇走了过来，一群富家子弟连忙围了上去，大献殷勤，章晴晴不耐烦地分开他们来到萧宇身边。

萧宇为她要了杯饮料，章晴晴因为萧宇的到来情绪出奇的好："萧宇我们去跳舞！"她牵住萧宇的手，萧宇笑着说："我只会蹦迪，华尔兹、探戈我看着都晕！"章晴晴笑着把萧宇拖进了舞池，两人随着音乐翩翩起舞，一时间不知道羡煞了多少双眼球。

晚会过后章肃风把萧宇单独喊到他的书房，这段时间他一直都在关注着萧宇的发展和变化，他忽然意识到女儿对这个年轻人的感情已经不能自拔，自己唯一可做就是顺其自然。

"听说你从谭自在的深水港工程中挪用了五百万？"章肃风对一切显然都了如指掌。萧宇点点头。

章肃风笑了起来："阿宇，如果我没有猜错，这是谭自在玩弄的一个伎俩！"

萧宇装出一副不明白的样子："章先生的意思……"

"你没必要在我面前演戏，我跟你这么开诚布公地谈话纯粹是因为我的女儿。这事情是显而易见的，谭自在不是傻子，他肯定知道你和晴晴的关系，我这次竞选市长，最不希望我当选的人就是他。"章肃风深邃的目光仿佛能一直看到人的内心深处。

萧宇诧异于他的精明，他随即又想到，这究竟是不是章肃风在试探自己？

章肃风继续说："马楚良和谭自在根本就是一路货色，他们一个混白，一个走黑，谭自在之所以有今天的成就，马楚良可谓居功至伟。"

章肃风扬了扬自己残废的右手："你大概知道我和谭自在誓不两立，可是你恐怕不知道真正的原因。"

他的目光忽然变得黯淡起来："我和谭自在出自同门，我们曾经是最好的朋友，谭自在救过我的性命。因为我们的办事能力很强，在帮会中的地位也逐日提升。我万万没有想到的是，当我和他同时被列为最有可能成为帮主位置的人选时，一切都发生了变化……"

这是另一个不同版本的故事，萧宇将信将疑地看着章肃风。

章肃风陷入痛苦的回忆中："我发现他刻意疏远我以后，便主动放弃了帮主位置的争夺，我记得很清楚，谭自在当上帮主的那一天，和我喝了一整晚的酒，他对我说，他拥有的任何东西都有我的一半。从那天晚上起，谭自在再也没有喝过一滴酒。

"不久，他派我去港口接一批军火，当我带着弟兄们赶到的时候，我忽然发现那批货根本不是什么军火，全部都是毒品。青龙帮有严格的帮规，凡是贩毒者，必须受到断手斩足的惩罚，当我意识到一切都是陷阱的时候，已经晚了……"章肃风的嘴唇痛苦地抽搐起来。

"警察已经将我们团团包围，我让弟兄们把所有的白粉倒入水中，我虽然躲过了法律的制裁，可是等着我的是更为严酷的帮规。"

萧宇的内心变得异常压抑，他开始相信章肃风并没有说谎，江湖的争斗本身就是这样无情。

"谭自在已经事先买通了跟我同去的弟兄，他们全都指认我是私下贩毒，就在这个时候，我的妻子和女儿又被人绑架了，我知道一切都是谭自在的安排，如果我不承认，她们就必死无疑。"章肃风愤怒地握紧了拳头。

"谭自在是一个彻彻底底的伪君子，他在帮众面前演了一出好戏！"章肃风的脸上泛起一丝嘲讽的笑意，"可是他最大的失误在于他太想在帮众面前维护自己重情重义的假象，没有置我于死地！"

"这场阴谋中，我的妻子离我而去，我的女儿一直到现在都和我保持着距离……"章肃风黯然神伤，他望向萧宇，"我比任何人都有资格对付谭自在，你知不知道他为什么这么看重深水港的项目？因为他已经被我逼得走投无路，除了借用外来的势力，已经没有其他方法扭转败局。我就是要他一无所有，要他在痛苦中度过余生！"

萧宇这才明白章肃风竞选市长的真正意义，如果他当选市长，谭自在连这仅有的一条道路也被他切断，他的命运就会真的像章肃风所期望的那样，在痛苦中度过余生。

章肃风的情绪慢慢平复了下来："阿宇，谭自在是一只老狐狸，他不仅仅想借用你和晴晴的关系从我这里得到竞选的计划和具体的步骤。"

萧宇抬起头来，章肃风的确是个不同凡响的人物。

"谭自在并不信任你，他之所以派你来做这件事，也是对你的一种试探！"

萧宇没有说话，他早就知道谭自在担心自己因为章晴晴的关系会倒向章肃风。

章肃风的身体向后靠了靠："我其实本可装作什么都不知情，利用你传递错误的消息给谭自在，可是我又害怕，如果你真的做出这样的事情我又该如何来处置你？我不想让我的女儿伤心……"

"你大可放心，我永远不会伤害晴晴……"萧宇说。

章肃风的脸上露出一丝笑意，门被推开了，章晴晴噘着嘴唇走了进来："什么重要事情，聊个没完，人家无聊死了！"

331

萧宇笑着站起身来，和章肃风的一席谈话，让他明白自己应该怎么做。无论谭自在和章肃风有什么恩怨，这一切跟他都毫无关系。谭爷在最困难的时候帮助过自己，章肃风又是晴晴的父亲，自己无论站在哪一边都会得罪另一方。

章晴晴一直把萧宇送到门外，牵着萧宇的手仍然不愿意放开。

"明天我和爸爸一起去文山，你去不去？"章晴晴轻声问。

萧宇笑着说："我还是不去了，跟你爸一起总觉得有些别扭！"章晴晴微笑了一下，她小声说："我最多三天就能回来，这三天你要保证老老实实的，不许去找其他女人！"

"一定谨遵领导指示！"萧宇一副唯唯诺诺的样子，章晴晴忍不住扭了他胳膊一下："德行！"然后轻轻在萧宇的面上吻了一下，逃也似的向家中跑去。

第二天下午，萧宇正想去医院去看四震，尾巴打电话过来，口气十分焦急："宇哥，你在哪里？"

"在家呢！我正要去看四震，你去吗？"

"宇哥！章晴晴是不是跟她爸爸一起去了文山？"

萧宇的眉头皱了起来，这件事尾巴怎么会知道，他装出一无所知的样子："我不太清楚啊！"

"宇哥！谭爷让老安带着手下弟兄去了文山，想在那里对章晴晴下手！"

萧宇的内心咯噔一下，脸色在瞬间改变，谭自在终于下手了。

尾巴小声说："章肃风这次去文山拜会民安党的主席祝长帆，想寻求民安党对他这次竞选的支持。老安的手下有个叫捞仔的是我的好朋友，他昨天晚上和我喝酒的时候告诉我的。"

萧宇放下电话内心起伏不定，整件事情谭自在没有向自己露半点风声，看来他对自己已经起了提防之心。

抛开谭自在和章肃风的争斗不谈，他绝不能让谭自在危及到章晴晴的安危。章晴晴的手机始终处于关机状态，这让萧宇更加焦躁。

文山之战

萧宇马上联系了胡忠武,让他带领二十名弟兄携带武器跟随自己赶往文山,无论这次的行动会导致怎样的后果,他都要确保晴晴的安危。

由于害怕消息被泄漏,萧宇让胡忠武严格保守秘密,除了尾巴以外,知道这件事情的只有负责资料收集的马国豪。

他们一行二十二人分乘五辆汽车前往文山,胡忠武和萧宇同车,他一边开车一边望着脸色凝重的萧宇:"联系上晴晴没有?"萧宇摇了摇头,现在不但是联系不上晴晴,就连章肃风的手机也打不通。如果章晴晴真的出了什么意外,他会不惜一切代价对付伤害她的人。

胡忠武理解萧宇现在纷乱的心情:"阿宇,我们这次的举动肯定会引起谭自在的警惕!"他的言下之意是,这件事办完以后恐怕萧宇很难在青龙帮立足。

萧宇一遍一遍地拨着章晴晴的号码,他的眼睛因为焦急而布满了血丝,胡忠武提醒他说:"我从来没有见过你这么慌张,章晴晴在你心中的位置一定很重要,可是你最好还是保持足够的冷静,这次我们面对的可能是青龙帮的精英,更重要的是他们是你曾经的兄弟!"

萧宇的身躯猛然一震,胡忠武适时的提醒让他清醒了过来,如果自己在战斗之前就已经慌了阵脚,那么这次的行动必败无疑,关心则乱这个道理对任何人来说都不例外。

马国豪的电话很快就打了过来,他从网上查到了祝长帆的资料:祝长帆,男,六十九岁,民安党现任主席,年轻时曾就读于淡江大学,后任离岛空军某师参谋。八十年代弃戎从政,历任文山市政府秘书长,文山市副市长,文山市市长、立法委员,九十年代下野,组建民安党,经过他十几年的刻苦经营,如今已经成离岛的第四大党派。

最为重要的是嘉南市现在的政府机构中有超过半数的民安党成员,

如果能够获得这些人的支持，章肃风的竞选就有了很大的胜算。

马国豪又查到一个重要的信息：祝长帆与章肃风原来很少有联络，反倒是他和谭自在之间的关系很好。章肃风显然是想在大选之前，协调和他的关系，让祝长帆倒向自己的阵营。

谭自在悠然自得地品着香茗，雪茄已经燃了一半，烟灰慢慢从上面散落了下来。这时他听到敲门声，龙三从门外走了进来："谭爷！"

谭自在从鼻孔中嗯了一声。

"三连帮的突击队已经抵达文山，他们会在那里清除掉萧宇和他的手下。"

谭自在微笑了起来，他这才拿起雪茄吸了一口："章肃风今晚在哪里请客？"

"文山的人间天上！他的女儿住在文山的九霄阁，对了，她今晚会去体育场看演唱会！"

"好！马上查清她今晚座位的号码！"

龙三笑着说："我已经查到了！"他停顿了一下又说，"其实没必要这么麻烦，我会事先让人在人间天上安放炸弹，一切麻烦不就轻易解决掉了！"

谭自在瞪起了眼睛："你有没有脑子，是不是想让所有人都知道是我们青龙帮炸死的章肃风和祝长帆？"

龙三搞不明白谭自在究竟是什么意思，目光充满了迷惑。

谭自在冷笑着说："这次，我要让章肃风永世不得超生！"

龙三想起了一件事："尾巴这次立了大功，朱雀堂的堂主是不是可以考虑一下他？"

谭自在不耐烦地挥了挥手："随便赏他点钱，让他滚蛋！妈的，他今天能出卖自己的兄弟，改天难保不会出卖我们，这种人永远都不能重用！"

萧宇一行来到文山境内的时候已经是晚上七点多钟，章晴晴的电话仍旧处于关机状态。

萧宇的电话忽然响了,他接通电话,那端传来一个神秘男人的声音:"萧宇!三连帮派出一百名突击队员已经在进入文山的苍山卡口埋伏,他们的目标就是你!领队叫曾治轩,人称暴龙,为人极其残忍好杀,这一百名成员是三连帮的精英,而且全部携带枪支,你千万要多加小心。"对方说完就挂了电话,萧宇被突然接到的消息惊呆了。

胡忠武看出了萧宇的异常,连忙放慢了车速。

"我们可能被出卖了……"萧宇的声音充满了愤怒。

胡忠武睁大了眼睛猜测说:"你是说……尾巴?"

萧宇已经猜到打电话报信的人是谁,虽然他刻意改变了声音,萧宇仍旧知道那是庄孝远,能够提供三连帮内部消息的只有他。

谭自在已经放弃了对自己的庇护,他一定和三连帮达成了某种共识,也许干掉章肃风只是一个表面的假象,真正的目标是利用自己对章晴晴的关切心理,将自己和兄弟们引到文山,借用三连帮的势力将他们一网打尽。

"怎么办?"胡忠武大声说。

萧宇的目光投向前方的路牌,苍山卡口距离这里还有二十公里。三连帮的一百名突击队员正在那里等待着他们,退回去?不可能!章晴晴的安危悬于一线,他一定要确保她的平安。萧宇点燃了一根香烟,他已经从最初的慌乱中稳定了下来:"让兄弟们把车停在路边!"

胡忠武低声问:"是不是返回嘉南?"

萧宇摇了摇头:"不!"

"那……"胡忠武不明白萧宇的意思。

"让兄弟们去买些吃的东西,我们在这里休息一下!"萧宇迅速拨通了马国豪的电话,"国豪,我要苍山卡口附近道路的详细资料!"

"你想绕过这里?"胡忠武猜测说。

萧宇的神情变得异常坚毅:"他们已经知道我们出发的时间和路线,如果庄孝远说得一切属实,敌人就埋藏在二十公里以外的路段。现在是这帮突击队员精力最为集中的时候，我们长途奔袭到这里，兄弟们已经有些疲惫，而他们就像一张张拉满的弓，只要我们在预计的地点出现，他们就会发动猛烈的进攻。"

胡忠武点点头，表示同意。

萧宇打开电脑，没多久马国豪将这条路段的所有详细资料传送了过来，让萧宇失望的是，前方并没有道路可以绕过苍山卡口，时间一分一秒过去。

萧宇望着身边不时经过的车流，忽然展开了眉头。

胡忠武几乎和萧宇一起说出："劫车！"他们彼此会心地一笑。

萧宇要利用时间消磨对手的耐心和精力，在对方斗志减弱时发动突然攻击。

人称暴龙的曾治轩是三连帮最勇猛的头领之一，也是三连帮武装组织黑羽的老大。他和手下干掉了卡口的五名当值人员，换上了他们的制服，静静等待着萧宇那帮人到来。如果收到的情报没有错误，对方应该在一小时以前就已经到达这里，可是现在一切平静如常，根本看不到他们的人影。

他的副手铜锤显然已经不耐烦了："轩哥，不如我带两名兄弟到前面看看？"

暴龙面无表情地说："再等等！"

铜锤大声说："我们已经等了整整五个小时了，就算是他们以时速六十公里开车，也早就已经开到文山，是不是他们根本没走这条路？"

暴龙摇了摇头："苍山是通往文山的必经之路，没有其他的道路可以通过。"

铜锤猜测说："是不是他们根本没来？"

"青龙帮的消息不会有错！"

"他们是不是有所觉察？"

"不可能！除了谭自在没有任何人知道我们加入到这次的行动中！"

暴龙显得相当自信。

时间已经到了晚上八点四十分，再有二十分钟，就是卡口值班换岗的时候。萧宇他们的车辆到现在仍然没有出现，暴龙也有些沉不住气了。

铜锤气呼呼嘟囔着："大老远从嘉北跑来，没想到就是帮着文山政府收费的！"

萧宇等待的就是他们心浮气躁的时候。一辆凯斯鲍尔大巴缓缓驶过，铜锤和手下煞有介事地收费放行，胡忠武确认了收费室中的警员就是三连帮的成员。

萧宇向手下做了一个手势，大巴开离收费卡口，早已准备好的几名手下将手雷和烟幕弹向收费窗口和公路两侧投去。惊天动地的爆炸声在车后响起，火光和浓烟在整个山谷中弥漫。

大巴在前方停下，萧宇和他的二十名弟兄跃下汽车，以车体为掩护，向卡口的方向不停开火。夜色烟雾已经完全挡住了三连帮突击队所有队员的视线，阵阵的惨呼声不断从烟雾中传来。

三分钟之后，萧宇一行离开了烟雾弥漫的苍山战场。他们没有看到血迹，没有看到尸首，可每个人都明白，这场战斗将让他们名动江湖。

九点钟的时候，卡口换班人员来到现场，烟雾已经散尽，眼前的情形惨不忍睹，整个卡口遍布血迹和尸首，从空气中尚未散尽的硝烟他们知道，这里刚刚经历了一场枪战。算上死去的五名卡口人员，一共清理出三十七具尸首，另外在现场还发现了九名重伤人员。

在爆炸中侥幸逃离的暴龙此刻正和手下藏身在苍山中，他的右肩被流弹击中。看着山下仍未熄灭的火光，听着急促的警笛声不断传来，他忽然有种想哭的感觉。

损失了这么多弟兄，他居然连敌人的模样都没有见到，他不知道自己该如何去面对三连帮的帮众。萧宇这个名字已经牢牢铭刻在他的心中，只要他还有一口气在，他就不会忘记今天的奇耻大辱。

警察大批赶到苍山卡口的时候，萧宇和他的兄弟已经来到文山市区的外环车道上,分乘六辆的士前往市中心。

萧宇刚刚上车,就收到了章晴晴的电话:"萧宇!你是不是很想我?发了好多的信息!"

萧宇听到章晴晴的声音,不知为什么眼睛有些湿润了:"晴晴……你有没有事?"

"我好端端的,怎么了?萧宇你的口气好奇怪啊!"

萧宇紧绷的神经总算松弛了下来:"你的手机……"

"我的手机没电了,刚刚才想起换电池,就看到你这么多的信息……"章晴晴的声音低了下去,"阿宇,原来你这么紧张我,我好开心……"电话中响起音乐的声音。

"我正在看……演唱会……"章晴晴的声音时断时续。

"你的座位在哪里?"

"你说什么?"也许是因为现场的声音太大,她听不清萧宇在说什么。萧宇又大声重复了一遍,章晴晴这才听清:"天河……体育场……五区贵宾席……"现场实在是太过嘈杂,萧宇无法听清她下面的话。

胡忠武从萧宇的神情已经判断出章晴晴目前一定没事。萧宇说:"谭自在既然对我们已经下手,他没理由放过晴晴和他的父亲,我必须提醒他们注意提防他的进一步举动。"

胡忠武说:"既然整件事都是一个骗局,那么老安就未必会来文山。"

"宁信其有,不信其无!"萧宇冷静地说出了这八个字。

"你还是相信老安带人来到了文山?"

萧宇点点头:"如果我没有记错,章肃风的手下引擎对文山应该相当熟悉,你马上让国豪查一下他的电话号码,让他通知章肃风提高警惕,必要的时候让他借用天地盟的力量。"

苍山的事件势必引起警力的注意,萧宇决定和胡忠武两人继续留在文山,其他的兄弟即刻乘火车返回。

萧宇首先要去找到晴晴,她的处境要比章肃风危险得多,照萧宇的理解，谭自在最想做的就是利用她来胁迫她的父亲。

想到章肃风，萧宇的内心重新陷入了惶恐之中。尽管章肃风在此之前曾经和他有过一番推心置腹的谈话，可是萧宇对于他所说的一切并不是完全相信。身为一个江湖巨擘，一个一心想向政治巅峰攀爬的人，他的价值观念是很难估量的，如果他为了利益不惜牺牲女儿的生命，那么现在最为危险的仍然是晴晴。

胡忠武似乎看透了萧宇的内心，他小心地问："你是不是担心章肃风会不顾女儿的安危？"萧宇没有说话，神情却变得越发严峻起来。

胡忠武点了点头："我虽然愚鲁，可是知道现在的江湖已经没有任何的亲情和友情可言了……"

章肃风在人间天上足足等了三十分钟，祝长帆才偕同夫人不紧不慢地来到这里。章肃风打心里对这帮所谓的政客没有什么好感，可如今他既然想要步入这个团体，就必须适应这个群体的规则与处世方法，而这一点恰恰是他所擅长的。

两人对彼此的目的都心知肚明，章肃风从客套的寒暄开始。

祝长帆始终保持着平淡的微笑，这让他整个人看起来更加显得高深莫测。他现在扮演的是一个倾听者的角色，在对手没有出价以前，他绝对不会轻易发言。

对政客来说，最有吸引力的不是金钱，而是更大的权力。可权力往往又要由金钱铺路，两者相辅相成缺一不可。

章肃风想获取祝长帆的全力支持，就要知道他最为关注的是什么，所以他一拿出礼物来，马上就吸引了祝长帆的眼球。

这仅仅是一份名单，对祝长帆来说却意义非凡。上面全部是离岛行政院的一些立法委员的名字，每一个都是祝长帆的对手和敌人。

章肃风接下来的话让祝长帆立刻认识到他的价值与能量："想让一个人最快地成为自己政治上的朋友有两种方法，一是用金钱，二是用子弹！"

祝长帆的目光闪过一丝嘉许，他知道章肃风并不是在威胁自己，他只是在寻求两人之间的一种平衡。如果他帮助章肃风获得市长的位置，章肃风将为他扫清前进路上的这些障碍，互利互惠才是合作的前提。

祝长帆慢慢伸出手去："你既然想获得我的支持，为什么连我最爱吃的鲍鱼都不点？"

章肃风哈哈笑了起来："要是不知道祝兄的这点爱好，章某怎么好意思来到文山？酒席才刚刚开始，祝兄还是慢慢品尝……"两人同时大笑起来。

章肃风的手机忽然响了，他万万没有想到打电话的居然是谭自在，一种不祥的阴影笼罩在他的心头。

"肃风，晚宴进行得如何啊？"谭自在的声音中充满了得意，言语间充满了必胜的把握。

章肃风淡淡笑了笑："谭公真是无孔不入啊！"

"呵呵……"电话中传来谭自在的两声干笑。

"你用餐的餐台下有一把手枪，拿起它杀掉祝长帆夫妇！"谭自在的声音冰冷而无情。

章肃风已经觉察到情况的异常，谭自在没有十足的把握，不会说出这样的话。

"天河体育场五号看台……你女儿附近有三名狙击手，我给你十分钟的考虑时间！"谭自在说完就挂了电话。

章肃风慢慢站起身来，恐惧在瞬间浸透了他每一个毛孔，谭自在之所以给他十分钟，就是想让他在痛苦中煎熬，他借口去洗手间，来到门外迅速拨通了女儿的电话，十几声铃响后，依然无人应答。

章肃风的额头渗出了冷汗，这时引擎的电话打了进来："大哥，谭自在要在文山对你和晴晴下手！"

"你怎么知道的？"

"萧宇让他的兄弟通知我的，对了，他应该已经在文山，正在前往接应晴晴的路上！"章肃风的内心现出一丝曙光，萧宇如果能抢在谭自在动手之前救出晴晴，那么一切还会有转机。可是如果晴晴真的落入了谭自在的手中，那么他在权力和女儿之间又该如何选择呢？现在的他唯有等待和祈祷……

萧宇和胡忠武来到天河体育场的时候，演唱会已经进行了一个多小时，两人从票贩手中买了两张门票，按照章晴晴所说的位置向现场走去。

通过目测，这座体育场中最少有三万名歌迷，整个空间中到处充满了歇斯底里的喊叫。现场的光线闪烁不定，两人很难从人群中找到章晴晴的身影。

萧宇反复拨打着章晴晴的电话，可始终无人应答。胡忠武用力分开疯狂的歌迷，两人向前走去。

萧宇忽然停住步伐，他忽然看到了老安在前方不远的地方。与此同时老安也发现了萧宇，他的目光中充满了不可思议，按照谭爷的预期计划，现在的萧宇应该早就已经死在途中，他怎么会突然出现在演唱会的现场。

老安和八名手下迅速向前方冲去，他们的目标就是正在挥舞着荧光棒的章晴晴。萧宇和胡忠武同时大喊了起来。

章晴晴似乎觉察到了什么，当她转身看到萧宇在不远处的时候，兴奋地向萧宇挥舞手臂，可马上她的瞳孔因为惊惧而收缩。

萧宇和胡忠武拼命推开周围疯狂的歌迷，可是他们和章晴晴之间相隔六排座椅，章晴晴只有向前方跑去。

老安的另外两名手下从前方包抄了过来，一左一右捉住了章晴晴的手臂。萧宇知道他们身上都带有武器，他和胡忠武对望了一眼，并没有紧逼过去，老安得意地向他笑了起来。

"阿宇！救我！"章晴晴惊恐地叫了起来。老安慢慢走向萧宇，两人的目光相遇，撞出愤怒的火花。

萧宇和老安虽然同在青龙帮，可是他们之间的接触却很少。老安沉默寡言，外表显得木讷无比，可是内心却残忍好杀，是谭自在手下能和瘸五、宋老黑平起平坐的元老之一。

老安的拇指向萧宇竖起，然后狠狠做了一个向下的动作。他的内心充满了得意，自己一方显然已经完全占据了主动。

手下挟持着章晴晴向体育场的出口处走去，周围的人群根本不去注意发生了什么。老安却没有移动脚步，他轻蔑地对萧宇说："知不知道我最恨什么人？"他指向萧宇，"就是你这种吃里爬外的小人！"

萧宇却呵呵笑了起来："劫持一个女孩子，你的境界未必比我崇高多少！"两人虽然唇枪舌剑，目光却都在关注着章晴晴移动的位置。

胡忠武悄然从人群中消失，萧宇显然留意到了这一点，他知道以胡忠武的能力，肯定能够追踪到他们的位置。

老安有章晴晴在手显然是有恃无恐，只要章肃风扣动了扳机，他们这次就算是大功告成。他并不相信萧宇有扭转乾坤的能力，但他也从没有轻视过眼前的这个年轻人，他要拖延时间让萧宇丧失一切可能回转的机会，而所有这一切他深信凭自己一己之力完全可以办到。

"知不知道谭爷要章肃风做什么？"老安微笑着问，萧宇的平静让他感到愤怒，他要从心理上摧垮萧宇，然而他并没有等萧宇回答，就继续说："谭爷让章肃风亲手杀掉祝长帆！"

萧宇的目光中充满了愤怒："你以为他会答应？"

老安笑了起来："这并不重要，章肃风杀掉祝长帆只证明女儿在他的心目中很重要，他的前程和一切都就此终结，如果他放不开权力和财富，他的女儿就只能面临死亡的命运！"

周围再度响起歌迷的尖叫声。

章晴晴已经被带到了体育场的出口处，萧宇的神情依然镇静自若，可是他的内心却变得一筹莫展。他不知道章肃风会如何选择，正如他不知道现在自己应该如何去做一样……

时间在一分一秒地过去，章肃风的手心全是冷汗，他的嘴角仍然充满了微笑，可是他的内心已经落入了一个无底的深渊。他的脑海中忽然出现一双美丽的眼睛，目光中充满了幽怨，他终于想起那是自己的妻子。多年以来他一直竭力去淡忘她临死前的一幕，甚至连他自己都以为他早就已经将所有的不幸忘记，可是这突然来临的意外，让他埋藏多年的痛苦再一次侵袭而来。

这种无助的感觉让章肃风就快要窒息，他的手机再次鸣响，章肃风竭力控制住自己的情绪："喂！"电话那头传来章晴晴的声音："Daddy，救我……"

章肃风的眼睛闪过一丝恐惧，可马上他又恢复了正常，电话迅速被挂断了，章肃风的目光重新回到祝长帆的脸上。

他的右手借着餐布的掩饰向餐台的下方摸去，金属的冰凉质感透过他指尖的神经传遍了全身。祝长帆根本没有意识到发生了什么，他端起酒杯笑着向章肃风说："章市长，预祝我们合作愉快！"

章肃风的勇气忽然被"市长"两个字重重击中，他的手慢慢缩了回来，最终又落在了酒杯上，手机又响了……他慢慢打开了电话，谭自在的声音充满了胜利者的骄傲："我想应该是你做决定的时候了！"

章肃风的手再度回到了枪柄上，女儿和妻子一样无助的眼睛在他的脑海中不停地浮现，难道晴晴年轻的生命注定要和她母亲面临一样的结局？章肃风的内心忍不住抽搐起来，他剩下的生命还能承受失去亲人的痛苦吗？

无论你有怎样的智慧和能力，在你的生命中总会有无可奈何的时候，现在的萧宇就正处在这样的境遇。既然已经无可奈何，那么又何必多想？萧宇知道自己绝不能让章晴晴受到任何伤害，他的愤怒凝聚到了最高点。

老安似乎觉察到了什么，可是他仍然相信萧宇不敢轻易冒险出手："如果你敢出手，章晴晴必死无疑！"他说这句话的时候忽然感到一种莫名的恐惧，他说不清楚为什么会有这种感觉。

萧宇闪电般从腰间抽出军刺，身体一个极不明显的前冲，军刺从老安的左胸刺入，老安并没有感觉到疼痛，只是觉得一种冰冷的感觉从他的心脏随着血液弥漫到整个身躯。

"为什么……"老安的瞳孔因为恐惧而在瞬间收缩,随后便开始缓缓扩大。

"因为在谭自在的眼中晴晴比你要重要得多!"萧宇的神情坚毅而果敢,他终于从困扰中走出,在没有达到目的之前,谭自在不会轻易地伤害晴晴。

老安终于明白自己并没有估计错章晴晴在萧宇心中的位置,真正错的地方是他过高地估计了自己的价值。他的身体沿着萧宇的身躯向地上倒去,萧宇用左臂抱住了他,将他放在身边的空位上。江湖没有回头路,既然注定要面对如此强大的对手,他必须毫不犹豫地将他们逐个击破。

章晴晴的身影在十名黑衣人的挟持下消失在体育场的东门,萧宇全速向东门的方向追去,他对胡忠武有足够的信心,青龙帮的这帮人逃不过他的追踪。

萧宇冲出体育场时,接到了胡忠武的第一个电话:"阿宇,我跟他们上了民权路!"

"我马上赶来!"萧宇用刀柄击碎了身边一辆绿色保时捷的玻璃,报警器疯狂地鸣叫起来,萧宇一把拉开车门,用刀尖撬开表盘,找到打火线,迅速点燃引擎。这一招他是跟四震学来的,今天刚好派上了用场。保时捷发出一声轰鸣,闪电般向前方冲去。

胡忠武第一时间把敌人的行踪通知给萧宇,保时捷的性能虽然强劲,可是萧宇苦于不熟悉路况,边开车边看路标,车速始终无法达到最快。

章肃风清晰地听到自己的心跳,无论遇到任何情况他的心跳始终维持在六十到六十五次,现在他的心脏每跳动一次,他就距离抉择的时刻近一秒。

电话铃准时响起,不用看他就知道这一定是谭自在的来电,章肃风的表情无比镇静,他有些歉然地向祝长帆笑了笑:"不好意思,今晚总是有人打搅我!"

祝长帆很有风度地点了点头:"每人都会有这样的时候,章先生又何必客气……"章肃风将听筒压在耳边。

"肃风,我要听到枪声!"谭自在的口气没有任何回旋的余地。

章肃风呵呵笑了一声,他闪电般从餐桌下抽出手枪冷冷地对准了祝长帆。

祝长帆的神情依然从容不迫,甚至连他的夫人的脸上也流露着淡淡的微笑。章肃风的一颗心猛然沉了下去,事情远远比他想象的更加复杂。

他已经无从选择,无论这把枪中有没有子弹,他都要扣下扳机。

"阿宇,他们拐入仁爱路,中途有四辆车加入了他们的队伍!"胡忠武的表情十分严肃,他没有想到青龙帮这次对绑架章晴晴投入了如此巨大的力量。

萧宇用力咬了咬嘴唇,从他这里到仁爱路还有两分钟的车程:"忠武,你看清楚他们的车牌没有?"

胡忠武忽然轻声咦了一声:"奇怪,他们好像要超车!难道他们不是青龙帮的人?"

萧宇将油门踩到最大,无论这未知的来客是谁,晴晴的安全一刻没有得到保障,他就无法放下心来。

章肃风的手枪中并没有子弹,其实在他扣动扳机的那一刻,他就已经知道了这个结果。祝长帆和谭自在联手设了一个无形的局,将他一步步引入其中。

祝长帆得意地指了指包间左上角的地方,那里事先装有一个微型摄像头:"肃风兄难道没有听说过螳螂捕蝉的故事?"

章肃风冷冷笑了一声,将手中的枪丢在了餐台上,门外响起了嘈杂的脚步,祝长帆此次是有备而来。

祝长帆从怀中掏出手枪,慢慢指向章肃风:"知不知道你为什么会失败?"章肃风摇了摇头,他并不认为自己是一个失败者。

祝长帆慢慢地说:"来之前,我还没有下决心到底要不要对付你,你比谭自在更有实力,可是你最大的错误就是将枪口对准了我……"他停顿了一下,才说,"你既然抛不开自己的女儿,你就无法成为一个真正的政客,我又怎么敢把宝押在一个你这样的人身上?"

章肃风饶有兴趣地问:"祝老打算怎样对付我?"

"成王败寇,老祖宗已经不止一次说过这个道理!"祝长帆似乎在感叹什么,"绿岛是个很美的地方,如果肃风兄能够多活些日子,那里不失为一个颐养天年的极佳场所!"

祝长帆饱含深意的话语,似乎预示着他已胜券在握。但江湖风云莫测,究竟谁才是最后的赢家,一切尚未可知!